KAPITEL 1

JUST ANOTHER MANIC FRIDAY

»Hast du schon den Müll rausgebracht?«

Ich schrecke auf, als Sven mich unvermittelt anspricht. Ich habe ins Leere gestarrt und noch nicht einmal einen Schluck von dem Kaffee genommen, den ich mir mit letzter Energie aus dem Vollautomaten herausgelassen habe.

»Den Müll?«, hake ich benommen nach und greife nach meinem Becher. Der Energieschub würde mir guttun, hatte ich gedacht. Doch ich habe nicht mal die Kraft aufgebracht, davon zu trinken.

»Ja. Heute kommt doch die Müllabfuhr und die Tonne ist noch halb leer.«

»Hmm«, brumme ich und höre Sven nicht mal mit halbem Ohr zu. Stattdessen betrachte ich meine Fingernägel. Einer ist abgebrochen, ein weiterer viel kürzer als die anderen. Das wäre mir früher nie passiert, da habe ich noch auf ordentlich manikürte Nägel geachtet.

»Erde an Annabell – hast du überhaupt mitbekommen, was ich gesagt habe?« Sven nimmt mir gegenüber am Esstisch Platz und wedelt mit der Hand vor meiner Nase herum. Er sieht frisch und ausgeruht aus. Aber er hat auch die ganze Nacht durchgeschlafen. Missmutig verziehe ich meinen Mund.

»Leonie war heute Nacht fünf Mal wach und zwischen eins und halb vier hat sie ständig im Schlaf aufgeweint«, klage ich und sehe Sven Mitleid heischend an. Es ist nicht nur der Schlafmangel, der mir zu schaffen macht, sondern auch das Gefühl, dass mein Mann überhaupt nicht wahrnimmt, was für einen guten Job ich leiste, indem ich die schlimmsten Nächte unserer gemeinsamen Tochter allein stemme. Doch anstatt mir die Bestätigung zu geben, zuckt Sven gleichgültig mit den Schultern. »Ist nur wieder 'ne Wachstumsphase oder ein neuer Zahn bricht durch. Warte ein paar Tage, dann wird sie wieder durchschlafen. Das ist doch immer so.«

»Hm …« Ich verschränke abweisend die Arme vor der Brust. Sein neunmalkluger Ton macht mich wütend. In meiner Fantasie springe ich ihm ins Gesicht und bearbeite seine Haut mit der scharfen Kante meines abgebrochenen Nagels. Er kennt diese heftigen Nächte schließlich nur aus meinen Erzählungen, und was ein paar Tage Schlafmangel aus einem machen können, sehe ich ja jetzt. Noch nie zuvor habe ich solch einen Groll gegen meinen Mann gehegt wie seit Leonies Geburt.

»Was ist nun also mit dem Müll?«, fragt er erneut und schaut mich abwartend an. Er sieht mit seinen fünfunddreißig Jahren gut aus, mit seinem dunkelblonden Haar und den stechend blauen Augen. Ich hingegen fühle mich mit gerade mal neunundzwanzig wie ein abgewrackter Zombie. Vermutlich sehe ich auch so aus.

»Bring ihn doch selber raus. Schließlich kann ich nicht alles allein machen. Leonie war gestern den ganzen Tag so anhänglich, dass ich sie keine fünf Minuten lang auf der Spieldecke absetzen konnte«, erwidere ich Sven heftig. Es nervt gewaltig, dass ich als Hausfrau und Mutter scheinbar nur noch fürs Versorgen, Hausarbeit erledigen und Betüddeln zuständig bin. Gibt es mich, Annabell Hofstädt, überhaupt noch, oder besser gesagt: Zu was für einer Frau bin ich in den letzten neun Monaten geworden? Wer auch immer ich bin, ich kann mich gerade selbst nicht leiden. Ächzend stehe ich auf. »Ich gehe jetzt ins Bad. Vielleicht schaffe ich es ja diesmal, ein halbwegs vernünftiges Make-up aufzulegen, ehe Leonie aufwacht«, murmle ich übellaunig und schnappe mir den inzwischen kalt gewordenen Kaffee.

»Hey, was bist du jetzt so pampig? Ich habe doch nur gefragt …«, mault Sven mir hinterher. Ich ignoriere ihn. Wenn ich mich jetzt auf eine Erklärung einlasse, dann endet das damit, dass wir uns streiten und Sven schließlich mit eisiger Miene auf seine Armbanduhr schaut und mir erklärt, dass er jetzt keine Zeit für meine Eskapaden hat, weil er ins Büro muss. Solcherlei Szenen habe ich schon viel zu oft erlebt, als dass ich erneut einen Versuch wage, meinem Mann meine Gefühlswelt zu erklären.

Stattdessen schleppe ich mich müde in den oberen Stock und verkrieche mich im Bad. Die Tür lasse ich nur angelehnt, damit ich Leonie höre, wenn sie aufwacht. Der Akku des Babyfon-Empfängerteils ist mal wieder leer. Aber natürlich schläft sie nach dieser Nacht jetzt tief und fest, und eigentlich sollte ich das auch tun. Doch wie jeden Morgen bin ich um sieben aufgestanden, um dem Alltag die Stirn zu bieten. Außerdem schaffe ich es später nicht mehr, mich zurechtzumachen, denn dann beginnt der Marathon aus Füttern, Einkaufen gehen, die Wäsche erledigen, die Kleine zum Schlafen hinlegen, Aufräumen, irgendwann noch mal schlafen und schließlich Abendessen für Sven kochen. Warum ich dafür halbwegs gut aussehen will, ist mir selbst ein Rätsel. Trotzdem schnappe ich mir Wimperntusche und Lidschatten von der Badablage und beginne damit, mich ausgiebig zu schminken.

Nachdenklich betrachte ich mein Gesicht im Spiegel. Meine grünen Augen mit den goldenen Sprenkeln sehen dank des aufwendigen Make-ups jetzt viel strahlender aus, doch die dunklen Ringe darunter zeugen noch immer von einer harten Nacht. So kann das nicht bleiben. Ich greife nach dem Concealer. Vielleicht tu ich das alles ja, weil ich nicht will, dass die Annabell, die früher immer gut gestylt durch die Gegend gelaufen ist und niemals unmanikürte Fingernägel akzeptiert hätte, nicht gänzlich durch ein fades Mauerblümchen ersetzt wird.

Ich tupfe das Abdeckzeug auf meine Augenringe und verreibe es vorsichtig. Danach noch Make-up und Puder und schon ist auch die Müdigkeit aus meinem Gesicht verschwunden. Zum Schluss bürste ich mein langes, hellbraunes Haar, bis es glänzt. Fertig. Schon viel besser gelaunt betrachte ich mich im Spiegel. Das Ergebnis ist den täglichen Zeitaufwand allemal wert.

Leise, um die Kleine nicht aufzuwecken, zieht Sven unten die Haustür ins Schloss. Gratulation, Annabell, du hast es wieder mal geschafft, den rechten Zeitpunkt für eine Versöhnung zu verpassen. Nun ist Sven so sauer auf mich, dass er nicht mal hoch ins Bad gekommen ist, um mir einen Abschiedskuss zu geben.

Fuck … Obwohl ich jetzt so aussehe wie gewöhnlich, mag ich mich noch immer nicht. Meinen Makel, nicht so recht in meine Rolle als Hausfrau und Mutter hineinzufinden, kann ich einfach nicht wegschminken. Heute Abend, nehme ich mir vor, heute Abend rede ich mit Sven. Irgendwie muss ich es schaffen, ihm begreiflich zu machen, was in mir vorgeht. Auch wenn ich es selbst nicht so recht verstehe. So kann es zwischen uns aber nicht weitergehen.

Leise seufzend angle ich mir die Nagelfeile aus dem Badschrank und setze mich auf den Rand der Badewanne, da geht die Sirene los. Ich seufze erneut und stehe wieder auf. »Ach Leonie …« Meine Nägel müssen warten.

***

»Nein, Leonie, nein. Wir prusten den Brei nicht durch die Gegend. Mama muss das alles nachher wieder sauber machen …« Ermahnend sehe ich meine Tochter an. Ich bin mir ziemlich sicher, dass sie nicht wirklich versteht, was ich sage, doch in einem Elternratgeber habe ich gelesen, dass Erziehung schon ganz früh beginnt und unerwünschte Verhaltensweisen nicht mit einem Lachen belohnt werden sollen, sondern mit Strenge. Selbst wenn die Knirpse dabei so goldig aussehen, wie meine kleine Maus es jetzt tut.

Freudig quietschend öffnet sie ihren Mund, ihre hellblauen Augen strahlen. »Hada, dada brrrr …« Sanft stupst sie mich von der Seite an und sieht treuherzig zu mir auf. Ich kann einfach nicht anders, als zurückzulächeln. Ob ihr wohl bewusst ist, wie einfach sie mich um den Finger wickeln kann?

Ich versuche wieder eine strenge Miene aufzusetzen und tauche den Löffel erneut in den Grießbrei, die Gott sei Dank letzte Mahlzeit des Tages. »So, und jetzt anständig essen.« Leonie öffnet brav ihren Mund, ich nicke zufrieden. Noch während ich sie wohlwollend anlächle, spitzt sie ihre Lippen und prustet die ganze Mischung aus Babyspucke und klebrigem Breizeug auf die Tischplatte.

»Prima, das war's dann jetzt wohl …« Genervt greife ich nach den Feuchttüchern. Ich weiß jetzt schon, dass sie sich den Hunger für die Nacht aufhebt, wie meistens, wenn sie tagsüber so schlecht isst. Doch ich kann ihr den Brei kaum hineinzwängen … Ich schüttle fassungslos den Kopf. Auf was für Gedanken komme ich da bloß? Furchtbar!

»Wenn du jetzt satt bist, dann bist du eben satt«, erkläre ich Leonie und säubere ihr Finger und Gesicht. Behutsam hebe ich sie aus ihrem Hochstuhl und setze sie auf die Spieldecke.

Schon als ich sie von meinem Körper löse, merke ich, dass ihr das nicht gefällt. Sie verzieht ihren Mund und fängt an zu schimpfen. Für dieses Mal ignoriere ich es und reiche ihr ein Buggy-Buch aus weichem Stoff.

»Ich sagte ja, dass ich jetzt erst mal den Tisch putzen muss, und wenn ich das nicht gleich erledige, wird das Zeug wieder betonhart ...«, erkläre ich der Kleinen murmelnd, um mein schlechtes Gewissen zu beruhigen. Davon, das Baby einfach auch mal schreien zu lassen, wie ich es von manchen Müttern aus dem Freundeskreis schon gehört habe, halte ich nichts. Es tut mir weh, wenn meine Kleine nach mir weint, bis ihr die Tränchen über die knuffigen Wangen rollen. Vielleicht bin ich zu nachgiebig und fühle mich deshalb ständig unter Druck gesetzt ... Trotzdem reinige ich den Esstisch in Rekordzeit und nehme Leonie dann sofort wieder hoch.

Nach diesem holprigen Tag voller Weinattacken, die mir aufs Gemüt schlagen, fühle ich mich unruhig und aus dem Takt. Es ist schon nach halb sechs und Sven lässt immer noch auf sich warten. Nicht mal angerufen hat er. Typisch ... Die Lasagne, die es heute Abend zu essen geben sollte, habe ich dank der Wartezeit und Leonie im Ofen vergessen. Jetzt ist sie bis zur Unkenntlichkeit verbrannt und ich brodle leise vor mir hin. Es war unheimlich anstrengend, sie zuzubereiten und nebenbei Leonie herumzutragen, und nun habe ich nicht mal was davon.

Chrissi ... Ich greife nach dem Telefon, um sie anzurufen. Ich brauche jetzt meine beste Freundin – die eigentlich Christina Waldmann heißt und seit meinem ersten Tag im Kindergarten meine engste Vertraute ist –, um Dampf abzulassen. Vor ihr muss ich mich nicht verstecken, sie kennt mich schon fast mein ganzes Leben lang. Wenigstens können wir telefonieren, wenn wir uns zurzeit auch kaum sehen.

»Waldmann?«, meldet sie sich bereits nach dem dritten Klingeln.

»Hey, Chrissi, ich bin's, und ich habe eine dringende Frage an dich: Wissen Männer eigentlich, wie man ein Telefon benutzt?«

Chrissi seufzt leise. »Hast du Ärger mit Sven?«

»Ärger ist vielleicht nicht gerade der richtige Ausdruck, ich würde es eher –« … *eine ausgewachsene Krise nennen,* wollte ich sagen, doch Chrissi unterbricht mich: »Können wir ein andermal darüber reden, Annabell? Ich habe den Arsch voller Arbeit, die ich besser gestern als morgen erledigt haben sollte und deshalb sogar mit nach Hause nehme.«

Ich stutze. Aufgrund ihres Zeitmangels in den letzten Wochen weiß ich, dass sie ziemlich eingespannt ist, doch für ein kurzes Telefonat mit mir hat es eigentlich immer noch gereicht. »Ist bei dir alles in Ordnung?«, hake ich misstrauisch nach. Wieder dieses leise Seufzen. »Ehrlich gesagt: nein. Chile macht Probleme …«

Hä? Ich habe keine Ahnung, wovon sie spricht. »Chile?«

»Ja, du weißt schon: dieser unheimlich wichtige Kunde. Ich habe dir doch von ihm erzählt …«, antwortet Chrissi und klingt ein wenig genervt. Doch noch immer tappe ich im Dunkeln. Es kränkt mich ein wenig, dass meine Freundin sich anscheinend nicht mal mehr daran erinnert, was sie mir erzählt hat und was nicht. So selten, wie wir uns in letzter Zeit überhaupt unterhalten.

»Du hast Chile mir gegenüber noch nie erwähnt. Aber du kannst mir ja beim nächsten Mal, wenn wir uns sehen, erklären, was es damit auf sich hat, wenn du jetzt keine Zeit hast.«

»Ja, deshalb wollte ich dich eigentlich auch noch anrufen«, antwortet Chrissi gedehnt. »Ich muss irgendwann in den nächsten Tagen schon wieder los. Nach Chile. Eine unserer

11

richtig großen Anlagen steht dort und macht Probleme, und mir bleibt kaum Zeit, mich bis ins letzte Detail in die Pläne einzuarbeiten.«

»Wann genau fährst du denn?«, frage ich enttäuscht. Chrissi ist erst vor ein paar Tagen von einer anderen Montagereise zurückgekehrt. Sie ist hoch dotierte Ingenieurin und reist zu Inbetriebnahme- und Instandhaltungsarbeiten riesiger Druckeranlagen, die ihre Firma baut, ständig in der ganzen Welt herum. *Für gewöhnlich* treffen wir uns mindestens einmal auf einen Kaffee, ehe sie wieder losmuss. Für gewöhnlich liegt aber auch schon zwei Monate zurück und ich hatte gehofft, dass wir uns diesmal wenigstens kurz sehen könnten, anstatt nur zu telefonieren.

»Es tut mir leid, Annabell. Aber wir müssen unseren Kaffeeklatsch verschieben. Wahrscheinlich fliege ich schon übermorgen. Es ist wirklich ein Notfall und ich habe keine Ahnung, wann genau ich zurückkomme. Zwei Wochen wird es voraussichtlich schon dauern, die Anlage in den Griff zu bekommen und von vorn bis hinten durchzuchecken, um weiteren Fehlern vorzubeugen.«

Zwei Wochen? Früher, im Teenageralter, haben wir uns fast jeden Tag gesehen und mindestens dreimal wöchentlich telefoniert. Für erwachsene Frauen wäre dieses Verhalten natürlich lächerlich, aber einmal im Monat würde ich mich schon gern mit Chrissi treffen und mich in Ruhe mit ihr austauschen. So langsam habe ich das Gefühl, dass sie mir ausweicht.

»Es ist also nicht mal drin, für eine viertel Stunde nach der Arbeit vorbeizuschauen?«, frage ich ein wenig angesäuert. Unser Haus liegt sogar direkt auf ihrem Heimweg.

Chrissi schnaubt entnervt. »Annabell, ich komme momentan nicht mal dazu, mir die Beine zu rasieren, geschweige denn, mal sieben Stunden zu schlafen.«

Sieben Stunden? Das wäre für mich reinster Luxus. Ich brodle innerlich, aber ich habe keine Lust, mich auch noch mit Chrissi zu streiten. Wahrscheinlich bin ich ihr gegenüber nur so angepisst, weil mir die Unstimmigkeit mit Sven vom Morgen noch nachhängt.

»Mach dir keinen Stress, melde dich einfach, wenn du wieder da bist«, rudre ich zurück. »Ich wünsche dir eine gute Reise und vor allem gutes Gelingen.«

Chrissi verspricht es mir hoch und heilig und legt auf.

***

»Du bist ziemlich spät dran«, empfange ich Sven, als er eine halbe Stunde später durch die Tür unseres großen Wohn-Esszimmers tritt. Ich sitze auf dem Sofa, Leonie auf meinem Schoß. Das Gespräch mit Chrissi hat mir endgültig die Stimmung verhagelt. Bereits auf den ersten Blick bemerke ich, dass er nichts zum Essen mitgebracht hat. Das macht es auch nicht gerade besser. Mein Magen knurrt wie auf Kommando.

Sven wirft einen irritierten Blick durch den offenen Durchgang in die Küche und wendet sich dann wieder mir zu. »Anscheinend nicht spät genug, das Abendessen ist noch nicht fertig«, stellt er fest. Und ich bin schon wieder soweit, ihm ins Gesicht springen zu wollen. Ich atme tief durch und nehme mich zusammen. Nicht gleich wieder streiten …

»Ich habe es mit Müh und Not geschafft zu kochen, dann ist aber die Lasagne verbrannt, weil der, der sie essen sollte, nicht pünktlich zu Hause war.«

Svens Mundwinkel zucken, meine Handfläche juckt. Ich reiße mich zusammen. Immerhin hat er keine Ahnung, wie anstrengend es sein kann, Kind und Haushalt unter einen Hut zu bekommen.

»Jedes Mal, wenn ich Leonie auch nur kurz absetzen wollte, hat sie geweint. Das macht mich noch mal wahnsinnig. Ich habe sie im Garten herumgetragen und ihr die Blumen gezeigt, um sie abzulenken. Dabei habe ich die Lasagne ganz vergessen und wir hatten nicht mal mehr eine Tiefkühlpizza im Gefrierfach«, erkläre ich ihm. Sofort habe ich das Gefühl, mich rechtfertigen zu müssen. Für Sven muss es aussehen, als hocke ich den ganzen Nachmittag faul herum und kuschle mit unserer Tochter. Natürlich tu ich genau das und finde es auch schön, aber ihre ausgeprägte Sehnsucht nach meiner Nähe wird so langsam zum Problem. »Ich habe dir eine Nachricht geschrieben, dass du bei der Dönerbude vorbeifahren sollst«, sage ich vorwurfsvoll und verstumme, als Sven genervt die Augen verdreht.

»Herrgott, Annabell, ich hatte einen verdammt anstrengenden Tag und dieses Kundengespräch wollte einfach nicht enden. Denkst du, dass ich immer mein Handy checke, bevor ich aus dem Büro stürze, um so schnell wie möglich nach Hause zu kommen, damit ich dir die Kleine ein wenig abnehmen kann?«

Betroffen senke ich den Blick, damit Sven nicht sieht, wie sehr mich seine Worte verletzen. Irgendwie bin immer ich schuld.

»Dann musst du Leonie jetzt allein ins Bett bringen, ich fahre noch mal los …« Als ob ich das nicht immer tun würde. Er kommt zu uns herüber und begrüßt und verabschiedet sich gleichzeitig mit einem zärtlichen Kuss von unserer Tochter. Ich gehe leer aus.

Gekränkt stehe ich vom Sofa auf, als die Haustür ins Schloss fällt. Es ist wirklich schon spät, ich wollte nur, dass Sven unsere Maus wenigstens noch kurz zu Gesicht bekommt. Sie reibt sich die Augen und kuschelt ihr Köpfchen an meine Schulter. Mein Herz geht auf vor Liebe für dieses kleine Wesen auf meinem Arm. Auch wenn ich das Gefühl habe, manchmal aus meiner Haut fahren zu wollen und dass alles um mich herum gerade den Bach hinuntergeht – Leonie ist das Beste, was mir je widerfahren ist.

***

Eine halbe Stunde und ein leer getrunkenes Fläschchen später muss ich mich dazu zwingen, den wohlwollenden Gedanken von vorhin nicht zu vergessen. Leonie biegt sich schreiend auf meinem Arm durch und findet einfach nicht in den Schlaf. Müde laufe ich im Schlafzimmer auf und ab und wiege sie, um sie zu beruhigen. Es zermürbt mich, wenn ich sie nicht einmal mehr damit besänftigen kann. Meine Schultern sind vom ständigen Tragen bereits unangenehm verspannt und mein Nacken schmerzt, doch wenigstens kommt sie langsam runter.

Wie immer in diesen schwierigen Phasen will es mir aber kaum gelingen, sie ins Bettchen zu legen. Jedes Mal, wenn ich es versuche, schreckt sie auf und beginnt erneut zu weinen. Dieses Spiel spiele ich bis kurz nach halb neun, und als ich endlich zu Sven ins Wohnzimmer komme, sitzt er schon längst vor dem Fernseher.

»Hab dir auch einen Döner mitgebracht«, bemerkt er knapp und nickt in Richtung Sofatisch, ohne seinen Blick vom Bildschirm zu nehmen. Ich verkneife mir ein spitzes *Dankeschön, das ist aber nett, dass du an mich gedacht hast,* und setze mich zu ihm auf die Couch. Irgendein Actionfilm kracht und wummert über die Mattscheibe, mein Schädel dröhnt noch von Leonies Geschrei.

»Kannst du das bitte ein wenig leiser machen? Nicht, dass die Kleine gleich wieder aufwacht …«

Sven schnaubt, greift aber gehorsam nach der Fernbedienung. Mir wäre es am liebsten, wenn er das Ding ganz abstellen und sich stattdessen mit mir unterhalten würde. Doch er hat sich seinen Feierabend verdient, wie ich eigentlich auch. Ich hasse es inzwischen regelrecht, mich dabei vom Fernseher berieseln zu lassen.

Ich bin staatlich anerkannte Krankenschwester, mein Beruf ist seit dem ersten Tag meiner Ausbildung Passion. Jetzt bin ich aber in Elternzeit. Drei Jahre habe ich eingereicht, weil Sven und ich dachten, es wäre am unkompliziertesten, und wir es uns finanziell ohne Probleme leisten können. Jetzt kommt mir diese Zeit wie eine kleine Ewigkeit vor. Ich habe es immer geliebt, mit den Patienten in Kontakt zu sein, habe jedoch nicht geahnt, dass mir die kurzweiligen Gespräche so sehr fehlen würden. Den ganzen Tag über habe ich – abgesehen von dem unbefriedigenden Telefonat mit Chrissi – nur mit Leonie geredet, und ich muss sagen, dass diese Unterhaltung recht einsilbig war. Dass nicht mal mein Mann es jetzt nötig hat, ein paar Worte mit mir zu wechseln, frustriert mich.

Mürrisch mampfe ich den kalten Döner in mich hinein und starre auf den Bildschirm. Irgendein aufgepumpter Kerl befindet sich mitten in einer Schießerei mit unzähligen Gegnern. Während er im Kugelhagel nicht mal einen Streifschuss abbekommt, fallen seine Feinde einer nach dem anderen. Ich schüttle sarkastisch den Kopf und deute auf das Filmgeschehen auf der Bildfläche. »Ist doch total unrealistisch ... Aber der Held ist natürlich unverwundbar ...«

Sven drückt die Pausetaste und schaut mich übertrieben aufmerksam an. Ich komme ins Rudern, denn ich merke, dass er langsam richtig sauer wird. »Ich meine ja nur – dieser Schwarzenegger-Verschnitt schießt blind um sich und nietet

16

einen Gegner nach dem anderen um, doch der Scharfschütze, der genau auf seinen Kopf gezielt hat, verfehlt ihn«, versuche ich grinsend zu deeskalieren, doch anstatt Sven damit zu beschwichtigen, braust er auf. Unsere Gemüter sind vom Streit am Morgen noch erhitzt und eine flapsige Bemerkung reicht, um die Bombe zu zünden.

»Motze ich ständig an deinen überzogenen Schmonzetten herum? Nein, tu ich nicht! Kannst du mich nicht auch einfach in Ruhe schauen lassen?«

Ich presse eingeschnappt die Lippen aufeinander, doch diesmal schaffe ich es nicht, meine Klappe zu halten. »Ich hätte es einfach schön gefunden, mich mit dir über den Tag auszutauschen, aber der Fernseher ist natürlich wichtiger.«

»Weißt du was? Ich habe keine Lust, mich schon wieder zu streiten.« Sven schaltet das verhasste Gerät ab und schleudert die Fernbedienung wütend auf den Couchtisch. »Ich hatte einen richtig miesen Tag und gehe jetzt ins Bett.« Er steht auf und stapft, ohne mir weiter Beachtung zu schenken, in Richtung Tür davon. Unglücklich schaue ich ihm hinterher. »Den hatte ich auch!«

Sven bleibt abrupt stehen und dreht sich mit einer müden Bewegung zu mir herum. »Das weiß ich doch …« Hilflos hebt er die Hände. »Mir ist klar, dass Leonie zurzeit nicht einfach ist. Aber ich kann nicht mehr tun, als dir wieder und wieder meine Hilfe anzubieten. Und ich weiß genau, dass du es ablehnst, wenn ich dich jetzt frage, ob ich heute Nacht bei ihr bleiben soll, damit du wenigstens einmal durchschlafen kannst.«

Ganz automatisch verschränke ich die Arme abweisend vor der Brust. »Das hat doch gar nichts damit zu tun, das schaffe ich schon.« In Wahrheit kann ich Sven einfach nicht eingestehen, dass ich es eben nicht schaffe, ohne mich wie eine

Versagerin zu fühlen. Er zuckt resigniert mit den Schultern und schüttelt den Kopf. »Siehst du? Genau das meinte ich: Ich komme gar nicht mehr an dich ran. Das Einzige, was ich von dir abbekomme, ist miese Laune. Mal ganz abgesehen davon, dass wir uns ansonsten auch nicht gerade wie ein normales Paar verhalten.«

Meine Haltung versteift sich noch mehr. Natürlich spielt Sven wieder auf unser Liebesleben an. Seit Leonie da ist, haben wir kaum noch Sex, und wenn wir es tun, dann möglichst schnell und ziemlich lieblos – ohne eine Spur von Leidenschaft und tiefgehendem Begehren. Inzwischen ist es beinahe zur Pflicht geworden, alle paar Wochen miteinander zu schlafen.

»War doch klar, dass ein Kind alles verändert. Ich bin einfach keine perfekte Ehefrau, die das alles so locker hinbekommt …«, murmle ich gekränkt. Eigentlich war mir nicht bewusst, dass ich mich nach der Schwangerschaft als Frau so schlecht fühlen würde. Über Babypfunde, Dehnungsstreifen und eine schmerzende Dammnarbe von der Geburt habe ich mir vorher einfach keine Gedanken gemacht. Auch wenn Sven mir beteuert, dass er mich immer noch sexy findet, fühle ich mich einfach nicht so.

Er fährt sich müde übers Gesicht und schüttelt wieder den Kopf. »Worum geht es hier eigentlich?«

Ich igle mich regelrecht ein, so eng umschlinge ich inzwischen meinen Oberkörper, ein leises Schluchzen löst sich aus meiner Brust. »Es ist doch offensichtlich, dass es nicht gut läuft. Und ich habe keine Ahnung, was wir verändern können, damit es wieder besser wird.« Tränen quellen aus meinen Augen und laufen mir über die Wangen. Es tut erstaunlich gut, das mal loszuwerden, anstatt Sven nur Vorwürfe zu machen.

Sein Gesichtsausdruck wird weich. Er kommt zu mir zurück

und setzt sich dicht neben mich aufs Sofa. »Hey, das ist doch kein Grund zu weinen. Wir brauchen eben etwas Zeit, um uns an die Situation zu gewöhnen. Anderen ergeht es bestimmt auch so«, versucht er mich zu trösten. Dass er mich nicht einmal dabei berühren kann, ist wie ein Schlag ins Gesicht. »Leonie ist schon neun Monate alt. Wie lange soll diese Gewöhnungsphase denn noch dauern?« Ich schüttle verzagt den Kopf und starre auf die Fernbedienung, die Sven vorhin achtlos hingeworfen hat. Mir ist, als wäre sie das Symbol unseres Scheiterns. »Wir können inzwischen doch nicht einmal mehr so tun, als führten wir eine normale Ehe.«

Sven zieht scharf den Atem ein. »Was willst du damit sagen?«

Ich hebe den Blick, verunsichert schaut er mich an. Es ist seltsam beruhigend, dass er wie ich Angst davor zu haben scheint, dass wir nicht mehr aus diesem Loch herausfinden. Noch hat er uns nicht aufgegeben … Ich versuche mich an einem Lächeln. »Eigentlich will ich damit nur sagen, dass ich manchmal wirklich Angst davor habe, dich zu verlieren. Im Augenblick bin ich nicht gerade sehr liebenswert, und ich frage mich, was aus uns wird, wenn du die Nase voll davon hast.« Ich wollte neutral klingen und ehrlich, doch meine Stimme bricht.

Svens Miene verzieht sich gequält, er schließt mich in seine Arme. Halt suchend, ohne den Trost zu finden, den ich so dringend brauche, lehne ich mich an ihn.

»Du bist eine richtige Zicke geworden, das stimmt, aber du bist meine kleine Zicke«, flüstert er in mein Haar. »Ich liebe dich, Annabell, und daran wird sich auch nichts ändern. In guten wie in schlechten Zeiten, richtig?«

Ich nicke schniefend und weine Svens T-Shirt nass. »Richtig. Aber wenn es so bleibt?«

»Wir finden eine Lösung, das verspreche ich dir«, murmelt Sven beruhigend und presst seine Lippen auf meinen Scheitel. »Aber jetzt gehst du erst einmal ins Gästezimmer und schläfst dich richtig aus, in Ordnung? Morgen ist Samstag und ich kann mich heute Nacht um Leonie kümmern.«

Ich will widersprechen, doch ich will auch die vertrauensvolle Stimmung nicht zerstören, die ich in Svens Gegenwart schon lange nicht mehr empfunden habe. »In Ordnung.«

Als ich kurz darauf im Gästebett liege, hat sich der Funken Zuversicht in meiner Brust bereits wieder verflüchtigt. Worte können unser Problem nicht lösen. Es ist, als hätte die veränderte Lebenssituation uns aus dem Takt geworfen. Dabei sollte es jetzt eigentlich einfacher sein, nachdem ich keine Schichtarbeit mehr schiebe und Sven und ich uns viel häufiger sehen. Dennoch scheint es, als lebten wir aneinander vorbei – jeder in seiner eigenen Welt – und wir schaffen es nicht, sie zusammenzubringen. Begegnen wir uns an den Berührungspunkten, versuchen wir es angespannt, was jedoch immer häufiger in einem Desaster endet. Und es wird immer schlimmer …

***

Als ich am nächsten Morgen blinzelnd erwache, ist es bereits taghell im Gästezimmer, in dem Sven während Leonies schwierigen Phasen nächtigt, um fit für die Arbeit zu sein. Doch ich war so erschöpft, dass nicht mal der Sonnenschein mich aufgeweckt hat. Benommen werfe ich einen Blick auf den Wecker und fahre hoch. Schon nach neun! Leonie hat bestimmt Hunger.

Schnell stehe ich auf und tapse leise – für den Fall, dass sie doch schon wieder im Bett liegt und ihren Vormittagsschlaf hält – in den Wohnraum. Am Esstisch sitzt Sven mit unserer

Kleinen und füttert sie. Befangen bleibe ich stehen und betrachte das harmonische Bild, das die beiden abgeben.

Sven regt sich nicht mal auf, als Leonie wieder einmal den Brei auf dem Tisch verteilt und mit ihren pummeligen Fingerchen darin herummatscht, sondern wischt die Unordnung lachend auf. Ich beneide ihn um seine Gelassenheit. Als spüre er meinen Blick, dreht er den Kopf in meine Richtung und lächelt erfreut.

»Schau mal, Maus, die Mami ist auch schon wach.« Leonie quietscht ausgelassen, als sie mich sieht, und streckt ihre Arme nach mir aus. Ermutigt von dem freundlichen Empfang stoße ich mich vom Türrahmen ab und geselle mich zu meiner kleinen Familie. Irgendwie habe ich ein schlechtes Gewissen, dass Sven eine schlimme Nacht hinter sich haben muss. Und dass wir uns gestern fast nur gestritten haben, macht die Sache auch nicht besser.

»Morgen, ihr zwei. Warum habt ihr mich nicht geweckt?« Ich gebe Leonie einen Kuss und setze mich auf den Stuhl neben ihrem Hochstuhl. Sven räumt die Breischale ab und haucht mir im Vorbeigehen einen Kuss auf die Schläfe.

»Wieso sollten wir? Wir hatten alles im Griff … Magst du einen Kaffee?« Ich nicke dankbar. »Ja, gern. Wie lange habt ihr denn geschlafen?« Dass Sven ohne mich bestens mit unserer Tochter zurechtkommt, gibt mir ein Gefühl von Unzulänglichkeit. Es ist doch eigentlich meine Aufgabe, mich um sie zu kümmern. Meine einzige.

Sven drückt auf den Knopf des Kaffeevollautomaten und gibt ein Stück Zucker und einen kleinen Schuss fettarme Milch in die Tasse. Natürlich weiß er genau, wie ich meinen Kaffee trinke, immerhin kennen wir uns jetzt schon seit zwölf Jahren. Elf davon sind wir ein Paar, vier verheiratet.

»Die Nacht war echt heftig und um sechs endgültig vorbei. Leonie war ständig wach und wollte trinken, dann hat sie aber nur ein paar Schlucke Milch genommen und konnte kaum mehr einschlafen, ständig hat sie den Schnuller verloren …«

Ich nicke wissend. »So geht das schon seit einer Woche. Ich glaube langsam wirklich, dass die oberen Schneidezähne durchbrechen.« Leonie hat erst zwei Mäusezähnchen. Aber als die kamen, war es genauso wie jetzt.

Sven stellt mir den Kaffee vor die Nase und setzt sich mir gegenüber an den Tisch. »Ich weiß echt nicht, wie du das tagelang am Stück aushältst. Ich würde das nicht packen, und dann auch noch jeden Morgen pünktlich aufstehen.«

Ich lächle geschmeichelt, seine Anerkennung tut mir gut und ich fühle mich nach der ungestörten Nacht ungewohnt entspannt. Dennoch habe ich das Gefühl, seine Bewunderung nicht zu verdienen. »Irgendwie muss es ja gehen, letztendlich habe ich keine andere Wahl«, murmle ich verlegen und nehme einen Schluck Kaffee. Stark und heiß rinnt er mir belebend die Speiseröhre hinunter.

Sven greift nach seiner eigenen Tasse, die schon an seinem Platz steht, und nippt ebenfalls daran. »Wieso fällt es dir so schwer anzuerkennen, dass du das einfach fabelhaft machst, Annabell? Du kümmerst dich liebevoll um Leonie, das Haus ist immer ordentlich und sauber und du lässt dich kein bisschen gehen. Nimm es doch einfach mal an, wenn ich dir sage, dass ich dich dafür bewundere.«

Ich verziehe nachdenklich den Mund. Letztendlich ist es genau das, was ich wollte: Svens Anerkennung. Dennoch fällt es mir schwer, seine Worte ernst zu nehmen. Das Problem liegt bei mir, nicht bei Sven. »Vielleicht liegt es daran, dass ich so viel Kraft dazu benötige. Ich habe immer das Gefühl, dass es anderen Müttern leichter fällt, das alles zu bewältigen.«

Sven macht eine abwehrende Handbewegung und sieht mir aufmerksam in die Augen. »Vergiss das lieber mal ganz schnell. Du kannst nicht in andere reinschauen, und vielleicht denken sie ja dasselbe über dich.«

Mein auf Abwehr gepoltes Hirn arbeitet auf Hochtouren, doch dem kann ich einfach nicht widersprechen. Da ich dennoch das Gefühl habe, nicht halb so gut zu sein, wie Sven mir einzureden versucht, erwidere ich nichts. Mein Mann scheint zu spüren, dass das Thema damit für mich beendet ist. Er reibt sich nachdenklich übers Kinn und mustert mich eingehend.

»Jetzt zu etwas anderem: Ich habe mir nach unserem gestrigen Gespräch ein paar Gedanken gemacht. Was hältst du davon, wenn du dich jetzt erst einmal in Ruhe fertig machst, wir dann zusammen einkaufen gehen und in der Videothek einen Film für heute Abend mitnehmen? Wir entkorken eine Flasche Wein, schieben eine Pizza in den Ofen und nehmen uns einfach mal wieder ganz bewusst Zeit für uns.«

… *und sehen dabei fern,* denke ich biestig, verkneife mir aber den Kommentar. Sven meint es gut, und wir haben schließlich nicht mehr die Möglichkeit, ganz spontan tanzen oder auswärts essen zu gehen. Und einander im stillen Wohnzimmer gegenüberzusitzen und uns über unsere Partnerschaft zu unterhalten, wie es vielleicht mancher Ehetherapeut raten würde, ist bestimmt nicht unser Ding. Noch sind wir nicht soweit, denke ich und nicke zustimmend. »Das klingt nach einem guten Plan.« Ich stehe auf und schnappe mir meine Kaffeetasse, um mich für den Tag fertig zu machen.

***

»Also, soll ich jetzt den Film einschalten?«, fragt Sven, kaum dass wir fertig gegessen haben, und legt einen Arm um meine

23

Schultern. Ich lehne mich glücklich an ihn und nicke.

Der Tag war gut. Sven hat sich mir gegenüber zuvorkommend und vorsichtig verhalten, nachdem er nun zumindest eine Ahnung davon hat, warum ich mich benehme, wie ich es tue. Ich mache mir nicht vor, dass das anhalten wird, daher genieße ich es in vollen Zügen. Spätestens wenn der Alltag uns am Montag wieder einholt und Sven wieder an seine Arbeit als IT-Unternehmensberater muss, wird er wieder mit seiner Verantwortung ausgelastet sein und keine Nerven mehr dafür übrig haben, sich ständig neu meiner sensiblen Gemütslage anzupassen. Doch für den Moment bin ich zufrieden. Die neue Tiefkühlpizzasorte war sehr lecker, der Rotwein ist gut und jetzt genieße ich Svens Zärtlichkeit. Vielleicht haben wir später sogar noch außerplanmäßigen Sex …

Gemütlich kuschle ich mich enger an ihn und inhaliere seinen herben Duft. Allein für dieses geborgene Gefühl lohnt sich der Abend, auch wenn ich mich nicht besonders für die Actionkomödie interessiere, die wir zusammen ausgesucht haben. Bereits die ersten Minuten des Films sind mit aufwendig inszenierten Schusswechseln und flapsig frechen Sprüchen gespickt. Nur für einen ganz kurzen Moment schließe ich die Augen, um mich auf Sven und seine regelmäßigen Atemzüge zu konzentrieren. Seine Hand streicht geistesabwesend über meine Taille und bleibt schließlich auf meiner Hüfte liegen. Ein sanftes Ziehen meldet sich in meinem Unterkörper. Unser letzter Sex liegt mindestens vier Wochen zurück, und wenn Sven heute keine Anstalten dazu unternimmt, dann werde ich es tun.

***

Erschrocken zucke ich zusammen und blinzle ins schummrige Wohnzimmer. Nur der laufende Bildschirm erhellt den Raum. Scheiße, ich bin eingeschlafen. »Sorry, ich –«. Ganz automatisch will ich mich bei Sven dafür entschuldigen. Das sollte doch unser Abend werden. Mit einem Seitenblick auf ihn stelle ich jedoch fest, dass er ebenfalls eingenickt ist. Der DVD-Player hat sich automatisch abgeschaltet, Werbung flimmert über die Mattscheibe. Wie spät ist es überhaupt?

Ich knipse die Stehlampe neben der Couch an und werfe einen Blick auf die Wanduhr. Halb eins … Halb eins?! Leonie! Das grüne Lämpchen am Babyfon leuchtet, anscheinend schläft sie tief und fest. Doch ich traue dem Gerät nicht über den Weg und gehe nachsehen. Tatsächlich liegt sie friedlich schlummernd in ihrem Bett. Der Schnuller ist ihr aus Mund gefallen, doch das scheint sie diesmal nicht zu stören. Beruhigt ziehe ich die Schlafzimmertür hinter mir zu und schleiche zurück ins Wohnzimmer. Schließlich kann ich Sven nicht einfach so liegen lassen. Sein Rücken wird ihn morgen früh umbringen, wenn er die ganze Nacht auf dem durchgesessenen Polster der Couch verbringt.

Ich setze mich neben ihn und mustere seine entspannten Züge. Jetzt wäre Leonie schon mal ruhig und wir schlafen einfach so ein … Leise seufzend greife ich nach der Fernbedienung, um unseren Fernsehabend nur für uns zu beenden. Dabei hatte ich so große Pläne …

»Und so geht es weiter mit *Versautes Deutschland – Swinger hautnah:* Wir begleiten Heidi und Thomas bei ihrem ersten Besuch im *Club Erotica* …«

Was bewegt ein Paar dazu, in einen Swingerclub zu gehen? Gebannt lasse ich die Fernbedienung sinken.

»… außerdem erzählen uns Monika und Peter ganz intim davon, warum sie nie wieder monogam leben wollen.«

Entsetzt reiße ich die Augen auf, als Monika und Peter auf der Bildfläche erscheinen. Sie sehen aus wie ganz normale Leute.

Gut, wie attraktive, in aufreizende Dessous und ein enges T-Shirt gehüllte Leute, aber ansonsten nicht besonders auffällig. Dabei dachte ich immer, Swinger seien extravagant. Schrille Künstler, Freidenker oder sonstwie andersartige Personen.

Gedankenverloren lege ich die Fernbedienung weg und starre in den Fernseher. Während Monika und Peter davon erzählen, wie sehr der gemeinsame Seitensprung ihr Liebesleben bereichert habe, werden immer wieder Bilder von den Spielwiesen des Clubs eingeblendet. Ich lehne mich auf dem Sofa zurück, meine Nippel richten sich unter meinem bequemen Shirt steif auf.

Es war bestimmt nie Thema für mich, mit einem anderen Mann als Sven zu schlafen, doch zu sehen, wie Heidi und Thomas, ein sehr attraktives Paar Anfang dreißig, sich erst vorsichtig durch den Club bewegen, sich dann aber überwinden und miteinander vergnügen, törnt mich an.

Ich schaue mir gern Pornos an, um meine Fantasie anzuregen, während ich mich selbst befriedige, und besitze auch einen Vibrator. Doch das hier ist anders. Zwar werden im freien Samstagabendprogramm natürlich keine Details gezeigt, nicht mal Heidis Brüste sind entblößt, aber zu sehen, wie Thomas sich mit nacktem Hintern zwischen die Beine seiner Frau drängt und sich rhythmisch auf ihr bewegt, treibt eine ungeahnte Glut direkt zwischen meine Beine. Feuchtigkeit sammelt sich zwischen meinen Schamlippen, meine Klitoris pocht begehrlich. Das hier ist keine inszenierte Verführung durch den Poolboy oder den heißen Nachbarn, es ist real. Heidi und Thomas sind ein echtes Paar, das es zwischen anderen miteinander treibt, und ich frage mich, wer von den anderen um sie herum tatsächlich zu wem gehört.

»Was schaust du dir da an?«

Ich zucke erschrocken zusammen, als Svens murmelnde Stimme meine Gedanken durchbricht. Peinlich berührt greife ich wieder nach der Fernbedienung, doch Sven ist schneller. Er schnappt sich meine Hand und hält sie fest. Interessiert schaut er in den Fernseher.

»Wow, das sind aber eine Menge Leute. Ist das eine Orgie?«

Ich spüre, wie das Blut in meine Wangen schießt. Mein Mann weiß, dass ich mir gern Menschen beim Sex ansehe – zumindest in Filmen – dennoch fühle ich mich wie bei einer verbotenen Fantasie ertappt. »Ähm, das ist eine Reportage über Swinger. Die lief schon, als ich aufgewacht bin«, erkläre ich verlegen.

Sven wendet sich mir zu und grinst anzüglich. Natürlich erfasst er mit einem Blick, in was für einer Stimmung ich mich befinde. Er kennt mich zu gut, als dass ich meine Erregung vor ihm verbergen könnte.

»Aber du hast sie dir angesehen und es scheint dir zu gefallen …« Er deutet auf meine Brüste, und ich folge seinem Blick. Unter dem dünnen Shirt zeichnen sich deutlich meine harten Nippel ab. Ich verschränke die Hände über meiner Brust und ziehe die Beine unter meinen Körper. Sven soll bloß nicht glauben, er wäre mir nicht genug.

»Naja, es ist irgendwie ansteckend, anderen beim Sex zuzusehen. Das ist alles.«

»Hmm«, kommentiert Sven nichtssagend. Er wendet sich wieder dem Fernseher zu und folgt dem Bericht. Auch ihn scheinen die Bilder anzuheizen, denn ganz beiläufig krabbelt seine Hand zu mir herüber und legt sich dicht an meiner Scham auf meinen Oberschenkel. »Denkst du manchmal darüber nach, wie es mit einem anderen Mann wäre?«

»Nein«, antworte ich dem ersten Impuls folgend, doch wenn ich ehrlich bin, ist das nicht ganz richtig. Ich korrigiere mich:

»Natürlich frage ich mich manchmal, ob der Sex völlig anders wäre als mit dir. Das bedeutet aber nicht, dass ich etwas vermisse oder dass ich unzufrieden damit bin, wie es sich letztendlich für mich ergeben hat.«

Sven nickt nachdenklich. Anscheinend versteht er, was ich mit meinen wirren Worten sagen will. Er war der erste und auch einzige Mann für mich. Natürlich wäre es interessant gewesen, Erfahrungen zu sammeln, ehe ich mich auf eine, wie ich hoffe, lebenslange Beziehung einlasse. Gelaufen ist es aber anders und ich bin zufrieden damit.

Mit einem sexy Lächeln schaut er mich an, seine Hand wandert weiter nach oben. »Dann kommt mir jetzt wohl die verantwortungsvolle Aufgabe zu, dich auch weiterhin zufriedenzustellen.«

Erleichtert, dass er das Thema damit auf sich beruhen lässt, ergreife ich seine Finger und schiebe sie zwischen meine Beine. Der sanfte Druck auf meine Perle steigert meine Erregung, meine Atmung beschleunigt sich. Doch ich will mehr … Gespielt nachdenklich verziehe ich den Mund. »Du solltest mich unbedingt zufriedenstellen, nicht dass ich es mir doch noch anders überlege.«

Ehe ich mich's versehe, liege ich auf dem Rücken, Sven über mir. Seine Augen sind dunkel, sein Atem geht abgehackt. Energisch drängt er sich zwischen meine Beine und reibt seinen harten Schwanz an mir. »Dazu hast du aber viel zu viel an.« Er stemmt sich auf einen Ellbogen abgestützt nach oben und schiebt mir die Jogginghose über die Hüften. Ich helfe ihm dabei, sie ganz auszuziehen. Kaum dass ich wieder flach unter ihm liege, drängt er seine Hand wieder zwischen meine Schenkel und schiebt meinen Slip beiseite.

»Ah, das ist gut …« Ich stöhne auf, als er seine Finger in

meiner Muschi versenkt und augenblicklich damit beginnt, mich mit seiner Hand zu ficken. Ich bin so feucht, dass er auf keinerlei Widerstand stößt. Svens Augen funkeln triumphierend. »Wusste ich's doch, dass dich dieses Filmchen total heiß gemacht hat«, murmelt er und lässt von mir ab. Ich will protestieren, doch ich komme nicht dazu. Sven zieht ganz einfach seine eigene Hose ein Stück herunter, hält mich an den Schultern fest und dringt mit einem einzigen kraftvollen Stoß in mich ein. Von dem abrupten Gefühl völlig überwältigt, stöhne ich ungezügelt, meine Hüften zucken ihm wie von selbst entgegen.

»Ja, das gefällt dir, wenn ich mich einfach an dir bediene und dich vögle«, knurrt Sven. Lüstern mustert er mich und stößt mit kurzen, kraftvollen Bewegungen in mich. Sein Blick ist fest auf mein Gesicht geheftet, er erwartet wohl, dass ich mich dem Dirty Talk anschließe. Doch ich kann einfach nicht.

Es macht mich überraschenderweise an, wenn er mich behandelt wie sein Sexspielzeug, doch die schmutzigen Worte wollen mir einfach nicht über die Lippen. Allein schon beim Gedanken daran zu stöhnen: *Oh ja, fick mich, bis ich schreie* oder etwas Ähnliches, fühle ich mich lächerlich.

Ich schließe die Augen und drehe den Kopf entspannt zur Seite, um mich wieder auf Svens Tun und seinen Körper zu konzentrieren. Meine Hände lege ich auf seinen knackigen Hintern. Bei jedem Stoß spannen sich seine Muskeln an und werden unter meinen Handflächen hart. Tief und immer tiefer treibt er sich in mich. Gierig öffne ich meine Schenkel noch weiter für ihn und kralle meine Finger in sein Fleisch, um ihn anzuspornen.

Sven packt mich am Kinn und dreht meinen Kopf zurück in seine Richtung. »Schau mich an, wenn ich es dir besorge.« Überrascht öffne ich meine Lider und blicke in sein vor Anstrengung verzerrtes Gesicht. So kenne ich ihn nicht, und das ist verdammt heiß. Mein Unterkörper glüht vor rasender Sehnsucht, ich dränge mich ihm entgegen, gleich … Sven beugt sich über mich und küsst mich roh. Abrupt hält er in seinen Bewegungen inne.

Ich keuche frustriert. »Mach weiter, ich war fast soweit.«

Sven schenkt mir ein spöttisches Lächeln. Auch das ist mir neu. »Du würdest gern kommen?« Irritiert lege ich die Stirn in Falten und mustere ihn verunsichert. »Natürlich, das ist doch der Sinn der Sache.« Mit einem verschlagenen Lächeln zieht er sich beinahe vollständig aus mir zurück, nur seine geschwollene Eichel bleibt ein kleines Stück in mir.

»Was soll das?« Ich fühle mich plötzlich leer und will mich Sven entgegenheben. Gleichzeitig presse ich meine Hände auf seinen Hintern, um seinen Penis wieder in mir aufzunehmen, doch er bewegt sich keinen Millimeter. Svens Mundwinkel zucken, die Augen funkeln überlegen, er scheint die Macht zu genießen, die er in diesem Moment über mich hat. »Sag mir, was ich mit dir tun soll. Bitte mich darum«, flüstert er mir rau ins Ohr und beißt mir vorsichtig in den Nacken.

Auf meinem ganzen Körper breitet sich eine Gänsehaut aus. Svens ungewohntes Verhalten peitscht meine Erregung in ungeahnte Höhen, ich will ihn endlich wieder in mir haben. Doch ich kann einfach nicht tun, was er von mir verlangt. Als habe er meine Gedanken gelesen, lässt er seinen Schwanz ein Stück tiefer in mich gleiten. Lockend kreist sein Becken über mir und er grinst mich herausfordernd an. Ich bin meinem Ziel so nah und doch so fern.

»Du bist ein mieser Bastard«, zische ich ungehalten. Sven reagiert nur mit einem lässigen Schulterzucken darauf. »Nun?«

Ich schlucke trocken. Es scheint ewig her zu sein, dass ich so scharf auf ihn war. »Fick mich«, sage ich leise und schlage die Wimpern beschämt nieder. Sofort packt mich Svens Hand wieder unter dem Kinn. Gehorsam sehe ich zu ihm auf. Er dreht seinen Kopf ein Stück und zieht seine Augenbrauen in die Höhe. »Was hast du gesagt? Ich habe es nicht verstanden.«

Am liebsten würde ich ihm ins Gesicht spucken, dass er mich dazu zwingen will, es noch einmal und lauter zu sagen, aber ich bin so heiß, dass ich das hier zu Ende bringen will. »Fick mich«, maule ich ihn widerspenstig an und stöhne laut, als er sich mit einem Ruck seiner Hüften wieder tief in mich treibt. »Über deinen Tonfall unterhalten wir uns später«, grollt er und legt seine Hand vorsichtig um meine Kehle.

Wer bist du und was hast du mit meinem Mann gemacht?, will ich fragen, doch dieses Spielchen reißt mich einfach mit. Svens Dominanz ist beunruhigend und reizvoll zugleich. Es ist, als würde ein Fremder seine Lust an mir stillen. Aufgeputscht sehe ich zu ihm auf. Sein Kiefer ist angespannt, die Sehnen an seinem Hals treten wie Stränge hervor. Wie besessen hämmert er seinen Schwanz in mich, treibt mich damit unaufhaltsam auf den Höhepunkt zu. Mein Puls rast, wie im Fieber winde ich mich unter ihm. Doch über ihn nachzudenken lenkt mich ab, ich schaffe es einfach nicht, den Gipfel ganz zu erklimmen.

»Was ist los? Komm für mich, Kleines …«, keucht Sven, seine Hand löst sich von meinem Hals und gleitet zwischen unsere Körper. Die flüchtige Stimulation reicht aus, dass sich meine Scheidenmuskulatur unter den ersten erlösenden Spasmen meines Orgasmus zusammenkrampft. Mein Verlangen steigt beinahe ins Unerträgliche. Sven reibt mit dem Daumen fester über meinen Kitzler, ein Finger gleitet zusammen mit seinem Schwanz in mich hinein.

Mein Oberkörper ruckt in die Höhe, ich klammere mich an seinen Schultern fest und stöhne laut seinen Namen, als der Höhepunkt mich überrollt und mich mit sich in die Tiefe reißt. Mein Unterkörper zuckt, während Sven immer noch in mich stößt, kleine Nachbeben lassen mich erschaudern. Erschöpft lasse ich mich zurück aufs Polster fallen, als es vorbei ist. Die letzten Wellen meiner abebbenden Lust umspülen mich warm.

»Fuck, Annabell«, keucht Sven und bohrt sich mit einem letzten, besitzergreifenden Stoß tief in mich. Ich spüre, wie sein Penis zuckt und er sich in mir ergießt. Heftig atmend verharrt er und starrt mich ungläubig an. Ich zittere vor Erschöpfung und befriedigter Lust.

»Das war …« Ich halte nachdenklich inne und schüttle den Kopf. Ich habe keinen blassen Schimmer, was in Sven gefahren ist, aber es war fantastisch. Ich muss lachen. »Keine Ahnung … Was war das eben?«

Sven zieht sich aus mir zurück und angelt ein Päckchen Taschentücher aus der unteren Ablage des Couchtisches hervor. Ich wische mich ab, ehe das Sekret meiner Lust und Svens Sperma auf das Polster tropfen, und setze mich neben ihm auf. Er wirkt plötzlich befangen. Konzentriert verstaut er seinen Penis wieder in seinen Shorts und zieht die halb herabgelassene Hose hoch. Erst dann schaut er mich vorsichtig an. »Es war doch gut, oder? Ich meine, du warst schon erregt und ich war geil, da dachte ich, mal anders …«

Tatsächlich scheint er sich zu sorgen, dass ich es nur zugelassen habe, weil er mich damit überrumpelt hat. Dabei habe ich es genossen, dass er meinen Widerstand bricht. Es hat mich auf eine völlig neue Ebene der Lust gehoben. Ich hätte nie gedacht, dass ich sexuelle Unterwerfung genießen könnte. Zumindest denke ich, dass es etwas in der Art war. Mit dem

Thema habe ich mich eigentlich noch nie intensiver befasst.

»Es war richtig gut«, antworte ich ihm nachdenklich und bedaure gleichzeitig, dass das wohl nicht wiederholbar ist. »Ich meine, es war spontan und überraschend. Hätte ich damit gerechnet, wäre es sicher nicht halb so erregend gewesen.«

Auf Svens Gesicht breitet sich ein zufriedenes Grinsen aus. »Mag sein, aber es gibt auch noch ganz andere aufregende und neue Dinge, die wir ausprobieren könnten.« Mit einem angedeuteten Nicken deutet er in Richtung Fernseher.

Wie bitte? Eine schnelle Nummer auf dem Sofa ist ja wohl was anderes als ein Besuch im Swingerclub. Schon bei dem Gedanken daran wird mir ganz flau im Magen. Ich bin mir nicht sicher, ob ich dieses Gespräch wirklich fortführen will, und starre beklommen auf meine Hände. Ich meine: swingen? – Nein. Es wie Heidi und Thomas zwischen einer ganzen Menge anderer Leute zu tun, ist bestimmt nichts für mich. Hätte ich doch nur abgeschaltet, als ich aufgewacht bin. Nervös verlagere ich mein Gewicht nach vorn und greife nach der Fernbedienung, um die immer noch wild kopulierenden Paare wegzuschalten.

»Ich weiß nicht«, murmle ich gedehnt. Zum Glück rettet mich Leonie. Das rote Lämpchen des Babyfons blinkt hektisch, ihr Weinen ist zu hören. Schnell stehe ich vom Sofa auf und schnappe mir meine Klamotten. »Lass uns ein anderes Mal darüber reden.« Ich hauche Sven einen schnellen Gutenachtkuss auf den Mund und haste zur Tür. Zwar scheint Leonie sich ein wenig zu beruhigen, denn ihr Weinen ist kurzfristig verstummt, doch ich muss erst in Ruhe nachdenken, ehe ich mich mit Sven weiter über unser Sexualleben unterhalte.

»Annabell?« Seine Stimme stoppt mich an der Tür. Langsam drehe ich mich zu ihm herum und sehe, wie er mich verschmitzt angrinst. Er scheint zu ahnen, in welche Nöte mich seine Andeutungen bringen. Doch anstatt den Faden wieder aufzunehmen, sagt er leise: »Ich liebe dich.« Seine Augen funkeln mich liebevoll an, das Grinsen verwandelt sich in ein warmes Lächeln.

Alles in mir wird weich. Ich kann mich nicht daran erinnern, wann er es das letzte Mal mit so viel Zärtlichkeit gesagt hat.

»Ich dich auch«, flüstere ich glücklich. Sven nickt und lehnt sich mit hinter dem Kopf verschränkten Armen entspannt auf dem Sofa zurück. Kaum zu glauben, was ein paar Minuten Hingabe bewirken können.

Kapitel 2

Überraschung

mit Startschwierigkeiten

Das tut gut … An die Arbeitsplatte der Küche gelehnt schlürfe ich meinen morgendlichen Kaffee und sehe Leonie durch den offenen Durchgang beim Spielen zu. Sie hat ihre Plüschente in der Mitte des Wohnzimmers entdeckt und krabbelt fröhlich brabbelnd auf sie zu. Seit gestern Nacht – die sie fast gänzlich durchgeschlafen hat – ist sie wie verwandelt. Sven hatte also recht. Es war wieder mal irgendeine Phase, die sie aus der Ruhe gebracht hat.

Als hätten meine Gedanken ihn herbeigezaubert, kommt er nur mit Shorts und T-Shirt bekleidet ins Wohnzimmer getappt und sieht sich irritiert um. Leonie ändert ihre Richtung und visiert ihn anstatt der Ente an.

»Morgen, kleine Maus. Wo hast du denn die Mami gelassen?« Er nimmt sie hoch und gibt ihr einen Kuss. Der Anblick ist zum Schmelzen.

»Hier drüben … die Kleine ist so zufrieden, da wollte ich sie in ihrem Entdeckerdrang nicht stören.«

Sven setzt Leonie zu ihrem Kuscheltier und gesellt sich zu mir in die Küche. Ich hole eine Tasse für ihn aus dem Oberschrank und lasse ihm einen Kaffee aus dem Vollautomaten – froh, mich für einen Moment abwenden zu können. Leonie hat mich zwar heute Nacht schlafen lassen, dennoch habe ich kaum Ruhe gefunden. Meine Gedanken wollten einfach nicht stillstehen.

»Morgen Schönheit«, murmelt Sven anzüglich. Er schlingt von hinten die Arme um meine Taille und haucht mir einen sanften Kuss in den Nacken. Mir wird ganz heiß, als er mit seinen Hüften an meinen Po stößt. Er ist steinhart. Anscheinend denkt auch er an gestern Nacht. Das hat ihn jedoch nicht davon abgehalten, bis nach neun zu schlafen.

»Morgen«, antworte ich leise und drehe mich in seinen Armen herum. Er empfängt mich mit einem langen Kuss. Als er wieder von mir abläss, greift er an mir vorbei nach seinem Kaffee.

»Wann geht die Kleine denn wieder ins Bett?«, fragt er beiläufig und nippt an seiner Tasse. Lässig lehnt er sich in der u-förmigen Küche mir gegenüber an die Arbeitsplatte und lässt seinen Blick über meinen Körper schweifen. Die Signale könnten nicht eindeutiger sein.

»In einer halben Stunde.« Meine Stimme klingt belegt, ich räuspere mich. Zwar kann ich durchaus Gefallen an dem Gedanken finden, das von gestern Nacht zu wiederholen, aber mir fehlt die Zeit dazu. Wäsche waschen, falten und bügeln, kochen, aufräumen ... Sven scheint jedoch keine Gedanken an solche Nichtigkeiten zu verschwenden. Er stellt seinen Becher ab und drängt mich heißblütig gegen den Küchenschrank. Seine Hände landen auf meinen Hüften und er zieht mich eng an sich. »Dann haben wir etwas Zeit für uns, richtig?« Sein steifer Penis drängt gegen meinen Schamhügel, mit erwartungsvoll funkelnden Augen sieht er mich an.

Hitze flutet meinen Körper, meine Nippel stellen sich augenblicklich auf. Dennoch schiebe ich ihn von mir und schlüpfe

an ihm vorbei. »Prinzipiell ja, aber ich habe so viel zu tun …«
Ehe ich zu Ende gesprochen habe, schnappt Sven sich seine
Tasse und verschwindet mit einem gekränkten Schnauben aus
der Küche. Es ärgert mich, dass er sich wie ein abgewiesenes
Kleinkind verhält, nur weil ich nicht sofort verfügbar bin.
Wütend folge ich ihm.

»Wenn ich mich nachher nicht gleich um die Wäsche kümmere, komme ich mit dem Kochen nicht hinterher. Und einmal am Tag sollte Leonie schließlich auch an die frische Luft.
Das alles kostet Zeit!« Zeit, von der irgendwie nie genug da
ist. Sobald ich das Gefühl habe, die Dinge einigermaßen im
Griff zu haben, kommt etwas Neues hinzu, das ich einbauen
soll. So wie jetzt Sven.

Ich stoppe abrupt, als er zu mir herumwirbelt und mich
ärgerlich anfunkelt. »Kannst du das nicht einmal vergessen?
Herrgott noch mal, Annabell, es ist Sonntag!«

Ich schlinge abwehrend die Arme um meinen Oberkörper.
Sven hat ja keine Ahnung. »Und wenn ich mich nicht auch am
Sonntag um alles kümmere, habe ich am Montag doppelt so
viel Arbeit! Das wird mir einfach zu viel.« Ich will nicht schon
wieder streiten, dennoch kann ich nicht verhindern, dass ich
laut werde. Wie kann Sven nur so blind sein und nicht sehen,
wie ich durch jeden Tag hetze, um Leonie und ihn zufriedenzustellen? »Es kotzt mich an, dass ich immer nur geben soll, es
aber nie genug ist! Für dich ist es selbstverständlich, dass du
jeden Tag ein sauberes und gebügeltes Hemd aus dem Schrank
ziehst, ich dein Zeug hinter dir herräume und dass jeden Tag,
sofern ich es irgendwie schaffe, ein ordentliches Essen auf
dem Tisch steht. Und ich krieg das einfach nicht mehr auf
die Reihe, wenn ich nur einen Tag lang stillstehe.« Ich spüre,
wie mir hilflose Tränen der Wut in die Augen schießen. Ich

hasse es, dass ich heulen muss, wenn ich richtig sauer bin. Zornentbrannt stürme ich an Sven vorbei. Er soll bloß nicht glauben, dass ich weine, weil ich traurig bin.

»Früher hast du das doch auch alles hinbekommen, obwohl du den ganzen Tag arbeiten warst!«, brüllt er mir hinterher. Ich mache auf dem Absatz kehrt und baue mich vor ihm auf. »Ja, früher habe ich mir meine Zeit aber auch selbst einteilen können und musste nicht alles, was ich tue, zigmal unterbrechen.« Sven starrt mich düster an. Langsam schüttelt er den Kopf. »Wenn ich es nicht besser wüsste, würde ich glauben, du wünschtest dir, wir hätten Leonie nie bekommen.«

Seine Worte treffen mich wie ein Faustschlag. Tu ich das? Ich spüre, wie das Blut aus meinen Wangen weicht, und schüttle entgeistert den Kopf. Von Sven lasse ich mir nicht die Worte im Mund umdrehen. »Pass auf, was du sagst. Ich bin keine schlechte Mutter, nur weil ich mich nicht in drei Teile zerreißen und jeden Ball auffangen kann, der mir zugespielt wird.«

Sven nickt bitter, seine Schultern sinken resigniert nach vorn. »So ist das also. Im Prinzip sagst du mir gerade, dass der Haushalt Vorrang vor mir hat. Dabei habe ich einfach nur das Bedürfnis, wieder eine richtige Partnerschaft zu leben. Eigentlich sollte das auch dein Bedürfnis sein.«

Er geht an mir vorbei und würdigt mich keines Blickes mehr. Ich zucke zusammen, als er die Tür mit einem Knall hinter sich zuschlägt, Leonie beginnt zu weinen. Ich nehme sie erschrocken hoch und wiege sie tröstend. Das schlechte Gewissen bricht über mir zusammen. Wie konnte ich nur so auf mich konzentriert sein, dass ich nicht bemerkt habe, dass wir ihr Angst machen? Wann ist nur dieser Groll in mir entstanden und wie?

Geistesabwesend setze ich mich mit der Kleinen aufs Sofa

und mache Faxen mit ihrer Plüschente, um sie bis zur Schlafenszeit bei Laune zu halten. Sie lacht erheitert, als ich das Tierchen hinter meinem Rücken verstecke und laut quakend wieder zum Vorschein kommen lasse. Für sie ist die Welt wieder in Ordnung. Wäre es für mich doch auch nur so einfach …

***

Eine gute dreiviertel Stunde später liegt meine Kleine friedlich schlummernd in ihrem Bett, von Sven ist weit und breit nichts zu sehen. Eigentlich sollte ich mich jetzt um den Haushalt kümmern, doch ich halte diese Anspannung zwischen uns einfach nicht länger aus. Leise öffne ich die Tür zu unserem kleinen Büro. Wie vermutet sitzt Sven vor dem PC und zockt irgendein Ballerspiel, um Frust abzubauen.

»Sven?«

Keine Reaktion.

Ich presse die Lippen aufeinander, um nicht wieder zu schreien – diesmal aus Frust – und trete vorsichtig hinter ihn an den Schreibtisch. »Es tut mir leid. Ich wollte dir keine Vorwürfe machen. Natürlich bin ich für die Arbeiten zu Hause zuständig, nachdem ich nun ja den ganzen Tag da bin, und natürlich ist der Haushalt nicht wichtiger als du. Aber manchmal habe ich einfach das Gefühl, dass mir alles über den Kopf wächst.« Sven nimmt nicht einmal den Blick von diesem bescheuerten Bildschirm. »So ein ähnliches Gespräch haben wir doch erst vorgestern geführt …« Er klingt nicht einmal mehr böse, vielmehr entmutigt. Seine Schultern sind angespannt.

Nervös trete ich von einem Fuß auf den anderen. Warum bin ich überhaupt so explodiert? Mein Mann wollte einfach nur den günstigen Zeitpunkt nutzen und mit mir schlafen. Das ist doch kein Grund, derart auszurasten. Ich räuspere mich, um den Kloß in meinem Hals loszuwerden. Es macht mich traurig, dass ich nicht wenigstens einen Teil der Schuld auf ihn abschieben kann. Doch tatsächlich scheine ich allein der Grund für unsere Eheprobleme zu sein.

»Ich verstehe mich manchmal selbst nicht mehr. Ich meine, es macht mich so wütend, nie mit der Arbeit fertig zu werden. Den ganzen Tag kreise ich um die unerledigten Dinge und am nächsten Morgen ist die Liste wieder voll.«

Zum ersten Mal, seit ich dieses Gespräch begonnen habe, sieht Sven mich an. Ein beunruhigender Ausdruck flackert in seinen schönen Augen auf. »So geht das nicht weiter, Annabell. Ich dachte wirklich, dass in den letzten beiden Tagen irgendwie ein Knoten geplatzt sei. Und heute haust du mir deinen Frust um die Ohren, nur weil ich dich auf dem falschen Fuß erwischt habe.«

Ich presse die Lippen aufeinander und nicke beschämt. »Es tut mir leid.«

Sven schüttelt den Kopf und wendet sich wieder seinem Spiel zu. »Das glaube ich dir sogar. Aber es reicht einfach nicht mehr, dass es dir hinterher leidtut. Irgendetwas muss sich ändern …«

***

Nach dem Mittagessen fliehe ich mit Leonie regelrecht aus dem Haus. Ich halte die eisige Stimmung zwischen Sven und mir einfach nicht länger aus. Da es nieselt, packe ich sie ins Auto und fahre zu meiner Mutter. Sie lebt nur eine viertel Stunde Autofahrt von uns entfernt in Hamburg-Bergstedt. Das ist aber nicht der einzige Grund, weshalb ich unbedingt in einem der Walddörfer wohnen wollte, den nordöstlichen Stadtteilen Hamburgs. Vielmehr wollte ich wieder dorthin zurück, wo ich selbst eine wundervolle Kindheit erlebt habe, inmitten der reichen Vegetation der Außenbezirke. Ich hatte eigentlich nie das Gefühl, in der Stadt groß zu werden, und das habe ich mir für meine eigenen Kinder auch gewünscht. Sven hat das verstanden und war bereit, aus dem Stadtzentrum wegzuziehen, auch wenn es für ihn bedeutet, dass sein Weg zur Arbeit sich damit verdoppelt. Als wir dann unser schnuckeliges Haus in Volksdorf gefunden haben, war mein Glück perfekt. Mein Herz krampft sich bei der Erinnerung daran zusammen. Nie hätte ich gedacht, dass ich mich nur eineinhalb Jahre später ernsthaft um meine Ehe sorgen muss.

Leonie beginnt in ihrer Babyschale zu jammern. Sie ist ein quirliges kleines Mädchen und hasst es inzwischen, in dem engen Sitz eingepfercht zu sein. »Gleich, Süße, gleich sind wir bei Oma«, tröste ich sie und gebe etwas mehr Gas. Ich brauche jetzt dringend Ablenkung.

Keine fünf Minuten später sind wir da, doch ich zweifle inzwischen daran, dass meine Mutter überhaupt zu Hause ist. Ich werfe einen Blick durch die Verglasung der Eingangstür. Drinnen ist es ruhig. Natürlich … sonntags trifft sie sich ja immer mit ihren Freundinnen zum Poker.

»Sorry, Maus, du musst wohl noch eine Weile da drinbleiben.« Ich wende mich gerade wieder ab, als doch noch die Tür geöffnet wird.

»Annabell? Was führt euch denn her?« Hektisch streicht meine Mutter sich die zerzausten Haare glatt. Wahrscheinlich habe ich sie aus ihrem Mittagsschlaf aufgeschreckt.

»Entschuldige, wir wollten dich nicht stören.« – »Ach wo, kommt doch rein«, unterbricht meine Mutter mich und schenkt Leonie ein strahlendes Lächeln, das die Kleine sofort erwidert. »Ich habe mich nur ein wenig hingelegt, aber das kann ich ja auch später noch tun. Seit Birgit weggezogen und Margret wegen ihrem neuen Hüftgelenk in der Reha ist, bekommen wir einfach keine Pokerrunde mehr zustande und mir steht der ganze Sonntag zur freien Verfügung.«

»Birgit ist weggezogen? Davon hast du mir ja gar nicht erzählt …« Ich folge meiner Mutter ins Wohnzimmer und befreie Leonie aus ihrer verhassten Lage. »Warum triffst du dich dann nicht wenigstens mit Emma?« Die ist die Vierte im Bunde. Meine Mutter winkt genervt ab und lässt sich aufs Sofa plumpsen. Ich folge ihr beunruhigt und gebe ihr Leonie auf den Arm. Als wäre nichts, kitzelt meine Mutter sie unterm Kinn. Wie kann sie nur so gefasst sein? Neben den Kontakten zu ihren Freundinnen und mir hat sie niemanden. Mein Vater hat uns verlassen, als ich noch ein Baby war.

»Du weißt doch, wie Emma ist – alt und eingefahren. Wenn wir nicht Poker spielen können, bleibt sie am liebsten zu Hause«, antwortet sie beiläufig und konzentriert sich darauf, Leonie zum Lachen zu bringen.

Der Druck auf meiner Brust nimmt zu. Ich fühle mich für meine Mutter verantwortlich. »Sollen wir dich dafür am Sonntag besuchen kommen?« Ich habe zwar keine Ahnung, wie ich das auch noch unterbringen soll, doch ich kann einfach nicht anders, als das vorzuschlagen. Die traurige Vorstellung, wie sie das ganze Wochenende allein daheimhockt, zwingt mich dazu. Auch bei ihrer Arbeit als Reinigungskraft im Krankenhaus an vier Tagen in der Woche hat sie nicht sonderlich viele Kontakte, da wegen der zunehmenden Stellenkürzungen kaum Zeit bleibt, mal ein Wörtchen mit den Patienten oder Pflegekräften zu wechseln.

Zu meiner Erleichterung schüttelt meine Mutter entschlossen den Kopf. »Ihr kommt doch schon jeden Mittwoch. Was würde Sven da sagen, wenn ihr am Wochenende auch noch weg seid, wo er doch endlich mal Zeit für euch hat?«

Ja, was würde Sven sagen? Vermutlich würde er sofort die Scheidung einreichen oder zumindest einen Ehetherapeuten aufsuchen. Ertappt starre ich auf meine Hände.

»Was ist, Annabell? Habt ihr Probleme?«

Natürlich durchschaut meine Mutter mich sofort. Schon als Kind konnte ich selten ein Geheimnis vor ihr wahren. »Es läuft momentan nicht besonders gut«, murmle ich. Meine Mutter legt mir sanft die Hand auf den Arm und etwas in mir zerbricht. Ich hatte nicht vor, ihr von meinen Sorgen zu berichten. Ihre mitfühlende Geste fühlt sich jedoch gut an. Meine Gedanken müssen einfach raus.

»Sven hat auf der Arbeit so viel zu tun, dass er fast jeden Tag später heimkommt, und wenn er dann endlich da ist, streiten wir uns. Es ist wie verhext. Ich freue mich auf ihn, doch kaum steht er vor mir und macht den Mund auf, könnte ich ihm ins Gesicht springen. Ich weiß auch nicht, warum ich so empfindlich bin, aber ich habe ständig das Gefühl, dass ich nichts richtig machen kann.«

»Ist doch klar, du hast in deine neue Rolle noch nicht richtig hineingefunden. Man sagt ja immer, dass das beim ersten Kind am schwersten ist.« Meine Mutter legt mir den Arm um die Schultern und mustert mich forschend. »Oder ist da noch mehr?«

Leonie schaut mit ernsten Augen zu mir auf, als wolle sie mich fragen, ob ich lieber zurück in mein altes Leben wolle. Das schlechte Gewissen regt sich wieder in mir. Sie ist ein geliebtes Kind, unser beider Wunschkind. Ihr ergeht es anders als mir, als ich ein Baby war. Ich schüttle abwehrend den Kopf. Wie konnte ich nur so unbedacht meine Gefühle hinausposaunen? »Sven ist nicht wie Papa.«

»Das weiß ich doch …« Trotz der Überzeugung, die sich hinter ihren Worten verbirgt, klingt meine Mutter erleichtert. Kein Wunder. Was sie in ihrer Ehe erlebt hat, wünscht sich keine Mutter für ihr Kind. Ich habe meinen Vater nie richtig kennengelernt, aber was ich von ihr über ihn weiß, reicht aus, um froh darüber zu sein. Zwanghaft, kontrollsüchtig, jähzornig. Und als sie genug davon hatte, jede Handlung von ihm kontrollieren zu lassen und jedes Abweichen von seinen Erwartungen zu rechtfertigen, um nicht seine Wut auf sich zu ziehen, hat er seine Sachen gepackt und uns verlassen. Sie war ihm nicht perfekt genug, ich war es nicht … Wir haben ihn nie wieder zu Gesicht bekommen. Nur zu meinem Geburtstag schreibt er mir jedes Jahr eine Karte, was ich aber mehr seinen Zwängen zuschreibe als seiner Zuneigung.

»Wo liegt dann das Problem?«, hakt meine Mutter nach.

Ja, wo liegt es überhaupt? »Unser Alltag ist zu voll geworden«, antworte ich nachdenklich. Meine Mutter legt fragend die Stirn in Falten.

»Ich meine, Leonie beansprucht mich voll und ganz, was ja auch in Ordnung ist, sie ist ein Baby … Aber ich schaffe es kaum, daneben auch noch den Haushalt zu führen. Für Sven bleibt da unterm Strich nicht genug übrig.«

Meine Mutter lächelt und setzt Leonie auf ihrem anderen Bein ab, weil sie ständig nach meinen Haaren greifen will und dabei fast von ihrem Schoß fällt. »Sven ist also eifersüchtig?« Versonnen schüttelt sie den Kopf. Sie kennt ihn gut genug, um zu wissen, wie intensiv er ist und wie hart es für ihn sein muss, nur noch an zweiter Stelle zu stehen. »Dann wird er wohl lernen müssen, hintanzustehen. Ihr wollt bestimmt noch mehr Kinder«, sagt sie tatsächlich trocken.

Doch irgendwas daran passt mir nicht. Sven ist ja bereit

zurückzustecken und bietet mir sogar seine Unterstützung an. Ich reibe mir über die Schläfen, um die aufsteigenden Kopfschmerzen zu verdrängen. Sven und ich sehen uns mehr denn je, wir haben eine wundervolle Tochter, sind alle kerngesund und stehen finanziell nicht unter Druck. Was verdammt noch mal stört mich also so, stört Sven so, dass es unsere Beziehung derart belastet?

»Es liegt nicht nur an ihm. Mir gefällt es genauso wenig, wie sich unsere Beziehung durch Leonie verändert hat. Ich meine, er fehlt mir. Selbst wenn er da ist, haben wir kaum Zeit füreinander.« Das *wir* fehlt mir. Sven und Annabell, das Paar. Es tut gut, das mal auszusprechen, aber es macht mich auch traurig. Ich habe mir so sehr ein Kind gewünscht und war völlig verzweifelt, als es über ein Jahr gedauert hat, bis Leonie entstanden ist, und jetzt bin ich unzufrieden? Ich schüttle verzagt den Kopf.

»Ich bin einfach eine schlechte Mutter. Oberflächlich gesehen kümmere ich mich gut um die Kleine, aber wenn man genauer hinschaut …«

Die Mimik meiner Mutter wird weich. »Euch fällt die Decke auf den Kopf? Dann schaut zu, dass ihr rauskommt – ohne Leonie. Es ist völlig in Ordnung, mal Zeit für sich zu brauchen.« Vielsagend zieht sie ihre Augenbrauen in die Höhe. Mir ist klar, was sie mir damit anbietet. Es ist schließlich nicht das erste Mal. Aber kann ich das? Kann ich mich überwinden, die Kleine in andere Hände zu geben?

In den letzten neun Monaten ist sie zu meiner Dauerbegleitung geworden und ich habe sie nie länger als eine Stunde abgegeben, und dann auch nur an Sven. Bereits bei dem Gedanken daran, allein mit Sven loszuziehen, fühle ich mich unvollständig. Mein Magen rebelliert, am liebsten würde ich mich übergeben, um dieses widerwärtig zwiespältige Gefühl loszuwerden.

Irgendetwas muss sich ändern, hallen Svens Worte laut in meinen Ohren wieder. Ich nicke langsam und schaue meiner Mutter fest in die Augen. »Würdest du Leonie mal für ein paar Stunden zu dir nehmen?« Auch wenn es im Moment nicht immer so erscheinen mag, liebe ich Sven, und ich muss verdammt noch mal endlich damit anfangen, an unserer Partnerschaft zu arbeiten.

»Aber natürlich!« Meine Mutter dreht Leonie auf dem Schoß zu sich herum und knuddelt sie. Die Kleine quietscht fröhlich und zwickt ihrer Oma in die Nase. »Wir würden schon zurechtkommen, nicht wahr Süße? – Wie du ja jetzt weißt, habe ich jede Menge Zeit am Wochenende«, sagt sie zu mir, ohne den Blick dabei von ihrer Enkelin zu nehmen.

Ich atme tief ein und aus. Es ist einfach nötig. Nicht darüber nachdenken, Augen zu und durch. »Wie wäre es gleich mit nächstem Samstag?«

***

Als wir wieder zu Hause ankommen, fühle ich mich um Längen besser. Tatkräftig stürme ich in das Büro, in das Sven sich nach dem Mittagessen wieder verzogen hat. Ich kann es gar nicht erwarten, ihm von meinen Plänen zu berichten. Er sitzt wieder an seinem Ballerspiel und dreht sich nicht mal nach mir um.

»Halt dir den nächsten Samstag frei«, fordere ich ihn auf, kaum dass ich die Tür aufgestoßen habe.

»Mache ich doch sowieso, damit du in Ruhe einkaufen gehen kannst«, erwidert er säuerlich. Ein zufriedenes Lächeln schleicht sich auf mein Gesicht. Das fühlt sich so verdammt gut an, ihm einen Schritt voraus zu sein. »Diesmal werden wir gemeinsam einkaufen gehen, nur wir zwei. Besser noch: Wir können machen, was wir wollen, denn ich habe mit meiner Mutter vereinbart, dass sie auf Leonie aufpasst. Wenn es gut läuft, dann haben wir den ganzen Tag für uns.«

Stille.

Dann dreht Sven sich ganz langsam auf dem Schreibtischstuhl zu mir herum. Seine Augen kneift er misstrauisch zusammen. »Ist das dein Ernst? Was ist aus deiner Philosophie geworden, die Kleine vor dem Kindergartenalter bei keinem anderen als mir zu lassen?«

Mein Lächeln verwandelt sich in ein genugtuendes Grinsen. »Hab ich durch eine neue Philosophie ersetzt: Eltern brauchen auch mal Zeit für sich, und das, ohne ständig auf Abruf zu sein. Außerdem ist meine Mutter ja auch Teil dieser Familie, ich habe meine Grenzen also nur etwas erweitert. Was hältst du davon?«

Sven betrachtet mich nachdenklich und verschränkt die Arme vor der Brust. Er scheint mir nicht über den Weg zu trauen. »Wenn du das wirklich durchziehst, finde ich, dass das ziemlich gut klingt.« Er kann jedoch nicht vor mir verbergen, dass seine Augen erfreut blitzen. Das kann ich zumindest kurz sehen, ehe er mir wieder den Rücken zudreht.

Kapitel 3

Shopping mit
gewissen Vorzügen

Samstagmorgen, neun Uhr. Ich springe hektisch im Wohnzimmer auf und ab und schnappe mir Leonies Lieblingskuschelente. Sie schaut mir verwundert hinterher, als ich damit in die Küche verschwinde, und widmet sich dann wieder ihrer Rassel. In der Küche stopfe ich die Ente in die bereits übervolle Wickeltasche, überlege es mir doch noch mal anders und packe alles wieder aus, um zu checken, ob ich auch wirklich an alles gedacht habe.

Wechselklamotten, Windeln, die mindestens für drei Tage reichen müssten – aber man weiß ja nie – Spielsachen, Breigläschen und eben das ganze andere Zeug, das man für einen Tag mit Baby benötigt. Alles da. Zufrieden verstaue ich die Sachen wieder in der Tasche und werfe einen Blick auf die Uhr am Herd. Kurz nach neun. Mit meiner Mutter habe ich vereinbart, dass wir Leonie gegen halb zehn bei ihr abliefern und ich wäre jetzt eigentlich startklar. Eines fehlt jedoch noch: Sven.

Missmutig tappe ich in den oberen Stock, um nach ihm zu sehen. Die Wohnzimmertür lasse ich offen, damit ich Leonie höre, sollte sie nach mir rufen. Im Bad ist er nicht, meine aufgekratzte Stimmung sinkt. Da haben wir schon mal einen ganzen Tag für uns und er liegt noch in den Federn. Doch heute muss einfach gut werden nach dieser unangenehmen Woche, in der wir nur das Nötigste miteinander geredet haben.

Ohne die Zeit mit Höflichkeiten wie Anklopfen zu verschwenden, stoße ich die Tür des Gästezimmers auf. Sven ist nicht zurück in unser Schlafzimmer umgesiedelt, obwohl Leonie wieder prima schläft. Noch ein Umstand, der mir sagt, dass wir dringend an uns arbeiten müssen.

»Steh auf, wir warten schon auf dich!« Ich schnappe mir die Bettdecke und ziehe sie Sven vom Körper. Nur in Shorts bekleidet blinzelt er mich an und dreht mir dann mürrisch den Rücken zu. »Wozu? Ich will ausschlafen, die Woche war richtig anstrengend.«

Ich runzle irritiert die Stirn. Ist es ihm wirklich entfallen? Ungehalten tippe ich mit dem Fuß auf den Boden, um seine Aufmerksamkeit auf mich zu ziehen. Die Decke habe ich ihm ja schon weggenommen. »Tut mir leid, aber das geht jetzt nicht. Meine Mutter wartet auf Leonie.«

Mit einem Ruck dreht Sven sich wieder zu mir herum. »Du hast das mit keinem Wort mehr erwähnt, da dachte ich –«.

»Denk nicht, steh lieber auf und geh duschen. Ich hab dir doch gesagt, dass wir eine feste Vereinbarung getroffen haben. Ich –«. Weiter komme ich nicht. Sven schnappt sich meine Hand und zerrt mich mit einem Ruck zu sich ins Bett. Mit einem überraschten *Uff* lande ich direkt auf seinem warmen Körper. Er nimmt mein Gesicht in beide Hände und ich sehe in seine bewegten Augen. »Es ist dir wirklich ernst.« Ein vorsichtiges Lächeln erscheint auf seinen Lippen.

Ich räuspere mich, um den dicken Kloß in meinem Hals loszuwerden, und nicke bedeutungsvoll. »Natürlich ist es mir ernst damit, dass ich unsere Beziehung retten will.« Sven legt seine Lippen auf meinen Mund, die Worte gehen in einem vorsichtigen Kuss unter. Als er sich wieder von mir löst, ist er wie ausgewechselt. Er schiebt mich von sich herunter, springt aus dem Bett und sammelt die Klamotten vom Boden auf, die er am Vorabend achtlos dort hingeworfen haben muss.

»Wir haben noch nicht mal darüber nachgedacht, was wir unternehmen sollen. Wie wäre es mit Frühstück in dem Bistro, in dem du früher so oft mit Chrissi warst? Oder wir informieren uns besser erst, was im Kinopalast läuft, und richten uns dann danach. Wir könnten auch bei *Giovanni* eine Pizza essen gehen …«

Ich drehe mich auf die Seite und beobachte Svens hektisches Treiben. Jetzt ist er genauso, wie ich ihn haben wollte. Voller Vorfreude auf die Zeit mit mir. Das ist doch ein guter Anfang, oder?

»Wie wäre es, wenn du dich erst einmal fertig machst? Ich rufe Mama an und sage ihr, dass es etwas später wird.«

Sven hält inne und nickt, seine Wangen sind eifrig gerötet. Ein warmes Gefühl steigt in mir auf. »Vielleicht lassen wir das mit dem Kino. Ich würde viel lieber etwas unternehmen, bei dem wir nicht schweigend in einem dunklen Raum nebeneinandersitzen«, überlege ich laut. Mit einem großen Schritt steht Sven wieder neben dem Bett, lässt sich auf die Knie sinken und schenkt mir einen weiteren, hingebungsvollen Kuss. Seine intensive Reaktion auf unsere Pläne ist beinahe beunruhigend. Es ist etwas ganz Großes für ihn, mich ganz für sich zu haben. In meiner Magengrube ballt sich ein harter Klumpen zusammen. Ich ignoriere ihn und grinse Sven ausgelassen an. Positiv denken.

»Du solltest vor allem nicht vergessen, dir die Zähne zu putzen.« Mit der Zungenspitze lecke ich über meine Lippen und verziehe angeekelt den Mund. »Biest«, knurrt Sven und kitzelt mich so lange, bis mir die Puste ausgeht. Die ungewohnte Leichtigkeit und Svens Hände auf meinem Körper fühlen sich gut an, ein heißes Kribbeln rieselt durch mich hindurch, bis in meinen Schoß. Ganz automatisch beschleunigt sich meine Atmung. Sven beugt sich über mich, schiebt mein Haar beiseite und benetzt meinen Hals mit kleinen Küssen. Die Luft knistert plötzlich, doch wir haben nicht viel Zeit.

Ich schlinge meine Arme um seinen nackten Oberkörper und ziehe ihn auf mich hinunter. Nachgiebig geleitet er zwischen meine geöffneten Schenkel und legt sich schwer auf mich. Ich keuche erregt. Ich liebe es, Sven über die Länge meines ganzen Körpers an mir zu spüren. »Zieh das aus«, fordere ich heiser und zerre an seinen Shorts. Den Rock, den ich mir zur Feier des Tages angezogen habe, schiebe ich einfach nach oben. Svens Augen verdunkeln sich, wie ein Raubtier fixiert er mich.

»Verdammt!« Ich lege meine Hand auf seine Brust und halte ihn zurück, lausche noch mal nach. Doch ich habe mich nicht verhört. Leonie weint. »Du solltest wohl eine kalte Dusche nehmen«, feixe ich und greife Sven in den Schritt. Er ist bereits steinhart.

Stöhnend rollt er sich von mir herunter und lässt sich auf den Rücken fallen. »Das ist echt nicht fair …« Seine gequälte Miene bringt mich zum Lachen.

***

Bis wir bei meiner Mutter ankommen, sind Sven und ich uns einig, dass wir ins Einkaufszentrum gehen. Dort bieten sich uns die vielfältigsten Möglichkeiten. Obwohl ich mich darauf freue, shoppen zu gehen, schön Mittag zu essen und am Nachmittag vielleicht noch irgendwo einen Kaffeestopp einzulegen, bringe ich es fast nicht über mich, meine Kleine zu verlassen.

»Hast du auch gut aufgepasst, Mama? Der Brei hier wird mit heißem Wasser und Obstmus angerührt. Leonie bekommt ihn aber erst nach dem Mittagsschlaf, hörst du? Wenn du ihn ihr schon davor fütterst, will sie um vier das Abendessen.« Ich wühle nervös in den Babyutensilien, die ich auf dem Esstisch meiner Mutter ausgebreitet habe. »Ich hatte alles aufgeschrieben. Wo ist nur dieser Zettel?«

»Ich hab mir alles gemerkt, Schatz.« Besänftigend legt sie mir die Hand auf den Arm und ich halte ertappt inne. Sven packt mich kurzerhand an der Hand und zieht mich mit sich in den Flur. »Los jetzt, Mami, zieh dir die Schuhe an und dann: Ab geht's. Sonst wirst du dich nie von Leonie trennen.«

Ich seufze schwer und schlüpfe in meine Sneakers. »Verabschieden darf ich mich aber schon noch, oder?«

»Natürlich«, antwortet meine Mutter an Svens Stelle und betritt mit meiner Kleinen auf dem Arm den Flur. Jetzt heißt es tief durchatmen. Spätestens heute Abend habe ich sie ja wieder. In sieben oder acht Stunden. Ein fieser Stich durchzuckt mich. Dass das so verdammt hart wird, habe ich nicht geahnt. Tatsächlich brennen meine Augen, als ich Leonie an mich drücke und ihr einen zärtlichen Kuss gebe. »Mami und Papi sind bald wieder da, Schatz. Und du bist lieb bei der Oma, ja?« Leonie greift nach meinen Haaren und quietscht fröhlich. Sie ahnt ja noch nicht mal, dass ich sie gleich im Stich lassen werde.

»Keine Sorge, sollten wir nicht klarkommen, rufe ich dich sofort an. Und vergiss bitte nicht – du warst auch mal ein Baby und ich habe dich allein großgezogen. Und ich finde, dass mir das ziemlich gut gelungen ist.«

»Danke …« Ich schenke meiner Mutter ein entschuldigendes Lächeln, drücke Leonie noch einen letzten Kuss auf die Wange

53

und ergreife dann aufgewühlt Svens ausgestreckte Hand. *Ich will nicht.* »Von mir aus können wir los.«

Im Auto muss ich tatsächlich ein paar heimliche Tränen vergießen und sofort mein Handy auf Empfang überprüfen. Aber als Sven und ich dann das Einkaufszentrum betreten, bin ich so überwältigt von den vielen Eindrücken und Reizen, dass der Trennungsschmerz ein wenig in den Hintergrund tritt. Ich komme mir vor, als hätte ich die letzten Monate auf dem Mond verbracht und nicht vorwiegend zu Hause, und weiß kaum, wohin ich schauen soll.

»Sollen wir zuerst nach Hemden fürs Büro für dich suchen? Mir ist beim Bügeln aufgefallen, dass ein paar längst aussortiert gehören.«

Sven wirft mir einen missbilligenden Blick zu. »Ganz bestimmt nicht. Die kann ich mir auch bestellen und außerdem ist das unser Tag, nicht meiner, und ganz sicher nicht der meiner Arbeit. Wie wäre es, wenn wir mit dir anfangen?«

»Eigentlich brauche ich nichts, wir können also ruhig erst nach Kleidung für dich schauen.« Ich zucke unwohl mit den Schultern. Mit meiner Figur bin ich nach der Schwangerschaft immer noch nicht zufrieden, und der Gedanke, ein Teil nach dem anderen anzuprobieren und mich hässlich darin zu finden, behagt mir nicht besonders.

Sven mustert mich knapp und grinst mich breit an. »Sag mal, ist das das Oberteil, das du bereits während der Schwangerschaft getragen hast?«

Ich beiße mir ertappt auf die Unterlippe. Das weite Shirt passt überhaupt nicht zu dem engen Jeansrock, den ich heute trage. »Meine Oberteile sind fast alle zu eng geworden. Du weißt schon …« Ich schiele verlegen nach unten. »Ich hoffe immer noch, dass die Dinger wieder kleiner werden und ich dann keine neuen Klamotten kaufen muss.« Ich dachte, dass meine Brüste nach dem Abstillen wieder auf ihre ursprüngliche Größe schrumpfen würden, doch bisher haben sie das leider nicht getan.

Sven grinst anzüglich. »Ich finde sie gut, du solltest dich vielleicht an den Gedanken gewöhnen, dass wir mit ihnen leben müssen.« Er zieht eine übertrieben verzweifelte Grimasse und ich muss unwillkürlich lachen. »Na gut …« Wie auf Kommando ergreift Sven meine Hand und zieht mich gleich in den ersten Laden. So enthusiastisch habe ich ihn schon lange nicht mehr erlebt.

»Wie wäre das da?« Keine zwei Minuten später hält er eine hellgrüne Hose in die Höhe. Ich schüttle entsetzt den Kopf. »Nie im Leben, viel zu bunt. Außerdem brauche ich wohl eher T-Shirts.« Ich krame an dem Klamottenständer herum, der mir am nächsten steht, und ziehe ein khakifarbenes Shirt mit Rüschensaum hervor. »Ich dachte eher an sowas.«

Sven rümpft angewidert die Nase. »Du gehst schon mal zur Umkleide und ich such dir was aus.«

»Kennst du überhaupt meine Größe?«, frage ich, doch Sven scheint mich nicht mehr zu hören oder hören zu wollen, denn er hat mir bereits den Rücken zugewandt und kramt begeistert an den Kleiderständern herum. Etwas misstrauisch nehme ich in der Nähe der Umkleidekabinen Aufstellung, damit er mich findet, und warte gespannt ab. Mal sehen, was er mir Ausgefallenes mitbringt.

»Rein mit dir«, befiehlt Sven mir, als er mit einem ganzen Berg Klamotten auf dem Arm auf mich zukommt – einem knallbunten Berg. Ich atme tief durch und schlüpfe in die hinterste Kabine. Ein Teil nach dem anderen probiere ich an und ich muss sagen, dass mir so manches gar nicht schlecht steht. Während ich den ersten Schwung aussortiere und zwei T-Shirts der engeren Wahl beiseitelege, zieht Sven wieder los. So geht das mehrere Male. Während er mir am Anfang Kleidungsstücke bringt, die vielleicht nicht ganz meinem Geschmack entsprechen, aber durchaus tageslichttauglich sind, wird seine Auswahl mit der Zeit immer alberner.

»Zu welcher Gelegenheit soll ich bitteschön diese Leggins tragen?«, frage ich fassungslos, als ich wieder mal vor die Kabine trete, um Sven die pinkfarbenen Leopardenleggins vorzuführen, die er mir mit dem letzten Schwung gebracht hat.

Er presst seine Lippen aufeinander und versucht erfolglos, sich ein Grinsen zu verkneifen. »Zum Einkaufen?« Ein klischeehaftes Bild einer billigen Möchtegerntussi drängt sich mir auf. Ich muss lachen. »Genau, dann lasse ich mir am besten gleich noch die Haare platinblond färben und mache unanständige Zungenspiele mit einem pinkfarbenen Kaugummi.«

»Du darfst die roten Fingernägel nicht vergessen. Vielleicht sollten wir auch noch Ausschau nach schwarzen Lack-High-Heels halten«, entgegnet Sven ernst und schaut mir in die Augen. Unsere Blicke verhaken sich ineinander, beide prusten wir plötzlich los. »Das ist so albern«, kichere ich. Über Svens heitere Miene huscht ganz kurz ein bedrückter Ausdruck. »Es ist schön, dich mal wieder richtig lachen zu sehen.«

Das ausgelassene Gefühl in mir verstummt. Ich nicke verstehend. Keine Ahnung, wann wir das letzte Mal so zusammen gelacht haben. Nicht über was Komisches, das Leonie getan hat, oder über eine witzige Szene in einem Film. Wir … »Wir sollten das vielleicht öfter machen – den Alltag mal Alltag sein lassen und uns richtig Zeit für uns nehmen.«

Sven lächelt mir erfreut zu. Es fühlt sich schön an, wieder mal einfach nur Paar zu sein.

»Was hältst du davon, wenn ich diese ganzen komischen Teile jetzt wegräume und ernsthaft nach was Schönem für dich suche, etwas, das dir ganz bestimmt auch gefällt?« Ich nicke Sven nachdenklich zu und schließe den Vorhang der Umkleidekabine wieder, um auf ihn zu warten. Ich fühle mich leichter als noch vor zwei Stunden. Wir sind noch in der Lage, Spaß miteinander zu haben. Das stimmt mich zuversichtlich. Mit ein bisschen Einsatzwillen werden wir unsere Probleme in den Griff bekommen. Auch Sven scheint den Aufwind zu spüren. Das ist gut.

»Ich weiß, die Hose ist nicht unbedingt alltagstauglich, aber vielleicht kann deine Mutter Leonie ja jetzt öfter nehmen, vielleicht sogar mal abends zu uns kommen. Dann könnten wir richtig schön ausgehen«, meint er, als er zurückkehrt und mir eine dunkelblaue Satinhose mit Ornamentprint reicht. Ich nehme ihm auch die restlichen Sachen aus den Armen und verkrümle mich wieder in die Kabine. »Das macht sie bestimmt gern, so wild wie sie darauf war, die Kleine heute zu hüten.«

Beiläufig sehe ich die Teile durch, die Sven mir gebracht hat, und stoppe erstaunt, als ich plötzlich eine schwarze Spitzen-korsage in den Händen halte. Scharf! Die will ich unbedingt als Erstes anprobieren. Ich schlüpfe schnell aus den Leopar-denleggins und meinem Oberteil und lege die Korsage um. Verdammt, wer hat sich diese Sache mit den vielen Häkchen ausgedacht? Bestimmt ein Mann, der nur das Aus- und nicht das Anziehen im Sinn hatte.

»Was machst du denn so lange da drin? Ist nichts dabei, das dir gefallen könnte?« Neugierig streckt Sven den Kopf in die Kabine und stößt einen anerkennenden Pfiff aus. Ich rücke gerade meine Brüste in den Körbchen zurecht und steige noch in den zugehörigen Slip.

»Gott, Annabell, du siehst aus wie ein Pornostar.« Mit glasigen Augen starrt Sven auf meine Brüste. Ich drehe mich um meine Achse, um mich von allen Seiten im Spiegel zu betrachten. »Ich muss zugeben, dass das Teil echt rattenscharf ist, und es kaschiert genau die richtigen Stellen.« Bewundernd streiche ich mit den Fingerspitzen über den zarten Stoff, der sich wie eine zweite Haut um meine Taille und meinen Bauch schmiegt. Dank der großzügigen Raffung ist kein Röllchen zu sehen.

»Da gibt es nichts, das kaschiert werden müsste.« Svens Stimme klingt belegt, einfach so schlüpft er in die Kabine und stellt sich hinter mich. »Ich bin eher der Meinung, dass genau die richtigen Stellen betont werden.« Er legt seine Hände unter meine Brüste und hebt sie ein wenig an. Dank der in die Schalen eingearbeiteten Pölsterchen hängen sie ohnehin schon nicht herunter, doch jetzt habe ich wirklich ein Dekolleté wie ein Pornostar. Ich muss grinsen. »So gefallen sie mir auch.«

Sven tritt noch dichter an mich heran. Ich erschaudere, als sich sein Brustkorb an meinen Rücken schmiegt, seine schnelle Atmung jagt mir einen prickelnden Schauder über den Nacken.

»Diese Kurven gehören verboten. Es macht mich wahnsinnig, dich so zu sehen«, haucht er verführerisch. Ganz langsam lässt er seine Hände über meine Taille und meine Hüften gleiten, bis sie auf meinen Pobacken landen. Gierig vergräbt er die Finger in meinem Fleisch, seine Lippen streichen zart wie Schmetterlingsflügel über die nackte Haut meiner Schulter.

Im Spiegel sehe ich, wie mein Mann sich mit geschlossenen Augen hingebungsvoll an mich lehnt und seine Nase in meinem Haar versenkt, um daran zu schnuppern. Mmh, wie sinnlich … Auch meine Stimmung schlägt um.

»Was kostet das Teil denn? Vielleicht sollte ich es kaufen«, schlage ich mit belegter Stimme vor. Sven beißt mir vorsichtig in den Nacken und legt eine Hand an meine Kehle, die andere wandert über meinen Bauch und schlüpft unter den Saum der Spitzenpanty und meines eigenen Slips, den ich darunter anbehalten habe.

»Völlig egal, wie hoch der Preis ist. Dieses Teil ist wie für dich gemacht«, flüstert er an meinem Ohr. Seine Finger gleiten zwischen meine Beine.

Das geht nicht. Nicht jetzt, nicht hier. Ich versteife mich.

Sven scheint es zu bemerken, was ihn allerdings eher an- spornt. Lockend lässt er seinen Finger um meine Klitoris krei- sen. Ich versuche, gegen das Verlangen anzukämpfen, doch ich habe bereits verloren, als ich seine Hingabe im Spiegel gesehen habe. Auffordernd schiebe ich ihm meine Hüften entgegen, um ihn an die richtige Stelle zu führen. Ich stöhne leise und lege den Kopf in den Nacken, als er sie findet. Schon seit heute Morgen befinde ich mich in einem Zustand anhaltender Anspannung. Aufgeheizt von der Begegnung mit Sven im Gästezimmer und wegen des emotionalen Ausnahmezustandes um Leonie und der ungefilterten Zweisamkeit. Jetzt brauche ich kaum eine Berührung, um feucht zu werden.

»Gib es zu: Du wartest schon den ganzen Vormittag darauf …« Natürlich bemerkt Sven, dass ich längst bereit für ihn bin. Ohne Vorwarnung dringt er mit zwei Fingern in mich ein. Ich ziehe scharf den Atem ein. Überwältigt von dem intensiven Gefühl rucken meine Hüften nach hinten, um ihm auszuwei- chen. Die Berührung überreizt mich und ist kaum auszuhal- ten.

»Oh ja, du brauchst es. Jetzt …«, flüstert Sven und reibt seinen steifen Penis an meinem Po. Ich greife nach hinten und massiere ihn durch den Stoff seiner Hose. Mit einem Ruck zieht Sven mir den Slip nach unten und öffnet raschelnd seine Jeans. Unsere Blicke begegnen sich im Spiegel, seine Augen flackern vor roher Begierde und ich begreife, was unserem Liebesleben in den letzten Monaten gefehlt hat.

»Mach's mir«, flüstere ich und strecke Sven meinen Po entgegen. Gierig fährt er mit seinem Schwanz zwischen meine Schamlippen. Es ist diese hemmungslose Lust aufeinander, die uns abhandengekommen ist. Das Gefühl, nicht auf den anderen warten zu können, ihn sofort haben zu müssen. Der unterkühlte Akt zur schnellen Befriedigung, den wir seit Leonies Geburt beinahe verabreden müssen, um überhaupt zusammenzukommen, hat meine Lust auf ihn gekillt. Doch nun ist es anders.

»Mach schon«, stöhne ich etwas lauter, als Sven mich weiter neckt, anstatt endlich meinem Begehren nachzugeben. Erschrocken legt er seine Hand auf meinen Mund und hält lauschend inne. Ich habe meine Umgebung völlig vergessen. Ich presse meine Lippen aufeinander und werfe Sven im Spiegel einen flehenden Blick zu. Ein spöttisches Lächeln umspielt seine Lippen, doch ich bin mir sicher, dass er es einfach nur geil findet, wie ich um ihn bettle.

Mit einem Ruck bohrt er sich in mich und ich muss mich zusammenreißen, um nicht laut aufzukeuchen. Dass wir hier etwas Verbotenes tun, steigert meine Erregung ins Unermessliche. Mein Schoß glüht, meine Klitoris pocht verlangend. Ich stemme mich Svens besitzergreifenden Stößen entgegen, um ihn so tief wie möglich in mir aufzunehmen. Bei jeder unserer Bewegungen geraten die losen Strapshalter, die am Saum der Korsage befestigt sind, in Bewegung und berühren meine nackten Beine. Ich fühle mich sinnlich und sexy, weil mein Mann es nicht länger aushält und mich unbedingt haben muss.

Sein Blick ist nach unten auf meinen Po gerichtet. Lüstern beobachtet er, wie er mich von hinten nimmt. Dieses primitive

Gebaren törnt mich zusätzlich an. Ich spüre, wie die ersten Zuckungen meines Höhepunktes einsetzen. Ich öffne meinen Mund zu einem stummen Aufschrei, Sven beschleunigt sein Tempo, packt mich an den Hüften und treibt sich hart in mich. Gleich …

»Hallo, Sie da, sind Sie zu zweit in der Kabine? Das ist bei uns nicht erlaubt!«

Ertappt, mit einem lautlosen Fluch auf den Lippen, hält Sven inne, ich beiße mir frustriert auf die Unterlippe. Hätte die Verkäuferin nicht zwei Minuten später auf uns aufmerksam werden können? Ich bin mir sicher, dass sie genau weiß, was wir beide tun.

»Meine Frau probiert gerade Dessous an, die kann sie mir ja schlecht draußen vorführen«, erwidert Sven ruhig, und ich frage mich, woher er so viel Beherrschung nimmt. Meine Stimme würde vor Erregung bestimmt heiser klingen.

»Sie können auch von draußen einen Blick auf sie werfen«, erwidert die Verkäuferin stur. Sie scheint wild entschlossen zu sein, ihn aus der Kabine zu holen, ohne deutlichere Worte finden zu müssen. Unter dem Vorhang hindurch kann ich ihre schlammbraunen Slippers sehen. Sie steht höchstens einen Meter von uns entfernt, während wir immer noch in intimer Pose verharren. Ein lustvoller Schauder wandert mir über die Wirbelsäule.

»Ich komme ja gleich«, antwortet Sven. Sein Schwanz steckt immer noch in mir und ich muss beinahe über die Doppeldeutigkeit seiner Wortwahl lachen.

»Nichts da, Sie kommen jetzt sofort heraus oder ich hole den Geschäftsführer.«

Sven wirft einen bedauernden Blick nach unten und zieht sich widerwillig aus mir zurück. »Lassen Sie es gut sein …« Er verstaut seinen harten Penis in der Hose und schließt sie. »Dieses Teil nehmen wir auf jeden Fall«, sagt er laut und mit einem dreckigen Grinsen zu mir, und schon ist er verschwunden.

Ich bleibe heftig atmend zurück, meine Finger zucken. Ich könnte es jetzt unbehelligt allein beenden. Doch wo bliebe da der Spaß? Artig ziehe ich mir die sexy Wäsche aus und schlüpfe in meine eigene Kleidung. Draußen höre ich, wie Sven sich raunend mit der Verkäuferin streitet. Irgendetwas ist hier nicht in Ordnung.

»Gibt es ein Problem?«, erkundige ich mich unschuldig, als ich aus der Kabine trete. Mein Herz klopft ängstlich, doch ich gebe mich völlig ruhig. Die Verkäuferin – eine untersetzte Brünette – mustert mich pikiert, beinahe angeekelt. »Ja, das gibt es allerdings. Eine Kundin hat sich über das Gestöhne in Ihrer Kabine beschwert. Ich sollte Sie anzeigen.«

Sven schüttelt ungehalten den Kopf, er steht kurz vor dem Explodieren. Das kann ich an der pochenden Ader an seiner Schläfe erkennen. Ich hebe abwehrend die Hand in seine Richtung. »Jetzt mal ganz langsam. Es ist kein Verbrechen, sich zu zweit in einer Umkleidekabine aufzuhalten, und wenn sie dort keine Überwachungskameras installiert haben – was ich schwer hoffe –, ist es eine haltlose Frechheit, uns mit einer Anzeige zu drohen.« Sven und ich haben etwas Unrechtes getan, doch ich werde einen Teufel tun und das eingestehen. Stattdessen versuche ich, die Verkäuferin niederzustarren. Unnachgiebig erwidert sie meinen Blick. Sie weiß, dass sie im Recht ist. Doch sie kann es nicht beweisen. Zu wissen, dass sie mir damit nichts kann, gibt mir die Kraft durchzuhalten, auch wenn ich das Gefühl habe, mich entschuldigen zu müssen. Es kommt mir wie eine Ewigkeit vor, bis sie schließlich einknickt und unruhig von einem Fuß auf den anderen tritt. Eine andere

Kundin schaut zu uns herüber und verfolgt interessiert das Geschehen.

»Natürlich befinden sich in unseren Umkleidekabinen keine Überwachungskameras«, räumt die Verkäuferin schließlich ein. Ich lächle zufrieden und atme heimlich auf. Ich habe gewonnen. »Gut, dann sind wir uns also einig, dass kein Grund zu einer Anzeige besteht?« Die Verkäuferin nickt widerwillig. Ich wende mich Sven zu und überreiche ihm die Reizwäsche. Ich will so schnell wie möglich weg von hier. »Wärst du so lieb und würdest das schon mal zur Kasse bringen? Ich räume die restlichen Sachen auf. Mir ist die Lust, sie anzuprobieren, gehörig vergangen.«

Svens Augen funkeln amüsiert, als er mir die Teile aus den Händen nimmt. Unbeschreibliche Erleichterung flutet mich. Ich habe es geschafft, uns aus dieser prekären Lage zu befreien. Übermütig grinse ich Sven an und trete in die Kabine, um das ganze andere Zeug zu holen. Ein kleines Teufelchen reitet mich. »Wirklich sehr anregend, diese Erotikwäsche«, schnurre ich und zwinkere der Verkäuferin aufreizend zu.

***

»Du kleines Luder.« Ungläubig lachend betrachtet Sven mich, kaum dass wir vor den Laden getreten sind. Ich neige verlegen den Kopf zur Seite. »Was hätte ich tun sollen – abwarten, bis du dich um Kopf und Kragen geredet hast und damit ihre Ahnung bestätigst? Außerdem ist Angriff immer noch die beste Verteidigung und ich hatte keine Lust auf eine Anzeige wegen Erregung öffentlichen Ärgernisses.« Und das auch noch bei unserem ersten Abenteuer außerhalb unserer eigenen vier Wände. Tatsächlich haben Sven und ich noch nie etwas Ähnliches gewagt, und ich muss zugeben, dass es mir gefallen hat.

Ich fühle mich sehr verdorben, als er mich an der Hand nimmt und durch die Menschenmenge führt. Bei jedem Schritt bin ich mir meines Körpers überdeutlich bewusst, der Stoff meines Slips reibt aufreizend über meine Perle. Kann man mir ansehen, dass ich immer noch heiß bin? Eine antörnende Mischung aus Aufregung und unbefriedigter Lust rast als aufputschender Cocktail durch meine Venen. Ein sehr lebendiges Gefühl.

»Weißt du, was wir als Nächstes tun?«, fragt Sven mich, als er mich in den Aufzug dirigiert.

»Mittagessen?«, frage ich arglos zurück, denn ich bin mir sicher, dass er trotz des Ärgernisses diesen Tag bis ins Letzte auskosten will.

Die Schiebetür des Aufzugs schließt sich hinter uns und ich begreife zu spät, wohin er mich bringen soll. Mit einem rauen Laut drängt Sven mich gegen die stählerne Wand und schiebt sich zwischen meine Beine. »Eher würde ich verhungern, als dich nicht endlich um den Verstand vögeln zu dürfen.« Er raubt mir mit einem tiefen Kuss den Atem und fixiert mir die Arme über dem Kopf an der Wand. Jeder Muskel in meinem Körper spannt sich an. Sven reibt sich aufreizend an mir. Am liebsten würde ich sofort, hier und jetzt, seinen prallen Schwanz aus der engen Hose befreien, doch wir haben ja eben gesehen, wohin uns das führen kann.

»Lass uns sofort nach Hause gehen«, wimmere ich, als Sven sich keuchend von mir löst. Seine glühenden Augen fixieren mich. Er schluckt trocken, sein Adamsapfel hüpft auf und ab. »Das wollte ich auch gerade vorschlagen. Mach dich auf etwas gefasst.«

***

Im Auto reden wir kaum, jeder gibt sich seinen eigenen schamlosen Gedanken hin. Und ich kann nur darüber staunen, wie hemmungslos wir plötzlich sind. Vor Leonie war es nicht so.

Zwar hatten wir wirklich guten Sex, doch nie derart zügellosen, ja beinahe animalischen. Es ist, als wäre irgendein Damm gebrochen, und die aufgestaute Begierde reißt uns mit all ihrer Gewalt mich sich.

Als Sven das Auto auf der gepflasterten Einfahrt vor unserem Haus abstellt, bin ich so erregt, dass meine Beine zittern. Alles in mir ist auf meine glühende Mitte ausgerichtet, sodass ich mich zusammennehmen muss, um mit seinem Laufschritt mitzuhalten und nicht zu stolpern. Kaum dass ich die Haustür hinter uns schließe, fällt er über mich her.

Ich knalle mit dem Rücken unsanft gegen die Wand, doch das ist mir egal. Hungrig gleiten meine Hände über Svens Körper, meine Lippen presse ich hart auf seinen Mund. Seine Zunge dringt in mich ein. Roh, fordernd. »Fuck!«, fluche ich und nestle an Svens Jeansknopf herum, doch er will einfach nicht aufgehen. Sven schiebt unwirsch meine Hände beiseite und reißt die Hose auf. Ich ziehe den Reißverschluss herunter und zerre an seinen Shorts. Sein Schwanz springt mir förmlich entgegen. Sofort umschließe ich ihn und reibe stimulierend auf und ab. Als ob das noch nötig wäre. Sven ist sowas von startklar.

Er keucht ungehalten und stößt in meine Hand. Ungeduldig schiebt er meinen Rock nach oben und zerrt meinen Slip herunter. Eilig steige ich aus ihm heraus, als er lose um meine Knöchel liegt, und kicke ihn achtlos davon. Mit einem Ruck hebt Sven mich in die Höhe und sieht sich wild um. Ich lande auf dem Sideboard, auf dem auch das Telefon steht. Kaum, dass meine Pobacken die Platte berühren, schiebt Sven seine Hand zwischen meine Beine und spreizt meine Schamlippen. Prüfend gleiten seine Finger durch meine Nässe, ein dreckiges Grinsen umspielt seine Lippen. »Feucht und bereit für mich«, grollt er und greift nach seiner beachtlichen Erektion. Schwer atmend beobachte ich, wie er sich in Position bringt und seine pralle Eichel meine Schamlippen auseinanderdrängt. Doch anstatt in mich einzudringen, lässt er sie neckend auf- und abgleiten.

Irritiert richte ich meine Aufmerksamkeit auf sein Gesicht. Unverhohlene Begierde liegt in seinem Blick, sein Kiefer ist angespannt. Nichts würde er lieber tun, als mich hemmungslos zu nehmen, doch mir ist klar, worauf er wartet, was sein Vergnügen noch weiter steigert. Ich umschließe mit zittrigen Fingern sein Kinn und starre ihm auffordernd in die Augen. »Fick mich endlich!«

Svens Brustkorb hebt und senkt sich unter seinen erregten Atemzügen. Seine Augen flackern, als er meine Schenkel noch weiter auseinanderdrückt und in mich eindringt. »Verflucht, musst du so heiß sein?« Sein Mund verzieht sich gequält, seine Schultern spannen sich unter meinen Handflächen an. Ganz langsam beginnt er, sich zu bewegen. Ich schließe meine Beine um ihn und spanne sie an, um ihn dazu zu zwingen, sich tiefer in mir zu versenken. »Verdammt, ich wollte keinen Blümchensex!« Ein rauer Laut löst sich aus seiner Brust. »Nicht, Annabell, sonst komme ich wie ein notgeiler Jüngling – viel zu früh.«

Überrascht halte ich inne und betrachte Svens angespanntes Gesicht. Auf seiner Stirn bilden sich kleine Schweißperlen, an seiner Schläfe pocht eine kleine Ader, er ringt ganz offensichtlich um Fassung. Und das meinetwegen. Innerlich jubiliere ich.

»Das will ich natürlich nicht«, erwidere ich, äußerlich völlig kühl, und lege meine Hand auf die harten Muskeln seines Bauches. Sven zuckt leicht zusammen, seine Lider flattern, er steht kurz davor, die Kontrolle zu verlieren. Ungnädig schiebe ich ihn von mir und rutsche auf dem Sideboard ein Stück nach hinten. Sven stößt einen frustrierten Laut aus, als sein

Penis aus mir herausgleitet. Ich kann mir ein triumphierendes Grinsen nicht verkneifen. Ich habe es tatsächlich geschafft, meinen Mann in ein hemmungsloses Bündel aus Lust und Sehnsucht zu verwandeln. Das ist sowas von sexy … Es juckt mich, dieses Spiel auf die Spitze zu treiben.

»Reiß dich zusammen, mein Lieber, ich will auch meinen Spaß.« Ich ignoriere seinen Protest, steige von dem Schränkchen herunter und gehe ihm voraus ins Schlafzimmer. Aufreizend schwinge ich meine Hüften, als ich die Treppe hochsteige. Habe ich mich je so mächtig und erotisch gefühlt?

Nein, entscheide ich, als ich Sven vor dem Bett eine Armeslänge von mir entfernt halte und mir ganz langsam das Shirt über den Kopf ziehe. Sofort will Sven selbst Hand anlegen, doch ich halte inne und ziehe ermahnend die Augenbrauen nach oben. »Zieh dich aus und leg dich hin. Ich will dich reiten.«

Ohne seinen Blick von mir zu nehmen, tut er es. Dabei sieht er so aus, als wolle er mich beleidigen, anstatt mit mir zu schlafen. Aufmüpfig schleudert er sein Hemd zu Boden und seine Hose gleich hinterher. Seine Widerspenstigkeit spornt mich weiter an. Ich verschränke die Arme vor der Brust und warte, bis er fertig ist.

Erst als er nackt auf der Matratze liegt, ziehe ich mich ganz aus und setze mich rittlings auf ihn. Mit fiebrigen Augen beobachtet er, wie ich seinen Schwanz an meinen Eingang führe und mich ganz langsam auf ihn senke. Seine Hüften zucken mir ungeduldig entgegen, sofort ziehe ich mich wieder ein Stück zurück. Diesmal habe ich die Kontrolle, und das ist verdammt heiß. Sven überlässt sie mir offensichtlich nur ungern. Er packt mich an den Hüften und will den Takt bestimmen.

»Wenn du das hier willst, dann lass die schön bei dir.« Ich lege seine Arme über seinen Kopf, wie er es bei mir auch schon getan hat, und genieße sein widerspenstiges Funkeln. Es kostet ihn eine Menge Disziplin, sich nicht einfach zu nehmen, was er begehrt, doch letztendlich ergibt er sich mir.

Diesmal etwas schneller lasse ich ihn in mich eindringen und beginne damit, mich rhythmisch auf ihm zu bewegen. Sven stößt zittrig den Atem aus. Dick und lang füllt er mich aus und ich bin so aufgeputscht, dass ich nicht lange brauchen werde. Ich lehne mich nach hinten und stütze mich auf Svens kräftigen Oberschenkeln ab. Mein Körper sucht sich selbst den Rhythmus, den er braucht. Ich schließe meine Augen und lasse es geschehen, immer schneller jage ich mit wiegenden Hüften der Befriedigung entgegen. Unter meinen Handflächen spüre ich, wie sich Svens Oberschenkel anspannen, sein Keuchen wird lauter. Sofort nehme ich mich zurück, beuge mich über ihn und küsse ihn sanft auf beide Mundwinkel. »Wage es nicht zu kommen, ehe ich meinen Orgasmus hatte.« Seine Lippen öffnen sich, heben sich mir fordernd entgegen. Er will mehr von mir, doch ich genieße es zu sehr, ihn mit seiner Lust zu quälen, um ihm zu geben, was er fordert.

Stattdessen greife ich mir zwischen die Beine und reibe hart über meinen Kitzler. Lange wird Sven nicht mehr durchhalten und ich explodiere vor aufgestauter Lust, wenn ich nicht endlich einen Orgasmus bekomme. Svens Blick fixiert mich, verfolgt lüstern jede meiner Bewegungen. »Fuck ja, mach es dir selbst«, flüstert er heiser und starrt gebannt zwischen meine Beine. Ich spreize meine Schenkel noch weiter für ihn, damit er alles sehen kann, und massiere mit fahrigen Bewegungen weiter.

Gleich … Ich weiß, was ich brauche. Schnell baut sich die Lust in mir so weit auf, dass ich über die Klippe falle. Mein Unterkörper ruckt der Erlösung entgegen. Sven presst sich von unten gegen mich und reibt tief in mir über einen

Punkt, der mich einfach alles vergessen lässt. Probleme hin oder her, in diesem Moment sind wir im Einklang, zu einem Körper verschmolzen. Das harmonische Gefühl verbindet sich mit unkontrollierbarem Verlangen. Ich explodiere und stöhne meinen Höhepunkt aus mir heraus. Wellenartig breitet sich die Befriedigung in mir aus, doch ich bearbeite meine Perle so lange, bis auch das letzte süße Erbeben in mir abebbt. »Oh mein Gott …«, keuche ich und lasse mich erschöpft auf Svens angespannten Körper fallen. Ich kann mich nicht daran erinnern, wann ich zuletzt derart leidenschaftlich die Regie über unser Liebesspiel übernommen habe. Ich bin völlig außer Puste. Unter meinen Handflächen spüre ich Svens schnellen Herzschlag. Er ist völlig verschwitzt, sein Schwanz zuckt in mir, doch die Empfindung scheint ihm nicht auszureichen, um ebenfalls zu kommen.

Unwirsch greift Sven in mein Haar und zieht meinen Kopf in den Nacken, seine anklagenden Augen bohren sich in mich. »Hast du nicht etwas vergessen?« Ich grinse matt und schüttle langsam den Kopf. »Ich kann nicht mehr.« Vorsichtig rolle ich mich von ihm herunter und lege mich seitlich neben ihn. Meine Glieder sind bleischwer. Svens Schwanz zeigt steil in Richtung seines Bauchnabels, es sieht beinahe schmerzhaft aus, wie sich die zarte Haut über den pulsierenden Schaft spannt. Er tut mir leid. Ich muss grinsen.

»Nimm dir, was du brauchst«, flüstere ich und drehe mich träge auf den Bauch. Im nächsten Moment presst Sven mich mit seinem Gewicht auf die Matratze. »So nicht, meine Liebe«, flüstert er drohend und drängt seine Hand zwischen meinen Körper und die Unterlage. »Glaube ja nicht, dass du mir unbeteiligt den Rücken zudrehen kannst.« Seine Finger schieben sich fordernd zwischen meine Schenkel, mit seinen Beinen spreizt er mich weit auf und dringt in mich ein. Während er mit kurzen, abgehackten Bewegungen in mich stößt, massiert er drängend meinen Kitzler. Eine sanfte Erregung rieselt warm zwischen meine Beine, doch ich bin noch viel zu erschöpft für einen weiteren Höhepunkt.

»Ich kann nicht, Sven. Ich bin völlig ausgepowert«, murmle ich, doch Sven gibt nicht auf, dringt tiefer und kraftvoller in mich ein. »Du kannst und du wirst«, stößt er keuchend hervor und presst sich noch enger an mich. Seine vor Schweiß feuchte Brust schmiegt sich an meine nackte Haut, seine abgehackten Atemstöße dringen rau an mein Ohr. Im Gegensatz zum Anfang hat er sich jetzt verdammt gut unter Kontrolle. Doch egal wie sehr er sich bemüht, ich komme nicht über den Punkt lauer Erregung hinweg.

»Du hast mich den ganzen Tag lang so scharfgemacht, jetzt wirst du mir nicht das Vergnügen nehmen, mit mir zusammen zu kommen«, flüstert Sven irgendwann drohend und zieht sich aus mir zurück. Ich ziehe überrascht den Atem ein, als er sein Gesicht von hinten zwischen meinen Beinen versenkt und seine Zunge kreisend in mich eindringt. Das muss doch unangenehm für ihn sein, so feucht und verschwitzt wie ich bin. Doch Sven hält mich in einem schraubstockartigen Griff am Becken fest, sodass ich nicht ausweichen kann.

Flatternd leckt er über meine Klitoris und fickt mich abwechselnd mit seiner Hand und seiner Zunge, bis mein Körper sich gegen die Erschöpfung aufbäumt und sich in den Zustand unzähmbaren Verlangens zurückzwingen lässt. Dabei dachte ich, erst mal nicht mehr zu einem tiefer gehenden Gefühl in der Lage zu sein. Er krümmt den Finger und reibt über diesen sensiblen Punkt in mir hinweg. Ich schreie leise auf. »Ja, genau da!«

»So ist es gut. Schrei auch für mich, wenn ich dich ficke«, keucht Sven und legt sich wieder auf mich. Seine derben Worte und die Hand, die sich von unten zwischen meine Schenkel schiebt, peitschen die letzte Kraft in mir zu einer ungezügelten Gier nach Befriedigung auf. Verzweifelt stemme ich mich hoch auf alle viere, recke mich Sven entgegen und lasse mein Becken kreisen, bis die Wellen der Lust erneut über mir zusammenbrechen. Ich zittere am ganzen Körper, doch ich höre nicht auf, bis auch das letzte bisschen Erregung in mir verhallt und ich verausgabt auf meine Unterarme falle. Sven stößt noch zweimal abgehackt zu, dann verharrt auch er laut stöhnend in seinen Bewegungen. Ich spüre, wie sein Penis in mir pulsiert und er sich in mir ergießt.

»Oh ja … Wahnsinn!« Sven ringt nach Atem und lässt sich schwer auf mich fallen, rollt sich aber schnell von mir herunter, als ich erstickt keuche. Schnaufend liegt er ganz dicht neben mir, sodass ich jedes Detail seines hübschen Gesichtes registrieren kann. Die hypnotisierende Farbe seiner Augen, die langen, gebogenen Wimpern, die kurzen Stoppeln seines Dreitagebartes, die unter meinen Handflächen zart kratzen würden, würde ich darüberstreichen. Plötzlich muss ich mich fragen, wann ich mir das letzte Mal die Zeit genommen habe, ihn richtig anzusehen.

»Danke«, murmle ich erstickt. Sven dreht abgekämpft seinen Kopf in meine Richtung und grinst mich breit an. »Gern geschehen, ich stehe dir jederzeit zur Verfügung.«

»Idiot!« Schwerfällig schlage ich nach seinem Arm und muss ebenfalls grinsen. Ich fühle mich wie in rosarote Zuckerwatte gepackt. Leicht und von innen heraus wohlig warm. Ich drehe mich auf die Seite und schiebe die Hände unter meinen Kopf. »Ich meinte, danke für diesen Tag. Es ist unheimlich schön, mal wieder richtig mit dir zusammen zu sein und das Gefühl zu haben, dass wir wieder wir sind.«

Sven presst nachdenklich die Lippen aufeinander und streicht ganz sanft eine Haarsträhne aus meiner verschwitzten Stirn, dann sieht er mir tief in die Augen. »Finde ich auch. Aber wir müssen zusehen, dass das keine Ausnahme bleibt. Wir lieben uns, wir wollen uns, doch das geht im Alltag inzwischen völlig unter. In den letzten Monaten hat jeder nur sein Ding gemacht. Das ist nicht deine Schuld, ich nehme mich da nicht aus. Umso wichtiger ist es jedoch, wieder eine Verbindung zwischen uns herzustellen …«

Er denkt meine Gedanken. Mein Herz schlägt nur noch für ihn. Dennoch weicht das kurz aufflammende Hochgefühl zerfressender Resignation. Mein Magen krampft sich schmerzhaft bei der Vorstellung zusammen, dass Liebe allein manchmal einfach nicht genug ist.

»Und wie sollen wir das hinbekommen? Der Alltag sieht jetzt nun mal so aus, dass ich mich um Leonie kümmere, bis sie ins Bett geht, und bis dahin bist du müde und willst einen ruhigen Feierabend haben.« Es ist zum aus der Haut fahren. Wenn es um uns als Liebespaar geht, stecken wir in einem nicht enden wollenden Kreislauf aus vernachlässigten Bedürfnissen, konträren Tagesabläufen und Zeitmangel fest.

Svens Kiefer spannt sich an, doch seine Mundwinkel zucken verräterisch. »Wie ich sagte: Auch ich muss meine Bedürfnisse für unsere gemeinsamen häufiger zurückstellen. Außerdem denke ich, dass ich den Schlüssel zur Lösung unseres Problems gefunden habe.« Seine Augen verdunkeln sich, ein verführerisches Lächeln umspielt seine Lippen. Ich schüttle gespielt genervt den Kopf. »Sex natürlich.«

Sven lässt sich nicht auf mein ausweichendes Geplänkel

72

ein, sondern nickt ernst. »Wie gesagt: Er ist nur der Schlüssel, nicht die eigentliche Lösung. Aber überleg mal. Seit letztem Samstag, als ich dich bei diesem Schmutzfilmchen erwischt habe, haben wir wieder fantastischen Sex. Ich habe das Gefühl, dass uns das zumindest schon mal näher zueinander bringt.«

»Das stimmt. Aber es war kein Schmutzfilmchen, sondern eine Reportage. Und ich habe sie mir nicht angesehen, sondern bin zufällig darauf gestoßen. Ehe ich umschalten konnte, bist du aufgewacht«, erinnere ich Sven. Sein Grinsen wird noch breiter. »Du hast zumindest solange hingesehen, bis du total geil warst.«

Wieder schlage ich nach ihm, doch diesmal ist er schneller. Er fängt meine Hände ein, fixiert meine Arme auf der Matratze und rollt sich schwer auf mich, sodass ich mich nicht mehr wehren kann. »Ich habe dir einen Vorschlag zu machen. Seit diesem Abend geht mir die Vorstellung von uns beiden in so einem Club einfach nicht mehr aus dem Kopf. Ich denke, dass uns das Spaß machen könnte.« Ich will protestieren, doch Sven verschließt meinen Mund mit einem atemberaubenden Kuss. Als er von mir ablässt, fährt er schnell fort: »Hör erst mal zu, bevor du gleich Nein sagst, okay?« Ich nicke brav und warte angespannt ab, auch wenn ich mir nicht vorstellen kann, dass uns Swingen tatsächlich weiterhilft. Ganz im Gegenteil …

»Wir sind uns einig, dass wir dringend mehr Zeit miteinander verbringen müssen und dazu auch das Haus verlassen sollten, um den Kopf freizubekommen«, fasst er zusammen. Ich nicke. Soweit bin ich noch einverstanden.

»Im Alltag ist es schwierig, uns mal ganz ungestört zurückzuziehen. Dabei sind wir so scharf aufeinander, dass wir alles um uns herum vergessen, wenn wir endlich unter uns sind, und das hätte uns heute beinahe eine Anzeige eingebrockt. Wenn wir unsere ungestörte Zeit also nicht zu Hause verbringen wollen, haben wir nur eine Möglichkeit …«

Ich verspanne mich. Sven hat recht. Shit … Auf seiner Miene breitet sich ein zufriedener Ausdruck aus. Auch ihm muss klar sein, dass er mich gerade in Grund und Boden argumentiert hat.

»Aber ich will nicht in einen Club, wo alle wild durcheinandervögeln!«, platze ich heraus. Soll es darauf hinauslaufen? Ich meine, sind unsere Probleme der Deckmantel dafür, ein sexuelles Abenteuer außerhalb unserer Partnerschaft zu suchen? Das kann einfach nicht gut gehen …

»Oh Süße, wie kannst du gleichzeitig so rattenscharf und so unschuldig sein?« Zärtlich zeichnet Sven mit dem Daumen die Konturen meiner Lippen nach und haucht einen keuschen Kuss darauf. »Wir müssen doch nicht zwingend mit anderen Sex haben, nur weil wir in einen Swingerclub gehen. Es geht doch vielmehr darum, sich erotisch zu fühlen, sexy … Widersprich mir, wenn mein Gefühl mich täuscht, aber ich glaube, das ist genau das, was du brauchst. Überleg nur mal, wie anders du dich heute plötzlich verhalten hast, als du diese scharfe Wäsche anhattest.«

Schon wieder tut er es: Er hebelt mein Argument ganz einfach aus und liegt damit goldrichtig. Ich habe mich begehrenswert gefühlt, anziehend und verrucht. Wieder muss ich nicken. Das passt mir nicht. »Aber es ist doch der Sinn und Zweck eines Swingerclub-Besuchs, die Partner zu tauschen. Vielleicht wird man gar nicht reingelassen, wenn man das nicht zumindest vorhat«, erwidere ich stur. Mir ist klar, dass das wohl kaum zu überprüfen ist, aber mir gehen die Argumente aus.

Sven zuckt gleichgültig mit den Schultern. »Vielleicht ist das der Antrieb anderer, aber es ist doch kein Zwang.«

Jetzt bin ich an der Reihe, mit den Schultern zu zucken.

»Keine Ahnung, ich weiß ehrlich gesagt nicht mehr über dieses Thema, als ich aus dieser Reportage erfahren habe.« Ich grinse verlegen. »Und die konnte ich ja nicht sehr intensiv verfolgen.«

»Ehrlich gesagt, habe ich mich danach etwas mit dem Gedanken auseinandergesetzt«, gesteht Sven und steht auf. Gut, das überrascht mich jetzt nicht, doch dass er nach unten geht und mit dem Tablet-PC zurückkommt, verheißt nichts Gutes. Wenn Sven sich ernsthaft über etwas Gedanken macht und dann auch noch im Internet recherchiert, ergibt das meist eine ziemlich überzeugende Mischung aus persönlichem Engagement und hieb- und stichfesten Argumenten. Zu meinem Leidwesen setzt er sich wieder zu mir ins Bett und zieht mich in eine aufrechte Position. Dass ich mich zumindest darauf eingelassen habe, mit ihm darüber zu reden, scheint ihn anzuspornen. Seine Augen funkeln begeistert, als er *Club Erotik Oase* in die Internetsuchmaschine eingibt. Schon auf der Startseite der Homepage springt mir der Slogan *Alles kann, nichts muss* ins Auge. Ich muss unwillkürlich lachen. »Du hast dir diese Seite doch mit Absicht ausgesucht.«

Sven grinst spitzbübisch. »Ein bisschen … Aber auch, weil dieser Club eine echte Option wäre. Er ist in Stade, also nah genug, um gut hinfahren zu können, aber auch weit genug entfernt, um anonym zu sein.«

Ich nicke anerkennend. Sven hat sich tatsächlich gute Gedanken gemacht. In Hamburg gäbe es bestimmt auch Clubs, doch ich will mir gar nicht ausmalen, wie peinlich es mir wäre, zum Beispiel der Kassiererin meines Stammsupermarktes über den Weg zu laufen. Natürlich nur für den Fall, dass ich tatsächlich so einen Club besuchen wollen würde.

»Soweit, so gut, aber es ist und bleibt ein Sex-Club. Es gehen also Leute hin, die sich daran aufgeilen, anderen dabei zuzusehen, wie sie intim sind. Ich weiß nicht, ob ich das gut finde. Ich meine, das ist was anderes, als sich ein Filmchen anzusehen.« Unwillkürlich drängt sich mir das Bild auf, das Sven und ich heute in der Umkleidekabine abgegeben haben, und das ich wie eine außenstehende Person betrachten konnte. Ein ziemlich heißes Bild …

»Das ist klar, aber wir könnten auch anderen zusehen. Würde dich das nicht anmachen? Ich meine, du hast ja so eine Neigung.«

Ich verschränke abweisend die Arme vor der Brust. Es ist unfair, dass er das jetzt gegen mich verwendet, denn ich spüre, dass mir so langsam die Felle davonschwimmen. Was weiß ich eigentlich wirklich übers Swingen und Clubs und was sind Vorurteile? Ein entsprechender Film kommt mir in den Sinn, den ich mal im Bezahlfernsehen gesehen habe. Ich erschaudere.

»Aber ich habe keine Neigung, mich von einem Haufen notgeiler Männer beobachten zu lassen, die sich einen runterholen, während wir miteinander schlafen, und die dann am besten auch noch ranwollen.« Ich nicke bekräftigend. In dem Film standen mindestens fünf Männer um ein Paar herum, das Sex hatte, alle haben an der Frau herumgefummelt und sie dann sogar nacheinander bestiegen. Ich fand es abstoßend.

Sven ignoriert meinen Widerstand und klickt sich stattdessen durch die Homepage. Das bedeutet, dass er nichts zu erwidern hat und nach einem weiteren Punkt sucht, der für einen Clubbesuch spricht.

»Schau mal, die haben sogar einen sehr ansprechenden Paarbereich.« Er hält mir das Tablet unter die Nase, mir klappt die Kinnlade herunter. Misstrauisch beäuge ich die Bilder. Eine große Spielwiese, die über vier Ebenen angelegt ist, ein Zimmer in edlem Weiß gehalten, in dem mehrere runde Lederbetten stehen … Nichts Schmuddeliges, nichts Anstößiges. *In einem gesonderten Bereich können Paare ganz unter sich sein. Single-Männer und auch Single-Frauen erhalten keinen Zutritt* steht ganz oben auf der Seite.

Ich spüre, wie Sven mich gespannt von der Seite beobachtet, und fange an zu schwitzen. Natürlich könnte ich einfach Nein sagen und Sven könnte mich nicht zwingen, aber er will das schließlich für uns tun. Wie schräg ist das denn eigentlich? Außerdem scheine ich nicht wirklich viele Fakten über Swingerclubs zu kennen. Tatsächlich wirkt die *Erotik Oase* zumindest auf den Bildern sehr einladend.

»Ich weiß nicht«, murmle ich unschlüssig, frage mich aber gleichzeitig, ob es mir gefallen würde. Sven legt das Tablet beiseite und zieht mich in seine Arme. »Ich will dich nicht zu etwas überreden, das du nicht wirklich tun willst. Du solltest nur alle Fakten kennen, bevor du dich dagegen entscheidest. Denk einfach ganz in Ruhe darüber nach.«

Ich nicke erleichtert. klingt gut.

»Sollen wir uns jetzt etwas zu essen organisieren?«

Wie auf Kommando knurrt mein Magen. »Wärst du so lieb, dich darum zu kümmern? Dann rufe ich kurz bei Mama an …« Es beunruhigt mich, dass sie nicht mal kurz durchklingelt, um mir zu sagen, dass alles in Ordnung ist. In meinem Kopf entsteht ein wildes Szenario, wie sie alle Hände voll damit zu tun hat, die weinende Leonie zu beruhigen. Damit hätte sich das Thema Sexclub dann ganz automatisch erledigt.

***

Nachdem ich mit meiner Mutter gesprochen habe und sie mir bestätigt hat, dass alles in bester Ordnung sei, verbringen Sven und ich einen unbeschwerten Nachmittag miteinander. Wir duschen ausgiebig zusammen, waschen uns gegenseitig und essen nackt im Bett Pizza. Wir unterhalten uns über alles Mögliche, lachen, kuscheln ausgiebig und lachen wieder, und Sven schneidet das Thema Swingerclub mit keinem Wort mehr an. Er gibt mir tatsächlich den Freiraum, den ich zum Nachdenken benötige. Mir geht viel im Kopf herum, aber besonders eine Frage kann ich die ganze Zeit über einfach nicht mehr verdrängen: Wieso sollten wir es nicht wenigstens mal versuchen? Von den moralischen Bedenken mal abgesehen, scheint es keinen Grund zu geben, der dagegenspricht. Ich fühle mich in meiner neuen Wäsche sehr erotisch, Sven und ich sind uns einig, dass wir im Club unter uns bleiben würden, und ihm gefällt der Gedanke, etwas Neues mit mir auszuprobieren, ganz offensichtlich. Warum also nicht? Solange wir uns einig sind, ist doch alles gut, und wir müssten anderen natürlich nicht davon erzählen. – So viel also zur Moralfrage.

Als wir friedlich schweigend nebeneinander im Auto sitzen, um Leonie abzuholen, brennt es mir unter den Nägeln, darüber zu sprechen. »Sollten wir tatsächlich in diesen Club gehen, versprichst du mir dann, dass wir ihn sofort verlassen, falls ich mich nicht wohlfühle?« Aus den Augenwinkeln sehe ich, wie Sven seinen Blick kurz von der Straße nimmt und mich erstaunt ansieht. »Das Thema interessiert dich ziemlich, oder?« Das ist keine befriedigende Antwort. Ungeduldig drehe ich mich im Sitz zu ihm herum und mustere ihn angespannt. Er wirkt aufgekratzt. Für ihn ist die Sache klar.

»Ehrlich gesagt kann ich nicht aufhören, darüber nachzudenken. Es könnte vielleicht sogar ganz gut werden.« Ganz spontan fällt die Entscheidung. Ja, ich bin so neugierig geworden, dass ich mir so einen Club zumindest mal mit eigenen Augen anschauen will. Damit tut sich aber gleich das nächste Problem auf. Ich schnaube unzufrieden. »Sei es, wie es will.

Wir können ohnehin nicht hingehen.« Dunkelheit ist erotisch, Sex findet meines Wissens nach meist abends oder in der Nacht statt. Ganz automatisch gehe ich also davon aus, dass die Öffnungszeiten des Clubs sich an den Bedürfnissen der Kunden orientieren. Bei uns liegen die Dinge aber anders. »Wir können uns abends noch nicht freimachen. Ich meine, wir sollten Leonie nicht gleich überfordern. Sie ist noch nicht so weit, bei der Oma zu übernachten oder auch nur zu Hause von ihr ins Bett gebracht zu werden – ich bin noch nicht soweit.«

Sven wirft mir wieder einen Seitenblick zu und funkelt mich amüsiert an. »Dieser Club hat am Wochenende ab halb zehn geöffnet, und ja, ich verspreche dir, dass wir sofort gehen, wenn es dir dort nicht gefällt.«

Erstaunt ziehe ich meine Augenbrauen in die Höhe. »Ab halb zehn? Wer geht denn bitteschön um diese Zeit schon zum Vögeln?« Svens Mundwinkel zucken, seine rechte Hand wandert zu mir herüber und greift nach meinen Fingern, die ich nervös in meinem Schoß ineinander verschlungen habe. Seine Handfläche ist vor Aufregung feucht.

»Wir?«

Die warme Geste und die gemeinsame Aufregung rühren etwas tief in mir an, wir liegen auf einer Wellenlänge. Unglaublich, welches Thema das bewirkt. Ein Grund mehr, es tatsächlich zu tun. Ich nicke entschlossen. »Ja, wir.«

Kapitel 4
Zeit für (S)experimente

»Sieht unheimlich aus.« Ich mustere die bedrohlich wirkende Fassade des großen Hauses, das umgeben von dichtem Wald vor uns aufragt. Bereits auf der Herfahrt war ich nervös, doch seit das Navigationsgerät Sven und mir den Weg von der Hauptstraße in das Waldstück gewiesen hat, fühle ich mich nur noch unwohl. »Bestimmt feiern die da drin irgendwelche perversen Rituale.« Ich erschaudere bei dem Bild, das sich mir unweigerlich aufdrängt. – Eine nackte Frau, die an ein Andreaskreuz gefesselt ist und von einem Haufen in lange Kapuzenmäntel verhüllte Kerle mit heißem Kerzenwachs übergossen wird.

Sven lacht und nimmt mich bei der Hand. »Jetzt geht aber deine Fantasie mit dir durch. Das ist ein sehr renommierter Club. Du hast doch selbst auf der Homepage gelesen, dass es zwar einen BDSM-Bereich gibt, aber keine explizite Gewalt geduldet wird.«

»Klar, aber sie würden wohl auch kaum auf die Homepage schreiben, dass sie immer auf der Suche nach neuen Frauenopfern sind …«, murre ich, lasse mich aber dennoch von Sven vorwärtsziehen. Letztendlich hat er recht. Meine Vorstellung ist einfach lächerlich.

»Du bist nur aufgeregt. Aber es ist doch überhaupt nichts dabei, jetzt einfach dort reinzumarschieren«, meint er. Ich muss grinsen. So feucht, wie seine Handflächen sind, geht es ihm kein bisschen besser als mir, auch wenn er versucht, vor mir den Abgebrühten zu geben.

»Hast du nicht auch ein bisschen Angst?«, frage ich ihn leise. Sven bleibt abrupt stehen. Er schaut mir in die Augen und zuckt verlegen mit den Schultern. »Höchstens davor, keinen hochzubekommen. Es scheint schon eine Menge los zu sein und es wäre einfach nur scheißpeinlich, wenn im entscheidenden Augenblick versagt.«

Seine Ehrlichkeit überrascht mich und noch viel mehr, dass er sich mir mit diesem sensiblen Thema anvertraut. Wir gehen als Einheit dort hinein. Als Mann und Frau, die einander nahestehen und ihre geheimsten Befürchtungen und Wünsche miteinander teilen. Dinge, die den anderen verborgen bleiben. Ich schlucke trocken und atme tief durch.

»Wenn ich ehrlich bin, habe ich Angst davor, dass du eine Frau sehen könntest, die du schöner findest als mich.« Das ist es letztendlich, was mich zögern lässt. Die Vorstellung, Sven könnte sich von einer anderen sexuell angeregter fühlen als von mir. Und der Gedanke ist gar nicht so abwegig. Den bereits parkenden Autos nach müssen sich bereits sehr viele Menschen in dem Club befinden, und bestimmt ist auch die eine oder andere Frau dabei, die perfekte Modelmaße besitzt. Etwas, das ich meinem Mann nicht bieten kann.

Er dreht sich ganz zu mir herum und zieht mich in seine Arme. »Das wage ich zu bezweifeln. Außerdem – denkst du wirklich, dass deine Attraktivität das Einzige ist, das mich an dir interessiert?«

Trotz aller Selbstzweifel muss ich schmunzeln. »Nein, natürlich nicht. Ich hoffe zumindest, dass du mich auch wegen meines Charakters liebst.« Sven pustet in mein Haar und legt sein Kinn auf meinem Scheitel ab. »Genau ... Und ich liebe

deinen Humor, deine Starrköpfigkeit und dein weiches Herz.«
Er tritt einen Schritt zurück und schaut mir tief in die Augen.
»Natürlich will ich mir auch die anderen Frauen da drin ansehen. Darum geht es ja schließlich auch – es regt die Fantasie
an. Aber es ist eine Fantasie, die ich mit dir ausleben will.«

Ich nicke nachdenklich. »Eine Erweiterung des sexuellen
Horizontes sozusagen?«

Sven nickt. »So ist es. Und du sollst deinen Horizont natürlich auch erweitern und dich davon anregen lassen, anderen
Männer dabei zuzuschauen, wie sie ihre Frau verwöhnen.« Er
ergreift wieder meine Hand und hält sie ganz fest. Mir wird
warm, das erwartungsvolle Pochen zwischen meinen Beinen
steigert die Aufregung. »Dann lass uns jetzt da hineingehen
und denen da drin zeigen, was heißer Sex ist.«

Sven lacht ungläubig und folgt mir. »Habe ich eigentlich
erwähnt, dass ich auch deinen Mut liebe, dieses Abenteuer
mit mir zu wagen?«

Als wir durch den Eingang treten und gleich darauf vor der
Kassiererin stehen, fühle ich mich allerdings gar nicht mehr
so mutig. Kurz schießt mir der Gedanke durch den Kopf, wer
eigentlich so bescheuert ist, Eintritt dafür zu bezahlen, dass er
Sex haben darf. Ich stelle Sven diese Frage aber nicht, denn
ich kenne die Antwort bereits: *Wir …*

»Das macht dann fünfzig Euro für euch beide. Seid ihr
zum ersten Mal hier?«

Sven schiebt der freundlich aussehenden Rothaarigen den
Schein über die Theke und nickt.

»Okay, dann erkläre ich euch mal, wie das hier abläuft.
Das ist der Schlüssel zu eurem Spind. Für Wertgegenstände
übernehmen wir keine Haftung, ihr könnt sie aber bei mir
einschließen lassen …«

Klingt, als würden wir ein Hallenbad besuchen, und auch ansonsten erinnert hier nichts an einen gefährlichen Ort, an dem dunkle Riten stattfinden könnten. Ich höre der Frau gar nicht mehr zu, sondern sehe mich interessiert um. Der Eingangsbereich ist einladend in warmen Farben gehalten. Terrakotta, Creme und helles Gelb. Neugierig werfe ich einen Blick in einen in weiches Licht getauchten Gang, der in das Innere des Clubs führt. Ein Paar schlendert vorbei und ich atme zum ersten Mal erleichtert auf. Sieht gut aus, die Frau, aber mit den eher kleinen Brüsten und festen Schenkeln auch nicht makellos.

»Wollen wir?« Sven legt warm seine Hand an meinen Rücken und schiebt mich voran. »Da lang?«, frage ich, während er mich durch den Durchgang bugsiert. Darf man hier überhaupt vollständig angezogen rein? Sven nickt. »Im ersten Stock ist die Umkleide. Wir verwandeln uns jetzt in heiße Clubbe-sucher und dann geht's los.« Wenigstens hat Sven zugehört. »Hmm«, brumme ich abgelenkt und sehe dem Kerl hinterher, der unseren Weg kreuzt. Groß, muskulös, um die vierzig, mit grau melierten Schläfen in dem ansonsten dunkelbraunen Haar – lecker.

Sven lacht leise. »Sag mal, schaust du *jetzt schon* anderen Männern hinterher? Dabei warst du mir gegenüber gerade noch eifersüchtig.« Zum Glück amüsiert er sich darüber, dennoch beiße ich mir schuldbewusst auf die Unterlippe und steige neben ihm die Treppe hinauf. Weitere halb nackte Menschen kommen uns entgegen, doch ich nehme mich zusammen und konzentriere mich ganz auf meinen Mann.

»Ich war nur erstaunt, dass er nicht aussah wie einer, der keine abbekommt.« So müssen die Single-Männer in einem Swingerclub meiner Meinung jedenfalls aussehen. Ich korrigiere: Ich dachte, sie müssten so aussehen, wurde aber eben eines Besseren belehrt.

»Das ist doch gut, oder?«

Ich nicke und gehe Sven voran durch die Tür, die er für mich aufhält. Abrupt bleibe ich stehen – die erste Feuerprobe steht mir bevor.

In der Umkleide herrscht reger Verkehr. Ich weiß nicht wieso, aber ich habe erwartet, dass es separate Umkleiden für die beiden Geschlechter geben würde. Ich schüttle grinsend den Kopf. Was für ein naiver Gedanke. Aufmerksam sehe ich mich um und lasse die entspannte Atmosphäre auf mich wirken.

Ein paar Frauen stehen vor den Spiegeln, die überall an der Wand verteilt aufgehängt sind, und hübschen sich auf. Andere – Männer und Frauen – müssen wie Sven und ich gerade erst angekommen sein, denn sie ziehen sich gerade um. Oder besser gesagt: aus. Ich kann nicht anders, als einer jungen, über und über tätowierten Frau auf die blanken Apfelbrüste zu starren, die sich mir keck entgegenrecken, als ich an ihr vorbeigehe. Betty Boop zwinkert mir aufreizend von ihrer Taille aus zu. Die Frau grinst mich selbstsicher an und schiebt auch den Slip, der mit bunten Muffins bedruckt ist, nach unten. Ertappt wende ich meinen Blick ab und versuche mich auf mich selbst zu konzentrieren. »Na dann wollen wir mal.«

Ich nehme Sven die Sporttasche aus der Hand, in die wir alles eingepackt haben, von dem wir glauben, dass wir es brauchen werden, und werfe sie auf die Bank, die zwischen den Reihen der Spinde steht. Wie in einer Turnhalle …

»Du kannst es wohl kaum noch erwarten?«, neckt Sven mich, als ich mir kurz entschlossen mein Shirt über den Kopf ziehe. Was eine gerade mal Zwanzigjährige kann, kann ich auch. Ich nicke verbissen und greife in meinem Rücken nach dem Verschluss meines BHs. Rechts von mir sitzt ein etwas gelangweilt aussehender Mann, der vermutlich auf seine Frau am Spiegel wartet, links richtet sich eine etwas mollige, aber recht attraktive Blondine in den Vierzigern die Strapse. Ich schlucke nervös und öffne mit klammen Fingern die Ösen meines Büstenhalters. Wenn ich noch länger darüber nachdenke, verlässt mich wahrscheinlich der Mut.

Zu meinem Erstaunen passiert jedoch nichts weiter, als ich die ersten Hüllen fallen lasse und mit entblößten Brüsten zwischen all den Fremden stehe. Ja, es schenkt mir sogar kaum einer Beachtung. Fast bin ich ein wenig enttäuscht.

»Mach nur so weiter, dann ziehe ich dich auf die erste Liegewiese, an der wir vorbeigehen«, raunt Sven mir mit belegter Stimme ins Ohr. »Allein schon wie großzügig du dich hier präsentierst, macht mich ganz scharf, und der Kerl da neben uns hat dir gerade anerkennend auf die Brüste gestarrt. *Meine* Brüste.«

Es schmeichelt mir, dass ich zumindest meinen Mann mit meinem Auftritt errege. Etwas verlegen schlage ich gegen seine Brust. »Hör auf, du klingst wie ein Höhlenmensch. Dabei willst du mich doch teilen. Zumindest auf diese Art und Weise.«

Sven kramt in der Sporttasche und reicht mir die schwarze Spitzenkorsage. »Oh ja, und ich kann es gar nicht erwarten zu sehen, wie die Kerle dich erst anstarren werden, wenn du das trägst.«

Ich schlüpfe hinein und lasse mir von ihm dabei helfen, die vielen Häkchen zu schließen. Danach sind der Slip und die Strümpfe dran, die ich mir sofort, nachdem wir unseren Entschluss gefasst hatten, besorgt habe.

»Perfekt«, murmelt Sven heiser und streicht über mein Bein, das ich auf der Bank aufgestellt habe, um die Strapsgurte zu befestigen. Meine Verwandlung in ein heißes Luder ist abgeschlossen, meine Hände zittern vor Aufregung. Ich fühle mich in der heißen Wäsche nackter, als wenn ich tatsächlich nichts anhätte. Befangen setze ich mich und konzentriere mich auf Sven. »Jetzt bist du an der Reihe.«

Aufmerksam sehe ich ihm dabei zu, wie er sich auszieht und bin mir sicher, dass sich so manche Frau die Finger nach ihm lecken wird. Mein Mann ist verdammt heiß. Neben seinem hübschen Gesicht verfügt er über einen sehr gut gebauten und durchtrainierten Körper. Obwohl ich ihn jeden Tag sehe, kann ich nicht anders, als ihn begehrlich anzustarren.

»Zum ersten Mal hier?«

Ich fahre erschrocken zusammen. Ich hatte beinahe vergessen, wo wir uns befinden.

»Ist das so offensichtlich?«, frage ich die Strapse tragende Blondine neben mir verlegen. Sie grinst verschmitzt. »Ein wenig. Wenn es für jemanden bereits eine so große Sache ist, sich umzuziehen, dann ist das jedenfalls ein sehr deutlicher Hinweis.«

Ich nage ertappt auf meiner Unterlippe herum. »Gibt es sonst noch was, das ich besser vermeiden sollte, wenn ich nicht gleich auffliegen will?«

Die Blondine schenkt mir ein herzliches Lächeln. »Es ist doch völlig in Ordnung, noch nicht viel Erfahrung zu haben.« Ich atme erleichtert auf, Blondies Lächeln verbreitert sich. »Ich verrate dir mal was. Manche stehen sogar besonders darauf, frischen Paaren zuzuschauen. Ihr seid sozusagen noch unschuldig. Das wirkt viel natürlicher als so manches Pornostargehabe, und das wiederum ist megaheiß. Du wirst verstehen, was ich meine, wenn du so ein ‚abgehärtetes‘ Paar siehst.«

Ich nehme an, dass sie zu den Leuten gehört, die uns gern zusehen würden, und nicke nervös. »Ehrlich gesagt fürchte ich mich ein wenig vor solchen Paaren. Sie werden denken, dass ich verklemmt oder prüde bin.«

»Ach was ... Ihr seid hier, also alles andere als verklemmt. Als ich zum ersten Mal in einem Swingerclub war, konnte ich an nichts anderes denken als an meine strenggläubige Oma, und daran, was sie wohl von mir halten würde.«

Wie schräg ist das denn? Ich muss lachen. »Prima, jetzt wird meine Oma mir wahrscheinlich den ganzen Tag lang nicht mehr aus dem Sinn gehen.«

»Ich sage dir, was du jetzt machst.« Blondie legt ihre Hand auf meinen Oberschenkel und beugt sich verschwörerisch zu mir herüber. »Du schnappst dir deinen Süßen, trinkst ein oder zwei Gläser Sekt und dann vernaschst du ihn. Ihr seid verdammt sexy und heiß aufeinander, und wenn dich das nicht auf andere Gedanken bringen kann, dann weiß ich auch nicht«, raunt sie mir ins Ohr.

Ich folge ihrem unverhohlenen Blick auf Svens festes Hinterteil und bin stolz auf ihn. Diese erfahrene Frau findet meinen Mann sexy – meinen! »Danke für den Tipp. Vielleicht sehen wir dich und deinen Mann ja später noch.«

Die Blondine schüttelt grinsend den Kopf. »Ich nehme an, ihr geht erst mal in den Paarbereich, wohin sich die meisten Neulinge verziehen. Ich hingegen bin Single und nicht unbedingt auf der Suche nach Männern.« Sie steht auf und zwinkert mir aufreizend zu. »Übrigens – scharfes Outfit, das du da trägst.«

Mir klappt die Kinnlade herunter, doch das kann sie nicht mehr sehen, weil sie sich bereits auf dem Weg zur Tür befindet.

»Schon Freundschaft geschlossen?« Sven setzt sich fix und fertig umgezogen neben mich. Etwas verstört mustere ich ihn. Er sieht wirklich gut aus in seinen engen Shorts und dem schwarzen Muscle-Shirt, aber er war nicht gemeint. »Ich glaube, ich wurde gerade angegraben!«

Sven schüttelt grinsend den Kopf. »Dich kann man echt keine Minute aus den Augen lassen. Jetzt springen schon andere Frauen auf dich an. Irgendwie finde ich das geil …« Sein Blick wird glasig und ich kann mir bildreich vorstellen, was ihm gerade durch den Kopf geht. »Denk nicht mal daran!«, fordere ich ihn scharf auf und schlüpfe in meine High Heels. »Ich brauche jetzt erst mal etwas zu trinken.«

***

Das erste Glas Sekt kippe ich beinahe in einem Zug hinunter. Meine Naivität macht mich nervös. Ich meine, werde ich es überhaupt kapieren, sollten Sven und ich durch die Blume ein Angebot bekommen? Das sollte idealerweise passieren, bevor ich plötzlich mit gespreizten Beinen unter einem Fremden liege …

»Noch einen, bitte.« Ich winke dem Barkeeper zu und hebe mein leeres Sektglas in die Höhe.

»Mach mal langsam oder willst du dich betrinken?«

Ich wende mich auf meinem Barhocker Sven zu und fixiere seine etwas verschwommenen Züge. Bereits nach einem Glas Sekt fühle ich mich angenehm schummrig. Kein Wunder, ich habe seit fast zwei Jahren keinen Alkohol mehr getrunken.

»Ich brauche das jetzt, sonst übergebe ich mich noch vor Aufregung. Diese Frau hat mich völlig aus dem Takt geworfen.« Ich versuche die Männer zu ignorieren, die scheinbar überall um mich herumsitzen und mir auf die Brüste und die Beine glotzen, und beobachte den Barkeeper, wie er eine neue Flasche Sekt öffnet und einschenkt. Leider ist der Barbereich für alle Besucher zugänglich, sodass sich hier ein deutlicher Überschuss an Testosteron bemerkbar macht.

89

Sven rutscht auf seinem Barhocker ein wenig näher an mich heran und nimmt eilig das Glas entgegen, das der Barkeeper mir reichen will. »Wo liegt das Problem? War es dir unangenehm, dass eine Frau auf dich abfährt, oder war sie obszön?« Beiläufig stellt er den Sekt außerhalb meiner Reichweite auf den Tresen.

War sie das? »Nein, eigentlich nicht«, überlege ich laut. Es ist merkwürdig, aber es stört mich tatsächlich kein bisschen, dass es eine Frau ist, die Gefallen an mir findet. »Ich komme mir einfach blöd vor, dass ich nicht mal gemerkt habe, dass ich mich mit einer Lesbe unterhalte. Aber sie war eigentlich sehr sympathisch und hat mir ein Kompliment gemacht.« Ich muss lachen, als der Groschen bei mir fällt. Sven zieht irritiert die Augenbrauen in die Höhe.

»Ich bin wirklich blöd«, erkläre ich ihm und greife an ihm vorbei nach meinem Sekt. »Sie hat bemerkt, wie nervös ich war, und wollte einfach nett sein, und ich bekomme gleich Panik, dass sie mit mir schlafen will.« – »Alles kann, nichts muss«, ergänzt Sven schelmisch. »Ich mag diesen Grundsatz«, erwidere ich grinsend und schaue mich bereits ein wenig entspannter um.

»Wir gehen also nicht gleich wieder?«, fragt Sven. Ich spüre seinen warmen Atem an meinem Hals, so nahe ist er mir. »Nein, das sollten wir uns wirklich nicht entgehen lassen«, antworte ich leise. Meine Stimme klingt heiser. Direkt vor unserer Nase, auf einer ledernen Couchgarnitur, sitzt ein Paar, das bereits weit über *sich orientieren* hinausgeht. Während sich die Hand des untersetzten Mannes – ich schätze ihn auf Mitte fünfzig – heftig im Slip der Frau auf und ab bewegt, legt sie mit geschlossenen Augen den Kopf in den Nacken und schiebt ihm ihre Hüften entgegen. Und das mitten unter all den Menschen hier drin. Echt heftig!

Erde an Annabell – du befindest dich in einem Sexclub. So ein Verhalten gehört hier bestimmt zum guten Ton. Dennoch nehme ich an, dass die beiden zu diesen abgehärteten Paaren zählen. Es sieht schon sehr extrovertiert aus, wie sie ihre Schenkel spreizt, damit er sie ungehindert mit der Hand ficken kann, und sich dabei die Brüste knetet.

Befremdet schlage ich die Wimpern nieder, kann es aber nicht lassen, ihre verzückte Reaktion weiter zu beobachten. Wegen der Musik hier drin kann ich ihr Stöhnen nicht hören, aber ihre geöffneten Lippen sagen alles. Es ist nicht wirklich etwas zu sehen – also ihre Geschlechtsteile oder so – doch ihre offensichtliche Erregung nimmt mich mit. Ein mahnendes Ziehen meldet sich zwischen meinen Beinen. Auch wir werden es heute noch tun. Zumindest haben wir es vor. Die recht nüchterne Planung, ein erotisches Abenteuer zu erleben, ist seltsam anregend. Doch ich habe keine Ahnung, wie ich mich bei der Vorstellung fühlen soll, dass dann vielleicht auch ein anderes Paar dasitzt, uns zusieht und sich Gedanken über uns macht. So wie wir jetzt gerade.

»Wow, die beiden werden es bestimmt nicht mehr lange aushalten.«

Ich werfe einen kurzen Seitenblick auf Sven. Auch er starrt unverwandt hin. Durch den dünnen Stoff seiner Shorts zeichnet sich eine deutliche Beule ab.

»Die waren bestimmt schon öfter hier«, antworte ich trocken, als der fremde Mann ungeduldig am Büstenhalter seiner Partnerin zerrt und ihre nackten Brüste zum Vorschein kommen. Gierig beginnt er, an ihren Nippeln zu saugen.

»Wenn sie sich nicht bald verziehen, werden sie es gleich hier miteinander treiben.« Svens Stimme ist rau, er würde es ebenso gern sehen wie ich. Die beiden haben bestimmt ziemlich heftigen Sex. Doch leider stehen sie plötzlich auf und gehen. Natürlich weiß ich, wohin …

»Sollen wir auch gehen? Ich glaube, zusehen gefällt uns zumindest schon mal«, schlägt Sven vor und nimmt mir beiläufig mein Glas ab. Seine Hand wandert über die zarten Nylons meinen Oberschenkel hinauf. Ehe er sie mir noch zwischen die Beine schiebt, springe ich eilig auf. Ich nicke, auch wenn ich mir nicht ganz sicher bin, ob ich nicht lieber erst den zweiten Sekt leeren sollte, um mir Mut anzutrinken.

Hier in der Bar hatte ich nicht mit solch einer Szene gerechnet. Davon überrumpelt zu werden hat mir geholfen, mich darauf einzulassen. Das tatsächliche Vorhaben, Voyeur zu spielen oder gar noch mehr, versetzt mich in eine widersprüchliche Stimmung zwischen Erregung, Furcht und Abneigung. Dennoch lasse ich mich von Sven an der Hand nehmen und aus der Bar führen. Ich bin nicht nur völlig verwirrt, sondern auch viel zu neugierig, um jetzt einfach abzubrechen.

»Warum ist hier abgesperrt?«, frage ich Sven irritiert, als wir wieder im ersten Stock ankommen und Sven sich neben dem Spindschlüssel einen zweiten vom Handgelenk abmacht, den ich noch gar nicht bemerkt habe. Tatsächlich passt er ins Schloss.

»Hier dürfen nur Paare rein. Sag mal, hast du überhaupt zugehört, was die Frau am Empfang uns erklärt hat?«

Ich schüttle abgelenkt den Kopf und trete durch die Tür. »Wow!« Hier gefällt es mir definitiv. Ich lasse meinen Blick langsam durch den stilvoll eingerichteten Raum schweifen. An einer kleinen Bar, die größenmäßig mit der unten nicht ganz mithalten kann, sitzen wie zu erwarten nur paarweise angeordnete Menschen. Aber nicht nur das ist mir auf Anhieb sympathisch. Auch die hellen Creme- und Beigetöne gefallen mir deutlich besser als die schwarz-violette Farbgestaltung unten. Sie wirken nicht so gewollt erotisierend auf mich und erzielen damit deutlich mehr Wirkung.

Ich ergreife zittrig Svens Hand und ziehe ihn mit mir mit. Kaum dass die Tür hinter uns zufällt, kann ich sie hören: die lustvollen Laute und das Gestöhne.

»Erst noch was trinken oder wagen wir es gleich?« Sven deutet auf den Gang, der vom Eingangsbereich wegführt, der wohl als Anlaufstelle dient. Auch hier sitzen überall Menschen, die sich berühren, küssen, einander streicheln, doch keiner hat Sex. Der ist dem hinteren Bereich vorbehalten. Ich schlucke trocken und versuche, etwas im Halbdunkel des Ganges zu erkennen.

»Wenn wir es uns nicht ansehen, werden wir nicht herausfinden, ob es uns gefällt, richtig?« Von hier aus kann ich die Räume, die für den Akt reserviert sind, nicht sehen. Ich werde da schon reingehen müssen, wenn ich mehr will.

Nacheinander treten Sven und ich aus dem Barbereich in das gedimmte Licht und sofort werden die Stöhn- und Keuchlaute deutlicher. Meine Klitoris beginnt zu pochen. Gebannt gehe ich auf das vergitterte Spalier zu, das die erste Nische vom Gang abtrennt. Ich schließe meine Finger um das dunkle Holz und spähe hinein. Sven stellt sich dicht hinter mich. Ich spüre, wie er atmet, seine Erektion drängt sich gegen meinen Po. Ich erschaudere.

Jetzt wäre der perfekte Moment, um einfach mitgerissen zu werden, doch leider befindet sich in dem kleinen Raum niemand, der das tun könnte. Ich atme auf. Mein Herz hämmert gegen meine Rippen. Wir gehen weiter. Im nächsten Raum befindet sich zwar ein Paar, doch sie scheinen gerade fertig geworden zu sein und ziehen sich wieder an.

Sven deutet auf das Ende des Ganges, ich nicke stumm. In der knisternden Atmosphäre des dämmrigen Lichts wage ich es nicht, auch nur ein Wort zu sagen. Stattdessen gehe ich Sven voraus und bleibe überwältigt stehen, als ich den ersten Schritt in den großen Raum hineingetan habe. Krass.

Die Spielwiese ist über mehrere Ebenen angeordnet, auf denen sich unzählige Menschen miteinander vergnügen. Völlig überreizt von so viel nackter Haut weiß ich gar nicht, wohin ich zuerst schauen soll.

»Da sind sie«, flüstert Sven und deutet verhalten auf das runde Podest, das gleich neben dem Eingang steht.

Oh – mein – Gott. Der Mann aus der Bar packt seine Frau am Nacken und drängt sie bäuchlings gegen das Leder. Sein langer Schwanz fährt wie ein Schwert zwischen ihre Beine, sie bäumt sich auf gegen seinen festen Griff, als er sich in ihr versenkt und sofort anfängt, sie hart zu ficken. Ja, sie zu ficken. Nicht in sie zu stoßen oder gar sie zu lieben. Er fickt sie einfach. Zügellos und hart.

Fassungslos schaue ich zu. Ich kann einfach nicht anders, als auf seinen halb entblößten Hintern zu starren – seine Unterwäsche hat er sich nur halb herabgezogen. Bei jedem seiner kraftvollen Stöße spannen sich die Muskeln an. Sie drängt ihren Oberkörper gegen die Unterlage und reckt lüstern ihren Po in die Höhe. Ihre Augen verdrehen sich, sie schreit, als der Mann ihr wieder und wieder mit der flachen Hand auf den Po klatscht. Doch sie scheint dabei keinen Schmerz zu fühlen, denn sie beginnt am ganzen Körper zu zittern und keucht ihren Höhepunkt für alle hörbar in den Raum hinein. Ich spüre, wie sich Nässe zwischen meinen Schamlippen sammelt.

»Sie hätten vielleicht in den BDSM-Bereich gehen sollen«, witzle ich, um meine Unsicherheit zu überspielen. Ich weiß nicht, wie ich es finden soll, dass mich diese harte, beinahe animalische Szene antörnt. Ganz beiläufig legt Sven von hinten den Arm um meinen Bauch und zieht mich an sich. »Dahin haben sie es wohl nicht mehr geschafft, der ist im zweiten Stock«, antwortet er heiser. Sein Schwanz zuckt verlangend gegen meine Pobacken. Ich bin kurz davor, mir meinen Mann zu greifen und mich genau hier, vor all diesen Menschen, unter ihn zu legen und mich von ihm vögeln zu lassen. Doch die Lust schafft es noch nicht, meine Zurückhaltung zu überwältigen. Zum Glück. Lieber würde ich mich auf der Toilette heimlich selbst befriedigen, als es vor all diesen Menschen zu tun.

»Wie wäre es, wenn wir uns in einen dieser kleinen Räume begeben?«, schlage ich Sven stattdessen aufgewühlt vor und drehe mich zu ihm herum. Seine Augen flackern erregt, den Blick hat er immer noch sehnsüchtig auf die Szenerie im Innern des Raumes gerichtet. »Okay«, erwidert er dunkel und packt mich an der Hand. Ihm würde es wahrscheinlich gar nichts ausmachen, sich sofort in die Mitte des Geschehens zu begeben. Mir zuliebe nimmt er sich jedoch zurück. Ein bisschen zumindest.

Kaum dass ich mit zittrigen Knien die zwei Treppenstufen emporgestiegen bin, die den abgetrennten Bereich erhöhen, schnappt Sven sich ein Handtuch aus der Ecke, breitet es aus und drängt mich rücklings darauf. Schwer legt er sich auf mich, seine Lippen küssen sich fiebrig über meinen Hals. Ich keuche, als er seinen harten Penis provokant über meine Scham reibt. Die Feuchtigkeit meiner Lust benetzt meinen Slip, meine Lider flattern. Ich will mich dem hingeben, aber ich kann das Gemurmel nicht ganz verdrängen, das von draußen zu uns hereindringt. Während Svens Mund sich zu meinem Dekolleté vorarbeitet, drehe ich langsam meinen Kopf in Richtung Trennwand.

Finger haben sich in die Löcher des vergitterten Spaliers verhakt, mehrere Augenpaare blicken zu uns herein. Manche ruhen ruhig auf mir, andere folgen ruckartig Svens Bewegungen, gleiten meinen Körper hinab, streicheln mich. Ich kann sie beinahe wie Berührungen fühlen. Eine Gänsehaut breitet sich auf meinem ganzen Körper aus. Schemenhaft zeichnen sich die Leiber der Menschen, die uns zuschauen, durch das Gitter ab.

Svens Hand gleitet zwischen meine Schenkel und tastet sich unter den Bund meines Höschens. Ich lege den Kopf in den Nacken und öffne meine Lippen. Die fremden Augen fixieren sein Werk an mir. Es ist beschämend, doch gleichzeitig macht es mich an, dass sie meine Lust sehen können, vielleicht sogar riechen. Alles in mir purzelt wild durcheinander. Lust und Scham, Verlangen und Abneigung. Nur ein Gefühl ist stärker als alle anderen – rohes Verlangen.

Sven schiebt einen Finger in meine Muschi und lässt ihn langsam hinein- und wieder hinausgleiten. Ich stöhne genießerisch, richte mein ganzes Denken auf diese Bewegung aus. Automatisch hebe ich mich ihr entgegen und lasse es zu, dass sehnsüchtige Empfindungen mich fluten. Endlich übernimmt mein Begehren die Kontrolle.

Eine der größeren Gestalten löst sich vom Gitter, stellt sich hinter eine kleinere, beugt sich zu ihr hinunter. Im nächsten Moment kommen sie die Treppe hinauf.

Oh mein Gott, oh mein Gott, oh mein Gott. Sie legen sich zu uns, die Köpfe nur eine Armeslänge von unseren entfernt. Beschämt schlage ich die Augen nieder, als der Sonnyboy mir aufreizend zuzwinkert. Das ist zu nah, zu intim. Ich verkrampfe mich, doch Sven lässt nicht von mir ab, sondern geht auf alle viere und küsst sich verführerisch langsam über meine Rippen hinunter zu meiner Mitte.

Ich will ihn aufhalten. Das geht nicht. Nicht hier, nicht jetzt … Paradoxerweise vergraben sich meine Finger wie von selbst in seinem Haar und weisen ihm die Richtung. Ein hemmungsloser Laut löst sich aus meinem Mund, als er meinen Slip ganz einfach beiseiteschiebt, seinen heißen Mund auf meine Scham presst und seine Zunge flatternd über meine Klitoris leckt. Verhangen werfe ich einen Blick zu dem anderen Paar hinüber.

Ein stämmig gebauter Typ. Dunkelbraunes, verwuscheltes Haar, sonnengebräunte Haut. Sie: zierlich. Kleine, feste Brüste und ein katzenhaft eleganter Körper. Es ist irgendwie verstörend, zu sehen, wie er sich aufrichtet und sie bereitwillig vor ihm niederkniet. Im nächsten Moment lutscht sie seinen Schwanz, nimmt ihn tief auf und saugt gierig daran. Er starrt lüstern auf sie hinunter.

Ich kann nicht wegsehen. Das sehnsüchtige Pulsieren zwischen meinen Beinen nimmt zu, steigert sich beinahe ins Unerträgliche.

Seine Schultern spannen sich an, er legt die Hände an ihren Kopf, stößt aber nicht zu, sondern vergräbt die Finger vorsichtig in ihrer gelockten Mähne und zittert vor Anspannung. Seine zurückhaltende Erregung fährt heiß in meinen Unterleib, Svens Zunge bohrt sich in mich.

Ich zerre an seinen Schultern, um ihn zu mir heraufzuholen. Küsse ihn gierig, als er sich auf mich legt und sein aufgerichteter Penis mich am Oberschenkel berührt. Dass ich mich selbst schmecken kann, macht mich beinahe wahnsinnig. »Schlaf mit mir«, keuche ich zittrig an sein Ohr.

Sven grinst anzüglich und wirft selbst einen Blick zu den anderen hinüber. Während er sich in mich bohrt, fixiert er die Schönheit neben uns. Zu sehen, wie er heftig atmet und sich von der Szenerie neben uns antörnen lässt, hebt meine Lust in die höchsten Höhen. Auch ich schaue wieder hin, während Sven sich langsam in mir zu bewegen beginnt.

Inzwischen bearbeitet sie ihn immer heftiger. Ihr Kopf gleitet fließend vor und zurück, sein praller Schaft glänzt im Halblicht feucht von ihrem Speichel. Er schwitzt, wird unruhiger. Schließlich keucht er auf und schiebt sie unwirsch von sich. Sein Schwanz zuckt, er ist kurz davor zu kommen.

Ich erstarre, als er aufsieht und mir mitten in die Augen schaut. Dunkelbraun, fast schwarz sind die seinen. Seine Partnerin legt sich einladend auf die Unterlage und öffnet ihre Beine. Er schaut immer noch mich an, als er sich über sie beugt und mit einem Stoß eindringt. Sein Blick flackert, seine Brust hebt und senkt sich schnell unter seinen heftigen Atemzügen. Sven über mir keucht rau, beschleunigt sein Tempo, versenkt sich tief und gnadenlos in mir. Ich glühe, meine Hände tasten sich blind über seinen Körper. Ich bin wie gelähmt, unfähig woanders hinzuschauen.

Der Mann stößt zu, hart und abgehackt, seine Partnerin stöhnt begierig und schlingt ihre langen Beine um ihn und zwingt ihn damit, in ihr zu verharren. Ihre Leidenschaft beflügelt mein Verlangen. Diese gierigen braunen Augen fixieren mich, bohren sich tief in mich, so tief wie Svens unnachgiebige Härte. Alles um mich herum beginnt sich zu drehen. Ich verbrenne, meine Hüften zucken Svens Stößen entgegen. Immer ungehemmter, immer schneller.

Die Frau neben mir kreischt leise auf, ihr Blick richtet sich beinahe ungläubig auf die Verbindung zwischen ihr und ihrem Partner. Sie greift zwischen ihre Beine und massiert mit fahrigen Bewegungen ihre schutzlos daliegende Perle. Seine Mundwinkel heben sich spöttisch. Er weiß, dass er gut ist. Zeigt es mir. Seine Augen huschen über meinen von Sehnsucht gequälten Körper und fixieren dann das Gesicht seiner Partnerin.

Noch zweimal stößt er zu, spannt sich an und kommt mit ihr zusammen zum Höhepunkt. Heftig atmend rollt er sich von ihr herunter und zieht sie an seine Brust. Ihre Wangen glühen erhitzt, sie sieht mir mitten in die Augen. Der Ausdruck ihrer befriedigten Lust darin brennt sich in mir fest.

Ich kralle meine Finger in Svens Rücken und hebe ab. Mein Höhepunkt rollt einfach über mich hinweg und nimmt mich mit. Ich schwebe für einen Moment, ehe meine Scheidenmuskeln sich zuckend um Svens unnachgiebige Härte verkrampfen. Wellengleich flutet mich köstliche Erfüllung, bis ich in ihrem Strudel untergehe und meine Arme kraftlos auf die Unterlage fallen. Noch während die Nachbeben meines Höhepunktes mich erschaudern lassen, zieht Sven sich heftig atmend aus mir zurück. Das Paar neben uns widmet sich wieder sich selbst, streichelt und küsst sich zärtlich.

Ich fühle mich verdreht und aufgeputscht. Schutz suchend wende ich mich Sven zu und lege zittrig meine Hand an seine Wange. Der Blick in seine warmen Augen beruhigt mich, es ist in Ordnung, dass ich mich von den anderen habe mitreißen lassen. Sie stehen leise auf und verlassen die Spielwiese. »Was ist mit dir?«, frage ich Sven leise und lasse meine Hände über seinen angespannten Rücken gleiten.

Er schüttelt stumm den Kopf und legt sich seitlich neben mich, streicht mir wieder und wieder über den Arm und küsst mich ausgiebig. Es fühlt sich nach dieser aufputschenden Erfahrung sicher und geborgen an. Ich schmiege mich an seine Brust und lasse mich von seinem vertrauten Geruch einhüllen.

»Lass uns was trinken gehen, ich bin am Verdursten.« Er angelt nach seinen Shorts, die neben uns liegen. Ich habe im Rausch nicht mal mitbekommen, wie er sie ausgezogen hat. Verwirrt richte ich mich auf und sehe ihm dabei zu, wie er seinen harten Schwanz unter den Bund schiebt. Er hebt den Blick und lächelt teuflisch. Teuflisch unanständig und teuflisch attraktiv.

»Ich will das unbedingt wiederholen. Aber ich fühle mich so überreizt, ich könnte heute glaube ich kein zweites Mal.«

Ich nicke nachdenklich. Meist hat er eigentlich keine Probleme mit einer zweiten Runde. Mir kommt wieder in den Sinn, was er vor dem Club zu mir gesagt hat. Zart streiche ich mit den Fingerspitzen über die Beule seiner Shorts und grinse anzüglich. »Er steht wie eine Eins.«

»Du Biest«, knurrt Sven und will nach mir greifen, doch ich bin schneller. Ausgelassen quietschend weiche ich ihm aus und fliehe vor ihm die Stufen hinunter. Er prallt beinahe gegen mich, als er mir folgt. Ich räuspere mich und greife nach seiner Hand. Vor dem Gitter stehen zwei Pärchen, eine Frau mustert mich anzüglich, ein Mann grinst mich unverhohlen erregt an. Neben den beiden, mit denen wir unser Liebesspiel geteilt haben, habe ich völlig vergessen, dass auch noch andere zusehen.

»Ich kann echt nicht fassen, dass wir das getan haben«, flüstere ich Sven zu, als ich ihn den Gang entlang auf den hellen Barbereich zuziehe. Ich habe nicht nur Sex vor anderen Menschen gehabt, ich habe mich völlig gehen lassen. Verstohlen sehe ich mich um, als wir Hand in Hand auf die Bar zugehen, doch von dem anderen Pärchen ist weit und breit nichts zu sehen. Gott sei Dank. Jetzt wäre es mir peinlich, ihnen in die Augen zu sehen.

»Und?«, fragt Sven und mustert mich gespannt, als wir – je ein Glas kalter Coke vor der Nase – an der Bar sitzen. »Wie fandest du es?«

Ich trinke gierig und muss unwillkürlich grinsen. »Es war gut, aber das dürftest du eigentlich bemerkt haben.« – »Es war nicht einfach nur gut.« Svens Stimme klingt belegt. Er beugt sich weiter zu mir herüber und flüstert mir ins Ohr. Diese Worte sind nur für mich bestimmt. »Es war geil, ungehemmt und was weiß ich noch alles. Du wolltest, dass ich dich einfach nur ficke, dass dieser andere Kerl es tut.«

Mir wird heiß. Svens schmutzige Worte versetzen mich augenblicklich wieder zurück in diesen Zustand entrückter Erregung. Ich presse meine Schenkel zusammen, um das sehnsüchtige Pochen zwischen meinen Beinen zu beruhigen, und versuche mich zu konzentrieren. »Ich wollte nicht, dass er mich fickt. Es hat mich nur angemacht, zu sehen, wie er es ihr besorgt.« Plötzlich kommt mir tatsächlich meine Oma in den Sinn. Schuldbewusst presse ich meine Lippen aufeinander. Hätte diese Frau das nur nicht zu mir gesagt.

Sven funkelt mich an, seine Fingerspitzen tasten zart über den rasenden Puls an meinem Hals. »Gib es zu oder nicht, aber du bist schon bei dem Gedanken daran wieder total erregt.«

Ich verschränke abweisend meine Arme vor der Brust. Wenn ich mir einer Sache völlig sicher bin, dann dass ich bestimmt nie mit einem anderen Kerl schlafen werde. Höchstens in meiner Fantasie. »Wie sagt man immer so schön? Die Gedanken sind frei. Aber ehrlich gesagt bin ich froh, wenn ich mit dir fertig werde. Du hast dich auch ganz schön mitreißen lassen, mein Lieber. Du bist abgegangen wie eine Rakete.« Was er kann, kann ich auch. Dabei bin ich überrascht, dass es mich nicht im Mindesten stört, dass er sich von einer wirklich sehr schönen Frau hat antörnen lassen. Es geht nicht um das Aussehen, sondern um den Akt. Zumindest für mich.

Als ich mich verstohlen umsehe, bemerke ich jedoch plötzlich die abschätzenden Blicke und unverhohlenen Musterungen, denen sich viele der anwesenden Paare gegenseitig unterziehen. Auf einmal fühle ich mich wie auf einem Basar. Es geht darum, das beste Geschäft zu machen, den geilsten Sex zu haben, das attraktivste Pärchen für sein Vorhaben zu gewinnen. Und ich weiß nicht, wie ich mich dabei fühlen soll. Über die Frage, was diese Leute wohl über mich denken, wenn sie mich ansehen, will ich erst gar nicht nachgrübeln.

»Findest du es nicht auch seltsam, nicht zu wissen, wer uns vorhin alles zugesehen hat?«, frage ich Sven unsicher. Er zuckt locker mit den Schultern und wirft mir ein breites Grinsen zu. »Das ist doch der Reiz bei der Sache.«

Wirklich? Ich presse hart die Lippen aufeinander. Ich komme mir wie eine Blenderin vor. Um wirklich dazuzugehören, müsste ich vermutlich viel selbstsicherer und verdorbener sein, mich unwiderstehlich fühlen und nicht darauf hoffen, dass mir die Blicke anderer dieses Gefühl geben.

Sven scheint meinen Stimmungswandel zu bemerken, seine Miene wird weich. »Das alles auf einmal ist ein bisschen viel für dich, hm?« Zart streicht er mir über den Arm und mustert mich prüfend. Ich schüttle entschlossen den Kopf. »Wir trinken jetzt aus und gehen dann wieder da rein.« Ich werde diesen Club nicht verlassen, ehe er nicht auch seine Erfüllung hatte. Ich habe das Gefühl, ihm das schuldig zu sein.

Sven furcht nachdenklich die Stirn und greift langsam nach seiner Cola. »Sicher? Wenn du dich dabei nicht wohlfühlst, können wir auch nach Hause. Das ist schon in Ordnung.« Natürlich muss er das jetzt sagen, er hat es mir schließlich versprochen. Ich trinke mein eigenes Glas leer und stehe mit zittrigen Beinen auf. »Nein, ich bin nur ein wenig aufgewühlt. Es ist okay für mich, danach können wir gehen.«

Sven folgt mir in das zum Glück immer noch – oder wieder – leere Separee. Ganz hinten an der Wand, soweit wie

102

möglich von den neugierigen Blicken entfernt, liebt er mich. Ich sehe ihm dabei tief in die Augen, um Halt zu finden, kann mich diesmal aber nicht mehr entspannen. Er versucht nicht, es hinauszuzögern. Sein Orgasmus ist kurz und wirkt nicht sehr aufregend. Ich bin enttäuscht. Von mir, von meiner übersteigerten Vorstellung, ich würde mich hier besonders sexy fühlen, von allem eben. Ich will mich nur noch verkriechen und meine Wunden lecken.

»Würdest du Leonie bitte allein abholen?«, frage ich Sven, kurz bevor wir die Hamburger Stadtgrenze überfahren. Alles in mir sehnt sich danach, meine Kleine in die Arme zu schließen und damit wieder in der Realität anzukommen. Doch so durcheinander wie ich bin, ist es keine gute Idee, meiner Mutter unter die Augen zu treten.

KAPITEL 5
AUSRASTER UND
ANDERE VERÄNDERUNGEN

Ich stelle Leonies Breischüssel in die Spüle und atme auf. Der Tag war ziemlich kräftezehrend und ich bin erleichtert, ihn hinter mir zu haben. Leonie schläft, ich bin endlich mit Aufräumen fertig, Sven wird bald zum ersten Fußballtraining der Saison aufbrechen – und ich kann endlich durchatmen.

Seit wir den Swingerclub gestern vorzeitig verlassen haben, gluckt er um mich herum und will sicherstellen, dass ich auch wirklich in Ordnung bin. Das ist unglaublich lieb von ihm, aber ich brauche dringend Zeit für mich. Ich habe keine Ahnung, wie es mir geht oder wie ich mich fühle, geschweige denn, ob ich es wage, noch einmal einen Fuß in einen Swingerclub zu setzen. Eine Frage, die seit gestern Mittag unausgesprochen zwischen uns steht.

»Soll ich das Training nicht doch lieber schwänzen, damit wir uns einen schönen Abend für uns machen können, bevor die Woche wieder anfängt? Das wäre wirklich kein Problem.«

Ich fahre leicht zusammen, als Sven sich von hinten an mich schmiegt und die Arme um mich schlingt. Mit einem möglichst heiteren Lächeln auf den Lippen drehe ich mich zu ihm herum. »Mir ist klar, dass die die Altherrenmannschaft des

Vereins ist und ihr kaum ein Spiel wirklich ernst nehmt, aber du solltest das Training trotzdem nicht gleich von Beginn an schleifen lassen. Immerhin habt ihr schon eine ziemlich lange Winterpause eingelegt ...« Vom Alter her könnte Sven durchaus noch bei den Jüngeren mitkicken. Als ich schwanger wurde, hat er sich aber aus der aktiveren Mannschaft zurückgezogen, um flexibler für mich zu sein. Das macht sich körperlich zwar nicht wirklich bemerkbar, aber ich brauche jetzt Abstand. Vielsagend tätschle ich seinen Bauch.

Sven zieht eine gespielt beleidigte Schnute. »Na wenn das so ist, bin ich jetzt weg.« Erst jetzt bemerke ich die Trainingstasche, die am Eingang zur Küche steht. Er wollte sich also noch mal versichern, dass zwischen uns alles okay ist. Wenn dem nur so wäre ...

Ich seufze leise, als Sven die Küche verlässt. »Sag Alex einen schönen Gruß und frag ihn, wann genau Chrissi wiederkommt«, rufe ich ihm hinterher. Er dreht sich um und wirft mir einen überschwänglichen Handkuss zu. »Wird gemacht!« Er salutiert lachend und verschwindet dann aus meinem Blickfeld.

Doch anstatt mich über die entspannte Stimmung zwischen uns zu freuen, fühle ich mich noch schlechter. Als die Haustür ins Schloss fällt, schnappe ich mir das Babyfon und schlürfe ins Wohnzimmer. Auf dem Sofa kuschle ich mich in eine mollige Decke ein. Sofort wandern meine Gedanken wieder zu gestern.

Ich habe mich eigentlich schon wohlgefühlt, wirklich, doch kaum habe ich darüber nachgedacht, wie andere mich sehen, wusste ich, dass ich nicht für voyeuristische Sexspiele geeignet bin. Alles an mir ist gewöhnlich, vielleicht sogar langweilig. Finde ich zumindest ... Jedenfalls bin ich nicht sehr experimentierfreudig. Es macht mir das Herz schwer, dass Sven das anscheinend begriffen hat und versucht, diesen Mangel mit seinem Club-Experiment auszubessern. Keine Ahnung, wie er reagieren wird, wenn ich ihm sage, dass ich aussteige. Denn wie ich es auch drehe und wende – ich weiß einfach nicht, wie ich es schaffen soll, noch einmal eine Spielwiese zu betreten.

Ich fröstle und ziehe die Decke enger um meine Schultern. Hoffentlich kommt Chrissi bald von ihrer Montagereise zurück. Sie hätte bestimmt einen guten Rat für mich, doch leider ist sie immer noch in Chile. Ich seufze wieder und lege mich auf das Polster. Was zur Hölle stimmt nicht mit mir?

***

»Hey Schatz, willst du nicht lieber nach oben gehen?« Sanft werde ich aus dem Schlaf gerüttelt. Ich blinzle Sven verwirrt an und sehe mitten in seine strahlenden Augen.

Sie waren es, die meine Aufmerksamkeit als Erstes erregt haben, als ich ihn mit siebzehn in einer Disco kennengelernt und mich auf den ersten Blick in ihn verliebt habe. Es ist nichts zwischen uns gelaufen, dennoch haben wir losen Kontakt gehalten, bis ich ihn an meinem achtzehnten Geburtstag unter dem Vorwand einer Party in ein Hotelzimmer gelockt und darum gebeten habe, mich zu entjungfern. Mein Herz hat geschmerzt, so heftig pochte es gegen meine Rippen, doch ich wollte unbedingt, dass er es tut.

Er hat abgelehnt und mir stattdessen gestanden, dass er sich in mich verliebt hat. Erst drei Monate später ist unser erstes Mal passiert. Doch ich habe ihn glauben lassen, ich sei wagemutig und draufgängerisch. Nie habe ich ihm erzählt, wie erleichtert ich war, dass er mein Angebot in dieser Nacht in einem billigen Hotelzimmer nicht angenommen hat, denn ich habe mich gefühlt wie eine Betrügerin. Und auch heute noch betrüge ich ihn damit.

Ich lege meine Hand an Svens Wange, sein Blick huscht fragend über mein Gesicht. »Was ist seit gestern los mit dir? Ich merke doch, dass du total von der Rolle bist.«

Ich sollte ihm sagen, dass er nicht weiter darauf hoffen sollte, dass eine Wildheit in mir verborgen liegt, die nur darauf wartet, von ihm entdeckt und befreit zu werden. Stattdessen lächle ich ihn breit an und wackle vielsagend mit den Augenbrauen. »Ich bin nur völlig fertig. Dieses Wochenende war ziemlich anstrengend.«

Svens Miene verschließt sich augenblicklich. Er merkt, dass ich ihn anlüge, da bin ich mir sicher. Dennoch stehe ich auf, um schlafen zu gehen. »Ich liebe dich, das weißt du hoffentlich.« Ich hauche einen zarten Gutenachtkuss auf seinen Mund und ignoriere das wehmütige Ziehen in meiner Brust. Auch ohne diese Sexspielchen werden wir das überstehen, rede ich mir ein und schleppe mich müde in Richtung Tür. Tief im Innern bin ich nicht überzeugt.

»Ach ja, ehe ich es vergesse: Alex lässt dir ebenfalls einen schönen Gruß ausrichten. Er war etwas verwirrt, dass Chrissi sich noch nicht bei dir gemeldet hat. Sie ist schon seit letztem Montag wieder im Lande und wollte dich eigentlich anrufen. Sie muss es wohl vergessen haben.«

Abrupt bleibe ich stehen, alles in mir verkrampft sich. Svens Worte fühlen sich an wie ein Schlag in die Magengrube. Chrissi hat mich nicht vergessen, sie weicht mir aus. Dessen bin ich mir jetzt völlig sicher.

***

Mit jedem Tag, an dem sich meine vermeintlich engste Freundin nicht meldet, sinkt meine Stimmung weiter. Als Sven am Mittwoch nach Hause kommt, ist sie auf dem Gefrierpunkt angelangt. Es wurmt mich, dass sie nicht mal anruft, obwohl

Alex ihr bestimmt erzählt hat, dass ich nach ihr gefragt habe.

Mürrisch sitze ich am Esstisch und kann mich selbst nicht ausstehen. Ich könnte mir dafür in den Arsch treten, dass ich Sven nur einsilbige Antworten geben kann, obwohl er mir liebenswürdigerweise das Füttern von Leonie abgenommen hat, damit ich auch mal in Ruhe essen kann. Doch es erheitert mich nicht einmal, ihm bei seinen Faxen zuzusehen, mit denen er versucht, die Kleine zum Öffnen des Mundes zu bewegen. Eigentlich liebt sie Kartoffelbrei, doch heute will sie ihn einfach nicht essen.

»Soll ich lieber einen Milchbrei anrühren?«, frage ich Sven düster, als all seine Bemühungen erfolglos bleiben. Er winkt heiter ab und legt Leonies Löffel beiseite. »Ach was, sie hat einfach keinen Hunger.«

Ich presse meine Lippen aufeinander, um mir einen bissigen Kommentar zu verkneifen. Schlimm genug, dass die Stimmung zwischen uns wieder einmal meiner miesen Laune zum Opfer fällt, einen Streit brauche ich da nicht auch noch.

»Nicht wahr, kleine Maus? Mami hat dir heute schon so viel zu Essen gegeben, dass du immer noch pappsatt bist«, setzt Sven an Leonie gewandt fort und kitzelt sie unterm Kinn. Sie lacht fröhlich und ich halte es nicht länger aus. »Das hat Mami versucht, doch Leonie hatte auch schon den ganzen Tag lang keinen Hunger.« Ich zwinge mich dazu, ebenfalls belustigt zu klingen. Was aus meinem Mund kommt, ist allerdings purer Frust. Nicht einmal meine Mutterpflichten kann ich jetzt mehr befriedigend erledigen. Dabei braucht die Kleine doch was im Magen …

»Was für eine Laus ist dir denn schon wieder über die Leber gelaufen?« Sven lehnt sich zurück und verschränkt abweisend die Arme vor der Brust. *Schon wieder* … Die Wahl seiner Worte bringt das Fass endgültig zum Überlaufen. Ich schnaube bitter, auch wenn er recht hat.

»Frag lieber *welche Läuse*«, antworte ich düster und stehe ruckartig auf, um meinen noch halbvollen Teller und Leonies Schüssel abzuräumen. Doch es ist bereits zu spät. Die Gewitterwolken hängen längst über mir.

»Dann eben *welche Läuse,* obwohl das eigentlich scheißegal ist«, murrt Sven. Ich fliehe in die Küche. Er nimmt Leonie aus dem Hochstuhl, setzt sie auf ihre Spieldecke und folgt mir. »Erklär es mir bitte, denn ich habe keine Ahnung, was ich jetzt schon wieder falsch gemacht habe und warum du mich ständig anpampst. Ich dachte, es wäre besser geworden, doch da habe ich mich wohl getäuscht.«

Sein Vorwurf lässt mich rotsehen. Ungehalten knalle ich die Teller auf die Arbeitsplatte und wirble zu ihm herum. »Nur weil du mich einmal in einem Swingerclub gevögelt hast, lösen sich nicht all unsere Probleme in Luft auf! Ich bin das Problem, verstehst du das nicht oder willst du es einfach nicht sehen?« Verzweifelt werfe ich meine Hände in die Luft. Irgendwas stimmt nicht mit mir, doch ich schaffe es einfach nicht, zu erfassen, was es ist. Aber was erwarte ich eigentlich von ihm? Er kann es mir auch nicht erklären. Soll er mich verlassen? Bin ich zufrieden, wenn er mir recht gibt?

Er starrt mich fassungslos an, ich zittere unkontrolliert. »Ich bin einfach nicht so, wie du mich gern haben willst, Sven. Ich bin nicht mutig oder verwegen. Ja, ich bin noch nicht einmal mehr so, wie meine Freundin mich mag, die ich schon fast mein ganzes Leben lang kenne.« Tränen schießen mir in die Augen, doch diesmal lässt Sven sich nicht davon einwickeln. »Dann lad deinen Frust bitte bei Chrissi ab und nicht bei mir. Wie sie denkt, weiß ich nicht, aber unterstelle mir nicht ständig Dinge, die einfach nicht wahr sind.« Er dreht mir den Rücken zu und stapft wütend davon.

Scheiße! Ich presse meine Hand vor den Mund und unterdrücke ein Schluchzen. Ich muss mich um Leonie kümmern und sie kann schließlich nichts dafür, dass ihre Mutter eine dumme Kuh ist.

***

Als die Kleine wenig später friedlich schläft, marschiere ich zurück ins Wohnzimmer und schnappe mir entschlossen das Telefon. Sven hat sich wieder aus dem Büro herausgewagt und starrt stur in den Fernseher. Als ich mich neben ihn setze, wirft er einen kurzen Blick auf das Mobilteil in meiner Hand.

»Was hast du vor?« Er klingt eisig, aber auch ehrlich interessiert.

»Chrissi anrufen und ihr die Meinung sagen«, murmle ich und rufe den entsprechenden Eintrag im Telefonbuch auf. Das ist das Einzige, was ich tun kann, um meinen Fehler bei Sven wiedergutzumachen. Er hat recht: Er ist sowas wie mein Boxsack geworden, weil ich keine andere Möglichkeit finde, meinen Frust loszuwerden. Während es in der Leitung tutet, werfe ich ihm einen entschuldigenden Blick zu. »Du hast recht, ich sollte mit Chrissi reden, anstatt an dir hochzugehen. Es tut mir leid, dass immer du allein meinen Ärger abbekommst.«

»Waldmann?«, meldet Chrissi sich, ehe Sven eine Antwort geben kann. Doch er stellt den Fernseher ab und lauscht gespannt.

Ich atme tief durch und lege los: »Ja, hallo Chrissi, du bist ja schon zu Hause. Was für eine Überraschung.« Ich höre, wie meine Freundin bei meinem betont liebenswürdigen Tonfall scharf den Atem einzieht. »Annabell … Hi … Ich wollte dich anrufen, aber –«. »Nichts aber«, unterbreche ich sie scharf. »Du hattest mir versprochen, von dir hören zu lassen, sobald du wieder zu Hause bist, und dann erfahre ich ganz beiläufig über Alex, dass du es schon seit Tagen bist und was – zu beschäftigt bist, um kurz durchzuklingeln? Ich will bestimmt nicht die nervige Klette spielen, aber ich hätte mich zumindest darüber gefreut, zu erfahren, dass du wohlbehalten zurück bist.«

Stille.

Ich weiß, dass ich Chrissi mit meiner Ansage völlig überrumple. So direkt kennt sie mich nicht, anscheinend dränge ich sie damit in die Ecke. »Wenn du dich nicht wie eine Klette fühlen willst, dann verhalte dich auch nicht so. Ich sagte dir, dass ich zurzeit mächtig unter Druck stehe, und ich habe leider keine Kapazitäten für stundenlange Telefonate oder Klatsch bei Kaffee und Kuchen, so wie du.«

Ich schnappe empört nach Luft. Nach ihren Montagereisen hat sie für gewöhnlich mehrere Tage am Stück frei … »Fünf Minuten, Chrissi, die müssten doch drin sein, und eigentlich auch noch viel mehr. Ich fühle mich auch nicht immer danach, wenn Leonie eine schlechte Nacht hatte oder einen quengeligen Tag, trotzdem nehme ich mir die Zeit, meine Freundschaften zu pflegen.« Ich höre Chrissi freudlos lachen und mir wird kalt. Sie wird nicht einlenken oder sich gar für ihr Verhalten entschuldigen, wie ich gehofft hatte. Dessen bin ich mir plötzlich sicher.

»Du bist doch so ausgehungert nach einem richtigen Leben, dass du selbst nach einer ganzen Woche schlafloser Nächte bei mir hereinschneien würdest, um mich mit Breigeschichten und Wochenbettblues vollzujammern. Du merkst ja nicht mal, dass mich das langweilt«, haut sie mir um die Ohren. Ihre Worte treffen mich mitten ins Herz. Ich presse hart die Lippen aufeinander und nicke bitter. »Ich weiß, dass du für

Kinder nicht viel übrighast, doch ich dachte, zumindest ich würde dich interessieren. Breigeschichten und schlaflose Nächte sind jetzt mein Leben, und auch wenn es manchmal hart ist, liebe ich es. Aber weißt du was?« Ich wische trotzig mit meiner freien Hand die aufsteigenden Tränen fort. »Vergiss es einfach. Ich will dir bestimmt nicht deine kostbare Zeit mit meinen Geschichten über meine Tochter stehlen.« Traurig, wütend und aufgewühlt zugleich lege ich einfach auf. Sven starrt mich mit offenem Mund an. »Hast du ihr gerade die Freundschaft gekündigt?«

Ein scharfer Stich fährt durch mich hindurch, dennoch nicke ich tapfer. »So sieht es wohl aus.«

Wenig später liege ich im Bett und kann nicht einschlafen. Ich bin viel zu aufgewühlt, aber ich konnte Svens besorgte Miene einfach nicht länger aushalten. Nun muss ich stattdessen ertragen, dass mein Gehirn Chrissis Worte in einer Endlosschleife abspult.

Hat sie recht, lebe ich gar nicht mehr richtig? Will ich mehr sein, als ich bin?

Unruhig werfe ich mich auf die andere Seite. Ich bin gern Mutter. Es könnte aber schon sein, dass ich mich ein bisschen zu häufig über die Schwierigkeiten beklage. Vielleicht reicht es nicht, dass Sven und ich an uns arbeiten, vielleicht muss ich auch bei mir etwas verändern.

***

»Im Ofen steht Nudelauflauf, bedien dich, wenn du hungrig bist. Leonie hat schon gegessen, ich gehe jetzt laufen«, empfange ich Sven, kaum dass er am nächsten Abend durch die Haustür tritt. Die Stimmung zwischen uns ist immer noch angespannt, doch ich habe begriffen, dass ich zuallererst an mir arbeiten muss, ehe ich meine Beziehung in Angriff nehme.

Ich kann mich hinsetzen und über Chrissis Ungerechtigkeit lamentieren oder ich stelle mich verdammt noch mal auf die Hinterbeine und fange an, die Dinge zu ändern, die mich stören. Und dass ich immer noch zu viel wiege und seit Leonies Geburt mein Lauftraining nicht wieder aufnehmen konnte, stört mich definitiv. Federnd jogge ich an Sven vorbei durch die immer noch offene Haustür.

»Und was isst du?«, ruft er mir perplex hinterher. Ich drehe mich um und laufe rückwärts weiter. »Salat!«

Das anerkennende Lächeln auf seinem Gesicht, das ich noch sehen kann, ehe er die Tür schließt, lässt ein befriedigtes Gefühl in meiner Brust aufsteigen. Und als ich in den Waldweg ganz in der Nähe unseres Hauses einbiege, fühle ich mich, als fiele eine tonnenschwere Last von meinen Schultern.

Vor meiner Schwangerschaft bin ich regelmäßig joggen gegangen und ich frage mich, warum ich mich nicht schon viel eher wieder dazu aufgerafft habe. Ich sehe auf meine Uhr, jogge fünf Minuten und mache dann eine ebenso lange Gehpause. Es ist wichtig, sich langsam wieder heranzutasten, das weiß ich. Doch als ich eine dreiviertel Stunde später durchgeschwitzt und völlig außer Puste in unsere Wohnstraße einbiege, kapiere ich erst richtig, wie ich meinen Körper in den letzten eineinhalb Jahren vernachlässigt habe.

»Und, wie war es?«, fragt Sven mich, als ich zu Hause ankomme und mein Training mit sanftem Stretching im Wohnzimmer abschließe. Er hockt mit Leonie am Boden und spielt mit ihr. Doch sobald die Kleine mich sieht, lässt sie ihn sitzen und krabbelt flink zu mir herüber. Mein Herz geht auf, als sie fasziniert lächelnd beobachtet, was ihre Mami da für komische Bewegungen macht. Ich muss lächeln, ihr Strahlen ist einfach ansteckend.

»Es war super, aber ich bin ziemlich außer Form. Es dürfte eine Weile dauern, bis ich wieder richtig fit bin«, antworte ich Sven und halte ertappt inne. »Vorausgesetzt natürlich, es ist in Ordnung, dass ich mindestens drei Mal die Woche trainiere.«

Sven steht auf und kommt mit unergründlichem Blick auf mich zu. Ich presse meine Lippen aufeinander, doch ich will nicht zurückweichen. Verdammt noch mal, ich bin auch noch da, und ich brauche auch Zeit für mich. Wenigstens ein bisschen. »Zwei Mal wäre auch schon gut.«

Sven zieht seine Augenbrauen in die Höhe und schaut mich abwartend an. Mehr Zeit für mich bedeutet für ihn natürlich, dass er sich um die Kleine kümmern muss und seinen Feierabend nicht wie gewohnt verbringen kann. Zeit, die er auch für sich braucht. Langsam knicke ich ein. »Wenigstens so lange, bis ich die letzten fünf Kilo runter habe?«

Auf Svens Gesicht breitet sich ein spitzbübisches Grinsen aus. »Du kannst mich nicht einfach fragen, ob ich mich dazu allein um Leonie kümmern kann, oder?«

Ich nicke geknickt, mein dämliches Gewissen meldet sich wieder mal. »Das ist so verdammt schwer. Ich fühle mich wie eine Rabenmutter. Jetzt schiebe ich Leonie schon samstags ab und das ist mir immer noch nicht genug. Aber Chrissi hat schon recht. Sie hätte es vielleicht nicht so hart ausdrücken müssen, doch ich nörgle wirklich ständig herum, anstatt etwas zu verändern.«

Svens Grinsen verbreitert sich, abwartend hebt er die Hände in die Höhe und neigt seinen Kopf in meine Richtung. Ich verdrehe genervt die Augen. »Wäre es in Ordnung für dich, wenn du dich vielleicht am Montag, Mittwoch und Freitag abends um Leonie kümmern würdest, damit ich joggen gehen kann?«

Svens Miene wird weich, er macht einen weiteren Schritt auf mich zu, zögert dann aber. Sofort regt sich ein ungutes Gefühl in meiner Magengrube. Ich bin inzwischen viel zu sehr daran gewöhnt, dass unsere Gespräche über persönliche Dinge in Streit enden. Doch zu meiner Erleichterung lacht Sven ausgelassen und Leonie stimmt goldig kichernd mit ein.

»Ich würde dich ja sehr gern in den Arm nehmen, um dir zu sagen, dass ich mich echt darüber freue, dass du endlich auch mal was für dich tun willst, aber das ist einfach zu eklig.« Er deutet auf die Schweißflecken auf meinem Shirt und schüttelt sich. Erleichtert grinsend zupfe ich am Saum, der Stoff klebt unangenehm an meiner Haut. »Kannst du Leonie bitte bettfertig machen? Dann gehe ich gleich unter die Dusche.«

Sven nimmt die Kleine hoch und begleitet mich in den oberen Stock. Auf seinem Gesicht liegt ein zufriedenes Lächeln, es scheint ihn unbändig zu freuen, dass ich mit viel Anschieben über meinen Schatten springen und ihn um Unterstützung bitten konnte. Ich muss zugeben, das fühlt sich gar nicht so unangenehm an, wie ich befürchtet hatte. Im Gegenteil. Am liebsten würde ich das jetzt feiern, indem ich mich an ihn kuschle, doch an der Badezimmertür trennen sich unsere Wege.

»Vielleicht solltest du auch Chrissi sagen, was du mir eben gesagt hast«, hält Sven mich leise zurück, als ich durch die Tür schlüpfen will.

Ein wehmütiges Gefühl regt sich in meiner Brust, niedergeschlagen drehe ich mich zu Sven herum. »Ich weiß nicht, ob eine Entschuldigung die harten Worte wiedergutmachen kann. Sicher, ich habe sie angegriffen und verletzt, aber sie mich auch.« Außerdem sind unsere Welten seit Leonies Geburt einfach so verschieden. Kann eine Freundschaft so etwas überhaupt überleben? Ich zucke nachdenklich mit den Schultern.

»Ich muss das erst einmal verdauen, dann sehen wir weiter.«

***

Als ich mich eine halbe Stunde, eine erfrischende Dusche und einen Gutenachtkuss für Leonie später auf dem Sofa endlich an meinen Mann kuschle, komme ich nicht darum herum, über die Streite am Vortag nachzudenken. Es ist seltsam … Der eine hat zum Bruch mit Chrissi geführt, der andere mich dafür aber wieder ein kleines Stück näher an Sven herangebracht.

Ich begreife, dass es nicht immer etwas Schlechtes ist, seinem Ärger Luft zu machen, sondern dass es auch eine reinigende Wirkung haben kann, seinen Frust rauszulassen, anstatt ihn in sich hineinzufressen. Allerdings sollte ich besser darauf achten, wie ich mich dabei ausdrücke. Ich würde es nicht aushalten, etwas zu Sven zu sagen, das ich später gern zurücknehmen würde. Es schmerzt schon genug, dass ich das bei Chrissi getan habe.

KAPITEL 6
SINN UND SINNLICHKEIT

»Du willst *was* tun?« Sven starrt mich an, als wäre ich jetzt endgültig übergeschnappt. Dabei habe ich mir das sehr genau überlegt. Wenn ich ehrlich bin, ist es der pure Trotz, der mich antreibt, doch das muss er ja nicht wissen.

»Sekt können wir auch später noch trinken. Ich will jetzt sofort in den Stufensaal, und ich will, dass du es mir dort richtig besorgst!«

Ich ignoriere den neugierigen Blick der Frau, an der wir vorbeigehen, und richte meine volle Aufmerksamkeit auf Sven. Scheiß auf alle anderen und was sie von mir denken! Sie sollen mich schließlich nicht mögen oder sich in mich verlieben, sondern mich geil finden. Aber werden sie das wirklich tun? Nicht darüber nachdenken! Ich brauche das jetzt, um mir selbst zu beweisen, dass ich eben nicht langweilig bin und nicht träge und phlegmatisch darauf warte, dass mein Leben sich ändert.

Ich schnappe Svens Hand und ziehe ihn auf den Eingang zum Paarbereich zu. Er war ziemlich überrascht, als ich ihm vorgestern vorgeschlagen habe, auch an diesem Samstag wieder in den Club zu gehen – ich war selbst überrascht, welche Konsequenzen ich aus meiner Wut auf Chrissi gezogen habe. Doch wenn ich mir etwas vorgenommen habe, dann halte ich für gewöhnlich auch durch. Jetzt, wo wir tatsächlich wieder hier sind, darf ich nur nicht allzu lange darüber nachgrübeln.

»Wir können auch hier erst noch was trinken«, schlägt Sven vor, als wir in den freundlichen Eingangsbereich treten, doch ich schüttle unnachgiebig den Kopf. »Nein, wir müssen es jetzt gleich tun.« Sven stoppt und zieht mich an sich. »Müssen ...? Das klingt nicht sehr nach Spaß. Ich will nicht, dass du das Gefühl hast, du musst das für mich tun.«

Alles in mir wird weich. War Sven eigentlich schon immer so rücksichtsvoll oder habe ich das in den letzten Monaten einfach aus den Augen verloren? Vermutlich Letzteres ... Und ich hatte Bedenken, dass er enttäuscht von mir wäre, wenn ich mich gegen einen erneuten Besuch im Swingerclub entscheide. Das Wissen, dass er es akzeptiert hätte, bestärkt meinen Entschluss paradoxerweise.

»Ich tu das nicht nur für dich, sondern vor allem für mich. Ich will mich einfach wieder wohlfühlen in meiner Haut, egal wie viel ich gerade wiege oder ob die Dehnungsstreifen auf meinem Bauch verschwinden oder nicht. Und da hineinzugehen und mir zu beweisen, dass ich selbstbewusst und stark bin, wird mir hoffentlich dabei helfen.« Ich weiß, das klingt dämlich, aber ich brauche dieses Erfolgserlebnis, um mir selbst zu demonstrieren, dass noch viel mehr in mir steckt als die Hausfrau und Mutter. Ich bin immer noch ich, egal was Chrissi sagt.

Auf Svens Gesicht erscheint ein zärtliches Lächeln. Bedächtig fasst er mein offenes Haar zu einem Pferdeschwanz zusammen und zieht meinen Kopf leicht in den Nacken. Seine Augen funkeln unergründlich. »Wenn das so ist, werde ich dir gern dabei behilflich sein. Und ich hoffe, dass du auf dem Weg zu dir selbst an dem ein oder anderen Orgasmus vorbeikommst.«

Er zieht meinen Kopf weiter nach hinten und verteilt neckende Küsse über die empfindsame Haut meines Halses. Meine Nackenhärchen stellen sich elektrisiert auf, dennoch muss ich über die halb erotischen, halb tiefgründigen Worte lachen.

»Vorbeikommen?« Ich schüttle immer noch lachend den Kopf. »Ich hoffe, dass ich den ein oder anderen Höhepunkt mit voller Breitseite mitnehmen werde.«

Unvermittelt kneift Sven mir in den Hintern. »Wenn das so ist, dann los! Ich werde mein Bestes geben«, flüstert er rau und dirigiert mich in Richtung des Ganges. Obwohl ich diesmal weiß, was mich erwartet, bleibe ich am Eingang zum letzten der Räume einen Moment lang überwältigt stehen. Grob gezählt sind um die fünfzehn Paare hier drin. Alle befinden sich in verschiedenen Stadien des Vorspiels oder haben bereits Sex. Vom vorsichtigen Petting bis hin zum heftigen Lecken und Blasen ist beinahe alles zu sehen. Nackte Brüste, gespreizte Beine, Männer, die sich dazwischendrängen und sich ihrer Leidenschaft hingeben. Erotische Geräusche erfüllen den Raum und bringen die Luft zum Knistern. Ich lausche und lasse mich davon anstecken. Leises und lautes Gestöhne und Keuchen, lustvolles Wimmern, Körper, die im wilden Liebesspiel aneinanderklatschen. Ganz vorn, auf dem runden Futon, geben sich gleich zwei Paare dicht nebeneinander ihrer Lust hin.

Ich schlucke trocken und meine Muschi zieht sich sehnsüchtig zusammen, als ich daran denke, wie es für Sven und mich war, unsere Leidenschaft ein kleines Stück zu teilen.

»Wie wäre es dort?« Sven deutet auf einen freien Platz ganz oben in der Ecke. Ich atme erleichtert auf. »Perfekt!« Jetzt, wo ich hier bin, fällt es mir wie erwartet schwer, mich mitten in das erotische Treiben hineinzubegeben. Mit dem Plätzchen ganz am Rand kann ich mich aber gut arrangieren. Der Clou dabei ist, dass wir so ein wenig für uns sind, aber dennoch am Geschehen teilhaben, das mir eine höllische Angst einjagt und gleichzeitig so anmacht, dass der Stoff meines Slips bereits ganz feucht von meiner Nässe ist.

Mit zittrigen Knien gehe ich Sven voraus. Wie beim letzten Mal weiß ich gar nicht, wohin ich zuerst schauen soll. Eine Frau starrt mir mitten ins Gesicht, doch sie scheint mich gar nicht richtig wahrzunehmen. Ihr Blick ist entrückt, ihre Brüste heben und senken sich hektisch. Der Mann, der zwischen ihren Beinen kniet, scheint alles zu geben und widmet sich gierig leckend ihrem Intimbereich. Sie biegt den Rücken durch und stöhnt ihre Erregung ungezügelt in den Raum hinein. Gebannt bleibt mein Blick an ihr hängen. Als wir vorbeigehen, verrenke ich mir solange den Hals nach ihr, bis ich meinen Kopf um hundertachtzig Grad drehen müsste, um ihr weiter zuzusehen. Die Lust wahrzunehmen, die eine fremde Frau empfindet, bewirkt etwas in mir. Es ist beinahe, als könne ich sie selbst fühlen. Mein Körper vibriert vor erwartungsvoller Anspannung. Als wir endlich ganz oben ankommen, kann ich es kaum erwarten, mich dem Geschehen anzuschließen.

Sven will mich sofort auf das Handtuch drängen, aber ich schüttle abwehrend den Kopf. Ich will nicht nur mit mir geschehen lassen wie beim letzten Mal, sondern selbst bewegen. Sven, mich und was weiß ich wen noch alles. Die Paare neben uns jedenfalls nicht. Sie sind ganz auf sich konzentriert und schenken Sven und mir keinerlei Beachtung. Zumindest noch nicht. Aufgeregt lege ich meine Hände auf Svens Brust. »Leg dich hin.«

Sven tut, was ich sage, und schaut mit verklärtem Blick zu mir auf. Ich knie mich hin und beginne langsam damit, kreisend über seinen Brustkorb zu streichen. Immer schneller und tiefer, bis ich am Bund seiner Shorts ankomme. Ich setze mich zwischen seinen Beinen auf die Fersen und sehe möglichst verführerisch zu ihm auf. Das geplante Liebesspiel fühlt sich komisch an und dämpft meine Stimmung. Hoffentlich wird es besser, wenn ich so tu als ob. Ganz langsam lecke ich mir mit der Zungenspitze über die Lippen und ziehe Svens Unterwäsche nach unten. Sein harter Schwanz springt mir entgegen. Auf seiner prallen Eichel schimmern die ersten Lusttropfen, die sich aus dem Schlitz drängen. Sanft verteile ich sie mit den Fingerspitzen und schließe meine Hand fest um den geschwollenen Schaft.

Sven stöhnt leise, als ich sie fließend auf und ab bewege und über die Spitze hinweggleiten lasse. Er verschränkt die Hände hinter dem Kopf und beobachtet mit dunklen Augen jede meiner Bewegungen. Ich lächle zuckersüß, spitze meine Lippen und hauche einen zarten Kuss auf die Spitze seines Penis. Er zuckt in meiner Hand, verlangt nach mehr. Doch anstatt es ihm zu geben, ziehe ich mich wieder zurück und wichse ihn. Gerade mit so viel Druck, dass Svens Muskeln sich vor Erregung anspannen, aber sanft genug, um ihn nicht sofort kommen zu lassen. Er sieht so unglaublich schön aus, wie er völlig regungslos daliegt, die Muskeln wie in Stein gemeißelt, und mich heftig atmend anschaut.

»Bitte …« Vorsichtig gleitet seine Hand in mein Haar und drängt meinen Kopf ein wenig nach vorn. Ich lächle ihm aufreizend zu und nehme ihn in meinem Mund auf. Sven keucht überrascht, seine Finger krallen sich in meine Kopfhaut. Doch ich lasse ihm keine Zeit, sich an das Gefühl zu gewöhnen, umzüngle ihn, sauge und lutsche, bis Sven sich mir stöhnend entgegendrängt. Meine Hand hält den Rest des Schaftes fest umschlossen, ich kann nicht anders, als Svens Gesicht wie hypnotisiert anzustarren.

Mit geschlossenen Augen und leicht geöffneten Lippen gibt er sich seinen Empfindungen hin. Nur ab und zu zuckt ein Muskel in seinem Kiefer, ansonsten ist seine Miene völlig reglos und konzentriert. Auf mich. Nicht auf die anderen um uns herum, ganz allein auf mich, die ihm diese Lust verschafft.

Angespornt davon sauge ich weiter und greife mit meiner freien Hand zwischen Svens Beine und zupfe sanft an den festen Hoden. Er zuckt zusammen, ich fasse fester zu, massiere sie mit stetem Druck.

»Fuck, ja …« Sven drängt seine Erektion so tief in meinen Mund, dass ich würgen muss. Tränen drängen sich in meine Augen, meine Sicht verschleiert sich.

»Ja, fick sie in den Mund. Spritz sie voll …«

Wie bitte? Überrascht sehe ich in die Richtung aus der die Stimme kam, und blinzle die Tränen weg. Natürlich gehört sie zu einem Mann. Er starrt mir lüstern auf den Mund, während er mit zuckenden Hüften von unten in die Frau rammt, die mit geöffneten Beinen über ihm sitzt. Sie keucht, hat ihren Blick fest auf Sven gerichtet. Es scheint sie anzuheizen, wie sich mein Mann verwöhnen lässt. Noch während ich die beiden hungrig mit meinen Augen abtaste, um keine begierige Reaktion zu verpassen, erhebt sich plötzlich der Mann neben ihnen von seiner Partnerin und kniet sich hinter die reitende Frau.

Oh mein Gott. Er umspannt ihren Nacken mit seiner Hand und drängt sie weiter nach vorn. Ich keuche überrascht, als er seinen Penis an ihren Anus führt und in sie eindringt. Sie wimmert, reckt ihm aber gleichzeitig lüstern ihren Po entgegen, bis er ganz in ihr ist und sie von beiden Männern ausgefüllt wird. Ein heißer Schwall glühender Lust flutet meinen

Unterkörper. Ich werde so feucht, dass ich das Gefühl habe, mein Slip müsste inzwischen von meiner Nässe getränkt sein.

Während ich weiter Svens Penis mit Mund und Händen bearbeite, beobachte ich, wie meine Nachbarin sich von den zwei Kerlen vögeln lässt. Auf ihren Brüsten, ihrem ganzen Körper scheinen überall Hände zu sein. Sie halten sie an den Schultern fest und zerren an ihren Hüften, um sie zu schnelleren Bewegungen zu drängen. Sie keucht immer gieriger, windet sich zwischen den beiden Männern und lässt sich schließlich kraftlos auf den unter ihr fallen, als ihr Höhepunkt vorbei ist. Doch nicht einmal jetzt bekommt sie einen Moment Ruhe. Der hintere umschlingt sie mit seinen Armen und zerrt sie in die Höhe, sodass der untere aufstehen kann. Sein Schwanz ist immer noch hart. Er rollt sich zu der verlassenen Frau hinüber, die sich selbst verwöhnt, legt sich auf sie und beginnt ohne Umschweife, sich auf ihr zu bewegen. Der Kerl neben mir legt die völlig erschöpfte Frau zurück auf die Unterlage und drängt sich wieder so tief in sie, dass er mit seinen Hüften gegen ihre Pobacken stößt.

Mir wird schwindelig. Wer gehört hier eigentlich zu wem? Es ist verdorben, aber eben das nicht zu wissen, törnt mich unglaublich an. Sie haben sie benutzt ...

»Fuck, Annabell, mach langsamer.« Svens Stimme klingt heiser, und obwohl ich ihn die ganze Zeit über verwöhnt habe, habe ich ihn für einen Moment völlig vergessen. Sein ganzer Körper ist von einer dünnen Schweißschicht überzogen. Sein Gesicht gleicht einer Maske aus gequälter Lust, sein Atem geht schnell und abgehackt. Langsam entlasse ich seinen Schwanz aus meinem Mund und knie mich mit gespreizten Beinen über ihn.

»Hast du das gesehen?«, frage ich leise. Svens Mundwinkel zucken nach oben, sein Penis ist so steil aufgerichtet, dass ich ihn durch den Stoff der Unterwäsche an meinem Eingang spüren kann.

»Das war doch mal richtig scharf«, murmelt er zurück und lässt seine Hand in meinen Slip gleiten. Ein wissendes Funkeln tritt in seine Augen, als seine Finger sich in die Nässe zwischen meinen Schamlippen versenken. Ungeduldig will er mich von sich herunterschieben, doch ich dränge ihn zurück auf die Unterlage. Es gefällt mir, die Oberhand über ihn zu haben. Seine Augen weiten sich ungläubig, sein Kiefer zuckt, als ich den Saum des Negligés anhebe, das ich heute trage, und es mir mit einem Ruck über den Kopf ziehe.

Die Wäsche engt mich ein, ich brauche Freiraum, und ich will diese nackte Begierde, die ich eben beobachtet habe. Die Lust dazu liegt in mir auf der Lauer, ich muss sie nur zulassen. Ich greife nach hinten und öffne die Haken meines BHs. Svens Hände legen sich sofort auf meine Brüste, kaum dass ich ihn abgelegt habe. Er beugt sich nach vorn und zieht meine steifen Nippel zwischen seine Lippen. Das lustvolle Kribbeln fährt direkt hinab zwischen meine Beine.

Unwirsch dränge ich Sven zurück und ziehe auch meinen Slip aus. Er keucht überrumpelt, als ich nach seinem Penis greife und ihn zwischen meine Schamlippen führe. Widerstandslos gleitet er in mich hinein, zuckt erregt. Ich stöhne erleichtert. Es fühlt sich so verflucht gut an, ihn in mir zu haben. Ich bewege meine Hüften und versuche, den richtigen Rhythmus zu finden. Zunächst langsam und bedacht schaukle ich die Erregung in mir auf. Tief in mir ruht Svens unnachgiebige Härte. Immer schneller reite ich ihn, biege meinen Rücken durch und stütze mich mit den Händen auf seinen Oberschenkeln ab, um mich besser bewegen zu können. Er fixiert meine wippenden Brüste und will sich mir entgegenheben, doch ich lasse nicht zu, dass er mich aus dem Takt bringt, den mein Verlangen mir dirigiert. »Nicht, ich bin gleich soweit.« Schwer atmend jage ich weiter meinem Höhepunkt entgegen, hebe und senke mich, um mir den letzten Reiz zu verschaffen, der mich explodieren lassen wird.

Ganz automatisch schweift mein Blick wieder zu dem Paar neben uns. Während die Frau einfach nur daliegt, fickt der Kerl sie immer noch von hinten. Schnell, hart. Ich lasse Svens Schwanz in mich hineingleiten und beinahe wieder ganz aus mir heraus. Meine Hüften zucken. Die des Mannes neben mir ebenso, drängen sich gegen die prallen Pobacken seiner Partnerin, um so tief wie nur möglich in sie zu gelangen. Meine Muschi verkrampft sich. Der Blick des Mannes zuckt zwischen meinen Brüsten und Svens angespanntem Gesicht hin und her. Er sieht erst wieder weg, als er seinen Penis aus ihr herauszieht und auf ihren Po ejakuliert. Sven packt mich an der Hüfte und drängt sich gegen mich. »Oh Gott, Annabell. Ja!«, stöhnt er kehlig und ergießt seine Lust pulsierend in mir. Ich komme zeitgleich mit ihm. Lang und heftig.

Zitternd lasse ich mich auf ihn fallen, als es vorbei ist. Ich bin völlig erschöpft, und das nicht nur körperlich. Sven umfängt mich mit seinen Armen und zieht mich eng an sich. »Das war unglaublich«, flüstert er matt. »Ich liebe dich.« Ich fühle mich nicht einmal mehr in der Lage zu sprechen, nicke nur matt und genieße Svens Streicheleinheiten. Sanft ziehen seine Hände Kreise über meinen Rücken und besänftigen die aufgewühlten Gefühle in mir.

Es ist beruhigend und verstörend zugleich, dass ich das hier so locker hinbekommen habe, mich so leicht habe mitreißen lassen. Zum einen bin ich froh, dass tatsächlich ein lüsternes Biest in mir verborgen zu sein scheint, das Svens Fantasie ziemlich beflügeln dürfte, zum anderen fühle ich mich schäbig. Ich meine, was ist nicht in Ordnung mit mir, dass ich mich von einer derart derben Szene antörnen lassen kann?

Seltsam entrückt folge ich Sven, als er mich an der Hand nimmt und mir beim Aufstehen hilft. Während wir unsere Wäsche wieder anziehen, sehe ich die anderen Paare, die noch miteinander beschäftigt sind oder gerade erst hereinkommen. Ich höre ihre lustvollen Laute, doch das alles kommt gar nicht richtig bei mir an. Ich bin ganz bei mir selbst.

»Du hast bestimmt auch Durst.« Ich lasse mich von Sven zur Bar führen und beobachte erstarrt, wie er beim Barkeeper zwei Gläser Mineralwasser bestellt. Ich schaffe es nicht einmal, meine Hand zu heben, als das Glas vor mir steht, obwohl meine Mund völlig ausgetrocknet ist.

»Wie hat es dir gefallen?«

Ich zwinge meine Finger, sich um das Glas zu schließen. Es fühlt sich an, als gehörten sie gar nicht richtig zu mir. Sven nimmt selbst einen großen Schluck von seinem Wasser. Aus den Augenwinkeln sehe ich, wie er mich besorgt mustert. »Annabell? Jetzt sag endlich was. Du machst mir Angst.«

Mein Kopf ruckt in die Höhe, erschrocken reiße ich die Augen auf. »Ich habe keine Ahnung, wer ich bin. Ich meine, ich erkenne mich einfach selbst nicht mehr.« Ich fange an zu zittern. Warum das alles mich so mitnimmt, verstehe ich selbst nicht, doch das bohrende Gefühl tief in mir drin ist beängstigend. Ich will mehr – zu viel. Ich trinke das Glas vor mir in einem Zug leer und atme tief durch. Verdammt, ich bin eine rationale, beherrschte Frau.

»Wir sollten damit aufhören, solange ich noch Kontrolle über mich habe.«

Sven lächelt mich sexy an. Seine Augen verdunkeln sich begehrlich. »Ich fände es sehr schade, gerade jetzt aufzuhören, wenn du dich eben mal nicht unter Kontrolle hast. Das war der Hammer …«

Mag ja sein, aber wird er mich immer noch hammermäßig finden, wenn ich weiß Gott was für Neigungen an mir entdecke? Ich schüttle aufgebracht den Kopf. »Und was, wenn ich plötzlich feststelle, dass ich darauf stehe, dich auszupeitschen? Ich meine, ich hätte auch nie gedacht, dass ich es geil finde, zu sehen, wie ein Kerl eine Frau anal fickt. Einfach so, ohne sie vorher zu fragen!« Meine Stimme überschlägt sich beinahe hysterisch, hektisch sehe ich mich um, doch zum Glück schenkt mir keiner Beachtung. Ich schaue Sven eindringlich in die Augen und senke meine Stimme: »In einer erotischen Fantasie mag das ja okay sein, aber das hier –«. Ich deute mit einer weiten Bewegung in den Raum hinein. »Das hier ist keine Fantasie. Der Kerl hat sie einfach genommen, sie benutzt. Das sollte mich anekeln und nicht anmachen.« Aus den Augenwinkeln sehe ich, wie unsere Sexnachbarn aus dem Gang treten.

Fick sie in den Mund. Spritz sie voll … Was mich im Rausch angetörnt hat, ist mir jetzt peinlich. Schnell ziehe ich den Kopf ein.

»Ich glaube nicht, dass hier irgendwer irgendwas *einfach so* tut, sondern dass vorher ganz genaue Absprachen getroffen werden.« Sven nickt nachdenklich zum anderen Ende der Bar hinüber. Ganz vorsichtig folge ich seinem Blick. Meine Kinnlade klappt nach unten. Warum bin ich automatisch davon ausgegangen, dass die Frau Sex mit *ihrem* Partner hatte, als der zweite Mann sich dazugesellt hat?

»Okay, das nehme ich zurück.« Wie vorhin im Stufensaal, schaffe ich es nicht wegzusehen. Mr Anal legt den Arm um die Doppelgepoppte und gibt ihr einen zärtlichen Kuss auf die

Schläfe. Sie lehnt sich glücklich strahlend an ihn und prostet mit ihrem Sektglas ausgelassen der anderen Frau zu. Sie wirkt alles andere als benutzt.

»Siehst du? Er muss ihre Wünsche kennen und hat sicher nichts getan, was sie nicht wollte.«

Mein rasender Puls beruhigt sich ein wenig, ich nicke Sven nachdenklich zu. »Schon verstanden: jeder nach seiner Spielart. Was mich aber wieder zu meinen eigenen verborgenen Sehnsüchten bringt.«

Sven packt mich an der Hand und zerrt mich vom Barhocker. »Was hast du vor?«

Doch anstatt mir zu antworten, zieht er mich aus dem Paarbereich auf die Treppen ins nächste Stockwerk zu. Der BDSM-Bereich. »Du denkst, es könnte dich erregen, mich auszupeitschen? Dann lass es uns ausprobieren.«

Ich stemme verzweifelt meine Füße in den Boden. Ich will da nicht hoch. »Das war doch nur ein Beispiel.«

Sven ignoriert meinen Widerstand und zieht mich einfach mit sich. Ein nervöser Schauder jagt mir über den Rücken, als wir durch die Tür in eine völlig andere Welt treten. Eingeschüchtert sehe ich mich um. Die Wände sind mit edlem Kirschholz getäfelt, die Decke in dunklem Violett gestrichen. Erhaben und düster streckt sich der Gang vor uns in die Länge, erhellt von Lampen, die wie Fackeln aussehen. Sechs Türen gehen davon ab. Ehe ich meine Sprache wiederfinden kann, schiebt Sven mich in den ersten Raum hinein, der offen steht.

Ich halte erschrocken den Atem an. Wir stehen mitten in einem Spielzimmer, wie es jeder spätestens seit der Verfilmung von *Fifty Shades of Grey* kennt. Über die gesamte Fläche der Stirnwand verteilt hängen Werkzeuge, die sowohl Lust als auch Schmerz erzeugen können. Peitschen in allen möglichen Variationen, bedrohlich aussehende Klemmen, Stöcke, Handschellen, Ledermasken, aber auch Dildos und Vibratoren. Und in einer Ecke steht ein Stuhl, der mich sehr an den bei meinem Gynäkologen erinnert. Mir wird allein schon vom Hinsehen ganz übel.

»Lass es gut sein, ich hab es ja verstanden – sag niemals nie. Aber das hier will ich wirklich nicht tun.« Ich trete unruhig von einem Fuß auf den anderen, bereit zur Flucht. Es gefällt mir nicht, wie interessiert Sven die Eisenketten mustert, die von der Decke hängen. An den Enden, die lose in der Luft baumeln, sind lederne Manschetten befestigt. Am anderen Ende sind sie auf eine Drehvorrichtung aufgewickelt, die an der Wand befestigt ist – um genau die richtige Höhe einstellen zu können. Ein erneuter Schauder jagt mir über den Rücken.

Svens Augen blitzen fasziniert, als er sich zu mir herumdreht. »Versuch es doch wenigstens mal. Immerhin ist dir dieses Beispiel als Erstes in den Sinn gekommen. Vielleicht gefällt es dir tatsächlich und mir auch.« Ich kann nicht fassen, dass er das von mir verlangt. »Ich will dich aber nicht schlagen. Wirklich nicht.« Vielmehr will ich mich umdrehen und einfach gehen. Doch Sven ist schneller. Er packt mich, und ehe ich mich versehe, hänge ich an einer Hand fixiert an einer der Ketten, den Arm unbequem über den Kopf gestreckt. ist bestimmt keine meiner Fantasien.

»Spinnst du?« Empört funkle ich Sven an, doch anstatt mich wieder loszumachen, greift er seelenruhig nach meiner anderen Hand und versieht auch diese mit einer ledernen Manschette. Ich bin so überrascht, dass ich mich noch nicht mal wehre. Erst als sich der Gurt schließt, zerre ich an den Fesseln. Die Ketten klirren leise, doch ansonsten tut sich nichts.

»Also, ich habe überhaupt kein Problem damit, mal was Neues auszuprobieren«, murmelt Sven, dreht mir den Rücken zu und geht zu den Werkzeugen hinüber. Mir wird ganz schwindelig, als er prüfend eine Peitsche in der Hand wiegt. Bis jetzt hätte ich die meine für ihn ins Feuer gelegt …

»Lass den Scheiß, ich will nicht geschlagen werden. Darauf stehe ich ganz bestimmt nicht. Und du bekommst gewaltigen Ärger mit mir, wenn du es auch nur versuchst.« Ich keife, feure böse Blicke auf seinen Rücken ab und versuche es sogar mit Betteln, doch Sven macht mich nicht los, sondern hängt die Peitsche zurück und greift entschlossen nach einem Stock.

»Wir brauchen noch ein Safeword, richtig?«, fragt er, als er sich wieder vor mich stellt und den Stock leise klatschend gegen seine Handfläche schlägt.

»Wie wäre es mit: *Mach mich auf der Stelle los, du Idiot?*« Demonstrativ zerre ich an meiner Fesselung.

»Du lässt dir das von einer Sklavin doch nicht gefallen?«

Die dunkle Stimme lässt mich innehalten. In der Tür steht ein Paar. Na gut, nicht irgendein Paar …

»Natürlich nicht. Sie ist ein widerspenstiges kleines Ding, aber mit dem hier werde ich ihr das schon austreiben«, antwortet Sven dem Dom gelassen und lässt den Stock pfeifend durch die Luft sausen. Ein fieses Prickeln überzieht meine Haut. Ich weiß nicht, ob aus Angst vor diesem Kerl, der wie mein Mann aussieht, sich aber völlig anders benimmt, oder vor kaltem Grauen vor dem imposanten Dominanten, der ihn angesprochen hat.

Der wirkt jedenfalls sehr einschüchternd, wie er groß und dunkel im Türrahmen steht und Sven und mich mit ruhigem Blick beobachtet. Eine faszinierende Präsenz geht von ihm aus, stark und auf natürliche Weise überlegen. Kein Wunder, dass seine Sklavin keine Mucken macht. Mit demütig gesenktem Blick und artig hinter dem Rücken gekreuzten Armen steht sie neben ihm. Um ihren schlanken Hals liegt ein Halsband. Die Leine, die an einer Öse eingehakt ist, hält er lose in den Händen. Er muss nicht daran zerren, laut sprechen, oder die Muskeln spielen lassen, um sie einzuschüchtern. Auch ich kann mich seiner Wirkung nicht entziehen, und mir wird erst recht angst und bange, als er den Blick auf den Stock in Svens Händen richtet. Oh bitte, lass ihn nicht darauf warten, dass er mit der Züchtigung beginnt.

»Der Rohrstock ist eine gute Wahl.« Der Dom nickt Sven anerkennend zu, wie beiläufig streicht er seiner Gespielin über den Rücken. Erschrocken reißt sie die Augen auf. Sie sieht aus, als wolle sie am liebsten das Weite suchen. Doch sie versucht erst gar nicht, sich ihm zu entziehen. Gut, das würde ich mich an ihrer Stelle auch nicht trauen. Zum Glück ist Sven kein echter Dom. Als er jedoch den Rohrstock nachdenklich mustert, fange ich unkontrolliert zu zittern an. Er wagt es doch nicht wirklich …?

»Was hältst du für angemessen?«, fragt er den Dom. Der richtet seinen bohrenden Blick auf mich. Es fühlt sich an, als grille er mich damit. Seine Mundwinkel zucken belustigt. »So wie sie sich verhält, ist sie noch nicht sehr erfahren. Zehn Schläge sollten für den Anfang genügen.« Er nickt Sven zufrieden zu und dreht sich GOTT SEI DANK endlich um, um zu gehen. Seine Sklavin folgt ihm wie ein Hündchen. Sven schaut ihnen amüsiert hinterher.

»Jetzt mach mich schon los, ehe er es sich noch anders überlegt und zurückkommt«, raune ich ihm zu, als sie nicht mehr zu sehen sind. Ich bin mir sicher, dass er es nicht sehr lustig finden würde, dass wir hier nur so tun, als ob.

»Netter Kerl, sehr hilfsbereit«, murmelt Sven und dreht sich zu mir herum. »Was hast du gegen ihn?«

Ich bin kurz davor, aus meiner Haut zu fahren. Alles in mir fühlt sich überreizt und verängstigt an. Mein Atem geht abgehackt, mein Puls rast. Doch Svens Augen funkeln verräterisch, ich atme heimlich auf. »Das hier ist nur ein Spiel, oder?«

Sven zwinkert mir verschwörerisch zu. »Dein Safeword ist zu lang. Sag einfach *Idiot,* wenn es dir zu viel wird.« Vorsichtig lässt er den Rohrstock zwischen meine Brüste gleiten, den Körper hinunterwandern und schiebt ihn dann ohne weitere Umschweife zwischen meine widerspenstig zusammengepressten Schenkel. Meine Knie zittern, als er das Ding an meinem Kitzler reibt, doch ich kann mich nicht fallen lassen, ohne mir wahrscheinlich die Schultern auszukugeln.

»Verlier doch einfach mal die Kontrolle, Annabell. Und wenn du es schon nicht für dich willst, dann tu es für mich«, flüstert Sven und tritt dicht an mich heran. Ich spüre seinen heißen Atem an meinem Hals, das Folterinstrument reibt unaufhörlich über meine empfindlichste Stelle. Ich keuche.

»Steh dazu, dass du es liebst, nicht zu wissen, was als Nächstes kommt.« Er zieht den Rohrstock zwischen meinen Schenkeln hervor, seine Finger tasten sich unter mein Negligé und unter den Bund meines Slips. »Ich könnte wetten, dass allein schon deine Unsicherheit dich geil gemacht hat. Gib es zu.« Er lässt seine Finger in mein Höschen gleiten und drängt sie zwischen meine feuchten Schamlippen.

Ich werfe unruhig meinen Kopf in den Nacken. »Ich kann nicht.« Egal was ich sage, er weiß, dass er recht hat. Dennoch kann ich nicht zugeben, dass ich das Gefühl habe, in diese lasterhafte Welt zu gehören. Dass etwas tief in mir nur darauf gewartet hat, sie entdecken zu dürfen.

»Warum kannst du nicht?« Svens Stimme ist verführerisch, er lässt einen Finger gerade soweit in mich hineingleiten, um meine Lust zu einer schier unerträglichen Sehnsucht aufzupeitschen, ohne sie zu befriedigen.

»Ich kann es einfach nicht«, presse ich gequält hervor und versuche, Sven mein Becken entgegenzuheben. Doch ich stehe bereits auf den Zehenspitzen. Ich weiß, dass er mir ohne zu zögern geben wird, wonach mein überhitzter Körper verlangt, vorausgesetzt ich gebe zu, was er hören will. Ich presse störrisch meine Lippen aufeinander und funkle ihn aufmüpfig an. Es würde die Nähe kaputt machen, die ich endlich wieder bei ihm spüren darf.

Sven nimmt meinen Widerstand mit einem lässigen Schulterzucken hin, zieht meinen Slip herunter und schiebt seine Hände unter meinen Po. Mit einem Ruck hebt er mich vom Boden. Ich stöhne erleichtert, als er damit Gewicht von meinen Armen nimmt. Das hier ist so surreal …

»Sag es mir und ich erlöse dich. Ich muss es wissen, sonst kann ich dir nicht geben, was du brauchst.« Seine Erektion drängt sich lockend zwischen meine Schenkel, ich schlinge meine Beine um seine Hüften, um ihn so eng wie nur möglich an mich zu ziehen, doch mir fehlt die Kraft dazu. Sven hält mich nur noch mit einer Hand und sofort erhöht sich der Zug auf meine Arme wieder. Er holt seinen harten Schwanz aus der Hose und lässt ihn verheißungsvoll durch meine Nässe pflügen.

»Bitte, Annabell. Ich will dich doch nur glücklich machen.« Er küsst mich. Sanft, tief. Seine pralle Eichel drängt sich an meine Öffnung.

Tiefer! Bitte … Halt mich fest und fick mich. Mir doch egal, wenn ich mir dabei die Arme ausrenke. Als könne er meine Gedanken lesen, dringt Sven lockend weiter vor. Ich wimmere verlangend. Sofort zieht er sich wieder zurück. Sein Daumen kreist um meine Perle. Verführerisch, langsam, ich brauche ihn!

»Vorhin, diese Frau … Ich habe mir gewünscht, ich wäre sie«, keuche ich erregt. Fuck! Beschämt beiße ich mir auf die Unterlippe und wende den Blick ab.

»Schau mich an«, fordert Sven mich leise auf. Doch ich will nicht sehen, was ich mit meinen Worten angerichtet habe, wie ich ihn damit verletzt habe. Er küsst mich sanft. »Bitte, sieh mich an«, wiederholt er leise und dringt endlich ganz in mich ein. Ich hole zittrig Luft. Noch nie habe ich mich derart nackt und verletzlich gefühlt wie in diesem Moment. Aber auch noch nie so sinnlich und großartig.

Vorsichtig sehe ich Sven unter gesenkten Wimpern ins Gesicht. Meine Vorstellung, es mit noch einem Typen zu tun, scheint ihn nicht zu kränken. Das ist erleichternd, doch ich will noch leichter werden. Alles loswerden, was mir unangenehm aufs Gewissen drückt.

»Ich habe mir vorgestellt, wie es wäre, mit zwei Männern zu schlafen. Dafür schäme ich mich, es ist einfach nicht richtig.«

Sven lächelt überwältigt. Es tut ihm gut, dass ich mich ihm öffne. Unerträglich langsam und quälend beginnt er sich zu bewegen. Ein hilfloser Laut löst sich aus meiner Brust. »Härter, bitte …« Sven erhöht das Tempo, seine Mimik verzerrt sich vor Anstrengung. Ich hänge kraftlos in der Fesselung und nehme jeden seiner Stöße beinahe dankbar entgegen.

»Nichts ist falsch, wenn es sich richtig anfühlt«, keucht er an mein Ohr. Scham und Lust vermengen sich in mir zu einer aufputschenden Mischung. Ich lasse mich fallen und von Sven auffangen und schließe halb die Lider, um dieses Gefühl bis ins Letzte auszukosten. Doch Sven lässt nicht zu, dass ich ihn davon ausschließe.

»Du wolltest noch einen Schwanz in dir?«, stöhnt er rau und packt mich am Kinn, zwingt mich, ihm in die Augen zu sehen. Sie flackern vor Begierde. Meine Fantasie törnt ihn an. Er stößt noch härter zu.

»Ja, ich wollte noch einen Schwanz in mir«, keuche ich. Allein die Worte peitschen meine Lust weiter auf. Hitze ballt sich in meinem Schoß, meine Scheidenmuskeln ziehen sich eng um Svens Penis zusammen und halten ihn in mir. Ich bin kurz davor zu kommen.

»Oh, ja, Kleine. Das willst du, das brauchst du«, knurrt Sven. Ohne Vorwarnung schiebt er mir einen Finger in den Po und stößt zu. Ich ringe nach Luft. Während mein Unterkörper unkontrolliert zuckt, biegt sich mein Rücken ganz automatisch durch, um meinen Hintern Svens Hand entgegenzuschieben. Der ungewohnte Druck lässt meine Empfindungen explodieren.

»Ja, ich brauche es!« Ich schreie meinen Höhepunkt aus mir heraus. Sven folgt mir nach einem weiteren Stoß.

»Ich liebe dich«, flüstert er mir ins Ohr. Ich zittere am ganzen Körper, als er mich auf den Boden stellt und die Manschetten öffnet. Mir wird schwarz vor Augen, meine Beine sacken kraftlos unter mir weg. Sven fängt mich auf.

***

»Geht es dir wirklich wieder gut?« Svens Augen tasten mich besorgt ab, ich muss unwillkürlich lächeln. Erst quält er auf lustvoll süße Weise meine geheimsten Sehnsüchte aus mir heraus, dann kümmert er sich so hinreißend um mich.

»Hmm«, brumme ich versonnen und denke daran, wie hingebungsvoll er mich unter der Dusche gewaschen hat. »Mir geht's wirklich gut. Schau lieber wieder auf die Straße.« Ich drehe Sven den Rücken zu und kuschle mich in den Autositz. Jetzt kann er nichts dagegen unternehmen, dass ich ihn von meinen Gedanken ausschließe. Und ich habe eine Menge Stoff, den ich zu wälzen habe.

Wir waren erst zum zweiten Mal in diesem Club, doch diesmal war es mir, als streife ich mir in der Umkleidekabine mein Alltags-Ich ab und schlüpfe nicht nur in Reizwäsche, sondern in eine andere Annabell. Doch kaum sind wir wieder ins Tageslicht getreten, kann ich schier nicht mehr glauben, was wir da getan haben, was ich getan habe.

Ich wuchte mich erschöpft im Sitz herum und schaue Sven nachdenklich von der Seite an. Wir haben nicht darüber geredet, was in dem Spielzimmer zwischen uns geschehen ist, und dass er glauben könnte, ich wolle wirklich einen Dreier, beunruhigt mich.

»Dir ist hoffentlich klar, dass es nur eine Fantasie war, oder?«

Sven wirft mir einen kurzen Seitenblick zu und schaut dann gewissenhaft wieder auf die Fahrbahn. »Ist es das oder sagst du das jetzt nur, weil du das Gefühl hast, dass es nichts anderes sein darf?«

Ich seufze leise. Es wird mich eine Menge Überzeugungsarbeit kosten, ihn wieder von dieser Idee abzubringen. »Es mir vorzustellen war scharf, vielleicht hätte ich es in diesem Moment sogar getan. Aber eines weiß ich mit Sicherheit: Spätestens jetzt würde ich es bereuen.« *Und ich bin mir auch sicher, dass es unserer Beziehung schaden würde,* denke ich, sage es aber nicht laut. Die entspannte Stimmung ist viel zu schön, um Sven an die vielen Unstimmigkeiten und Streitigkeiten zwischen uns zu erinnern. Von den sexuellen Entwicklungen der letzten zwei Wochen mal abgesehen, müssen wir immer noch an uns arbeiten. Aber mit einem hat er jedenfalls recht behalten: Unser Liebesleben auf Vordermann zu bringen, tut uns gut. Es ist wie eine Art Aufbruch, mit ihm in diesen Club zu gehen.

»Hmm«, brummt Sven, sagt aber nichts weiter zu meiner

Ansage. Doch er wirkt zufrieden, das reicht mir. Ich bin ohnehin viel zu müde, um noch länger darüber nachzudenken. Das monotone Brummen des Motors schläfert mich ein. Erschöpft schließe ich die Augen. Nur einen Moment ausruhen …

Ich wache erst wieder auf, als ich ganz plötzlich das gleichmäßige Schaukeln vermisse. Ich blinzle verwirrt. Sven beugt sich mit einem liebevollen Lächeln über mich. Seine Hand berührt mich zart an der Wange, ich schließe genießerisch wieder die Augen. »Schlaf ruhig weiter, ich hole die Kleine.«

Mit einem Ruck fahre ich hoch, bin plötzlich hellwach. »Das kommt gar nicht infrage!« Auch wenn ich abgelenkt bin, vermisse ich Leonie tief im Herzen jede einzelne Minute, die sie nicht bei mir ist. Entschlossen entsichere ich den Anschnallgurt und öffne die Beifahrertür. »Meine Mutter wird sich wundern, wenn ich schon wieder nicht mitkomme, die Kleine abzuholen.« Letzten Samstag hat Sven meiner Bitte nachgegeben und ist allein losgefahren.

Er folgt mir aus dem Auto. Aus den Augenwinkeln sehe ich, wie er zufrieden in sich hineingrinst. Er scheint meine Entschlossenheit als gutes Zeichen zu werten. Tatsächlich fühle ich mich nicht mehr ganz so unsicher wie nach unserem ersten Besuch im Club. Beunruhigende Entdeckungen hin oder her. Aber darüber will ich jetzt bestimmt nicht reden. Ehe Sven etwas sagen kann, drücke ich den Klingelknopf. Unvermittelt zieht er mich in seine Arme und leckt aufreizend langsam über die empfindliche Stelle hinter meinem Ohr. »Weißt du eigentlich, wie heiß es ist, dass du jetzt wieder die überfürsorgliche Mama spielst?«

»Das ist doch nicht gespielt.« Ich winde mich und versuche ihn empört von mir zu schieben. Meine Mutter sollte mich nicht wie einen unanständigen Teenager vor der Tür erwischen. Doch Svens Arme schlingen sich wie ein Schraubstock um mich.

»So meinte ich das auch nicht, sondern dass nichts mehr an dir an die wollüstige Frau erinnert, die vor zwei Stunden gefesselt in einem SM-Zimmer hing und mich mit ihren Blicken angefleht hat, sie zu ficken. Nur ich weiß, dass sie existiert. Das ist verdammt scharf.«

Kaum zu glauben, aber ich werde schon wieder feucht. Sven hat recht. Es ist unglaublich erregend, dieses Geheimnis zu teilen. Er beginnt an meinem Ohrläppchen zu knabbern und kneift mir in den Po, während drinnen das Licht angeht. »Lass das«, kichere ich, seine Zunge kitzelt mich. Doch erst als meine Mutter bereits durch die Verglasung zu sehen ist, lässt er von mir ab. Seine Hand ruht jedoch immer noch auf meinem Hintern.

»Hallo, ihr beiden. War euer Wellnesstag schön?«, begrüßt sie uns. Ihr breites Grinsen verrät mir, dass sie sehr wohl bemerkt hat, dass wir wie frisch Verliebte vor der Haustür herumturteln.

»Es war ein wenig anstrengend, aber sehr schön«, antworte ich, streife Svens Hand möglichst unauffällig ab und schlüpfe an meiner Mutter vorbei, um nach Leonie Ausschau zu halten. »Wo ist die kleine Maus?«

»Spielt im Wohnzimmer auf der Decke. Sie ist so ein kleiner Sonnenschein.« Meine Mutter dreht sich zu mir herum und lächelt verzückt, ihre Miene wird aber schnell wieder ernst, als sie mich in der hellen Flurbeleuchtung genauer ansieht. »Was haben die mit dir gemacht? Du siehst völlig erschöpft aus.«

Oh du süßes Geheimnis. Wenn sie nur wüsste … Meine Mundwinkel zucken, Sven beißt sich hinter dem Rücken meiner Mutter in die Faust. Vermutlich, um nicht laut loszuprusten. »Sie hatte eine sehr intensive Massage – Ganzkörper.

Da kommt es schon mal vor, dass man hinterher ziemlich erledigt ist.« Er lächelt meiner Mutter beruhigend zu, als sie sich irritiert zu ihm herumdreht.

Wie kann er nur so ernst bleiben? Im Gegensatz zu ihm, der meiner Mutter jetzt ganz gefasst zunickt, kann ich mir ein verschmitztes Grinsen nicht länger verkneifen. Dabei hätte ich mir doch denken können, dass es komisch wird, wenn sie sich nach unserem Wellnesstag erkundigt, den wir als Ausrede erfunden haben.

»Erzähl Mama doch mehr davon, ich hol die Kleine«, sage ich möglichst beherrscht und funkle Sven herausfordernd an. Soll er sich darum kümmern, schließlich hielt er es für eine gute Idee, den Badetag mit Wellnessprogramm vorzuschieben. Er schenkt mir ein steifes Lächeln, ehe ich ihn einfach mit meiner Mutter stehen lasse.

»Warum ist sie so rot im Gesicht? Sieht aus, als hätte sie sich aufgeschürft«, höre ich sie noch sagen. Mmh … Ich muss direkt an Svens fordernde Küsse denken. Seine Bartstoppeln haben Spuren hinterlassen.

»Ähm, das war ein Peeling. Annabell hat ja eine sehr empfindliche Haut und hat wohl irgendeinen Inhaltsstoff nicht vertragen.«

Guter Mann, denke ich anerkennend, als ich ins Wohnzimmer einbiege. Mir wäre so schnell wahrscheinlich keine plausible Ausrede eingefallen.

»Mamamam.«

Ich bleibe völlig überwältigt stehen. Leonie krabbelt glücklich strahlend auf mich zu und brabbelt immer wieder dieselben Silben vor sich hin. Mir ist klar, dass es vermutlich kein klar eingesetztes Wort ist, dennoch geht mein Herz auf. »Mamamam«, wiederholt sie, als ich sie auf den Arm nehme und zärtlich küsse. »Ja, die Mamamam ist jetzt wieder da, mein kleiner Schatz.« Leonie beugt sich nach vorn und beißt mir in die Nase. Ich muss lachen und zeitgleich fast heulen vor Rührung. Verstohlen wische ich mir eine kleine Träne aus dem Augenwinkel. Dieses wundervolle Wort aus ihrem Mund zu hören, macht diesen Tag einfach perfekt.

KAPITEL 7
HEILE, HEILE SEGEN

Leise summe ich die Titelmelodie des Abspanns irgendeines Actionstreifens mit, den Sven sich am frühen Sonntagnachmittag reingezogen hat, und greife nach dem nächsten Hemd im Bügelkorb. Ich kenne den Film nicht, den Song habe ich irgendwo aber schon mal gehört. Eine düstere Melodie, die von einer souligen Stimme gesungen wird.

Es entspannt mich, mich auf das Lied zu konzentrieren. Schon den ganzen Tag über liegt eine knisternde Atmosphäre in der Luft. Nicht unangenehm, eher angespannt. Aufgeladen von sinnlichen Gedanken und heißen Erinnerungen. Mein Alltags-Ich würde aber viel lieber abschalten, anstatt sich noch immer mit den nachklingenden Gefühlen von gestern zu beschäftigen.

Doch selbst beim Bügeln von Svens Arbeitshemden fühle ich mich verdorben. Dass ich mir einbilde, ständig seine durchdringenden Blicke im Rücken zu spüren, macht es auch nicht gerade einfacher für mich. Fahrig ziehe ich das Hemd über das Bügelbrett, um zuerst den Rückenteil zu glätten. Ich sollte mich zusammenreißen, schließlich wird Leonie bestimmt nicht mehr länger als eine halbe Stunde schlafen.

Ein erfreutes Kribbeln regt sich in meinem Bauch, als der Fernseher abgestellt wird und Sven sich kurz darauf dicht hinter mich stellt.

»Hey, Schöne. Bist du noch lange beschäftigt?«, fragt er beiläufig und schmiegt sich an meinen Rücken. Seine Hände schlingen sich ganz selbstverständlich um meine Taille. Es fühlt sich so gut an, dass er plötzlich keine Gelegenheit mehr auslässt, mich zu berühren. Ich seufze leise, als er mein Haar beiseiteschiebt und kleine Küsse in meinem Nacken verteilt.

»Ich würde mir jetzt wirklich gern Zeit für dich nehmen, aber wenn ich das jetzt nicht fertig mache, hast du nicht genügend frische Hemden für diese Woche,« Sven stoppt abrupt und ich beiße mir ertappt auf die Unterlippe. Ich tu es schon wieder … Ich stelle das Bügeleisen weg, drehe mich in seinen Armen um und lächle ihn reumütig an. »Es tut mir leid, ich will nicht wieder wie eine verbissene Hausfrau klingen. Aber ich sollte zuschauen, dass ich fertig werde. Das Wetter ist so schön, da will ich nachher noch mit Leonie raus.«

Sven scheint nicht wütend zu sein, doch ein nachdenklicher Ausdruck liegt auf seinem Gesicht. Ganz behutsam streicht er eine lose Strähne hinter mein Ohr und nickt. »Kein Problem. Du solltest außerdem auch noch das verpasste Lauftraining vom Freitag nachholen.«

Ganz automatisch huscht mein Blick zur Wanduhr. Gedanklich rechne ich mir bereits aus, wie ich das alles unter einen Hut bekommen kann. Sven legt seine Hand an meine Wange und dreht meinen Kopf zurück in seine Richtung. »Es tut mir wirklich leid, dass ich mein Versprechen, dir Freiräume zu schaffen, schon in der ersten Woche brechen musste.«

Ich schüttle abwehrend den Kopf, viel zu froh darüber, dass er mir nicht böse ist, um ihm meinerseits Vorwürfe zu machen. »Du kannst ja nichts für diese ständigen Überstunden, und wenn es eben mal nicht geht, lasse ich das Laufen ausfallen. Es wird mir heute alles zu eng, denn ich würde gern noch mit dir zu Abend essen, bevor du zum Fußballtraining musst. Sieht Hansen es wenigstens langsam ein, dass er einen weiteren IT-Berater einstellen muss?« Sven verzieht missmutig den Mund. Hätte ich mir eigentlich denken können, dass sein geiziger Chef lieber die vorhandenen Mitarbeiter bis an ihre Grenzen schuften lässt, als Gelder zu ihrer Entlastung lockerzumachen. »Dann also weiterhin Überstunden?«

»Nein, die sollten sich spätestens nächsten Monat erledigt haben, wenn Tina aus ihrer Elternzeit zurückkommt. Ihr Kleiner macht sich gut in der Krippe, deshalb will sie gleich mit fünfzig Prozent einsteigen und nach ein paar Monaten wieder Vollzeit arbeiten.«

Ich ziehe erstaunt meine Augenbrauen in die Höhe. »Warum machst du dann so ein missmutiges Gesicht?«

Sven lächelt, es wirkt jedoch aufgesetzt und erreicht seine Augen nicht. »Ist dir eigentlich schon mal aufgefallen, wie oft wir die Worte *ich* und *du* benutzen?«

»Natürlich, wie sollen wir anders auch unseren Alltag organisieren?« Ich runzle irritiert die Stirn. Sven geht um mich und das Bügelbrett herum und nimmt am Esstisch Platz. Mein Zeichen, die Arbeit wieder aufzunehmen. Unterhalten kann ich mich auch währenddessen. Doch anstatt auf meine Gegenfrage zu antworten, schweigt Sven sich aus. Seufzend stelle ich das Bügeleisen wieder weg und folge ihm.

»Was ist so falsch an *ich* und *du*, solange es auch wieder ein *wir* gibt?« Ich setze mich neben ihn auf die Bank und schaue ihn abwartend von der Seite an. Er schenkt mir ein unsicheres Lächeln, das mein Herz zum Schmelzen bringt. Sven ist nicht oft unsicher und es rührt mich unheimlich an, wenn er so herumdruckst.

»Für meinen Geschmack könnten wir noch viel öfter *wir* sagen. Stattdessen geht es meistens nur noch darum, wer was wann erledigt«, sagt er schließlich. Etwas in mir verkrampft sich. Dass jeder sein Ding macht, ist ja nicht neu. Doch dass das Sven anscheinend dazu bringt, sich nach längst vergangenen Zeiten zu sehnen, tut weh. Andererseits hat er schon recht. Außer neuerdings am Samstag gibt es immer noch viel zu wenig *wir* in unserer Beziehung. Das war wirklich mal anders und es sollte wieder anders sein.

Ich lehne mich vertrauensvoll gegen ihn, greife nach seiner Hand und schiebe meine Finger in die seinen. »Sollen wir uns auf die Veranda setzen und einen Kaffee trinken, solange Leonie noch schläft? Danach können wir zusammen einen Spaziergang machen und ich erledige das Bügeln heute Abend, wenn die Kleine schläft und du beim Training bist.« Es fällt mir zwar ziemlich schwer, mich abends noch zur Hausarbeit aufzuraffen, aber auch ich muss Kompromisse schließen. Das sehe ich ja ein. Sven schließt seine Finger enger um meine Hand und lehnt seinen Kopf gegen meinen. Sein zufriedenes Seufzen macht mich glücklich.

»Ich habe eine noch viel bessere Idee. Ich bügle jetzt die Hemden und du gehst laufen. Dann habe ich kein schlechtes Gewissen mehr, dass du dich vernachlässigen musst, kaum dass du etwas Zeit für dich einforderst.« Schon wieder *ich* und *du*. Ich will widersprechen, doch Sven lässt mich erst gar nicht zu Wort kommen. »Danach nehmen *wir* uns den ganzen Nachmittag Zeit für uns, gehen mit Leonie zusammen spazieren, trinken Kaffee und essen zu Abend. Dann kannst du dir auch einen gemütlichen Feierabend machen, wenn ich zum Fußball gehe.« Ehe ich antworten kann, zieht er mich in die Höhe und gibt mir einen Klaps auf den Po. »Geh schon, sonst wird es zu spät …«

Verwundert sehe ich mich nach ihm um, als ich das Wohnzimmer verlasse. Ich bin noch nie auf den Gedanken gekommen, dass er seine Hemden selbst bügeln könnte.

***

Als ich kaum eine viertel Stunde später auf den Waldweg hinter unserem Haus abbiege, fühle ich mich frei. Frei von meiner Routine und vor allem frei von den erdrückenden Sorgen um meine Beziehung. Irgendetwas ist mit Sven und mir geschehen, seit er mich beim Anschauen der Swingerclub-Reportage erwischt hat. Wir sehen nicht mehr aneinander vorbei, darauf fixiert, dass jeder sein eigenes Ziel erreicht. Endlich schauen wir wieder in eine gemeinsame Richtung. Das fühlt sich verdammt gut an.

Beschwingt federn meine Schritte über den weichen Waldboden. Meine Atmung ist regelmäßig, doch ich spüre, dass mir bald die Puste ausgehen wird und ich eine Gehpause benötige. Ich werde noch eine ganze Menge Zeit brauchen, bis ich wieder so gut in Form bin wie vor der Schwangerschaft. Doch das ist mir egal. Ich habe alle Zeit der Welt.

»Annabell?«

Ich will gerade mein Tempo drosseln, als Chrissis ungläubige Stimme mich im Rücken trifft. Sie kommt aus einem Nebenweg gelaufen und betritt meine Route. Ein scharfer Stich durchzuckt mich. Früher sind wir hier oft zusammen gelaufen.

»Ich wusste ja gar nicht, dass du wieder joggst. Wann hast du damit angefangen?«, fragt sie mich, als sie zu mir aufschließt. Sie sieht großartig aus, wie sie locker ausschreitet und nicht mal ins Schwitzen gerät, obwohl sie mindestens schon zwanzig Minuten unterwegs sein muss. Soweit entfernt wohnt sie. Ich hingegen brauche dringend eine Pause, doch ich jogge stur weiter.

»Laufen ist ein Teil von mir. Nur weil ich ein Kind habe, bedeutet das nicht, dass ich ganz damit aufhöre«, keuche ich. Natürlich muss Chrissi dank meiner abgekämpften Erscheinung ahnen, dass es mit meinem Training noch nicht weit her ist. Doch ich bin viel zu stolz, um zuzugeben, dass ich erst nach ihrem Arschtritt wieder damit angefangen habe.

»Was ist mit dir? Dachte, du hättest kaum Zeit … Wie kannst du da so gut in Form sein?« Obwohl ich Mühe habe zu sprechen, kann ich es nicht lassen. Chrissi wirft mir einen eisigen Seitenblick zu und erhöht das Tempo. Ich starre auf ihre schlanke Taille und ihren kleinen perfekten Hintern, als sie an mir vorbeizieht.

Blöde Gans! Wie immer will sie mir zeigen, dass sie besser ist. Sie arbeitet stets härter als ich, ist besser in Form, ihre Urlaube sind exklusiver, ihr Gehalt höher, ihr Haus größer … Ich könnte ewig so weitermachen. Doch diesmal mache ich da nicht mit.

Ich sammle meine letzten Kräfte zusammen und ziehe nach. Anerkennung flackert kurz in ihrem Blick auf, als ich zu ihr aufschließe. Doch sie hat sich schnell wieder im Griff. Verbissen richtet sie ihren Blick nach vorn. Nur noch mein rasselnder Atem und die gedämpften Geräusche unserer Sportschuhe sind zu hören. Schweiß läuft mir in die Augen, doch ich gebe nicht auf. Ich werde ihr ein für alle Mal beweisen, dass ich mehr bin als das, was sie anscheinend in mir sieht. Verstohlen presse ich meine Hand an meine Seite, als das Seitenstechen einsetzt. Diese Laufzeit mit diesem waghalsigen Tempo war eigentlich frühestens in vier Wochen vorgesehen.

»Lauf langsamer, Annabell, sonst klappst du noch zusammen.« Sogar Chrissi scheint es langsam schwerzufallen, sich während des Laufens zu unterhalten. Ihr Atem geht schneller, ihr Gesicht glänzt feucht. Gut so! Ich straffe entschlossen die Schultern und kämpfe mich weiter den Waldweg entlang, den Blick fest nach vorn gerichtet. Mit einem Fuß bleibe ich an einer Wurzel hängen, die in den Weg hineingewachsen ist. Ich stolpere und gerate kurz aus dem Takt. Doch kaum dass ich mich gefangen habe, spurte ich weiter.

»Also das wird mir jetzt echt zu dumm«, schnauft Chrissi und bleibt abrupt stehen.

»Was? Dass ich gut bin, oder dass ich damit nicht mehr in dein Bild von mir passe?« Ich drehe mich um und jogge auf der Stelle weiter. Was eigentlich nach einem unbändigen Bewegungsdrang aussehen soll, wirkt bei mir vermutlich wie das zuckende Ableben eines Tanzbären, der kurz vor dem Erstickungstod steht. Aber es scheint genug zu sein, um Chrissi in ihre Schranken zu verweisen. Sie stützt sich schwer atmend mit den Händen auf den Oberschenkeln ab und schüttelt abwehrend den Kopf. Ich kann ihr Gesicht nicht sehen, weil sie sich weit vornüberbeugt, doch ich bin mir sicher, dass sie nicht mit meinem Durchhaltevermögen gerechnet hat.

»Was ist? Fällt dir nichts mehr dazu ein, dass du mich mit einem dauerjammernden Muttchen verglichen hast? Und streit bitter erst gar nicht ab, dass Zeitmangel eine Ausrede ist, um mir aus dem Weg zu gehen«, setze ich herausfordernd nach. Ich will diesen Streit, ich brauche ihn.

Chrissi schaut zu mir auf. Entgegen meiner Erwartung sieht sie jedoch nicht angegriffen aus, sondern ihre Augen glänzen verräterisch. Zum Weinen wollte ich sie bestimmt nicht bringen. Ich bleibe stehen, unschlüssig, was ich nun tun soll.

»Es tut mir leid … Chrissi?« Verunsichert gehe ich einen Schritt auf sie zu, als sie nicht reagiert. Sie hebt abwehrend die Hand und lässt sich auf den Waldweg plumpsen. »Lass gut sein, Annabell. Es tut mir auch leid, dass ich dich gekränkt habe. Das wollte ich nicht. Aber ich war so sauer, als du mich aus heiterem Himmel so angegriffen hast.« Sie senkt den Blick und zeichnet mit den Fingerspitzen ein verschlungenes Muster in die herabgefallenen Tannennadeln. Ich trete unwohl von einem Fuß auf den anderen und kratze mich verlegen am Arm. Es ist lächerlich, aber wir benehmen uns wie kleine Kinder, nicht fähig, uns in die Augen zu sehen, während wir uns entschuldigen. Ich richte meinen Blick fest auf Chrissis müdes Gesicht.

»Naja, was meinen Anruf angeht ... auch der tut mir leid. Ich war mies drauf, und als ich dann mitbekommen habe, dass du längst wieder da bist und dich nicht mal kurz bei mir gemeldet hast, habe ich rotgesehen.« Es tut gut, das loszuwerden, aber es verändert nichts. Chrissi hat Dinge über mich gesagt, die sie auch mit einer Entschuldigung nicht wieder zurücknehmen kann. Dinge, die mich verletzt haben. Ich zucke mit der Schulter und wende mich ab, um zu gehen.

»Warum musst du mir immer beweisen, wie toll du bist?«

»Wie bitte?« Ich fahre zu ihr herum und werfe aufgebracht die Hände in die Luft. »Du bist doch diejenige mit dem perfekten Leben: toller Job, geiles Auto, unglaublich heiße Figur ...« Ich deute hilflos auf ihren flachen Bauch. »Es hat mich echt fertiggemacht, dass du mich nicht mal mehr daran teilhaben lässt, weil ich dich anscheinend langweile.« Ich schüttle traurig den Kopf. Warum rechtfertige ich mich überhaupt noch? Es spielt gar keine Rolle, was Chrissi von mir hält und ob sie sehen kann, was ich jeden Tag zu Hause leiste. Ja, es ist noch nicht mal wichtig, ob Sven das erkennt. Naja, ein bisschen vielleicht. Das Wichtigste ist jedoch, dass *ich* meinen Wert erkenne, und das tu ich genau in diesem Moment.

Leonie beweist mir jeden Tag, was für eine unglaubliche Leistung ich in den letzten eineinhalb Jahren erbracht habe und tagtäglich erbringe. Ich habe sie neun Monate lang unter meinem Herzen getragen, sie unter Schmerzen geboren und gebe ihr die Liebe und Wärme, die sie braucht, um sich gut entwickeln zu können. Egal wie müde oder zurückgesetzt ich mich fühle. Und jetzt gebe ich ihr und ihrem Vater die Freiräume, die sie benötigen, um ebenfalls dieses enge Band zu knüpfen, das mich mit ihr verbindet. Es ist in Ordnung, wenn ich mal nicht da bin. Auf einmal kann ich etwas leichter atmen.

»Denk über mich, was du willst, Chrissi. Ich bin eine tolle Frau und eine sehr gute Mutter, auch wenn du meinst, dass ich nur herumjammere.«

Chrissi stellt ihre Beine auf und umschlingt sie, als müsse sie sich vor mir abschirmen. Sie stützt ihr Kinn auf den Knien ab und starrt ins Leere. Sie kann einfach nicht zurückrudern, und ich muss mich fragen, wann wir zu Konkurrentinnen geworden sind. Es tut weh, dass von unserer einst so engen Freundschaft nichts übrig geblieben zu sein scheint, das uns über diesen Streit hinweghelfen würde. Ich erinnere mich daran, wie aufgeregt ich ihr von meinem ersten Mal mit Sven berichtet habe. Damals gab es nichts, das ich ihr nicht erzählt hätte.

Ich sollte nach Hause gehen, Sven wartet bestimmt schon, doch ich zögere. Resigniert setze ich mich neben Chrissi auf den weichen Waldboden und berühre sie zaghaft am Arm. Nicht nur sie hat mich ausgeschlossen, ich sie ebenso. »Warum ich dir immer beweisen muss, dass ich toll bin?« Ich schnaube leise. »Vielleicht gerade deswegen, weil nicht immer alles toll ist. Im Vergleich mit dir ziehe ich immer den Kürzeren.«

Chrissi sieht erstaunt zu mir auf. »Spinnst du? Du hast eine unglaublich süße Tochter und einen Ehemann, der dich anbetet. Er würde dir die Sterne vom Himmel holen, wenn du danach verlangen würdest. Ihr habt ein schnuckeliges Zuhause und du bist glücklich in deinem Job und auch glücklich mit deiner Rolle als Mutter. Das ist nicht zu übersehen, auch wenn du über die Dinge jammerst, die nicht gut laufen … Ich konnte es vor Chile einfach nicht mehr ertragen, das ständig vor Augen zu haben.«

Jetzt ist es an mir, erstaunt zu sein. »Warum –«. Ich will fragen, warum sie dann diese abwertenden Dinge über mich gesagt hat, doch Chrissi unterbricht mich einfach: »Meine Firma steht kurz vor der Insolvenz. Ich habe mich krumm gebuckelt, um sie mit aufzubauen, und jetzt sieht es ganz danach aus, dass wir es nicht mal mehr bis zum Ende des Jahres schaffen werden. Nur noch dieser Kunde in Chile hält uns am Leben. Wenn er auch noch abspringt, ist es aus.« Chrissi klingt erstaunlich ruhig, leise fährt sie fort: »Nicht einmal Alex versteht, dass ich mich nicht sofort nach einem anderen Job umsehe. Er setzt mich ständig unter Druck, aber ich kann die Firma nicht im Stich lassen. Nicht solange auch nur der Hauch einer Chance besteht, dass wir es schaffen können. Bei den wenigen Gelegenheiten, an denen wir einander sehen, streiten wir uns eigentlich nur noch darüber oder über irgendwelche Kleinigkeiten. Ich glaube, es ist aus. Wir haben es nur noch nicht ausgesprochen.« Oberflächlich wirkt sie gefasst, aber an ihren zitternden Händen kann ich erkennen, wie es wirklich in ihr aussieht. Ich ergreife ihre Finger und drücke sie tröstend. »Es tut mir so leid für dich. Aber vielleicht hat Alex recht: Arbeit ist nicht alles und du solltest dein privates Glück nicht dafür opfern.« Chrissi lächelt mir dankbar zu.

Etwas in mir wird ganz, heilt. Als würden die letzten Teile in ein Puzzle eingefügt, sodass ich das Gesamtbild erkennen kann. Es haut mich nicht nur sprichwörtlich um, zu begreifen, dass es nicht meine Rollenveränderung ist, die unsere Freundschaft verändert hat. Ich lasse mich rücklings auf den weichen Boden sinken und starre über die im lauen Wind schwankenden Baumwipfel über uns. »Wir sind sowas von bescheuert! Anstatt füreinander da zu sein, verschwenden wir unsere Energie damit, einander vorzumachen, dass wir perfekt sind!« Ich schüttle traurig den Kopf. Wie kann man nur so verbohrt sein?

»Wie meinst du das?«, fragt Chrissi und legt sich neben mich. Ich grinse zynisch. »Du tust alles, um mir weizumachen, dass du eine taffe Karrierefrau auf dem aufsteigenden Ast bist, und ich will mit allen Mitteln verhindern, dass du erkennst, wie unglücklich ich manchmal bin. Stattdessen jammere ich dich voll, um deine Anerkennung zu bekommen.« Ich drehe meinen Kopf ein Stück und sehe ihr in die Augen. »Sven und ich streiten in den letzten Monaten auch fast nur noch. Naja, jedenfalls bis vor Kurzem.«

Chrissi dreht ebenfalls den Kopf. Ihre schokoladenbraunen Augen verdunkeln sich. »Wenn ihr schon Probleme habt, dann sehe ich für Alex und mich erst recht keine Hoffnung mehr. Ich meine, ihr seid das Traumpaar schlechthin. Ich weiß nicht, wie ich es beschreiben soll. Ihr geht so besonders miteinander um. Manchmal kann man als Außenstehender kaum einem Gespräch zwischen euch folgen. Man hat den Eindruck, ihr hättet dieselben Gedanken und sprecht nur einen Teil davon aus.«

Mein Herz macht ein paar ausgelassene Hüpfer. Selbst in den schwierigsten Zeiten ist das immer noch so. Aber dass Chrissi so wenig Hoffnung für ihre eigene Ehe sieht, macht mich unglücklich. Ich will ihr helfen. Ich drücke ihre Hand noch fester und atme tief durch. »Ich dachte ehrlich gesagt, dass unsere Liebe nicht reichen würde, um diese Krise zu überstehen. Zumindest bis wir angefangen haben, an unserer Beziehung zu arbeiten. Das solltet ihr vielleicht auch versuchen.«

153

»Wie?«

Natürlich war mir klar, dass Chrissi das fragen würde. Dennoch spüre ich, wie mir das Blut in die Wangen schießt. Ein Teil von mir will mein Geheimnis um jeden Preis bewahren. Ein anderer, viel stärkerer, der sich nach der innigen Freundschaft mit Chrissi zurücksehnt, macht mich mutig. Ich grinse verlegen und zucke nervös mit den Schultern. »Halte uns für verrückt, aber es hilft uns, uns sexuell richtig auszutoben. Wir gehen dazu in einen Swingerclub.«

Chrissis Augenbrauen schießen erstaunt in die Höhe. Sie öffnet den Mund, als wolle sie etwas sagen, beginnt dann aber schallend zu lachen. »Du bist verrückt! Für einen Moment habe ich dir fast geglaubt«, kichert sie, als sie sich langsam wieder im Griff hat, und wischt sich ein paar Lachtränen aus den Augenwinkeln.

Ich weiß nicht, ob ich gekränkt sein soll, dass sie mir den Besuch eines Swingerclubs nicht zutraut, oder erleichtert. Ich könnte einen Rückzieher machen. »Glaub mir oder tu es nicht. Aber ich kann dir sagen, dass es das Vertrauen in den Partner unglaublich stärkt, sich mit dem Thema auseinanderzusetzen«, sage ich stattdessen und stehe auf.

»Das ist nicht nur eine wilde Geschichte, um mich aufzuheitern«, stellt Chrissi überrascht fest und folgt mir. Ich klopfe mir die Tannennadeln von der Hose und grinse sie vielsagend an. »Sex mag nicht das Wichtigste in einer Beziehung sein, aber er ist ein grundlegender Teil davon. Es lohnt sich, sich das ins Gedächtnis zu rufen.«

Chrissi schüttelt fassungslos den Kopf. »Erzähl mir mehr darüber. Ist es wirklich so, wie ich es mir vorstelle – eine einzige Orgie, jeder begrapscht jeden?«

Es erleichtert mich ungemein, dass sie mich nicht verurteilt, sondern neugierig geworden ist. Doch so langsam sollte ich mich wirklich auf den Heimweg machen, wenn ich Svens Pläne nicht durchkreuzen will. »Ich erzähle dir gern mehr darüber, aber jetzt geht es leider nicht.« Ich warte, bis Chrissi ihre Trainingshose ebenfalls sauber gemacht hat, und gehe los. Sie folgt mir. »Das ist echt sowas von krass. Das hätte ich dir und Sven niemals zugetraut. Hast du denn gar keine Angst, dass es euch auch schaden könnte? Und wie seid ihr überhaupt darauf gekommen? Ich meine, Alex würde wahrscheinlich ausrasten, wenn ich ihm vorschlage, zur Lösung unserer Eheprobleme mit einem anderen Mann zu schlafen.«

Sie steckt voller Vorurteile, genau wie ich, bevor ich zum ersten Mal in der *Erotik Oase* war. Ich muss unwillkürlich lachen. »Es besteht doch kein Zwang, den Partner zu tauschen«, kläre ich sie auf, wie Sven es bei mir getan hat, und erzähle ihr mehr davon, bis wir die Abzweigung vom Hauptweg erreichen. Doch anstatt sich zu verabschieden, bleibt Chrissi unschlüssig stehen.

»Ich finde es wirklich unglaublich mutig, dass du mir von eurem Abenteuer erzählt hast. Bedeutet das, dass du mir verzeihst?« Ihre schokoladenbraunen Augen flehen mich an. Ich kann nicht anders, als sie in meine Arme zu ziehen. Eigentlich eklig, so verschwitzt wie wir sind, aber ich will ihr nahe sein. Meiner besten Freundin, die ich schon fast mein ganzes Leben lang kenne.

»Vergiss es einfach, okay? Wir haben beide Fehler gemacht, und was hätten wir für eine Freundschaft, wenn wir uns nicht auch mal ankeifen würden?«

Chrissi nickt erleichtert. »Meine Barbie wird froh sein, dass sie ihren Kopf behalten darf.« Ich muss kichern, als ich mich daran erinnere, wie wir uns im Kindergarten hinter dem

Spielzeugschuppen geschworen haben, dass wir der Puppe der jeweils anderen den Kopf abreißen dürfen, wenn sie je unsere Freundschaft aufs Spiel setzt. Ich klopfe Chrissi beruhigend auf den Rücken und löse mich von ihr. »Sag Cinderella einen schönen Gruß von mir. Wenn du mir versprichst, mich diesmal wirklich anzurufen, wenn du ein bisschen Zeit übrighast, dann verschone ich sie.« Chrissi nickt feierlich. »Versprochen.«

Eine weitere Last fällt von mir ab, als sie sich fröhlich winkend von mir verabschiedet und kurz darauf hinter einer Wegbiegung verschwindet.

***

Als ich jedoch zu Hause eintreffe und das Gespräch mit Chrissi gedanklich noch mal durchgegangen bin, weicht die enthusiastische Ausgelassenheit mehr und mehr nachdenklicher Stille. Ich habe keine Sorge, dass Chrissi Svens und mein kleines Geheimnis ausplaudert, für ihre Verschwiegenheit würde ich beide Hände ins Feuer legen. Aber dass sie und Alex Probleme haben, bedrückt mich. Wir haben uns oft zu viert getroffen, bis Leonie kam. Sie haben immer so glücklich gewirkt. Wie sich die Sorgen eines Partners doch auf eine Beziehung auswirken können …

»Warum schaust du so geknickt? Gefällt dir die Idee mit dem Picknick nicht? Wir können auch nur spazieren gehen, wenn dir das lieber ist.« Sven tritt neben mir an die Küchentheke und füllt Leonies Trinkflasche auf. Ich stelle mein Wasserglas beiseite und schmiege mich an seinen breiten Rücken. »Nein, die Idee ist wundervoll. Es ist so ein schöner Tag. Leonie wird es gefallen, im Gras herumzukrabbeln.«

Sven würde dir die Sterne vom Himmel holen, wenn du danach verlangen würdest.

Tatsächlich hat er sich in der Zwischenzeit nicht nur um

156

seine Hemden gekümmert, die jetzt fertig gebügelt im Kleiderschrank hängen, sondern auch einen ganzen Korb voll Leckereien gepackt. Obenauf liegt die gepunktete Picknickdecke. Ja, er würde wahrscheinlich alles tun, um mich glücklich zu machen, solange er dafür nur meine Zuneigung bekommt. Wie konnte ich das je aus den Augen verlieren?

»Was ist dann los?«, fragt er mich und dreht sich zu mir herum. Sein Blick tastet aufmerksam mein Gesicht ab. Ich bin mir sicher, dass ich es mir nicht nur einbilde, sondern dass auch er sich seit dem Tag auf der Couch verändert hat. Aber das spielt eigentlich gar keine Rolle. Wir sind dabei, wieder *wir* zu werden. Ob Chrissi und Alex das auch schaffen?

»Ich habe Chrissi beim Joggen getroffen …«

Sven verzieht das Gesicht, als habe er Zahnschmerzen. Ich winke locker ab. »Wir haben uns versöhnt. Chrissi geht es im Moment nicht besonders gut. Ich habe sie mit meinem Anruf auf dem falschen Fuß erwischt und sie mich mit ihrem Rückzug von mir. Wir haben uns ausgesprochen, es ist alles gut.« Ich würde Sven gern danach fragen, was er von Alex über ihre Probleme weiß und wie er die Lage einschätzt, aber ich will Chrissis Vertrauen nicht missbrauchen.

Sven zieht nachdenklich die Augenbrauen zusammen. »Alex hat letzten Sonntag nichts davon erzählt, aber er war irgendwie seltsam drauf. Schien sich nicht sehr über Chrissis Rückkehr zu freuen und wollte noch ewig im Vereinsheim sitzen bleiben und Bier trinken. Ganz offensichtlich wollte er nicht nach Hause.«

Er geht Chrissi aus dem Weg. Die Erkenntnis schmerzt, denn sie bedeutet, dass die beiden bereits tiefer im Schlamassel stecken, als Sven und ich es getan haben. Wir sind bestimmt noch nicht ganz über den Berg, aber wir waren wenigstens fast immer noch in der Lage, uns zusammen in einem Raum aufzuhalten. Ich seufze leise und nehme ein paar Schlucke Wasser, um Svens fragendem Blick auszuweichen.

»Haben die beiden Eheprobleme?«, bohrt er nach. Natürlich ist er in der Lage, eins und eins zusammenzuzählen. Wieso sollte ich es also abstreiten? Ich nicke langsam.

Sven umfasst zärtlich mein Kinn und haucht mir einen Kuss auf die Nasenspitze. »Ich bin froh, dass es uns besser geht.« Schön, dass er das auch so sieht. Ich lächle wehmütig. »Ich auch, aber ich hoffe für Chrissi und Alex, dass sie das auch hinbekommen.« Soweit ich weiß, wird in Deutschland heutzutage mehr als jede dritte Ehe geschieden. Aber das liegt nicht in meiner Hand, Chrissi und Alex werden sich anstrengen müssen. Ich habe genug mit Sven, mir und Leonie zu tun.

»Ich gehe noch schnell duschen, dann können wir los, sobald Leonie wach ist.« Neuerdings schläft sie wieder so lang und tief wie ein Murmeltier.

***

Es wird ein harmonischer Nachmittag. Die Sonne scheint für uns vom Himmel, das Picknick mit belegten Brötchen, Erdbeeren und Keksen schmeckt draußen doppelt gut und Leonie ist nach ihrem ausgiebigen Schläfchen allerbester Laune. Versonnen beobachte ich sie, wie sie sich von Sven auf allen vieren über die Wiese jagen lässt und ausgelassen lacht. Sven packt sie, wirft sich auf den Rücken und hebt sie in die Luft. Leonie jauchzt vergnügt und strampelt mit ihren pummeligen Beinchen. Wenn es nur immer so sein könnte wie heute.

Ich seufze leise, lege mich rücklings auf die Decke und schließe die Augen. Hinter meinen geschlossenen Lidern tanzen Lichtpunkte auf und ab, die Sonnenstrahlen streicheln mein Gesicht. Unwillkürlich kommen mir Chrissis Worte wieder in den Sinn. *Hast du denn gar keine Angst, dass es eurer Beziehung schaden könnte?*

Sie trifft damit den Kern meines aktuellen Problems. Zwar weiß ich jetzt, dass beobachten und beobachtet werden harmlos sind und uns beiden gefallen, aber nach wie vor verunsichert mich der Gedanke, dass ich nicht weiß, wohin das alles noch führen wird. Ich meine, was, wenn der Weg, den Sven und ich eingeschlagen haben, zum Abweg wird und uns wieder auseinanderführt?

»Was hältst du davon, wenn wir nächsten Samstag wirklich zum Wellness gehen? Es wäre doch schön, wenn sich zur Abwechslung nicht alles nur um unseren Sex dreht, sondern um uns«, schlage ich Sven vor, als er sich neben mich auf die Decke fallen lässt. Ich blinzle ins helle Sonnenlicht. Leonie liegt im Gras und begutachtet fasziniert ein Gänseblümchen. Sven beobachtet sie und zuckt gleichgültig mit den Schultern. »Klar, wieso nicht? Hauptsache, wir haben Zeit für uns.«

Ich drehe mich träge auf den Bauch und dränge ihn auf den Rücken. »Du bist der Beste, weißt du das?« Ein sanfter Kuss landet auf meinen Lippen. Zärtlich streicht Sven mit beiden Händen über mein Haar. »Was auch immer wir tun, ich will einfach, dass du glücklich bist. Dann bin ich es auch.«

***

Am Abend, nach dem Fußballtraining, liebt Sven mich zärtlich auf dem Sofa und geht zum ersten Mal seit Langem wieder mit mir zusammen in unserem Ehebett schlafen. Und ich bin beruhigt und sicher, dass wir den Club nicht mehr brauchen.

KAPITEL 8

MAMAS WELT VS.

DAS RESTLICHE LEBEN

»Hofstädt?« Abgehetzt melde ich mich am Telefon und reibe mir geistesabwesend über den kleinen Zeh, um den pochenden Schmerz zu beruhigen. Fuck, tut das weh! Auf dem Weg zum Sideboard im Flur, auf dem das Festnetzgerät steht, bin ich über Leonies Puppe gestolpert und habe mir den Fuß am Türrahmen gestoßen.

»Hallo Frau Hofstädt, hier spricht Simone Drayer. Wir haben lange nicht mehr voneinander gehört, da dachte ich, ich melde mich mal bei Ihnen.«

Gespannt lasse ich von meinem Fuß ab und lehne mich gegen das Schränkchen. Ich hatte erwartet, dass meine Mutter anruft, um zu fragen, wie es uns geht, und sich ein wenig zu unterhalten. Mit der Pflegedirektorin der Klinik, in der ich bis zu Leonies Geburt gearbeitet habe, habe ich überhaupt nicht gerechnet, denn sie ruft eigentlich nie einfach so an. Tatsächlich fährt meine Vorgesetzte auch gleich fort: »Wir haben einen kleinen Engpass, Frau Hofstädt. Zwei ihrer Kolleginnen auf der Inneren hören bei uns auf. Eine ist schwanger und bekommt in einem halben Jahr ihr Baby, die andere hat zum ersten August gekündigt.«

Das ist in knapp zwei Monaten, kurz nach Leonies erstem Geburtstag. Sie wird Ende Juli ein Jahr alt. Mein Herz klopft schneller, meine Handflächen werden vor Aufregung feucht.

»Könnten Sie sich vorstellen, schon nach einem Jahr Elternzeit zurückzukommen? Ich meine, vielleicht haben sich Ihre Pläne ja zwischenzeitlich geändert, und wir wären froh, wenn wir jemanden hätten, der sich auskennt, und wir nur eine neue Kraft einarbeiten müssten.«

Mein Mund wird staubtrocken, meine Gedanken wirbeln durcheinander. Keine Ahnung, wie ich das Angebot finde. »Ähm, ich weiß nicht. Mein Mann und ich hatten uns ja auf drei Jahre festgelegt.«

»Sie müssen mir natürlich nicht sofort eine Antwort geben. Denken Sie in Ruhe darüber nach und sprechen Sie mit Ihrem Mann. Sie müssten auch nicht unbedingt zum ersten August anfangen, wenn Ihnen das zu schnell geht. Wir sind da flexibel. Und wenn es Ihnen entgegenkommt, nur in Teilzeit wiederzukommen, würde ich auch nicht Nein sagen«, rudert die Drayer ein wenig zurück.

Wow, jetzt bin ich platt und weiß erst recht nicht mehr, was ich dazu sagen soll. Die sonst überaus geradlinige Simone Drayer würde sich mir anpassen? Sie muss ernsthafte Probleme haben, Ersatz zu finden.

»Ich denke darüber nach«, verspreche ich ihr und verabschiede mich knapp.

***

Bis Sven am Abend nach Hause kommt, habe ich mich nach langem Hin und Her dazu entschieden, das schmeichelhafte Angebot abzulehnen. Irgendwie schade, aber es ist einfach das Vernünftigste, wie ich ihm beim Abendbrot ausführlich erläutere.

»Okay, also jetzt bitte noch mal ganz langsam zum Mitschreiben. Warum, denkst du, kannst du auf keinen Fall schon früher wieder anfangen zu arbeiten?«

Ich sehe Sven über den Rand meines Tellers entgeistert an. Was hat er nicht verstanden? »Hallo? Wer soll sich denn um Leonie kümmern, wenn ich nicht da bin? Ich will sie nicht in eine Krippe bringen, wie deine Kollegin es mit ihrem Sohn tut. Genau aus diesem Grund haben wir uns doch für drei Jahre Erziehungszeit entschieden: damit ich wieder anfangen kann, wenn Leonie in den Kindergarten geht.«

Sven zuckt gleichmütig mit den Schultern und schiebt sich eine Gabel Karottensalat in den Mund. »Wir wussten ja nicht, wie die Dinge sich entwickeln würden. Aber jetzt sehen wir, dass es ihr überhaupt nichts ausmacht, an andere abgegeben zu werden.«

Ein ungutes Gefühl regt sich in meiner Magengrube, mir wird schlecht. Irgendwie habe ich das Gefühl, dass Sven mich davon überzeugen will, frühestmöglich an meine Arbeitsstelle zurückzukehren. Ich lasse meine Gabel sinken und verschränke abweisend die Arme vor der Brust. »Ihre Oma ist ja auch keine Fremde für Leonie, aber wenn sie in eine Krippe geht … Außerdem habe ich keine Lust, den Aufwand zu betreiben, nur um letztendlich die Betreuungskosten mit meinem Gehalt decken zu können. Damit würde es sich nicht mal finanziell lohnen.« Sven legt ebenfalls seine Gabel weg und greift über den Tisch nach meinen Händen. »Es geht doch nicht ums Geld, Annabell. Ich denke nur, dass es dir guttun könnte, rauszukommen und wieder mal was anderes zu sehen. So wie mit dem Joggen.«

Leonie nörgelt in ihrem Hochstuhl. Ich löse eine meiner Hände und streiche ihr sanft über den Rücken. »Sie ist eifersüchtig. Siehst du, wie sensibel sie ist? Es würde ihr bestimmt nicht guttun, in die Krippe zu gehen.«

Svens Lippen verziehen sich zu einem amüsierten Lächeln. Er lässt mich ganz los und beginnt wieder zu essen. »Jetzt schiebst du die Kleine aber als Grund vor. Ich persönlich habe kein Problem damit, wenn du ablehnst. Du solltest dir nur sicher sein, dass du das wirklich willst«, nuschelt er.

Es ärgert mich, dass er diese Entscheidung auf mich allein abwälzt. Schließlich betrifft sie uns beide, und unsere gemeinsame Tochter. Lustlos schiebe ich die Karottenstifte und Nudeln auf meinem Teller hin und her. Der Appetit ist mir endgültig vergangen.

»Woher soll ich wissen, was das Richtige ist? Fakt ist jedoch, dass wir dann wahrscheinlich noch weniger Zeit füreinander hätten. Ich glaube kaum, dass die Drayer mir die Wochenenddienste erlassen würde.« Mir graut vor der Vorstellung, noch mehr jonglieren zu müssen, um Zeit für Sven zu finden, mit der Hausarbeit fertig zu werden und so weiter. Sven zuckt gutmütig mit den Schultern. »Das wäre zwar etwas schwieriger für uns, aber umso besser für dich. Ich könnte mich um Leonie kümmern und vielleicht könntest du den Mittwoch als fixen Arbeitstag vereinbaren, damit deine Mutter sie nehmen kann. Vielleicht könntest du auch Nachtschichten machen …«

Ganz automatisch entsteht in meinem Kopf ein Arbeitsplan: Mittwoch Früh- oder Spätdienst, bei dem meine Mutter an ihrem freien Tag die Kinderbetreuung abdecken und Sven sie abends bei ihr abholen könnte, und entweder Samstag oder Sonntag. Vielleicht auch Freitag und Samstag Nachtschicht. Das wäre total unkompliziert … Ich schüttle entschieden den Kopf und räume meinen Teller ab. »Nein, das wäre viel zu viel Durcheinander. Jetzt schläft Leonie endlich mal durch, da will ich sie nicht durcheinanderbringen und es genießen können, anstatt mir wieder die Nächte im Krankenhaus um die Ohren zu hauen.«

»Was das angeht, wollte ich mich ohnehin mit dir unterhalten«, sagt Sven und folgt mir in die Küche. Das Thema Arbeit ist damit für ihn anscheinend erledigt. »Leonie ist soweit – wir sollten die entspannte Phase nutzen und sie endlich in ihr eigenes Zimmer übersiedeln.« Es war überfällig, dass er das anspricht, das weiß ich. Dennoch verspanne ich mich am ganzen Körper. »Sie ist doch noch so klein. Wieso sollten wir ihr das antun?«

Sven nimmt mir den Teller aus der Hand, den ich gerade in den Geschirrspüler räumen wollte, und zieht mich sanft in seine Arme. »Du weißt warum. Wenn am Morgen mein Wecker klingelt, wacht sie immer mit auf. Auch das bringt ihren Rhythmus völlig durcheinander.« Ich habe das Gefühl, in Svens Armen zu schrumpfen. Seine Worte setzen mich unter Druck. Ihm vorzuschlagen, dass er während der Arbeitswoche ja auch wieder im Gästezimmer schlafen könnte, wage ich nicht. Es würde ihn wieder hintanstellen und letztendlich hat er recht. Mein Herz blutet bei dem Gedanken daran, meine Kleine ein Stück loslassen zu müssen, dennoch nicke ich tapfer. »Wenn ich aber das Gefühl habe, dass sie allein in ihrem Zimmer Angst hat, dann kommt sie sofort zurück ins Schlafzimmer.«

Sven streicht mir langsam über den Rücken. »Natürlich … Aber hey, schau nicht so traurig. Immerhin kann ich dafür wieder ganz einziehen.« Seine blauen Augen leuchten und ich bringe es nicht über mich, ihm zu sagen, dass das allein nicht ausreicht, mir bei der Sache ein gutes Gefühl zu verleihen. Ich zwinge mich zu einem Lächeln. »Dann können wir ja endlich auch wieder Sex im Bett haben.«

***

»Hier ist der Anrufbeantworter von Simone Drayer, Pflege-direktorin. Leider bin ich im Moment nicht zu sprechen. Sie können mir gern eine Nachricht hinterlassen, ich rufe dann umgehend zurück. In dringenden Fällen wenden Sie sich bitte an meine Vertretung …«

Ich höre mir nicht mal den Rest der Bandansage an und lege auf. Es ist bereits früher Nachmittag und ich habe schon drei Mal versucht, meine Chefin zu erreichen, um ihr abzusagen. Wenn ich Pech habe, baut sie Überstunden ab und hat bereits Feierabend gemacht, wie es am Freitagmittag häufiger der Fall ist. Dabei wollte ich das doch unbedingt noch vor dem Wo-chenende erledigen, um den Druck in mir loszuwerden. Seit zwei Tagen ringe ich mit mir. Doch inzwischen bin ich mir völlig sicher, dass ich ihr Angebot nicht annehmen kann, und ich will mich endlich wieder ganz auf meine private Situation konzentrieren können.

Entgegen meiner Erwartungen läuft es mit Leonie in ihrem Kinderzimmer bisher prima. Sven hat gleich nach unserem Gespräch das Bett umgestellt, vermutlich, damit ich es mir nicht doch noch anders überlegen kann. Die Kleine hat die letzten beiden Nächte komplett durchgeschlafen und ist erst morgens um halb acht aufgewacht. Eigentlich sollte ich mich darüber freuen, doch der Gedanke, ich könnte es nachts über-hören, wenn sie mich braucht und weint, macht mich rasend. Während Sven friedlich schlummernd neben mir in unserem Ehebett gelegen hat, habe ich kaum ein Auge zugetan. Und jetzt auch noch diese Sache mit der Arbeit.

Entschlossen, wenigstens dieses Thema zu beenden, betä-tige ich die Rufnummernwiederholung und hinterlasse mei-ner Chefin eine Nachricht auf Band. Danach fühle ich mich zumindest ein wenig besser. Und daran, meine Kleine nicht mehr rund um die Uhr in meiner Nähe zu haben, werde ich mich irgendwie auch noch gewöhnen. Als hätten meine Gedanken sie wachgerufen, knackt das Babyfon und ich höre Leonies Babygeplapper.

»Hey Süße, na, wie war das Mittagsschläfchen im eigenen Zimmer?«, frage ich sie, kaum dass ich die Tür geöffnet habe. Die Fröhlichkeit in meiner Stimme klingt in meinen Ohren aufgesetzt, doch Leonie scheint das nicht zu bemerken. Fröhlich strampelnd liegt sie im Bett und beobachtet die bunten Käfer und Schmetterlinge, die an dem Mobile über ihr baumeln. Paradoxerweise durchzuckt mich bei dem Anblick ein scharfer Stich. Sie wird so schnell groß und braucht mich nicht mehr so sehr wie kurz nach ihrer Geburt.

»Na komm, lass uns was essen und dann ein wenig rausgehen. Mami braucht dringend frische Luft, um den Kopf freizubekommen.« Als verstehe sie genau, was ich mit ihr vorhabe, brabbelt die Kleine munter vor sich hin und setzt sich auf. Ich hebe sie aus dem Bett und drücke sie eng an mich. Sie ist doch immer noch so klein und braucht meine Nähe und meinen Schutz.

***

Als wir ein paar Stunden später nach einem ausgiebigen Spaziergang durch Volksdorf wieder nach Hause kommen, stelle ich erfreut fest, dass Svens Wagen bereits in der Auffahrt steht. Es ist eine Seltenheit, dass er mal früher anstatt später Feierabend machen kann, und ein guter Auftakt ins Wochenende.

»Schau, Kleine, der Papa ist ja schon da. Jetzt können wir sogar alle drei mal zusammen zu Abend essen«, begrüße ich ihn bereits im Flur durch die geöffnete Wohnzimmertür. Auch das gemeinsame Abendbrot ist zur Seltenheit geworden, da Leonie meist nicht durchhält, bis Sven nach Hause kommt. Ich nehme mir vor, zur Feier des Tages sein Lieblingsessen zu kochen, Spaghetti Bolognese, stoppe aber abrupt, als ich ihn auf der Couch sitzen sehe. Irgendetwas stimmt nicht. Er sieht angespannt aus.

»Hast du in der Klinik abgesagt?«

Ich nicke langsam. »Ja, wieso?« Wir haben nicht mehr darüber gesprochen, aber ich dachte, es wäre in Ordnung. So düster, wie Sven mich jetzt allerdings anschaut, bin ich mir nicht mehr so sicher, dass sich das Thema für ihn erledigt hatte. Leonie windet sich auf meinem Arm, sie will zu ihrem Papa. Nervös setze ich sie auf dem Boden ab, meine Hände zittern. Bitte nicht wieder streiten. Das halte ich einfach nicht aus.

»Deine Chefin hat zurückgerufen«, sagt Sven und kommt Leonie entgegen, die flink auf ihn zukrabbelt. Er nimmt sie hoch und schenkt mir ein mitleidiges Lächeln. Es sollte mich entlasten, doch stattdessen wächst meine Unruhe. »Was hat sie gesagt?«

Sven schüttelt den Kopf und nickt in Richtung Flur. »Ich habe nicht persönlich mit ihr gesprochen, sie hat eine Nachricht hinterlassen.«

Möglichst beherrscht gehe ich zum Telefon und drücke mit klammen Fingern den Ansageknopf des Anrufbeantworters. »Hallo, Frau Hofstädt. Schade, dass ich Sie ebenfalls nicht persönlich erreichen und Ihnen für Ihre schnelle Rückmeldung danken kann. Natürlich verstehe ich Ihre Beweggründe, muss Ihnen im Zuge dessen allerdings mitteilen, dass wir uns in diesem Fall vor Ihrer Rückkehr in zwei Jahren noch einmal bezüglich Ihres Einsatzortes kurzschließen müssen.« Ein gekünsteltes Lachen erklingt. »Sie verstehen sicherlich, dass wir in der aktuellen Situation des Pflegenotstandes qualifizierte Kräfte nicht mehr gehen lassen wollen und Ihre Vertretung macht sich sehr gut. Es kann also gut sein, dass sie auf der Inneren bleiben wird und Sie dafür auf eine andere Station wechseln dürfen. Aber das hat ja alles noch Zeit …« Wieder dieses falsche Lachen, für das ich die Drayer in diesem Moment zutiefst hasse. »Sollten Sie es sich doch noch anders überlegen – mein Angebot steht solange, bis wir jemand anderen eingestellt haben. Melden Sie sich einfach, sollten Sie es sich doch noch anders überlegen. Ansonsten wünsche ich Ihnen bis zu Ihrer Rückkehr noch eine gute Zeit.«

Miststück! Sie weiß, wie sehr ich die Arbeit auf meiner Station liebe, auf der ich seit meiner Ausbildung tätig bin.

»Annabell, geht es dir gut?«, erkundigt Sven sich vorsichtig, als ich zurück ins Wohnzimmer komme. Ich nicke betäubt. Sven hakt mich am Arm unter und führt mich zum Sofa. »Du bist aber ganz blass …«

Alles um mich herum scheint sich zu drehen. Es ist, als hätte ich das letzte Jahr wie in Watte gepackt verbracht. Ich stand unter dem Schutz des Mutterschaftsrechtes und der Elternzeit. Nun, da sich das erste Jahr langsam dem Ende zuneigt, holt mich die Realität wieder ein und ich muss mich entscheiden.

»Sie erpresst mich …«, murmle ich fassungslos und sehe Sven erschrocken an. »Entweder komme ich sofort zurück oder sie schiebt mich auf eine andere Station ab. Das ist kein Zufall, dass sie das jetzt sagt.«

Sven setzt sich neben mich und legt mir vorsichtig den Arm um die Schulter. »Jetzt mal doch nicht gleich den Teufel an die Wand. Es war doch von vornherein klar, dass du keinen Anspruch darauf hast, auf deine Stelle zurückzukehren, sondern nur auf irgendeine Stelle im Krankenhaus. Wir können nicht hellsehen. Genauso wenig wie die Drayer. Keiner kann jetzt schon wissen, wie die Dinge in zwei Jahren aussehen.«

Scheiße! Was mir wahrscheinlich Mut machen sollte, zieht mir endgültig den Boden unter den Füßen weg. Mir war das alles nicht klar. Ich war mir sicher, dass wenn ich zurückkehre, alles wie vor meiner Schwangerschaft weiterlaufen wird. Aber wie sollte es? Auch in zwei Jahren werde ich zeitlich nicht völlig ungebunden sein und damit vielleicht gar nicht mehr in den Dienstplan meiner Station passen. Das volle Ausmaß meiner Naivität trifft mich hart.

»Ich will aber nicht auf die Palliativstation müssen oder gar in die Unfallchirurgie.« Natürlich ist es meine Berufung, kranke Menschen zu pflegen und auch ihre seelischen Nöte zu lindern, aber die Vorstellung, mich tagtäglich mit den Schicksalen unheilbar Erkrankter und Schwerstverletzter auseinandersetzen zu müssen, war mir schon immer viel zu heftig. Gedankenverloren reibe ich mir über die Oberarme, um das klamme Gefühl zu vertreiben, das sich in mir festsetzen will.

»Was, wenn mich die Drayer genau auf einer dieser Stationen einsetzen will? Ich muss jetzt wieder anfangen, wenn ich auf die Innere zurückwill.« Hilflos sehe ich Sven in die Augen und kämpfe den Drang nieder, sofort zum Telefon zu rennen und meine Absage zurückzunehmen. Dabei weiß ich noch nicht einmal, zu welchen Bedingungen ich wiederkommen könnte. Dass die Drayer genau die knallharte Person ist, für die ich sie gehalten habe, hat sie mir ja gerade eben bewiesen. So einfach, wie ich es mir vorgestellt habe, wird sie es mir bestimmt nicht machen.

»Du musst überhaupt nichts«, widerspricht Sven mir und greift nach meiner Hand. Sein Beistand tut gut. »Jetzt schaltest du erst mal ab und lässt dich nicht unter Druck setzen. Geh laufen, ich kümmere mich inzwischen um das Abendessen. Und wenn du ganz in Ruhe zu einer Entscheidung gekommen bist und vielleicht auch mit deiner Mutter geredet hast, rufst du deine Chefin noch mal an.«

Ich kann nur hoffen, dass es dann nicht zu spät ist.

***

Sven kümmert sich rührend um mich. Kocht, bringt Leonie ins Bett und hält mich den ganzen Abend lang im Arm, während wir uns gemeinsam eine Komödie im Fernsehen anschauen. Doch selbst, als ich mich beim Joggen bis an die Grenzen meiner Belastbarkeit treibe, kann ich das Gedankenkarussell in meinem Kopf einfach nicht stoppen. Es ist ein Teufelskreis. Entweder gehe ich sofort wieder arbeiten und vernachlässige Leonie damit oder ich tu es nicht, verliere dann aber wahrscheinlich meine heißgeliebte Innere Station und das freundschaftliche Verhältnis mit meinen Kollegen dort. Das dürfte mich langfristig auch nicht gerade glücklich machen. Egal wie ich es drehe und wende, aus der Situation kann ich nur als Verliererin hervorgehen.

Auch über Nacht lösen sich meine Probleme leider nicht in Luft auf. Wegen Leonies Auszug aus dem Schlafzimmer kann ich noch immer nicht beruhigt die Augen zumachen und die Last meiner Gedanken hält mich zusätzlich wach.

Als Sven und ich am nächsten Morgen in die Therme zu unserem Wellnesstag aufbrechen, fühle ich mich gerädert und überreizt. Weder die Ganzkörpermassage, die Sven und ich uns gönnen, noch das Herumliegen in den verschiedenen Thermalbecken können mich richtig entspannen. Es ist wie verhext, als habe die Realität meiner Zukunft ganz plötzlich die Seifenblase zum Platzen gebracht, in der ich während der letzten Monate ruhig vor mich hinleben konnte und mir nur Gedanken um Leonies Bedürfnisse machen musste.

Ich tu mein Bestes, Sven das nicht spüren zu lassen. Ich will unsere freie Zeit nicht mit meiner Unfähigkeit, etwas flexibler zu denken, belasten. Doch das macht es irgendwie nur noch viel schlimmer. Ich ziehe damit wieder eine Mauer zwischen uns hoch. Sven bemerkt meine Unausgeglichenheit natürlich und will mir helfen. Es macht mich beinahe rasend, doch ich bemühe mich um einen lockeren Ton. Er auch. Aber auch das hilft nicht gegen die angespannte Stimmung, die das ganze Wochenende über anhält. Unsere Lockerheit ist aufgesetzt, die Chemie stimmt nicht. Und so bin ich heilfroh, als endlich Montag ist, Sven zur Arbeit muss und ich mich in meine Gedankenwelt zurückziehen kann, ohne penibel auf meine Laune achten zu müssen. Als Chrissi dann tatsächlich am Dienstag anruft, spüre ich zum ersten Mal einen Anflug von Erleichterung. Vielleicht hat sie einen guten Ratschlag für mich.

»Weißt du, was das Schlimmste an der Sache ist?«, frage ich sie, als sie am späten Nachmittag bei einem Kaffee bei mir sitzt und ich ihr meine Situation geschildert habe.

»Das Schlimmste?«, hakt sie nach und angelt sich einen Keks aus der Dose auf dem Sofatisch. Ich muss grinsen. »Leonie teilt ihre Kekse bestimmt gern mit dir, wenn sie dir schmecken.«

Chrissi verzieht den Mund und nimmt schnell einen Schluck von ihrem Kaffee. »Ich dachte mir gerade, dass die Dinger bestimmt schon Tage hier herumstehen, so trocken wie sie sind. Dass es Babykekse sind, erklärt allerdings alles.« Sie legt das angebissene Gebäck beiseite und holt für Leonie ein frisches aus der Dose, als die an ihrem Hosenbein zerrt.

»Also – das Schlimmste ...«, wendet sie sich wieder an mich und mustert mich nachdenklich. »Ich denke, dass du eigentlich gern wieder arbeiten würdest.«

Ich schaue Leonie dabei zu, wie sie ihren Keks verputzt, und presse ertappt meine Lippen aufeinander. »Du hast irgendwie recht. Ich kann nicht aufhören, daran zu denken, dass ich wahrscheinlich einen Fehler begehe, weil ich unbedingt zurück auf die Innere will. Der Gedanke daran sollte mich aber nicht so beschäftigen. Selbst wenn ich das mit Leonies Betreuung geregelt bekäme, bleibt da immer noch das Zeitproblem mit Sven. Es läuft gerade erst besser, da will ich nicht schon wieder für Unruhe sorgen.« Wieder presse ich meine Lippen zusammen. »Wie läuft es bei dir und Alex?«

Chrissis Miene verdüstert sich, sie seufzt abgrundtief. »Um ehrlich zu sein – nicht gut. Ich habe auf dem Schreibtisch eine Notiz von ihm gefunden, mit der Nummer eines Scheidungsanwalts. Alex streitet ab, dass er sich von mir trennen will, aber ich denke ehrlich gesagt langsam, dass es vielleicht sogar das Beste für uns wäre. Wir können uns nicht einmal mehr über Kleinigkeiten unterhalten, ohne uns anzukeifen, und wir haben keine Kinder. Warum sollten wir uns das also länger antun?«

»Weil ihr euch eigentlich liebt?«, frage ich leise nach. Ein trostloses Gefühl breitet sich in meinem Brustkorb aus. Ich weiß, dass Liebe allein manchmal nicht genug ist, um Differenzen zu klären und Brücken aufzubauen, die die Kluften überwinden können.

»Wie dem auch sei, irgendetwas müssen wir unternehmen, so geht es einfach nicht weiter. Ich habe ihm vorgeschlagen, einen Ehetherapeuten aufzusuchen. Er will es sich überlegen.«

»Das klingt doch gut. Ihr solltet es wenigstens versuchen, bevor ihr auseinandergeht.« Betroffenes Schweigen legt sich zwischen uns. Jede hängt ihren eigenen Gedanken an ihre eigenen Probleme nach. Ich fühle mich lächerlich. Im Vergleich zu Chrissis Situation ist meine geradezu banal einfach zu lösen.

Tu es oder tu es nicht, sagt ein leises Stimmchen in meinem Kopf. Egal wie ich mich entscheide, die Welt wird nicht daran zerbrechen. Höchstens meine Beziehung, wenn ich den falschen Weg einschlage, denke ich sarkastisch.

»Ich werde erst wie geplant wieder arbeiten gehen«, bekräftige ich meine Entscheidung. »Der ganze Stress ist es einfach nicht wert. Im schlimmsten Fall setzt die Drayer mich in zwei Jahren auf eine Stelle, die ich nicht haben will. Dann kann ich mich immer noch nach einem anderen Job umschauen.« Gern würde ich mich so entschlossen fühlen, wie ich klinge.

Chrissi starrt auf ihre Hände und lächelt traurig. »Ich beneide dich darum, dass du die Dinge in der Hand hast. Ich weiß, dass es dennoch nicht einfach für dich ist, aber du hast wenigstens die Wahl.«

Irgendwie fühlt es sich für mich nicht so an. Egal, wie viele Argumente ich gegen einen vorzeitigen Arbeitsbeginn finde, die Nervosität, die die Drayer mit ihrem Anruf heraufbeschworen hat, will einfach nicht weichen. Doch es geht hier nicht nur um mich.

Ich stelle meine Kaffeetasse weg und greife nach Chrissis Händen. Sie zittern, als ich meine Finger darum schließe. Auch wenn sie sich gern so gibt, als habe sie ihre Gefühle vollständig im Griff, weiß ich, wie sehr die Situation mit Alex sie mitnimmt. Es ist allerdings verstörend, wie resigniert sie plötzlich wirkt. Der Kampf um ihre Firma scheint sie vollständig ausgelaugt zu haben.

»Gib Alex nicht einfach auf. Er liebt dich, das war doch nie zu übersehen. Kämpfe um ihn und euch. Egal wie, Sven und mir scheint allein schon die bewusste Entscheidung dazu zu helfen.«

Chrissi räuspert sich leise und wischt sich unwirsch eine Träne aus dem Augenwinkel. Auch in meiner Kehle brennen Tränen, aber ich reiße mich zusammen. Es hilft meiner

Freundin nicht, wenn ich ihre Beziehung beweine, noch ehe sie tatsächlich vorbei ist.

»Du kannst Alex und mich nicht mit Sven und dir vergleichen. Ihr tickt anders, und ich glaube nicht, dass wir uns so einfach selbst aus dem Schlamassel ziehen können. Es hat sich im letzten Jahr so viel verändert. Ich kann mich nicht auf ihn verlassen, wenn es hart auf hart kommt«, schnieft sie und lächelt mich durch den Tränenschleier in ihren Augen übertrieben fröhlich an.

»Erzähl mir doch noch mehr von eurer Sextherapie. Du hast mich damit richtig neugierig gemacht, auch wenn mich der Gedanke an einen Swingerclub ehrlich gesagt abstößt. Was fasziniert euch daran, unter anderen Menschen Sex zu haben?«

Sie braucht Ablenkung und ich tu alles, um sie ihr zu geben, erzähle ihr jedes Detail unserer beiden Clubbesuche. Von meinen Gefühlen dabei, den heißen Szenen und was mit Sven und mir dort geschieht – dass wir plötzlich andere sind als im Alltag. Chrissi wird ein wenig ruhiger, ihre Augen werden groß. »Das klingt, als hättet ihr den perfekten Rahmen für ein erfülltes Sexleben gefunden. Es ist schon irgendwie krass, dass so ein Club dafür verantwortlich ist. Ich hätte Sven jedenfalls nie die Verwegenheit zugetraut, so etwas vorzuschlagen, geschweige denn es in die Realität umzusetzen. Ich dachte immer, er wäre ein Softie …«

»Wieso?«

Ich zucke zusammen, als er plötzlich vor uns steht. Was hat er mitbekommen? Hoffentlich nicht den pikanten Teil, denn ich habe keine Ahnung, ob er es gut findet, dass ich mich mit Chrissi über unser Sexleben unterhalte.

»Hey Wildboy, was macht die Arbeit? Annabell erzählte mir, dass du ständig Überstunden schieben musst«, begrüßt

Chrissi ihn verschmitzt grinsend und wirft einen bedeutungsvollen Blick zur Uhr. Warum muss Sven auch ausgerechnet heute wieder überpünktlich nach Hause kommen? Angespannt beobachte ich ihn, wie er nachdenklich zwischen Chrissi und mir hin- und herschaut.

»Du hast mit ihr *darüber* geredet?«, fragt er mich schließlich. Ich nicke geknickt. Er muss nicht genauer benennen, was er meint. Entgegen meiner Befürchtung wird er aber nicht sauer, sondern wirkt eher verlegen.

»Ich weiß ja, dass ihr Frauen über wirklich alles redet, und es ist mir im Prinzip auch egal, aber nenn mich bitte nie wieder Wildboy, Chrissi.«

»Sorry, ich wollte dich nicht in Verlegenheit bringen«, antwortet Chrissi. Svens Wangen röten sich ein wenig. Niedlich.

»Schon gut, ich will nur nicht wissen, wann genau ihr euch über welche Themen unterhaltet.« Es scheint ihm richtig peinlich zu sein, zu wissen, dass ich Chrissi gerade eben von unseren heißen Begegnungen im Club erzählt habe. Als hätte er meine Gedanken gelesen, zuckt er mit den Schultern und wendet sich ab.

Chrissi hat recht: Sven kann man einfach nicht mit ihrem Mann vergleichen. Er ist, wie sie sagt, ein Softie – oder wie ich es eher ausdrücken würde: ein unglaublich liebenswerter, rücksichtsvoller, aber dennoch leidenschaftlicher Mann. Eben einfach perfekt für mich. In Alex hingegen verbirgt sich dieser anziehend gefährliche Machotyp, auf den Chrissi so abfährt – ein kleiner Narzisst. Mit ihm dürfte es nicht leicht werden, ernsthafte Probleme anzugehen.

Als hätte sie meine Gedanken gelesen, seufzt sie leise und schaut Sven kopfschüttelnd hinterher. »Alex hätte mir an Svens Stelle den Kopf abgerissen.« Von meinem Platz aus kann ich ihn in der Küche stehen sehen, wo er sich ein Brot schmiert; seinen breiten Rücken, die langen muskulösen Beine, den knackigen Hintern. Es ist wirklich kaum zu glauben, dass dieser zahme Ehemann so draufgängerisch sein kann. Ich muss meinen vorherigen Gedanken revidieren. In ihm verbirgt sich mehr Wildboy-Potenzial, als ich bis vor Kurzem geahnt habe. Das ist verdammt heiß.

***

»Was genau hast du Chrissi denn über uns erzählt?«, fragt Sven mich am Abend beiläufig, als wir nebeneinander auf dem Sofa sitzen und uns irgendeine Realitysoap über die Einsätze einer Streifenpolizei reinziehen. Es ist auffällig, wie er hastig einen Chip nach dem anderen in den Mund schiebt, um etwas zu tun zu haben. Hat er etwa Muffensausen, er könnte nicht gut weggekommen sein?

Ich wackle anzüglich mit den Augenbrauen. »Ich habe ihr die schonungslose Wahrheit über unsere Clubbesuche erzählt, nämlich wie wahnsinnig anregend und erotisch unser Intim-leben durch diesen Anstoß neuerdings wieder ist.«

Sven zermahlt zufrieden grinsend die Kartoffelchips, seine Miene drückt pure Erleichterung aus. »Und was sagt sie dazu, dass wir dort hingegangen sind?« Von wegen, es ist ihm egal, worüber ich mit Chrissi rede … Ein zärtliches Gefühl steigt in meiner Brust auf.

»Sie hat anfangs nicht so richtig verstehen können, was uns dazu bewegt hat. Aber als ich ihr erklärt habe, dass wir – vor allem ich – dort einfach mal richtig abschalten und uns auf unsere Bedürfnisse konzentrieren können, fand sie es gut, dass wir diese Möglichkeit für uns entdeckt haben …«

Sven grinst, zieht eine Augenbraue in die Höhe und schaut mich abwartend an. »Und welche Schlüsse könnten wir wohl aus dieser Erkenntnis ziehen?« Er reibt sich gespielt nachdenklich übers Kinn, seine Augen funkeln verschmitzt. Ich verdrehe genervt die Augen und widerstehe dem Drang, nach der Chipstüte zu greifen. Es ist wirklich ärgerlich, dass emotionaler Stress bei mir Appetit auslöst. Das macht es mir zurzeit nicht gerade einfach abzunehmen. Aber anstatt in die Tüte zu greifen, schiebe ich sie zu Sven hinüber, um sie aus meiner Reichweite zu bringen. »Du bist ein Klugscheißer, weißt du das eigentlich?«

Sven legt seine Stirn in Falten und tut weiter so, als denke er angestrengt nach. »Wir haben so wenig Zeit für uns, und die ist nur allzu oft von irgendwelchem Alltagszeug belastet. Ganz besonders aktuell mit diesem Chaos um deine Arbeitsstelle. Es wäre doch genial, wenn wir da mal richtig aussteigen könnten.«

»Hör auf!« Lachend schnappe ich mir ein Sofakissen und werfe es ihm an den Kopf. »Ich hab's ja verstanden, du musst nicht deutlicher werden. Am Samstag gehen wir wieder hin.«

Sven nickt zufrieden. »Dann haben wir ein spaßiges Wochenende vor uns, würde ich sagen. Am Sonntag haben wir auch noch unser erstes Fußballspiel. Dass wir es voraussichtlich verlieren werden, weil wir viel zu spät mit dem Training angefangen haben, wollen wir im Anschluss mit einem kleinen Grillfest feiern. Die Familie ist natürlich eingeladen.«

»Das klingt wirklich nach dem perfekten Wochenende. Versaute Sexspiele im Club und gemütliches Grillen mit der Familie.« Ich muss lachen. Seit wann bin ich nur so abgebrüht?

***

Ironie ist sowas von zum Kotzen. Vor allem, wenn es sich um Ironie des Schicksals handelt. Was das Ironische ist? – Dass ich genau an diesem Freitag mit Leonie einen Termin für einen Gesundheitscheck beim Kinderarzt habe. Meine Kinderärztin ist da

178

sehr gewissenhaft und hat uns zwischen den U-Untersuchungen mit einem halben Jahr und einem Jahr noch einmal gesondert einbestellt, um Leonies Entwicklungsstand zu überprüfen. Und die Praxis ist in dem Ärztehaus untergebracht, das der Klinik genau gegenüberliegt. Haha. Als ob ich derzeit nicht schon genug über meine Arbeitsstelle nachdenken würde.

Als ich Leonie in ihrem Buggy auf das Gebäude der Kinderarztpraxis zuschiebe, zwinge ich mich dazu, nicht schon wieder damit anzufangen, mir in Gedanken eine Pro- und Kontraliste anzulegen. Es hat sich schon seltsam angefühlt, nicht wie gewohnt den Mitarbeiterparkplatz anzusteuern, sondern das Auto auf dem gegenüberliegenden Besucherparkplatz abzustellen. Und als ich jetzt den gewundenen Fußgängerweg auf die Häuser zugehe, meldet sich wieder dieses drängende Gefühl in meiner Brust. Ich könnte im Anschluss an den Termin einfach bei meiner Chefin vorbeischauen, um in Erfahrung zu bringen, was ihr bei ihrem Angebot genau vorschwebte.

Nein, verdammt. Ich habe mich entschieden! Und egal welche Konsequenzen ich tragen muss, ich lasse mich nicht unter Druck setzen. Entschlossen stoße ich die Tür zum Ärztehaus auf und fahre mit dem Lift in den vierten Stock.

»Nehmen Sie doch bitte noch einen kurzen Moment Platz. Frau Kaufmann ist dann gleich für Leonie und Sie da«, bittet mich die freundliche Arzthelferin, als ich uns anmelde. Meine Laune sinkt. *Gleich* bedeutet in dieser Praxis gut und gern mal eine Stunde Wartezeit. Wofür habe ich denn überhaupt einen Termin?

Im Wartezimmer schaue ich mir mit Leonie zusammen ein Bilderbuch an. Nur nicht aus dem Fenster schauen, von dem aus die Klinik zu sehen ist. Mein Gedankenkarussell braucht keinen Sprit, der es weiter vorantreibt.

»Schau mal, Leonie. Das ist eine Kuh. Und die gibt die leckere Milch, die du so gern trinkst.« Leonie patscht mit ihren Händen genau auf das Bild, ich muss lächeln. »Genau, das da ist sie. Und weißt du auch, wie die macht?« Ich imitiere so gut ich kann ein lang gezogenes *Muh* und Leonie lacht vergnügt.

»Frau Hofstädt?«

Gott sei Dank. Nach diesmal nur zwanzig Minuten sind wir schon dran. Ich begrüße Frau Kaufmann, die Kinderärztin, die Leonie seit ihrer Geburt betreut, und folge ihr in den Untersuchungsraum. Das flaue Gefühl im Magen ignoriere ich. Es ist nur ein Check-up, Leonie ist nicht krank. Dennoch machen mich die Termine hier immer nervös. Ich bin schließlich Krankenschwester und weiß, wie viele verrückte Erkrankungen es gibt. An die Zeit während meiner Ausbildung, die ich auf diversen Stationen der Kinderklinik verbracht habe, denke ich lieber erst gar nicht.

Mit Argusaugen beobachte ich Frau Kaufmann, wie sie meine Kleine unter die Lupe nimmt, ihr in den Mund schaut, den Bauch abtastet, sie abhört, vermisst, wiegt … Doch sie verzieht keine Miene. Stattdessen feuert sie eine ganze Reihe an Fragen auf mich ab, die ich so gut ich kann beantworte. Ich meine, woher soll ich zum Beispiel wissen, ob Leonie gut hört?

»Ich hab schon den Eindruck, dass sie es tut. Zumindest reagiert sie zum Beispiel auf Krach mit Weinen.«

Frau Kaufmann nickt zufrieden. »Das klingt doch gut.« Zum ersten Mal wage ich es, erleichtert aufzuatmen. *Gut* klingt in meinen Ohren gut.

»Wie ist es mit dem Schlafen? Ein oder zwei Tagesschläfchen? Und wie sind die Nächte?«

Ich erläutere ihr genauestens Leonies Schlafrhythmus und die Probleme, die wir nachts manchmal haben. »Zurzeit schläft sie gut, aber manchmal will sie nicht richtig trinken. Dann wacht sie ständig wieder auf und nimmt ein paar Schlucke, schläft wieder ein und will dann wieder trinken. So geht es dann über mehrere Stunden.« Angespannt warte ich ab. Ich habe das Gefühl, es ist meine Schuld und ich mache etwas falsch, wenn ich der Ärztin ihre Frage nicht mit einem: *Es läuft super* beantworten kann. Tatsächlich bilden sich auf ihrer Stirn nachdenkliche Falten.

»Wenn sie nicht trinken will, dann hat sie vermutlich keinen Hunger. Diese Unruhe kann auch ganz woanders herkommen. Wenn sie in einem Wachstumsschub steckt zum Beispiel oder wenn ein Zahn durchbricht.«

Ich nicke. Das alles weiß ich doch auch. »Aber sie trinkt ... Das bedeutet doch, dass sie die Milch braucht.«

Frau Kaufmann macht eine abwägende Geste mit der Hand. »Nicht unbedingt. In ihrem Alter brauchen Babys eigentlich nachts keine Nahrung mehr. Das Nuckeln dient oft nur der Beruhigung. Sie sollten es ohne Fläschchen versuchen und ihr, wenn sie darauf besteht, ein paar Schlucke Wasser anbieten.«

Ich nicke wortlos. Was soll ich auch dazu sagen? Dass ich nicht weiß, ob sie vielleicht schon länger nach mir ruft und wirklich Hunger hat und ich sie vielleicht nicht höre? Bestimmt nicht. »Sie schläft jetzt außerdem in ihrem eigenen Zimmer«, sage ich stattdessen. Frau Kaufmanns Miene erhellt sich. »Na, das ist doch prima, wenn das so gut klappt.«

»Ehrlich gesagt, weiß ich nicht, ob es ihr dort wirklich gut geht. Ich bekomme ja nicht mehr mit, wie oft sie in der Nacht tatsächlich aufwacht und vielleicht auch nur leise quengelt.«

Frau Kaufmann lächelt mich irritiert an. »Solange sie wieder von allein einschläft, ist das völlig in Ordnung. Sie müssen nicht die ganze Nacht über sie wachen. Leonie wird es schon laut genug einfordern, wenn sie Sie wirklich braucht. Oder schläft sie etwa in einem anderen Stockwerk?«

Diese Frau wird mir gerade unsympathisch. Erst die Sache mit dem Fläschchen und dann das. Dass meine Kleine nicht nur im Zimmer gleich nebenan einquartiert ist, sondern ich sogar noch das Babyfon angeschaltet habe, um nichts zu verpassen, sage ich ihr nicht. Ich komme mir dämlich vor. Wie eine neurotische, völlig überbehütende Mutter. Stattdessen verneine ich ihre Frage.

Frau Kaufmann nickt wieder zufrieden. Meine angespannte Stimmungslage scheint sie nicht mal zu bemerken. »So wie es aussieht, entwickelt Leonie sich prächtig, Frau Hofstädt. Wir sehen uns dann das nächste Mal kurz vor ihrem ersten Geburtstag zur nächsten U-Untersuchung.«

Leonie ist bei bester Gesundheit. Ich sollte zufrieden sein. Bin ich aber nicht. Stattdessen bin ich verwirrt und aufgebracht, als ich samt Leonie und Buggy nach draußen trete. Soll ich sie nun nachts weiter füttern oder nicht? Und was soll ich machen, um endlich mein Nachtproblem in den Griff zu bekommen, das, so wie es aussieht, tatsächlich allein mein Problem zu sein scheint?

Unbewusst wandert mein Blick zur Klinik. Hin- und hergerissen zu sein, das scheint derzeit mein Los zu sein. Nicht zu wissen, wie ich mich verhalten soll, wie ich diesen fiesen Druck in mir loswerden kann. Keine Ahnung, um was es mir überhaupt noch geht. Aber eines weiß ich. Die Sache mit meiner Chefin muss ich nicht so ungeklärt auf sich beruhen lassen. Und ich befinde mich gerade in der richtigen Stimmung, ihr das klarzumachen.

»Wir schauen noch schnell auf Mamis Arbeit vorbei, okay? Dann gehen wir nach Hause und du kannst dein Mittagsschläfchen machen«, verspreche ich Leonie und drücke ihr ein Stück Brezel in die Hand. Nie ohne Essen aus dem Haus gehen ist eine der wichtigsten Regeln mit Kind.

Während meine Kleine herzhaft an ihrem Laugengebäck herumnagt, steuere ich forschen Schrittes den Buggy zum Klinikgebäude und dort durch die langen Gänge, bis ich vor der Tür meiner Chefin stehe. Erst da wird mir bewusst, dass ich mir nicht mal überlegt habe, was ich ihr sagen will. Ich meine, sie hat keine Reaktion eingefordert, außer ich nehme ihr Angebot an.

Vielleicht sollte ich doch lieber wieder gehen. Doch in diesem Moment geht die Tür auf. Eine Kollegin von einer anderen Station erscheint im Türrahmen, hinter ihr die Drayer. Erfreut bleckt sie ihre Zähne zu einem aufgesetzten Lächeln, als sie mich sieht. Jetzt kann ich nicht mehr abhauen.

»Frau Hofstädt, das ist ja eine Freude, Sie so überraschend zu sehen«, begrüßt sie mich, als die andere weg ist, und beugt sich immer noch zähnefletschend zu Leonie im Buggy hinunter. »Und die kleine Lena …« Leonie zieht eine Schnute und gibt einen weinerlichen Laut von sich. Sie spürt es genau, wenn jemand es nicht ehrlich mit ihr meint. »Leonie«, korrigiere ich Frau Drayer und streiche Leonie sanft über den Kopf, um sie zu besänftigen. »Sie fremdelt ein bisschen.«

»Das macht doch nichts.« Endlich begibt sich meine Chefin wieder auf meine Augenhöhe und Leonie beruhigt sich. »Ja, dann kommen Sie doch mal rein.« Ich folge ihr nervös in ihr Büro.

»Ehrlich gesagt, hatte ich nicht mehr damit gerechnet, Sie so bald wiederzusehen.« Frau Drayer nimmt hinter dem Schreibtisch Platz und mustert mich mit einem satten Grinsen. Sie muss denken, ich sei hier, um über ihr Arbeitsangebot zu sprechen. Bis vor einer knappen Stunde war ich mir nicht sicher, ob ich das tun soll, doch jetzt ist alles in mir auf Widerstand gebürstet.

»Ja, eigentlich bin ich auch nicht hier, um meinen Wiedereinstieg zu besprechen«, sage ich und setze mich unaufgefordert auf einen der Besucherstühle, die vor dem Schreibtisch stehen. Frau Drayers Grinsen weicht einem überraschten Ausdruck. Abwartend schaut sie mich an. Ich atme tief durch. Was habe ich mir nur dabei gedacht, herzukommen? Ich kann dieser falschen Person nicht sagen, dass sie mich mal gernhaben kann. Das würde sie mir ewig nachtragen. Aber ich lasse mich auch nicht von ihr erpressen. Das habe ich einfach nicht nötig, und das sollte sie wissen. Andernfalls wird sie nie damit aufhören, mich herumschubsen zu wollen.

»Es ist so, dass ich mich ziemlich über Ihre Nachricht geärgert habe, Frau Drayer«, beginne ich zaghaft. Frau Drayers überraschtes bringt das Fass zum Überlaufen. Als ob ihr nicht klar war, was sie da angedeutet hat. Es reicht. Entschieden recke ich das Kinn nach vorn und fahre fort:

»Ja … Bei mir ist der Eindruck entstanden, als wollten Sie mir mitteilen, dass ich in zwei Jahren vermutlich nicht mehr auf der Inneren gebraucht werde. Und ich wollte Sie wissen lassen, dass Sie in diesem Falle nicht sicher mit meiner Rückkehr rechnen dürfen. Ich mag die Arbeit auf der Inneren Station, und schließlich gibt es nicht nur ein Krankenhaus in Hamburg. Und es ist, wie Sie sagten: Fachkräfte sind gesucht, besonders welche mit meiner Erfahrung. Das wird sich in den nächsten Jahren sicher nicht ändern.«

Die Drayer wirkt über meine Ansage genauso überrascht, wie ich mich fühle. Habe ich das gerade tatsächlich gesagt? Habe ich das Blatt gewendet und ihr meinerseits die Pistole auf die Brust gesetzt? Fuck, ja, ich habe.

Die Drayer kneift die Augen zusammen und mustert mich. Von dem überfreundlichen Lächeln ist keine Spur mehr zu sehen, stattdessen schaut sie mich an, als wolle sie mich mit ihrem Blick grillen. Ich erwidere ihn fest, obwohl ich das Gefühl habe, auf meinem Stuhl zu schrumpfen. Es ist wie vor ein paar Wochen mit dieser Verkäuferin. Ein Blickduell, und ich habe vor, es zu gewinnen.

»Nun, ich habe leider noch einen Termin«, entschuldige ich mich, als ich spüre, dass ich nicht mehr lange durchalten werde und die Drayer immer noch nichts gesagt hat. Nicht zu schnell, um nicht den Eindruck eines übereilten Rückzugs zu erwecken – den ich ja eigentlich antrete – stehe ich auf. Verdammt, ist die Drayer eine harte Nuss. Was wird Sven dazu sagen, dass ich ihr quasi mit meiner Kündigung drohe? Irgendwie muss ich das wieder geradebiegen!

»Wie sollen wir denn nun verbleiben? Soll ich mich ein halbes Jahr vor dem Ende meiner Elternzeit mal bei Ihnen melden, damit Sie die Optionen prüfen können und mir die Zeit bleibt, mich gegebenenfalls nach einer anderen Stelle um-zusehen?« Meine Stimme zittert ganz leicht. Doch die Drayer scheint das nicht zu bemerken. Endlich knickt sie ein. Das erkenne ich an ihrem leisen Seufzen und dem geschlagenen Ausdruck, der sich auf ihrem Gesicht ausbreitet.

»Jetzt machen Sie mal langsam, Frau Hofstädt.« Sie steht auf und geht um ihren Schreibtisch herum. Ihre Hände krallen sich am Rand der Tischplatte fest, als sie sich mir gegenüber dagegenlehnt. »Sie müssen mir nicht gleich die Kündigung auf den Tisch legen, nur weil wir nicht ganz sicher vorher-sehen können, in welchem Bereich ihr künftiger Einsatzort liegen wird.«

Wow, das sind doch mal ganz neue Töne. Ich lächle erfreut, um ihr zu bedeuten, dass sie ruhig damit fortfahren kann. Wieder seufzt die Drayer. Ihre Hände fuchteln aufgebracht durch die Luft.

»Ich kann Ihnen natürlich nichts versprechen, aber ich denke, dass wir Ihre Qualifikationen auch weiterhin auf der Inneren brauchen werden. Wie Sie wissen, ist dort eigentlich immer Not am Mann. Deshalb hätte ich Ihre vorzeitige Rückkehr natürlich gern gesehen, aber Sie haben das Recht, die eingereichte Elternzeit voll auszuschöpfen. Wir verbleiben also so, dass Sie sich, sagen wir mal, drei Monate vor deren Ende wieder bei mir melden.«

Ich nicke zufrieden und verabschiede mich. Meine Knie zittern, als ich auf die Bürotür zustake. Ich bin heilfroh, dass ich mich an Leonies Buggy festhalten kann. Das ist verdammt gut gelaufen, aber es hätte auch voll in die Hose gehen können.

»Frau Hofstädt?«, ruft die Drayer mich zurück, ehe ich durch die Tür bin. Ich erstarre. Verflucht, sie ist doch noch zur Besinnung gekommen und lässt sich mein Verhalten nicht bieten. Ganz langsam drehe ich mich zu ihr um. Frau Drayer schenkt mir ein entschuldigendes Lächeln. Es wirkt zum ersten Mal echt. »Sollten Sie und Ihr Mann Ihre Pläne doch noch ändern, steht Ihnen meine Tür jederzeit offen.«

***

»Du hättest ihr Gesicht sehen sollen. Sie hat absolut nicht damit gerechnet, dass ich nicht zurückrudere«, erzähle ich Sven begeistert von dem Gespräch, als er am Abend nach Hause kommt und mir beim Kochen Gesellschaft leistet. Ich probiere die Tomatensoße und gebe noch etwas Basilikum hinzu. »Ich könnte sogar wetten, dass sie mir künftig nicht mehr diese abrupten Schichtwechsel einträgt, jetzt wo sie gemerkt hat, dass ich mir nicht alles gefallen lasse«, setze ich euphorisch nach.

Ich habe es immer gehasst, von der Früh- auf die Spätschicht zu wechseln und dann wieder zurück, und dann noch mit ein oder zwei Nachtdiensten abzuschließen. Und das innerhalb weniger Tage. Aber aus Angst, ich könnte unangenehm auffallen oder sogar meine Stelle verlieren, habe ich nie etwas dagegen gesagt.

»Dir ist schon klar, dass der Schuss auch gewaltig nach hinten hätte losgehen können?«, fragt Sven mich und taucht seinen kleinen Finger in die Soße, um ebenfalls zu kosten. Missmutig haue ich ihm auf die Hand. »Lass das, dazu gibt es Löffel und es ist eklig.« Es ärgert mich, dass er meiner guten Stimmung einen Dämpfer verpasst, aber er hat ja recht.

Ich reiche Sven einen Löffel aus der Besteckschublade und lächle ihn entschuldigend an. »Ich weiß, es war dumm, alles auf eine Karte zu setzen. Aber nach dem Termin beim Kinderarzt war ich irgendwie total komisch drauf. Ich habe einfach nicht nachgedacht.«

Sven zuckt locker mit den Schultern und schiebt sich genießerisch einen Löffel Tomatensoße in den Mund. »Ich finde es nicht schlecht, dass du ihr mal die Stirn geboten hast. Ich wollte nur wissen, ob dir klar war, dass du dir mit diesem Gespräch auch die Rückkehr hättest verbauen können. Das sieht dir irgendwie gar nicht ähnlich.«

Nachdenklich lehne ich mich gegen die Arbeitsplatte. Sven hat recht. Es passt nicht zu mir, so übereilt zu handeln. Ich habe mir vorher nicht jedes Wort einzeln zurechtgelegt, wie ich es für gewöhnlich tue, wenn ein wichtiges Gespräch ansteht. Andererseits war ich mir des Risikos im Hinterkopf durchaus bewusst. Ich schüttle ratlos den Kopf. »Keine Ahnung, was mich letztendlich dazu getrieben hat. Ich weiß nur, dass es verdammt guttut, wieder etwas mehr Klarheit zu haben. Und in der Angelegenheit mit Leonies nächtlichen Fläschchen werde ich genauso weitermachen wie bisher.« Das habe ich gerade eben beschlossen. Ich kenne meine Tochter schließlich besser als irgendeine Ärztin.

»Wie du meinst. Mach es so, wie es dir richtig erscheint. Hauptsache Leonie und du fühlt euch wohl damit«, meint Sven nur dazu und rückt näher an mich heran. »Wir gehen morgen doch trotzdem *abschalten*, oder?«

KAPITEL 9
AUF TUCHFÜHLUNG

Als Sven und ich am nächsten Tag zum dritten Mal die *Erotik Oase* betreten, fühle ich mich im Einklang mit mir selbst und bereit für das Abenteuer, das uns diesmal erwarten könnte. Wie eine alte Bekannte betrete ich den Club. Grob weiß ich ja, was auf mich zukommt. Das bedeutet allerdings nicht, dass ich nicht nervös bin. Diesmal jedoch auf eine andere Art. Mir scheint, als läge etwas in der Luft. Etwas Dunkles, Verbotenes, das ich die letzten Male nicht so deutlich spüren konnte. Natürlich ist mir klar, dass das etwas mit meiner Fantasie, mit zwei Männern Sex zu haben, zu tun hat, aber ich kann das Gefühl nicht so richtig einordnen. Schließlich habe ich Sven klar zu verstehen gegeben, dass ich nicht vorhabe, diese erotische Vorstellung in die Realität umzusetzen. Sich von der Vorstellung anheizen zu lassen, war allerdings verdammt heiß, und gegen eine neuerliche Überraschung in der Art hätte ich nichts einzuwenden. Vielleicht hat es aber auch einfach mit den Ereignissen am Vortag zu tun, dass ich voller Erwartungen bin. Schließlich ist bei mir gerade ständig irgendwas im Umbruch. Warum also nicht auch heute?

»Was hältst du davon, wenn wir uns mal ganz in Ruhe umsehen? Die letzten Male sind wir beinahe sofort auf die Spielwiese gestürzt«, fragt Sven mich, als wir aus der Umkleide treten. Ich ergreife seine Hand und nicke. »Gern.« Bei unserem ersten und zweiten Besuch wollte ich es schnell hinter mich bringen. Bescheuert, wenn man bedenkt, dass ich freiwillig hier bin. Doch heute ist es wie gesagt anders. »Wir könnten an die Bar gehen oder uns unten mal umsehen oder im Paarbereich erst mal ein bisschen zuschauen«, ergänze ich.

Sven schließt seine Finger fester um die meinen und zieht mich mit einem Ruck an seine Brust. Sein warmer Geruch umfängt mich. Ich inhaliere ihn tief und schmiege mich an seinen festen Brustkorb. In seiner Nähe fühle ich mich immer ein wenig ruhiger und sicherer als ohne ihn.

»Ein bisschen Anregung holen klingt doch gut. Wer weiß, vielleicht lernen wir ja noch was Neues ...«

Ich spüre, wie mir das Blut in den Kopf steigt und mein Mund wird trocken, als ich an die letzte Anregung denke, die wir uns geholt haben. Ein sanftes Kribbeln rieselt durch mich hindurch und sammelt sich erregend warm in meinem Unterkörper. »Na dann los. Lass uns Voyeur spielen«, sage ich heiser.

***

Stimmungsvoll gedimmtes Licht, leises Stöhnen. Zwei Körper, die sich halb nackt aneinanderschmiegen. Svens Handfläche in meiner Hand fühlt sich feucht an. Er ist genauso erregt wie ich. In meinem Nacken spüre ich den heißen Atem eines anderen Besuchers.

Das Paar, das wir beobachten, zieht sich gegenseitig aus und küsst sich gierig, seine Hand wandert in ihren Schritt. Sie keucht und drängt sich eng an ihn. Mit einer raschen Bewegung dreht er sich herum, nimmt sie mit und wirft sie unter sich. Sein Körper senkt sich zwischen ihre geöffneten Beine.

Die Atemzüge in meinem Nacken werden schneller. Sven wendet sich mir zu und rückt näher an mich heran. Meine

Nippel stellen sich erregt auf, als er ganz beiläufig mit dem Zeigefinger über meine rechte Brust streichelt. Die gleichzeitige Ahnung einer Berührung des Fremden in meinem Rücken macht mich rasend. Meine Nackenhärchen sträuben sich. Gern würde ich sehen, wer er ist, doch schräg hinter Sven kann ich aus den Augenwinkeln nur seine Partnerin schemenhaft erkennen. Ich wage es nicht, mich einfach umzudrehen.

Das Paar auf der Spielwiese ändert die Position. Die entblößten Brüste der Frau wippen im Rhythmus ihrer Hüften, als sie sich mit weit gespreizten Schenkeln auf ihn setzt und ihn reitet. Sie ist kurvig und weiblich, doch es spielt überhaupt keine Rolle, ob sie dick oder dünn, groß oder klein ist. In diesem Moment ist sie einfach nur eine unglaublich erotische Frau, die sich ekstatischer Lust hingibt. Und es ist verdammt heiß, ihr dabei zuzusehen. Meine Muschi pocht sehnsüchtig, verlangt nach Svens Härte, doch ich bin nur Zuschauerin. Das ist verdammt sexy.

Gebannt beobachte ich die Liebhaberin, weide mich an ihrer Erregung und lasse mich von ihrer Sinnlichkeit mitnehmen. Ihre Bewegungen werden schneller, der Kerl unter ihr greift mit beiden Händen nach ihren Brüsten und versenkt sein Gesicht in ihrer Fülle. Sie keucht. Ein zweites Paar geht an uns vorbei und betritt die Empore des kleinen Raumes, in den wir gebannt hineinstarren.

Svens Berührung wird eindringlicher, an meiner Hüfte spüre ich seine harte Erektion. Kleine Stromstöße schießen durch mich hindurch, als die Hand des Fremden wie beiläufig über meinen Oberarm streicht. So leicht und schnell, dass ich sie kaum fühlen kann. Doch die Berührung war eindeutig da. Mein Herz rast vor Aufregung. Dieser Mann ist darauf aus, mich anzufassen. Schutz suchend dränge ich mich enger an Sven. Mein Körper glüht vor Verlangen.

Er wendet seinen Blick vom Geschehen auf der Spielwiese ab und schaut mir in die Augen. Sein Blick ist verhangen, auch er befindet sich längst in diesem mitreißenden Rausch. »Alles okay?«, flüstert er mir leise zu. Seine Lippen streifen mein Ohrläppchen, heißer Atem auf meiner sensiblen Haut … Das drängende Kribbeln in meinem Schoß verwandelt sich in heiß lodernde Lust. Mein Slip wird feucht.

»Alles okay« flüstere ich zurück und nicke gleichzeitig ganz leicht in Richtung des Kerls hinter mir. Sven hebt seinen Blick und schaut ihm mitten ins Gesicht, bedeutet ihm damit, dass wir ihn wahrnehmen. Meine Wangen glühen vor Scham. Mir wäre es lieber, weiterhin so zu tun, als wäre er nicht da. Ich hole zittrig Luft. Herrgott, ich befinde mich in einem Swingerclub. Warum flippe ich fast aus, nur weil ein Typ hinter mir steht und was sehen will und mich dabei völlig unschuldig berührt hat? Oder war es etwa doch mehr? Nervös beobachte ich Sven.

Er schaut den Kerl fest an und tauscht sich wortlos mit Blicken mit ihm aus. Seine Lippen verziehen sich zu einem verboten scharfen Lächeln, seine Augen sprühen Funken.

Plötzlich spüre ich ihn. Ich halte gespannt den Atem an, als ich nackte Haut an meinem Rücken fühle. Warm und weich schmiegt sie sich an mich. Ein Gefühl der Geborgenheit breitet sich in mir aus, gleichzeitig vibrieren meine Nerven vor Anspannung. Es ist nicht Sven. Es ist ein Fremder, den ich über die Länge meines ganzen Rückens an mir fühle. Das ist nun wirklich kein Zufall mehr … Sven sieht mir prüfend in die Augen. Was erwartet er von mir? Ich erschaudere und blicke starr auf die beiden Paare auf der Liegefläche.

Sie befinden sich ganz dicht beieinander. Plötzlich beugt sich die reitende Frau zu dem Mann neben ihr hinüber und streicht ihm zaghaft mit den flachen Händen über die Brust.

Seine Partnerin beobachtet sie gebannt, weicht zurück und macht ihr Platz.

Mein Herzschlag beschleunigt sich aufgebracht. Oh mein Gott, sie werden es tun – sie tauschen …

Wie in Zeitlupe hebt der im Fokus stehende Mann die Hand, lässt sie in den Nacken dieser mutigen Frau gleiten und zieht sie zu sich herunter. Sie küssen sich. Langsam und vorsichtig.

Es muss ein vertrautes Gefühl sein, und doch fremd. Wie der feste Körper, der sich an mich schmiegt.

Es ist, als besiegelten die Paare auf der Spielwiese mit dem Kuss einen Pakt, denn plötzlich wird aus dem zaghaften Herantasten tatsächlich ein Tausch. Die Frau lässt sich auf der weichen Unterlage nieder. Ihre Brüste heben und senken sich unter ihren schnellen Atemzügen, unverwandt schaut sie den anderen Mann an, lädt ihn ein, ihren Körper zu erforschen.

Auch ich bin mir des fremden Körpers in meiner Nähe nur allzu bewusst und versteife mich, dennoch weicht der Mann nicht zurück.

Der Mann auf der Spielwiese greift hinter sich in eine Schüssel nach einem Kondom. Er zieht es sich über und kniet sich zwischen die gespreizten Schenkel der Frau, leckt sie, prüft ihre Feuchtigkeit mit den Fingern, stößt sie in sie und senkt seinen Mund wieder auf ihre Scham. Das zweite, neu entstandene Paar fackelt nicht lange: Die füllige Frau begibt sich vor dem anderen Mann auf alle viere und streckt ihm einladend den Po entgegen. Auch er zieht sich ein Kondom über. Sein Schwanz zuckt vor Erregung. Gleich wird er sie einfach nehmen.

Ich erschaudere, mein Puls rast und immer mehr Feuchtigkeit fließt aus mir heraus. Eng an Sven geschmiegt stehe ich da, hinter mir der Fremde. Sein abgehackter Atem auf mir. Mein Herzschlag beschleunigt sich noch weiter, als er sich bewegt und mir noch näher kommt. Sein Kopf befindet sich direkt neben meinem. Eine kleine Bewegung und ich könnte ihm ins Gesicht schauen. Sein Atem würde meine Wangen streifen, vielleicht meine Lippen. Ich zittere aufgewühlt und wage es nicht, mich zu rühren.

»Gefällt es dir, ihnen zuzusehen?«, raunt er an mein Ohr.

Mmh … sexy raue Stimme. Ich atme tief ein und aus. Meine Schultern heben und senken sich, reiben ganz sanft über seinen Brustkorb. Dort wo wir uns berühren, rasen kleine Feuerzungen über meine Haut. Es fühlt sich verboten gut an, ihn an mir zu fühlen.

Sven berührt mich sanft an der Wange. Sein Blick ist verhangen, die Lippen geschwollen, als hätte er mich stundenlang geküsst. »Er hat dich was gefragt.«

Ich schlage bestürzt die Wimpern nieder. Ich will das hier für mich genießen und alle anderen ausschließen. Sven, den Kerl und seine Partnerin, die uns, wie ich aus den Augenwinkeln sehen kann, beobachtet, sich aber im Hintergrund hält. Ich stehe im Fokus aller Aufmerksamkeit. Gott, wie soll ich aus dieser Nummer nur wieder herauskommen? Ich will doch nur ein bisschen so tun, als ob …

»Gefällt es dir, zu sehen, wie sie sich neu mischen?«, wiederholt der Kerl eindringlich. Seine Lippen streifen zart wie Schmetterlingsflügel mein Ohrläppchen. Eine Gänsehaut breitet sich auf meinen Armen aus. Mein Magen kribbelt, als seine Hand sanft über meine Taille streicht und ganz langsam nach vorn über meinen Bauch gleitet. Ich erschaudere, meine Augenlider flattern.

»Fremde Haut zu berühren kann verdammt gut sein«, setzt er hinterher und schmiegt sich noch enger an mich.

OH – MEIN – GOTT. Er will mich! Ich erstarre. Sofort zieht er sich wieder etwas zurück. Gut, ich kann wieder atmen.

»Ähm, ja … Es ist schön, denen zuzuschauen«, stammle ich. Meine Stimme klingt fremd, irgendwie steif. Und außerdem – *schön?* Am liebsten würde ich mir die Zunge abbeißen.

»Schön?« Der Fremde klingt amüsiert. Er lacht leise. Ein warmes Prickeln rinnt über meine Wirbelsäule. Sein Lachen ist angenehm, auch wenn er mich damit verspottet. Unsicher schaue ich Sven an. Sein Gesichtsausdruck ist mir völlig fremd. Angespannt, aber zugewandt. Misstrauisch, und doch lässt er den Fremden gewähren. Mich auch. Aber warum? – Es ist meine Entscheidung. – Was denkt er?

Der Kerl streicht mir mit der Nase sanft über die Schläfe. »Es gibt noch viel mehr schöne Dinge zu entdecken.«

Mein Herz klopft so heftig gegen meine Rippen, dass es eigentlich alle hören müssten. Svens Adamsapfel bewegt sich, als er trocken schluckt, sein Schwanz drängt sich noch härter gegen meine Hüfte. Meine Gedanken überschlagen sich. Wie soll ich reagieren, was soll ich antworten? Alles in mir will nur noch davonlaufen. Vor meiner Lust, der knisternden Atmosphäre, Sven, der mich abwartend anschaut, und vor allem vor diesem Kerl, der mich begehrt.

Plötzlich streift mich ein kühler Luftzug. Der Fremde und seine Partnerin sind weg und steigen die Stufen zur Spielwiese hinauf.

»Lass uns gehen.« Sven nimmt mich an der Hand und will mich mit sich ziehen. Ich schnappe hektisch nach Luft und stemme mich dagegen. »Das war eine Einladung«, raune ich ihm erstickt zu. Meine Stimme versagt. Begreift er nicht, was es aussagt, wenn wir ihnen jetzt folgen?

»Ich weiß. Und du scheinst sie nicht annehmen zu wollen. Also gehen wir«, antwortet Sven ruhig. Ich folge ihm den Gang hinunter. »Und jetzt?«, fragt er mich, als wir im Barbereich ankommen. Blöd stehen wir mitten in dem hellen Raum herum. Die Atmosphäre hier ist bei Weitem nicht so aufgeladen wie im hinteren Bereich. Bereits jetzt erscheint es mir, als wäre die Begegnung mit dem fremden Mann Welten entfernt. Dennoch glüht mein Schoß vor Hitze und meine Klitoris pocht verlangend. Ich presse meine Oberschenkel zusammen, um den Hunger nach mehr zu besänftigen.

Abstand! Ich brauche dringend Abstand!

»Wie wäre es, wenn wir was essen gehen?« Das wird mir guttun. Dann bin ich hoffentlich wieder soweit, erneut nach hinten zu gehen.

Sven verzieht den Mund zu einem ungläubigen Grinsen. »Wie kannst du jetzt ans Essen denken?« Er funkelt mich sexy an, unter dem dünnen Stoff seiner Shorts zeichnet sich deutlich seine Erektion ab. Am liebsten würde ich mich sofort auf ihn setzen und ihn solange reiten, bis ich dieses nagende Gefühl in mir los bin, diese verzehrende Begierde, die ein völlig Fremder mit ein paar vorsichtigen Berührungen und Worten in mir heraufbeschworen hat. Aber das wäre nicht richtig. Sven ist nicht mein Spielzeug – dazu da, die Lust zu befriedigen, die ein anderer in mir entfacht. Ich fühle mich schäbig.

»Wir haben hier noch nie etwas gegessen, und schließlich zahlen wir dafür mit«, antworte ich. Ich muss mich unbedingt ein wenig beruhigen. Und etwas völlig Normales, ganz und gar Asexuelles zu tun, wird mir dabei helfen. Außerdem rechne ich nicht damit, dass ich im Speisesaal in eine weitere verfängliche Situation gerate.

Sven drängt sich an mich und reibt mit seinem harten Penis provokant über meine Scham. »Na gut, dann essen wir zuerst. Aber dann will ich dich unbedingt unter mir haben. Ohne Höschen, mit weit gespreizten Beinen …«

Ich stöhne leise. Das ist die reinste Folter. Fuck, ich will ihn sofort. Wie von selbst wandern meine Hände auf seine festen Pobacken, um ihn noch enger an mich zu ziehen. »Vielleicht sollten wir doch erst …«

»Vergiss es. Zuerst wird gegessen. Ich habe auch Hunger.« Sven löst sich von mir und verpasst mir einen unsanften Klatsch auf den Hintern. Ein spöttisches Lächeln umspielt seine Lippen. Er genießt es, mich leiden zu lassen.

***

Als ich an einem der letzten freien Tische im Speisebereich sitze und mich umsehe, bin ich allerdings heilfroh, dass Sven mir nicht nachgegeben hat. Hier geht es lange nicht so gediegen zu wie in den Bars im ersten und zweiten Stock. Nur dass alle in Reizwäsche herumsitzen, erinnert daran, dass wir uns noch im Club befinden. Es gibt nicht einmal eine Bedienung. Während Sven also ein Wiener Schnitzel und Pommes für sich und einen gemischten Salat mit gebratenen Putenstreifen für mich an der Küchentheke bestellt, reserviere ich uns den Tisch und nehme die Bistroatmosphäre in mir auf.

Einige Paare sitzen allein am Tisch, andere wiederum zu viert, fünft oder sechst. Es wird sich lautstark unterhalten und gelacht. Die ausgelassene Stimmung ist ansteckend. Ich lehne mich zurück und nippe an der Cola Light, die ich mir am Selbstbedienungstresen geholt habe. Das kalte Buffet sieht auch lecker aus. Als Sven zurückkommt, habe ich das Gefühl, mich wieder vollständig unter Kontrolle zu haben.

»Das wird wohl eine Weile dauern, ist ziemlich viel los«, meint er und lässt sich neben mich auf die Bank sinken. Ich zucke gleichgültig mit den Schultern. »Ist doch egal, wir haben ja Zeit. Außerdem ist es wirklich interessant, sich die Leute in einer völlig anderen Umgebung genauer anzuschauen. Sie wirken alle so unauffällig – von der erotischen Wäsche natürlich abgesehen –, als könnten sie unsere Nachbarn sein, eine Erzieherin in Leonies Kindergarten oder der nette Versicherungsvertreter, der ab und zu mal reinschaut.«

Svens Augen funkeln amüsiert. Ich mustere verstohlen die Leute neben uns am Tisch, er folgt meinem Blick. »Also wirklich, die dralle Blondine mit dem herzförmigen Gesicht da könnte doch tatsächlich Kindergärtnerin sein, oder Arzthelferin«, flüstere ich ihm zu. Ihr Lachen strahlt eine unbändige Energie und Herzlichkeit aus. Dem Mann neben ihr würde mit seiner hohen Stirn, den feinen Gesichtszügen und der aristokratischen Nase ein Arztkittel verdammt gut stehen. Sofort springt mein Kopfkino an und spult ganz automatisch die Szenerie eines anregenden Filmchens ab – notgeiler Arzt verführt seine Angestellte auf der Untersuchungsliege. Mein Herz klopft schneller, ich reibe unauffällig meine Schenkel aneinander. Warum fühlt es sich nur so gut an, sich andere Menschen beim Sex vorzustellen, und noch besser, sie tatsächlich dabei zu beobachten?

»Und ich hätte darauf gewettet, dass du am liebsten sofort gehen willst.« Sven scheint meinen Stimmungswechsel zu bemerken und grinst mich vielsagend von der Seite an.

Ich wende mich ihm ganz zu und neige verlegen den Kopf zur Seite. »Für einen kurzen Moment wollte ich das auch, aber warum sollten wir? Es ist ja eigentlich nichts passiert.« Im Gegenteil. Was ich rational schon wusste, konnte ich verinnerlichen. Und zwar, dass ich keiner Einladung folgen oder mich anfassen lassen muss, wenn ich das nicht will. Und trotz höchster Erregung habe ich mich nicht mitreißen lassen, sondern einen verhältnismäßig kühlen Kopf bewahrt. Ich habe mich unter Kontrolle. Das ist ein sehr beruhigender Gedanke.

Warum also soll ich nicht mitnehmen, was mir gefällt, und weglassen, was ich eben nicht will?

»Es hätte etwas passieren können. Der Kerl war richtig scharf auf dich. Wenn wir ihnen gefolgt wären …«

Wie bitte? Verstehe ich Sven jetzt völlig falsch oder deutet er an, dass er da mitgemacht hätte?

»Wenn wir ihnen gefolgt wären, hätten sie gedacht, dass wir einen Partnertausch wollen.« Mein Magen rumort aufgebracht. Legt er es genau darauf an? Ich verbiete es mir, auch nur darüber nachzudenken, was wäre, wenn Sven es wirklich wollte. *Ich* will es nicht, aus, basta!

Sven verzieht nachdenklich den Mund. »Es geht doch nur um Sex. Außer Lust und Begehren wären keine Gefühle im Spiel«, überlegt er laut. Ich ziehe überrascht die Augenbrauen in die Höhe und greife nach meinem Glas. Mein Mund fühlt sich staubtrocken an.

»Hallo? Auch das ist fremdgehen. Welche Gefühle dabei auch immer eine Rolle spielen«, erinnere ich Sven, als ich einen Schluck genommen habe. Ich kann es nicht fassen, dass er dieses Thema anscheinend so locker nimmt. »Wir sind verheiratet, Sven, und haben uns Treue geschworen.«

Svens Mundwinkel zucken amüsiert, sein Blick gleitet zu meinen hochgepuschten Brüsten. »Für den Auftritt der Katholikin in dir ist es ein wenig zu spät, findest du nicht?«

Ich schaue an mir herunter. Mein Blick bleibt an meinem üppigen Dekolleté hängen. Ein aufregender Kontrast bildet sich zwischen meiner hellen Haut und dem nachtblauen Satinkleidchen, das ich heute trage. Unwillkürlich muss ich lachen. Er hat recht. Ich bin nicht sehr religiös und sehe in dieser Wäsche erst recht nicht so aus. Doch ich will ihm böse dafür sein, dass er meiner frommen Sicht auf die Bedeutung unseres Ehegelöbnisses nicht einfach zustimmt und mich damit in Unsicherheit lässt.

»Idiot!« Ich schlage nach seinem Unterarm. »Ich meinte auch nicht, dass ich Angst davor habe, in die Hölle zu kommen, sondern dass wir zumindest eine gewisse moralische Verpflichtung einander gegenüber haben. Gott, ich hab dem Kerl noch nicht mal ins Gesicht geschaut. Wie kannst du auch nur darüber nachdenken, ob wir uns auf ein völlig ungewisses Abenteuer hätten einlassen sollen?«

»Das mit dem Anschauen lässt sich nachholen.«

Ich schüttle energisch den Kopf. Den Zahn werde ich ihm endgültig ziehen. Ich will mich anregen lassen, vielleicht sogar eine weitere kurze Begegnung erleben wie die vorhin, aber mehr ganz bestimmt nicht. Das fiese Stimmchen, das mir zuraunt, ich mache mir etwas vor, verbanne ich aus meinem Kopf. Ich taxiere Sven und ziehe ermahnend eine Augenbraue in die Höhe. »Untersteh dich bloß, nach den beiden zu suchen!«

»Muss ich nicht.« Sven grinst ausgelassen und nickt in Richtung Tür. Ich gefriere innerlich, noch ehe ich seinem Blick folge. Warum muss sich das hier wie die Handlung einer schlechten Soap entwickeln?

Natürlich stehen in der Eingangstür zum Speisebereich ein Mann und eine Frau. Entweder sind sie verdammt schnell oder ihnen ist die Lust vergangen, als sie bemerkt haben, dass wir nicht mitkommen, denn die Frau kann ich eindeutig als die vor der Spielwiese identifizieren. Sie ist klein, hat eine zierliche Figur, langes hellblondes Haar und kleine, feste Brüste. Sie schauen sich nach einem freien Platz um, noch scheinen sie uns nicht bemerkt zu haben.

Hastig senke ich den Blick. Am liebsten würde ich mich in Luft auflösen. Sven lacht leise. »Das ist nicht lustig«, rüge ich ihn und ergreife seine Hand. Sobald die beiden sich setzen, werde ich hier definitiv verschwinden.

»Schnitzel mit Pommes!«

»Vielleicht ist das mein Essen. Ich geh mal nachfragen.« Sven entzieht mir seine Hand und lässt mich einfach sitzen. Entsetzt schaue ich ihm hinterher, wie er lässig zum Tresen hinüberschlendert. Wenn er weiter so schleicht, wird es ewig dauern, bis er zurückkommt. Wie kann er mich jetzt so hängen lassen? Und, verdammt noch mal, warum können die hier das Essen nicht einfach an den Tisch bringen, anstatt es wie in einer billigen Frittenbude auszurufen?

Ruhig bleiben, Annabell. Wahrscheinlich interessieren sich die beiden nicht die Bohne für dich. Du hast ihn abblitzen lassen. Nervös schiele ich Richtung Tür. Sie stehen immer noch da und scheinen darüber zu diskutieren, wohin sie sich setzen sollen, denn sie deuten in verschiedene Richtungen. Ich sollte nicht so hinstarren und damit Gefahr laufen, ihre Aufmerksamkeit auf mich zu ziehen, aber verdammt, der Kerl ist heiß.

Groß, maskulin breite Schultern und schmale Hüften. Unter seinem weißen Shirt wölbt sich ein ausgeprägter Brustkorb. Vorsichtig lasse ich meinen Blick weiter nach oben wandern: kantige Kinnpartie, Bartschatten, dunkles, etwas zu langes Haar, helle Augen. Die Farbe kann ich allerdings aus der Entfernung nicht erkennen. Abgesehen von der Farbe seiner Haare ist er Sven vom Typ her nicht unähnlich. Das unbefriedigte Ziehen zwischen meinen Schenkeln meldet sich wieder. Dieser Kerl entspricht absolut meinem Männergeschmack.

Plötzlich hört er auf, mit seiner Partnerin zu reden, und schaut zu mir. Fuck! Seine Mundwinkel zucken nach oben, er sagt etwas zu ihr und sie kommen in meine Richtung.

Boden, tu dich bitte unter mir auf. Ich habe nichts falsch gemacht, aber ich habe mich auch nicht so verhalten, wie man es vermutlich von einer Clubbesucherin erwartet. Es ist mir unangenehm, dabei ertappt worden zu sein. Wo bleibt Sven nur? Nervös halte ich Ausschau nach ihm. Er steht immer noch mit mir zugewandtem Rücken an der Durchreiche der Küche, das Paar kommt immer näher.

»Ist bei dir noch frei?«

Mmh … Diese Reibeisenstimme gehört verboten. Der Fremde sieht mich mit seinen bernsteinfarbenen Augen durchdringend an. Ich halte nicht stand, schaue stattdessen seine Partnerin an. »Ihr könnt euch gern setzen«, sage ich piepsig.

Anstatt höflich abzulehnen – warum sollten sie auch? –, tun sie es. Dabei hätten sie durchaus begreifen können, dass ich in Ruhe gelassen werden will, und sich anstandshalber woanders einen Platz suchen können. Ich lächle verkrampft. Und lächle und lächle. Warum dauert das mit dem Essen so lange?

Der Fremde schenkt mir zum Glück keine weitere Beachtung, sondern wägt laut ab, was sie bestellen könnten. Trotzdem habe ich das Gefühl, dass ich mich mit ihnen unterhalten sollte. Warum auch sonst haben sie sich ausgerechnet zu mir gesetzt? Hat er mich etwa gar nicht erkannt? Bestimmt hat er, sonst wären sie doch nicht rübergekommen. Scheiße, ich sollte wirklich etwas sagen.

»Ähm, auf das warme Essen muss man wohl etwas warten. Mein Mann wollte es gerade holen, aber es scheint doch noch nicht fertig zu sein.« Geht es noch dämlicher? Ich bereue meine Entscheidung, den Mund aufzumachen, beinahe sofort. Der Fremde schaut mir in die Augen, wie hypnotisiert starre ich zurück, sein Blick brennt sich in mich.

»Ich nehme, glaube ich, trotzdem das Putengeschnetzelte«, überlegt seine Partnerin und lächelt mir flüchtig zu. »Was ist mit dir, Kai?«

Warum starrt er mich so an?

»Ich habe Appetit auf das Lachsfilet.«

Und ich hätte Appetit auf diese sehnigen Muskeln, die sich zwischen seinem Nacken und seinen Schultern anspannen, wann auch immer er sich bewegt. Ich verschränke abwehrend die Arme vor der Brust. Es ist nur eine Fantasie, ein anregender Tagtraum. Mehr als dass er eine Rolle darin spielt, will ich nicht von diesem Mann.

»Oh, wir haben Gesellschaft bekommen. Sorry, dass ich dich habe warten lassen. Sie hatten die Putenstreifen auf dem Salat vergessen.«

Ich könnte vor Erleichterung heulen, als Sven an den Tisch tritt und das Essen vor mich hinstellt. Der bunt gemischte Salat sieht frisch und sehr lecker aus, doch ich weiß jetzt schon, dass ich keinen Bissen davon zu mir nehmen kann. Mein Magen rumort nervös.

»Das ist Kai, ich bin Miriam. Nennt mich aber bitte einfach nur Miri«, sagt die Frau und steht auf. »Bin gleich wieder da, gehe nur schnell bestellen.«

Ich werfe dem Fremden – Kai – einen vorwurfsvollen Blick zu. Wenn er ein Kavalier wäre, würde er das übernehmen. Er grinst entwaffnend. Um seine Augenwinkel bilden sich sympathische Lachfältchen. Er muss etwas jünger als Sven sein, vielleicht Anfang dreißig.

»Wir haben festgestellt, dass wir viel schneller bedient werden, wenn sie unsere Bestellung aufgibt. Muss damit zu tun haben, dass sie so süß ist.«

»Dann hätte ich wohl auch dich schicken sollen«, murmelt Sven in meine Richtung und sagt an Kai gewandt: »Ich bin Sven, und das ist meine Frau Annabell.«

Ich sehe Miri hinterher und muss lachen. »Ich glaube nicht, dass das in unserem Fall etwas gebracht hätte.« Mit einer Frau wie ihr kann man mich bestimmt nicht vergleichen. Kai hat recht. Auf eine mädchenhafte Weise ist sie wirklich süß. Langes, feines Haar, freche Ponyfransen und schmal gebaut.

»Oh, das würde bestimmt funktionieren«, meint Kai mitten in meine Gedanken hinein. Mit einem verstohlenen Blick bemerke ich, wie er mich versonnen mustert. »Müsst ihr das nächste Mal unbedingt ausprobieren. Ich schwöre, dass Miri das Essen mindestens zehn Minuten früher bekommt, als wenn ich es holen gehe. Ihr seid doch öfter hier?«

Gerissenes Kerlchen. Will uns so ganz nebenbei aushorchen.

»Nein, eigentlich nicht. Genau genommen ist es erst das dritte Mal, aber es gefällt uns«, antwortet Sven arglos und säbelt sich ein Stück von seinem Schnitzel ab. Miri setzt sich leise wieder zu uns.

»Hätte ich mir eigentlich denken können«, murmelt Kai. Sein Blick durchbohrt mich, also wolle er in mich hinein-schauen. Die lockere Atmosphäre ändert sich, wird intensiver. Es geht nicht um einen Plausch beim Essen, sondern darum, auszuloten, was da zwischen uns lief und hätte laufen können. Er will wissen, warum ich nicht auf ihn reagiert habe.

»Ähm, ich –«. Ich breche ab, fühle mich vorgeführt und ge-demütigt und schlinge schützend die Arme um meinen Bauch. Auch Sven scheint langsam zu begreifen, dass ich mich nicht wohl in meiner Haut fühle. Er legt mir einen Arm um die Schultern und zieht mich in seine Geborgenheit bietende Umarmung.

»Du bist ein Idiot, Kai«, geht Miri dazwischen und wirft mir einen entschuldigenden Blick zu. »Ich sage ihm immer wieder, dass er nicht einfach so rangehen kann. Ich mag das auch nicht. Aber er meint es nicht böse, er ist einfach sehr direkt.«

Ich nicke beschämt. »Schon okay. Du konntest ja nicht wissen, dass wir noch nicht sehr erfahren sind und ich es nicht mag, ungefragt angefasst zu werden«, sage ich zu Kai.

Stimmt nicht, du hast es gemocht! – Wieder dieses kleine Stimmchen. Halt doch einfach die Klappe!

»Hey, sorry. Ich wollte dir wirklich nicht zu nahetreten. Ich denke einfach, dass jemand in einer Umgebung wie dieser es mir sagen wird, wenn ich zu weit gehe, und ich bin ja nicht stürmisch oder rücksichtslos, oder?« Kais Blick ist immer noch fest auf mein Gesicht gerichtet. Forschend und nachdenklich. Kai ist wie Miri sagt: direkt. Aber bestimmt nicht rücksichtslos. Er hat sich sofort zurückgenommen, als er gespürt hat, dass ich mich versteife. Und schließlich muss einer den ersten Schritt tun, um herauszufinden, ob Interesse besteht, sonst würde es in diesem Club wohl zu keinem einzigen Partnertausch kommen. Mir hätte klar sein müssen, dass wir irgendwann einmal in eine Situation wie diese geraten würden. Jetzt gilt es, die Grenzen endgültig abzustecken.

Ich straffe die Schultern und schaue Kai fest in die Augen. »Nein, du warst wirklich nicht rücksichtslos. Es war mir nicht mal unangenehm, dass du mich berührt hast, aber wir wollen auf der Spielwiese unter uns bleiben. Deshalb ziehe ich Grenzen, die nicht überschritten werden sollen.« Puh, das war einfacher, als ich dachte.

Kai nickt mir verständig zu und wendet sich dann triumphierend an Miri: »Siehst du, ich bin kein Idiot. Ich kann durchaus einschätzen, ob ich zu weit gehe oder nicht.«

»Du bist doch ein Idiot. Vielleicht ist sie einfach nur zu schüchtern, dir das zu sagen …«

»Alles in Ordnung?«, fragt Sven mich leise und mustert mich besorgt, während Miri und Kai sich zanken. Ich lächle ein wenig zittrig. »Klar.«

Tatsächlich fange ich an, mich zu entspannen. Miri holt ihre Bestellung ab und wir essen zusammen und tauschen uns beiläufig aus. Über völlig belanglose Themen, aber auch über unsere Erfahrungen im Club. Miri berichtet sogar von ihrem ersten Tausch. »Es hat mir regelrecht davor gegraut, Kai mit einer anderen zu sehen. Aber ich hatte plötzlich das Gefühl, nicht mehr aussteigen zu können. Also Augen zu und durch«, gibt sie ganz ehrlich zu und funkelt Kai böse an. »Wir hatten darüber gesprochen und fanden die Idee ganz gut, doch als er das andere Paar für uns klargemacht hat, hat er mich damit einfach überrumpelt.«

Kai legt lässig einen Arm auf die Rückenlehne ihres Stuhls und zwinkert ihr aufreizend zu. »Du hast es doch geliebt, Baby. Ich wusste das schon vorher.« Wieder beginnen sie sich zu kabbeln, doch Miri kann trotz aller Widerspenstigkeit nicht verbergen, dass Kais Entscheidung wohl die richtige für sie war. Seither sind die beiden regelmäßige Besucher des Clubs und auch immer wieder auf der Suche nach einem gemeinsamen Seitensprung.

Ich mustere dieses unkonventionelle Paar unter gesenkten Wimpern. Sie lieben sich, das ist nicht zu übersehen. Hinter jeder spitzen Bemerkung und jeder Kabbelei liegt Zärtlichkeit verborgen. Ich könnte sie sogar wirklich mögen. Sie sind witzig und erfrischend herzlich. Dass wir uns aber nicht über Persönliches austauschen wie Beruf oder Familie erinnert mich daran, dass wir eigentlich nicht hier sind, um uns nett zu unterhalten. Außerdem wandert Kais Blick immer wieder zu mir herüber. Er spricht mich nicht mehr direkt darauf an, aber ich kann seine Erwartung beinahe körperlich fühlen. Das zurückhaltende Begehren, mit dem er mich verstohlen mustert, sendet kleine, prickelnde Stromstöße direkt in meine untere Körperhälfte. Das wiederum verwirrt mich. Ich stelle mir sein Gewicht auf mir vor und wie es sich wohl mit ihm anfühlen würde. Es ist scheußlich, dass ich meine Gedanken einfach nicht im Griff habe. Mit Kai an einem Tisch zu sitzen ist eine einzige Qual für mich.

Nach einer gefühlten Ewigkeit sind unsere Teller endlich leer und ich habe dieses Martyrium aus Sehnsucht und Abneigung fast überstanden. Und zum Glück ziehen Kai und Miri den Abschied nicht unnötig hinaus.

»Viel Spaß euch noch«, wünscht Miri uns und steht auf, während Kai mir frech zuzwinkert. Mein Herz rast gegen meine Rippen, dann sind sie auch schon verschwunden.

»Das war doch richtig nett«, murmelt Sven. Ich schaue ihn verwundert an. Bemerkt er eigentlich gar nichts? »Nett? Dieses Gespräch war eine einzige Andeutung. Als wollten sie Werbung für Partnertausch machen und sich ganz beiläufig dafür anbieten.«

Sven nickt. »So ist es. Sie waren sehr interessiert – wollten wohl herausfinden, ob wir bei unserer Ablehnung bleiben –, aber sie waren in keinster Weise aufdringlich.«

Ich nicke nachdenklich. Es stimmt. Warum aber fühle ich mich dann so betroffen, aufgewühlt und viel zu empfänglich für diese Signale? Egal – ich kann einfach nicht mehr klar denken. Diese halbe Stunde hat mich völlig überdreht und eine befremdlich bohrende Erregung in mir hinterlassen. Fahrig greife ich nach Svens Hand und ziehe ihn mit mir hoch. »Scheiß auf die beiden, ich will dich. Und zwar sofort.«

Wortlos gehen wir direkt in das nächste Sexzimmer. Es stört mich nicht mal, dass wir uns im unteren Stock befinden und ein paar Singlemänner durch die runden Sichtfenster zu uns hereinschauen, so aufgekratzt bin ich. Ohne Umschweife lege ich mich auf den Rücken, befreie Svens Schwanz aus seiner Hose und führe ihn an meine Öffnung. »Fick mich!«

Ich versinke in seinen hellblauen Augen, als er sich in mich bohrt, verdränge jeden anderen Gedanken aus meinem Kopf. Nur er zählt. Er, dessen Hände mich streicheln und dessen Lippen meinen Körper mit Küssen benetzen. Er, wie er in mich stößt und mir gibt, wonach ich verlange. Ein Zittern rinnt über meinen ganzen Körper, ich dränge mich von blanker Begierde getrieben seinen Stößen entgegen.

»Du fühlst dich so verdammt gut an«, flüstert Sven und vergräbt sein Gesicht an meinem Hals. Der Blickkontakt fehlt mir, ich gehe im mitreißenden Strudel meiner verworrenen Gefühle unter, meine Gedanken verflüchtigen sich. Sein heißer Atem streift meinen Hals. Ich schließe die Augen und lasse mich treiben.

Ich fühle mich weich an. Wie Wachs unter dem schweren Gewicht auf mir. Meine Empfindungen zerfließen, vermengen sich mit dem Begehren in mir und der Erinnerung an vorhin. *Warme Haut an meinem Rücken. Fremd. Aufregend.* Es ist nicht richtig, sie spüren zu wollen. Ich kämpfe dagegen an. Svens Schwanz gleitet immer schneller aus mir heraus und wieder hinein. Mein Nacken kribbelt. »Du bist so heiß«, flüstert er an meinem Ohr. Seine Lippen berühren mich sacht, tanzen über meinen Hals.

Abgehackter Atem glüht auf meiner Haut. Es könnte genauso gut *sein* Atem sein.

Ich explodiere. Sven stemmt sich auf seine Unterarme und schaut mir ins Gesicht, als ich komme. Hilflos halte ich mich an seinem Blick fest. Die Beben meiner Lust erschüttern mich, reißen mich in die Tiefe und schleudern mich über die Grenzen aller Sehnsucht hinaus. Ich zerspringe und sinke in tausend kleine Teile zerrissen zurück auf die Unterlage. Svens Arme umfangen mich, tröstend und warm. Ich unterdrücke ein leises Schluchzen, presse mich so eng wie möglich an ihn und nehme seine Stöße entgegen. »Ich liebe dich«, stöhnt er auf der Mitte seines Höhepunktes. Ich fühle mich niederträchtig. In Gedanken habe ich nicht mit ihm geschlafen …

**

»Oh Maus, wenn du nur wüsstest, was für ein verrücktes Huhn deine Mama ist.« Ich seufze leise und betrachte Leonie. Aufrecht sitzt sie in ihrem Buggy und schaut mich mit einer Mischung aus Aufmerksamkeit und Erstaunen an. Wahrscheinlich hat sie heute nicht mehr mit einem Spaziergang gerechnet. Aber es ist noch so schön warm und sie hat einen überlangen Mittagsschlaf gemacht, da habe ich Sven auf halber Strecke von meiner Mutter nach Hause gebeten, uns rauszulassen.

Ich atme tief durch. Die laue Abendluft und die Bewegung tun mir gut. Natürlich will ich damit auch etwas Abstand gewinnen. Ich muss dringend nachdenken.

Auf der Heimfahrt hat Sven mir wieder und wieder bestätigt, dass zwischen uns alles in Ordnung ist, aber das nagende Gefühl, dass Kai und Miri sich mit ihrer Direktheit zwischen uns gedrängt haben, bleibt. Sven hat mir zwar deutlich zu verstehen gegeben, dass er offen für so ziemlich alles wäre, dennoch habe ich das Gefühl, zu weit gegangen zu sein. Ich bin mir selbst und meinen Grundsätzen untreu geworden. Kai hat mich mit Berührungen, Sven mit Worten in Versuchung geführt, und ich habe nicht genug auf meine Gedanken aufgepasst. Klar, ich habe nicht vollkommen nachgegeben. Dennoch …

Schneller, als mir lieb ist, kommen Leonie und ich zu Hause an. Bereits in der Auffahrt streckt sie mir quietschend ihre

Arme entgegen, damit ich sie aus dem Buggy heben kann. Sie freut sich auf daheim. Mir wird warm ums Herz.

Ich liebe diese Abende, wenn ich sie um mich habe, nachdem wir uns fast den ganzen Tag lang nicht gesehen haben. Sie sind ruhig und bedacht und ich kann sie plötzlich wieder mit diesen besonderen Augen sehen, die ich kurz nach ihrer Geburt für sie hatte. Im Alltag geht das Staunen über dieses kleine Wunder, das sie ist, allzu häufig unter. Doch wenn Sven und ich sie von meiner Mutter abholen, kann ich manchmal gar nicht richtig begreifen, wie viel Glück ich habe, so ein liebenswertes und knuddeliges Baby zu haben.

»Der Papa ist auch schon da und freut sich auf dich«, verspreche ich ihr, als ich sie auf den Arm nehme. Leonie reibt sich die Augen und lehnt ihr Köpfchen an meine Schulter. Ihr feines Haar kitzelt über meine Wange. »Ein bisschen musst du noch durchhalten, Maus. Zum Schlafengehen ist es noch zu früh.«

Ich sehe mich erstaunt nach Sven um, als wir den Wohnraum betreten. Er freut sich immer genauso sehr wie ich auf Leonie. Umso verwunderlicher ist es, dass er nicht auf uns wartet. Leonie beugt sich auf meinem Arm nach vorn. Sie hat die Kuschelente entdeckt, die Sven auf der Spieldecke für sie bereitgelegt hat. Ich muss lächeln. Also doch ein Softie.

»Ich schau schnell, wo der Papa ist. Bin gleich wieder da«, verspreche ich meiner Kleinen und setze sie zu ihrer Ente. Erst jetzt bemerke ich, dass die Tür zur Veranda nur angelehnt ist. Draußen, auf einem Gartenstuhl, sitzt Sven mit mir zugewandtem Rücken.

»Hey, wir sind jetzt da. Soll ich gleich das Abendbrot herrichten oder magst du erst später essen, wenn die Kleine im Bett ist?« Sven zuckt nicht mal zusammen, als ich ihn unvermittelt ansprechen, oder zeigt irgendeine andere Reaktion. Beunruhigt trete ich näher an ihn heran. »Alles okay?«, frage ich leise.

Doch allein sein Anblick spricht Bände. Oberflächlich betrachtet wirkt er ruhig, wie er die Beine auf einem weiteren Stuhl hochgelegt dasitzt, in einer Hand eine Flasche Bier, und nachdenklich in den Garten hinabstarrt. Doch ich kenne ihn zu gut, um seine Anspannung nicht zu bemerken. Er sitzt zu aufrecht, um wirklich entspannt zu sein, seine Lippen sind zu fest aufeinandergepresst. Ich berühre ihn sanft an der Schulter. Endlich sieht er mich an und blinzelt, als würde er mich erst jetzt bemerken.

»Abendbrot – jetzt oder lieber erst später?«, wiederhole ich und konzentriere mich auf diese banale Sache, um die Angst in mir zu verdrängen. Diese undefinierbare Sache mit Miri und Kai hat etwas verändert. Und ich bin mir sicher, dass es nichts Gutes ist.

»Mir egal, mach so, wie es dir lieber ist«, antwortet Sven und nimmt einen langen Zug von seinem Bier. Unschlüssig trete ich von einem Fuß auf den anderen. Ich könnte jetzt gehen, mich mit dem Essen beschäftigen und so tun, als wäre nichts. Es würde funktionieren. So wie es in den letzten Monaten auch funktioniert hat. Doch damit würde ich nur wieder verdrängen, dass wir ein Problem haben. Ich will nicht länger nur an seiner Oberfläche kratzen, ich will Sven berühren. So tief wie nur möglich.

»Was ist los?« Ich nehme ihm die Flasche aus der Hand und setze mich rittlings auf seinen Schoß. Sein Blick verhakt sich mit meinem. Bewegt, beinahe melancholisch schaut er zu mir auf.

»Nichts, mir geht es prima. Ich brauche nur ein wenig Ruhe, um einen klaren Kopf zu bekommen.«

Ich nicke bitter. Er weicht mir aus. Ich kämpfe den Drang nieder, die Augen zu verschließen und vor ihm und mir so zu tun, als glaubte ich ihm. Ich weiß, dass er lügt. »War heute ziemlich aufregend, oder?«, hake ich stattdessen nach und schlinge meine Arme um seinen Hals. Sven gibt ein wohliges Brummen von sich, als ich sanft seinen Nacken massiere. »Kann man so sagen. Mir geht einfach nicht aus dem Kopf, wie du diesen Kai angeschaut hast.«

Verdammt! Ich hätte wissen müssen, dass er doch ein Problem damit hat. Ganz egal, was er angedeutet hat. Ich lege meine Hände um sein Gesicht und schaue ihm eindringlich in die Augen. »Kai und Miri haben mich fasziniert und er sah nicht unbedingt schlecht aus. Das ist alles. Du musst dir keine Sorgen machen. Ich würde nie, hörst du, nie etwas tun, das ich später bereuen könnte.«

Sven nickt. Unglücklich. Sein Blick huscht über mein Gesicht und tastet jede Regung meiner Mimik ab. »Genau das ist es, was mir Sorgen macht, Annabell.« Ich gefriere innerlich. »Ich verstehe nicht …« Doch, ich verstehe. Ich wusste, dass etwas in mir verborgen liegt, das uns in Schwierigkeiten bringen würde. Seit unserer Begegnung im BDSM-Bereich des Clubs wusste ich es.

Sven seufzt leise und greift nach meinen Händen. »Du achtest so sehr darauf, dass du alles richtig machst, dass du gar nicht hinfühlst, was du eigentlich willst.« Ich will widersprechen, dass ich weiß, was ich will und was ganz bestimmt nicht. Doch Sven schneidet mir einfach das Wort ab: »Gib es zu oder nicht, du wolltest ihn. Ich habe es gespürt. Du warst danach ganz anders als gewöhnlich. Er hat dich erregt, und hättest du auf dein Gefühl und nicht auf deinen Verstand gehört, hättest du einen Tausch gewollt. Da bin ich mir sicher.« Seine Finger schlingen sich so fest um die meinen, dass es wehtut. Ich presse meine Lippen aufeinander und weiche seinem Blick aus.

Er hat recht, und das weiß er auch. Wäre Kai ein wenig forscher gewesen, hätte sich mir noch mal verführerisch genähert, hätte meine Sehnsucht weiter aufgepeitscht ... Wenn es ihm gelungen wäre, mein Denken zu überrumpeln, wäre ich ihm gefolgt. Egal was es aus mir gemacht hätte, aus uns. Tränen drängen sich in meine Augen. Wie kann ich einen anderen Mann wollen? Ich liebe Sven. Verdammt, das muss er mir einfach glauben.

»Es tut mir so leid. Dieser Club bringt mich total durcheinander. Es war ein Fehler, da hinzugehen.«

Svens Finger legen sich um mein Kinn und zwingen mich, ihn anzusehen. »Es ist nichts Falsches daran, dort hinzugehen, Annabell. Der einzige Fehler besteht darin, sich nicht richtig darauf einzulassen.« Er schüttelt leicht den Kopf. Schmerz steht in seinen schönen Augen und ich begreife, dass ich dafür verantwortlich bin.

Sven schiebt mich von seinem Schoß herunter und steht auf. Kraftlos lasse ich mich auf den Stuhl sinken, auf dem er gerade noch gesessen hat, und schaue hilfesuchend zu ihm auf. »Was verdammt noch mal erwartest du denn von mir?«

»Es wäre in Ordnung gewesen, dass du mit ihm schläfst, Annabell, und ich denke, dass ich dir das sehr deutlich zu verstehen gegeben habe. Aber du glaubst mir einfach nicht. Ich hätte kein Problem damit gehabt, weil ich weiß, dass du es gewollt hast. So sehr vertraue ich dir, so sehr glaube ich an unsere Liebe, dass ich weiß, dass es ihr nichts anhaben würde. Aber du vertraust mir nicht genug, um deine Bedürfnisse zulassen zu können. Keine Ahnung, was das aus uns macht ...«

Er zuckt ratlos mit den Schultern und geht zu Leonie hinein. Ich bleibe wie betäubt sitzen und vergrabe leise schluchzend mein Gesicht in den Händen. Wie kann es nur falsch sein, nicht fremdgehen zu wollen?

Kapitel 10
Zurück auf Los

Sven sieht unglaublich sexy aus, wie er in seinem Trikot ein paar lockere Runden um den Platz dreht, um sich aufzuwärmen. Ich folge jeder seiner Bewegungen, mein Herz krampft sich schmerzhaft zusammen. Allein der Gedanke, dass ich ihn verlieren könnte, zerbricht etwas in mir.

Es ist bescheuert, undenkbar und geradezu bizarr, dass ein kleines Detail in der Gesamtsumme unserer Gefühle dafür verantwortlich sein könnte. Doch seit gestern Abend weiß ich, dass Svens Sorge nicht unberechtigt ist. Bedingungsloses Vertrauen ist schließlich ein grundlegender Faktor einer funktionierenden Beziehung. Und ich muss mich ernsthaft fragen, ob er mit seiner Deutung wirklich richtigliegt, und wie verdammt noch mal ich ihm beweisen kann, dass es eben nicht so ist.

Er verhält sich mir gegenüber wie immer, hat die ganze Nacht neben mir im Bett gelegen und heute Morgen Frühstück gemacht. Dadurch kann er aber nicht verbergen, dass da plötzlich wieder ein schmerzhafter Abstand zwischen uns ist. Ich fühle mich verdreht und hilflos. Alles, was ich im Moment tun kann, ist, ihm zu zeigen, dass ich ihn liebe. Deshalb bin ich auch bereits hier, anstatt wie die meisten erst zu Spielbeginn zu kommen. Ich würde am liebsten keine Minute mehr von seiner Seite weichen.

»Gott sei Dank, ihr seid auch schon da …«

Erstaunt sehe ich auf. Ich war ganz mit mir beschäftigt und habe gar nicht bemerkt, dass Leonie – die in ihrem Buggy ihren Mittagsschlaf hält – und ich Gesellschaft bekommen haben.

»Chrissi? Was machst du denn hier?« Ich weiß, dass sie Fußball hasst. Sie hat sich noch nie ein Spiel von Alex angesehen. »Ich meine, schon klar, dass du hier bist, um deinen Mann anzufeuern … Du verstehst schon.«

Chrissi lässt sich neben mir auf die Bank fallen und schaut sich neugierig um, als hätte sie noch nie einen Fußballplatz von Nahem gesehen. »Ich habe mich mit Alex darüber unterhalten, dass wir mehr Zeit miteinander verbringen müssen, so wie ihr. Er meinte, dann müsse ich mir wohl das Spiel anschauen und zum Grillen kommen, denn er habe nicht vor, das sausen zu lassen.« Sie zuckt resigniert mit den Schultern. »Wahrscheinlich rechnet er nicht damit, dass ich wirklich herkomme. Aber es ist mir ernst. Also voilà: Hier bin ich.« Sie breitet die Arme aus und versucht sich an einem verschmitzten Grinsen, das jedoch gründlich misslingt.

»Was für ein Idiot …«, murmle ich und lächle Chrissi entschuldigend an. »Ich meine, er könnte sich ruhig ein bisschen mehr Mühe geben, wenn du einen Schritt auf ihn zugehst, anstatt dich so herablassend zu behandeln.« Chrissi nickt bekümmert. »Verstehst du jetzt, dass unsere Ausgangssituation nicht besonders gut ist? Es ist bereits eine große Sache für mich, dass ich ihm beim Fußball zuschaue. Von einer Sextherapie wie der euren sind wir kilometerweit entfernt. Ich wünschte, es wäre für uns auch so einfach.«

Autsch! Ich verziehe missmutig den Mund.

Chrissi mustert mich eingehend und kommt anscheinend zu dem Ergebnis, dass sie sich Sorgen machen muss. »Es läuft doch immer noch gut, oder?«, hakt sie misstrauisch nach.

Leonie beginnt im Schlaf zu quengeln. Ich beuge mich nach vorn und gebe ich vorsichtig den Schnuller zwischen die Lippen. Sie blinzelt mich an, nuckelt ein paarmal und driftet wieder weg. Wenn Sven und ich unsere Beziehung nicht auf die Reihe bekommen, wird sie als Scheidungskind aufwachsen. Der Gedanke tut weh. Ich schlinge schützend die Arme um meinen Bauch und schaue Chrissi traurig an.

»Es war einfach. Zu Beginn jedenfalls. Inzwischen ist unser goldener Weg zur Lösung der Probleme zu einer Sackgasse geworden.« Ich erzähle ihr in groben Zügen, was geschehen ist und wie Sven darüber denkt. Chrissi schaut mich ungläubig an, pustet die Backen auf und lässt pfeifend die Luft daraus entweichen. »Ich fand es ja schon krass, dass ihr in diesen Club geht, aber das …? Im Prinzip kann ich Svens Gedankengang folgen, aber dass er wirklich will, dass du mit einem anderen schläfst, ist einfach heftig!«

Nervös schaue ich mich um und deute Chrissi an, etwas leiser zu reden. Noch ist zwar niemand in unserer Nähe, aber ich will nicht, dass unser kleines Geheimnis die Runde in der Mannschaft macht. Nur ein paar Bänke weiter sitzt Petra mit ihren Kindern, die Familie von Andi, einem weiteren Spieler der *Grauen Stare*. Aber sie scheinen Chrissi nicht gehört zu haben.

»Ich weiß, dass das abgefahren ist. Ich meine, es kann unserer Beziehung doch einfach nicht guttun, wenn ich mich darauf einlasse. Besonders jetzt, da wir ohnehin schon total durcheinander sind. Wir hatten gerade erst wieder damit begonnen, uns richtig nahe zu sein.«

Chrissi macht eine abwägende Geste mit der Hand. Mein Herz stolpert, mein Puls beginnt zu rasen. »Du denkst doch nicht, dass ich es tun sollte?«

Auf Chrissis Gesicht breitet sich ein nachdenkliches Lächeln aus. »Du solltest vielleicht noch mal ganz in Ruhe darüber nachdenken. Ich meine, so ganz abgeneigt bist du nicht, und wenn Sven wirklich sagt, dass er mit *nur* Sex keine Probleme hat … Tu es, und wenn du Glück hast, lösen sich damit eure Probleme.«

Ich hole zittrig Luft und reiche Leonie wie betäubt ihren Schnuller, der wieder aus ihrem Mund gefallen ist. Allein, dass ich mich ernsthaft mit dem Gedanken auseinandersetzen soll, lässt meine Nerven blank liegen. Kann es in unserer Situation das Richtige sein, den Sprung über diese Grenze hinaus zu wagen? Ich schüttle fassungslos den Kopf. Das alles ist sowas von schräg. »So wie es aussieht, *muss* ich also geradezu mit einem anderen Mann schlafen.«

Chrissi nickt ernst, schaut an mir vorbei und verzieht ihren Mund zu einem aufgesetzten, breiten Lächeln. »Hi Sonja, wir haben uns ja schon ewig nicht mehr gesehen …« Manuels Frau setzt sich zu uns und lässt sich bereitwillig auf Chrissis Plauderton ein. Ich bin zu beschäftigt mit mir selbst und höre nur mit halbem Ohr zu.

Soll ich wirklich oder soll ich nicht? Würde es Sven und mir schaden oder gar unsere Beziehung vertiefen? Fände ich es wirklich geil oder gefällt mir nur der Gedanke daran? Fragen über Fragen, auf die ich nur auf einem einzigen Weg eine Antwort finden kann. Als sich die Zuschauerbänke eine gute viertel Stunde später gefüllt haben und der Schiedsrichter das Spiel gegen die *weisen Tiger* endlich anpfeift, bin ich mit meiner Abwägerei kein Stück weitergekommen. Da ich ohnehin keine Antworten finde, beschließe ich, mir nicht mehr den Kopf darüber zu zerbrechen. Ich meine, es wäre einfach lächerlich, daran zu glauben, dass meine Beziehung zum Scheitern verurteilt sein soll, nur weil ich nicht vorhabe, Sex mit einem anderen zu haben.

***

»Hey Schiri, bist du blind? Das war doch eindeutig ein Foul!« Ungehalten springe ich von meinem Platz auf. Natürlich reagiert der Schiedsrichter nicht auf meinen Zwischenruf, aber zum Glück steht Sven nach seinem Sturz sofort wieder auf und trabt weiter.

»Also echt, das hätte mindestens einen Freistoß geben müssen«, murre ich und setze mich wieder. Der Schiedsrichter hat nicht mal abgepfiffen, obwohl der Typ der gegnerischen Mannschaft Sven ganz eindeutig die Beine weggetreten hat.

»Hey Groupie, jetzt komm mal wieder runter. Dein Mann steht wie eine Eins. Es gibt also keinen Grund, ausfällig zu werden«, sagt Chrissi und grinst mich verschmitzt von der Seite an. Verlegen streiche ich meinen Rock glatt und folge weiter dem Spiel.

Auch wenn nicht mal die Spieler selbst dieses Freundschaftsspiel der Senioren richtig ernst nehmen, kann ich nichts dagegen tun, mitgerissen zu werden. Wie immer, wenn Sven auf dem Platz steht. Er ist rechter Außenstürmer, also meist maßgeblich an den schnellen Spielzügen vor dem gegnerischen Tor beteiligt. Zu sehen, wie er sich konzentriert reinhängt, gekonnt den Ball dribbelt oder gar ein Tor schießt, wirkt irgendwie erotisierend auf mich. Und dann dieses Trikot, das im Laufe des Spiels immer enger an seinem verschwitzten Körper klebt. Mmh …

Versonnen beobachte ich, wie er dem Kerl von vorhin den Ball abluchst, an ihm vorbeizieht und noch mal Gas gibt. Er ist mit seinen langen Beinen unglaublich schnell und gut in Form. Der andere versucht den Ball mit einer Grätsche zu-

219

rückzuerobern, rutscht jedoch unter Sven durch, ohne ihn aus dem Takt zu bringen. Er schießt – »Ja!« Eins zu null. Wieder springe ich auf, diesmal vor Freude. Sven stößt euphorisch die Faust in die Luft und wischt sein nasses Gesicht an seinem Shirt ab, wobei kurz seine sexy Bauchmuskeln aufblitzen. Seine Teamkameraden, an denen er vorbeiläuft, klopfen ihm anerkennend auf die Schulter. Das Spiel geht weiter und Sven scheint trotz aller Anstrengung nicht mal aus der Puste zu sein.

Er ist wirklich gut. Vor seinem Wechsel zur Altherrenmannschaft hat er sogar in der Bezirksliga mitgespielt und würde es vermutlich immer noch tun, wären Leonie und ich nicht gewesen. Noch vor ihrer Geburt hat er sich aus der höheren Klasse zurückgezogen, um es etwas ruhiger angehen lassen zu können. Um nicht ständig trainieren und ernsthafte Spiele bestreiten zu müssen, mich besser unterstützen zu können, mehr Zeit für seine Familie zu haben …

Fuck, warum habe ich nie richtig anerkannt, was er damit für mich geopfert hat? Er liebt es, auf dem Platz zu stehen, darum hat er auch nicht ganz aufgehört. Doch meinen Bedürfnissen hat er wie so oft den Vorrang gegeben.

Er würde dir die Sterne vom Himmel holen …

Und was tu ich für ihn oder besser gesagt: Wie weit bin ich bereit, für ihn zu gehen?

***

Natürlich haben die *Grauen Stare* das Spiel gewonnen, nachdem sie nach dem ersten Tor erst richtig in Fahrt gekommen sind. Sven hat mit seiner ausgefeilten Balltechnik die Vorlage für ein weiteres Tor geliefert und wird jetzt von seinen Teamkameraden gefeiert wie ein Held. Dafür, dass die Altherrenliga sich nur allzu gern auf die Schippe nimmt und die einzelnen Mannschaften sich Namen wie *Graue Stare* und *Weise Tiger* geben, feiern sie ihre Siege ziemlich ausgelassen. Wie kleine Jungen bespritzen Sven und seine Teamkameraden sich gegenseitig mit Bier, klopfen sich anerkennend auf die Schultern und bekräftigen sich gegenseitig darin, wie gut sie sind. Ich gönne ihm diese Ausgelassenheit von Herzen. Petra, die neben mir sitzt und meinem Blick folgt, scheint das etwas verbissener zu sehen.

»Super, der Sonntag ist gelaufen. Andi wird ewig im Vereinsheim hocken und ich muss Chiara und Lorenz wieder mal allein ins Bett bringen«, murrt sie und zerfetzt ein Brötchen, um es ihrem kleinen Sohn zu füttern. Leonie, die im Buggy neben ihm sitzt, folgt mit ihrem Blick sehnsüchtig Petras Hand. Ich muss lachen. Zwar habe ich ihr noch während des Spiels den Nachmittagsbrei gegeben, aber zurzeit verputzt sie alles, was sie nur kriegen kann. Vor allem festere Speisen sind hoch im Kurs.

»Ich glaube, ich hole uns auch mal was zu essen. Würdest du kurz auf Leonie schauen? Ich will sie nicht so nah am Lagerfeuer haben, dieser Funkenflug macht mich nervös«, frage ich Petra. Ihre schlechte Laune ignoriere ich, denn ich habe keine Lust, mir den Nachmittag von ihr versauen zu lassen. Außerdem habe ich genug damit zu tun, mein eigenes Chaos in Schach zu halten.

Am Lagerfeuer, über dem ein Schwenkgitter aufgebaut ist, erwartet mich Thilo, der Grillmeister, mit einem breiten Grinsen. »Na, hast du genug davon, darauf zu warten, dass dein Held zu einem Gentleman wird und dich versorgt?« Wie auf Kommando knurrt mein Magen. Thilo nickt mir fragend zu. »Würstchen oder Steak?« Er dreht mit der Grillzange das Fleisch um und prüft die Würstchen. »Die Bratwurst ist fertig, auf das Steak musst du noch ein bisschen warten.«

Ich werfe einen kontrollierenden Blick zu Leonie hinüber. Sie amüsiert sich prächtig mit der fünfjährigen Chiara, die ihr ihre

Puppe zeigt. »Ich warte auf das Steak«, antworte ich und setze mich so auf die Bierbank, die neben dem Lagerfeuer aufgebaut ist, dass ich Leonie sehen kann. Petra liegt wohl richtig. So wie die Männer die Grillstätte eingerichtet haben, haben sie tatsächlich vor, längere Zeit hier zu verbringen. Decken liegen in einem Klappkorb neben der Bank, mehrere Getränkekästen, hauptsächlich mit Bier, stehen daneben.

»Jetzt schau dir nur diese Spielkinder an. Flippen fast aus, nur weil wir ein Freundschaftsspiel gewonnen haben«, bemerkt Thilo abfällig und setzt sich neben mich.

Will er mich ablenken? Ganz beiläufig, als würde ich es nicht merken, wenn er meine Aufmerksamkeit woanders hinlenkt, legt er einen Arm um meine Taille. Okay … keine Ahnung, was das jetzt werden soll. Ich weiß, dass er geschieden ist, aber ihm kann schließlich nicht entgangen sein, dass ich verheiratet bin. Egal. Eine Umarmung ist unschuldig, freundschaftlich. Also besteht kein Grund, gleich aus der Haut zu fahren.

Ich tu so, als wäre nichts, und folge seinem Blick. »Gut, dass sie sich noch nicht geduscht und umgezogen haben«, bemerke ich trocken. Svens Haar ist tropfnass von der Bierdusche, die ihm seine Kameraden verpasst haben. Sein Shirt hat er inzwischen ausgezogen. Begehrlich mustere ich seinen Sixpack. Hoffentlich will er nicht so lange bleiben. Ich hätte da ein paar sehr anregende Gedanken, die ich gern mit ihm in die Tat umsetzen würde, vorausgesetzt seine entspannte Stimmung hält an. Es geht dabei um ein Bett und uns beide – nackt natürlich.

»Sie hätten duschen sollen. Nach dem Bier stinken sie jetzt nur noch mehr. Findest du das nicht abstoßend? Mir verdirbt es jedenfalls den Appetit.« Thilo rückt noch näher an mich heran. Anders als seine Kameraden hat er sich sofort nach dem

Spiel frisch gemacht und riecht nach Shampoo und Aftershave. Irgendwie kommt es mir komisch vor, dass er nicht mit den anderen feiert.

»Was ist mit dir? Keine Lust auf eine kleine Bierdusche? Du hast schließlich auch gewonnen.«

Thilo verzieht den Mund zu einem verächtlichen Lächeln. »Ne, ist mir zu albern. Seit der Trennung von Sabrina bin ich ernster geworden. Ich war zu übermütig, habe Fehler gemacht und es war an der Zeit, mich zu ändern.« Er starrt auf meinen Mund und schluckt trocken. »Ich bin ein Mann, Annabell. Und deshalb verhalte ich mich auch so.«

Okay, jetzt bin ich mir sicher, dass er mich anmacht. Ich versteife mich. Wenn ich mich recht erinnere, hat Sven erzählt, dass seine ständigen Eskapaden mit den Frauen anderer auch der Grund für das Scheitern seiner Ehe waren. Er soll sogar was mit Sonja gehabt haben. Unangenehm berührt versuche ich, ein Stück von ihm abzurücken. Doch anstatt von mir abzulassen, legt er seinen Arm noch enger um mich und streicht mit der Hand über meine Hüfte. »Sven hat echt Glück, eine Frau wie dich zu haben. Weiß er das überhaupt?«

Verdammt dreist der Kerl. Sven steht kaum fünf Meter von uns entfernt und er gräbt mich billig an. So geht das nicht. »Ähm, Thilo? Ich finde es ja echt nett, dass du mich so toll findest, dass du mich gar nicht mehr loslassen willst. Aber Sven weiß mich durchaus zu schätzen und es würde ihm nicht gefallen, was du hier tust, wenn er jetzt herübersehen würde.« Wieder versuche ich, etwas Abstand zwischen uns zu bringen, doch seine Umarmung gleicht einem Schraubstock.

»Bist du dir da ganz sicher? Sven beachtet dich ja nicht mal.« Seine andere Hand wandert auf meinen Oberschenkel. »Er würde es wahrscheinlich nicht mal bemerken, wenn du mit mir verschwinden würdest.« Er lacht, aber ich bin mir sicher, dass er es ernst meint.

Ich greife pikiert nach seiner Hand, um sie von mir zu schieben. Diesem Arsch gehört ganz gewaltig eins auf die Finger gehauen, aber ich will auch keine Szene machen. Doch so leicht macht Thilo es mir nicht, macht ein Spiel daraus, weigert sich, sich zurückzuziehen und lässt seine Hand stattdessen noch ein Stück höher wandern. Ich presse erbost meine Lippen aufeinander und starre ihm eisig in die Augen. »Wenn du –« *… mich nicht sofort loslässt, schwöre ich dir, dass du ein blaues Wunder erleben wirst,* will ich sagen, werde aber unterbrochen: »Was ist denn hier los?«

Verdammt, warum muss Sven ausgerechnet jetzt meine Notlage bemerken? Breit baut er sich vor der Bank auf und starrt angesäuert auf Thilos Hand, die noch immer viel zu nahe an meinem Intimbereich auf meinem Bein liegt. So wie er aussieht, explodiert er gleich. Ein Muskel in seinem Kiefer zuckt, seine Hände ballen sich zu Fäusten.

»Ich wollte mich nur ein bisschen um deine Frau kümmern. Sie hat einen recht verlassenen Eindruck auf mich gemacht«, antwortet Thilo und zuckt unbekümmert mit der Schulter. Endlich lässt er mich los und trollt sich.

Puh! Das ist noch mal gut gegangen. Hätte Thilo eine patzige Antwort gegeben … Ich werfe Sven einen dankbaren Blick zu, doch anstatt mich anzugrinsen oder mir zu sagen, dass er mich keine fünf Minuten aus den Augen lassen kann, starrt er jetzt mich an Thilos Stelle finster an. Betroffen runzle ich die Stirn. »Du denkst jetzt nicht ernsthaft darüber nach, ob es mir gefallen hat, wie er mich angebaggert hat, oder?«, frage ich Sven beschwörend und stehe auf. Er presst die Lippen hart aufeinander und schüttelt angespannt den Kopf. Mich kann er damit aber nicht überzeugen. Selbst ein Blinder würde erkennen, dass er eifersüchtig ist.

»Sven?« Ich will ihn am Arm berühren und seine Anspannung damit lösen, doch er entzieht sich mir.

»Lass es gut sein, Annabell. Ich gehe jetzt duschen.«

Wie vom Donner gerührt stehe ich da und starre ihm nach, als er wütend davonstapft. Ich sollte ihm hinterher, aber ich kann nicht. Hilflos sehe ich mich um. Leonie ist noch immer mit Chiara beschäftigt, aber ich kann sie nicht einfach bei Petra lassen. Andererseits kann ich Sven auch nicht seiner Wut überlassen. Wenn er sich da erst hineinsteigert … Unschlüssig trete ich von einem Fuß auf den anderen.

»Geh ihm nach, ich schaue solange nach Leonie.«

Ich nicke Chrissi dankbar zu, die wie herbeigezaubert plötzlich neben mir steht. »Gib ihr ein kleines Stück von einem Brötchen, sie hat bestimmt Hunger«, weise ich sie an und laufe Sven hinterher.

Außer Hörweite von den anderen beginne ich nach ihm zu rufen, doch anstatt auf mich zu warten, beschleunigt er sein Tempo. Idiot! Egal was er zu sehen geglaubt hat, er sollte mich wenigstens anhören. Und überhaupt: Gestern hat er noch davon gesprochen, dass ich mich einem anderen Mann hingeben soll, jetzt flippt er aus, nur weil ein anderer mich angefasst hat. Wütend stürme ich ihm bis in die Umkleide im Vereinsheim hinterher.

»Hast du sie eigentlich noch alle?«, fauche ich und knalle die Tür hinter mir zu. Ich bin stinksauer. Zu meinem Glück ist niemand außer uns hier.

»Thilo? Ist das dein Ernst, Annabell?«, brüllt Sven zurück und beginnt unruhig auf und ab zu laufen. »Ich habe dir erzählt, was für einen Frauenverschleiß er hat, und du schaffst es nicht, ihn dir vom Leib zu halten?«

225

Ich schnappe empört nach Luft. »Ich kann mich durchaus wehren, aber ich wollte keine unschöne Szene machen. Es ist doch nichts passiert!«

Ungehalten wirbelt Sven zu mir herum. »Er ist ein Arschloch, jeder weiß das. Macht Ärger, wo er kann. Du hättest ihm eine Ohrfeige geben sollen. Es reicht mir schon, dass du eben das nicht getan hast!«

Das ist zu viel. Gestern hat er noch von Vertrauen gefaselt, heute unterstellt er mir, ich wäre so naiv, auf einen Kerl wie Thilo hereinzufallen. Wütend trete ich gegen die Bank. Wegen seiner dämlichen Theorie lässt er mich emotional am ausgestreckten Arm verhungern. Dabei drängt sich mir unweigerlich die Frage auf, ob er wirklich hinter einem Partnertausch stehen könnte. Provokant baue ich mich vor ihm auf und stemme meine Hände in die Hüften. »Du willst doch, dass ein anderer mich fickt, und behauptest, es würde unserer Beziehung nicht schaden. Warum also nicht Thilo?«

Ich bereue meine Worte sofort, als ich sehe, wie das Blut aus Svens Wangen weicht und er blass wird. Sein Kinn bebt vor Anspannung. »Ich habe nicht gesagt, dass du für jeden dahergelaufenen Scheißkerl die Beine breit machen sollst«, schleudert er mir ins Gesicht.

»Arschloch!« Ich gebe ihm eine schallende Ohrfeige. Meine Hand zittert, Sven sieht für einen kurzen Moment so aus, als würde er zur Vernunft kommen. Ungläubig legt er seine Hand an die Stelle, an der ich ihn geschlagen habe, und schüttelt leicht den Kopf.

»Oh Gott, es tut mir so leid …«, stammle ich, will meine Hand auf die seine legen und den Schmerz auf seiner Haut wegstreicheln. Doch Sven hält sie fest und rückt mit seinem Gesicht ganz nah an mich heran. Seine Augen sprühen Funken.

»Tu doch nicht so scheinheilig. Du bist so geil darauf, dass ein anderer dich um den Verstand vögelt, dass du mich plötzlich ständig haben musst. Denkst du, ich bemerke nicht, dass du damit nur die Lust auf etwas Neues verdrängst?«

Svens Worte treffen mich wie ein Schlag mitten ins Gesicht. Ich zittere, Tränen drängen sich in meine Augen. »Das stimmt nicht«, flüstere ich, doch Sven ist bereits im Duschraum verschwunden.

Fuck! Verstört lasse ich mich auf eine der Bänke sinken, mir ist kotzübel. Ob vom muffigen Geruch hier drin oder von diesem heftigen Streit, weiß ich nicht. Ich weiß nur, dass ich so nicht wieder zu den anderen zurückgehen kann.

Auf zittrigen Beinen folge ich Sven. Wasserdampf schlägt mir entgegen, ich habe das Gefühl, nicht richtig atmen zu können. Mit mir zugewandtem Rücken steht er unter dem heißen Duschstrahl. Kleine Bäche rinnen über seinen Körper und sammeln sich in den Tälern seiner Muskeln. Mein Schoß pocht verlangend, mein Herz will ihm wieder nahe sein und ihn verstehen können. Doch Sven befindet sich im Moment Welten von mir entfernt. Vorsichtig trete ich näher an ihn heran. So nah, wie es nur geht, ohne nass zu werden.

»Es tut mir so verdammt leid, ich hätte dich nicht schlagen dürfen.« Keine Reaktion. Aufgebracht werfe ich die Hände in die Luft. »Gott, wieso streiten wir uns überhaupt? Ich kann Thilo noch nicht mal leiden.«

»Er ist so ein Typ, den es nicht stört, andere unglücklich zu machen.« Mit einem Ruck dreht Sven sich zu mir um. Er scheint nicht mehr wütend zu sein, eher verzweifelt. »Begreifst du denn nicht, was für einen Unterschied das macht? Es geht nicht um die Anmache, sondern um das Gefühl dabei. Typen wie Thilo ziehen keine Grenzen. Es macht für ihn keinen Unterschied, ob vielleicht Gefühle mit im Spiel sind. Ich glaube sogar, dass er die Macht genießt, etwas damit kaputt zu machen. Warum auch sonst würde er sich fast ausschließlich an verheiratete Frauen ranmachen? Mal abgesehen davon, dass sie keine Erwartungen an ihn stellen, außer dass er die Klappe hält.«

Der Kerl ist irgendwie krank, beantworte ich mir die Frage selbst. »Und Typen wie Kai kennen den Unterschied?« Sven nickt, atmet ruhiger. In der Theorie macht das vielleicht sogar Sinn. Aber irgendetwas passt nicht. Er richtet den Fokus zu sehr auf den andern Mann aus. Meine Motivation wäre aber in jedem Fall dieselbe, und er ist vor Eifersucht ausgerastet, als er mich mit Thilo gesehen hat. Warum sollte er bei einem anderen anders empfinden? Es geht doch darum, was ich dabei fühle.

Sven stellt das Wasser ab und macht einen Schritt auf mich zu. »Ich hätte das über deine Fantasie nicht sagen dürfen. Ich weiß, dass ich nicht nur dein Ersatz bin und du diese Gedanken an etwas Neues am liebsten loswerden würdest.«

Seine Worte machen etwas mit mir, lassen mich wieder durchatmen. Endlich begreift er, was ich empfinde. Dass ich diese Sehnsucht in mir nicht nur seinetwegen unterdrücke, sondern sie einfach nicht haben will. Es tut unglaublich gut, verstanden zu werden. Er kommt noch näher und neigt den Kopf, um auf Augenhöhe mit mir zu kommen.

»Kannst du mir verzeihen?«

Ich nicke. Er hebt die Hand, als wolle er mich berühren, lässt sie dann aber wieder sinken. »Außerdem hätte ich nicht so ausrasten dürfen, aber ich fühle mich einfach hilflos. In einem Moment tust du, als wäre es undenkbar, deine Wünsche zuzulassen, im nächsten sehe ich dich mit Thilo. Im Grunde genommen weiß ich, dass du ihn abblitzen lassen wolltest, aber ich habe einfach rotgesehen.«

Beklommen ziehe ich Sven in meine Arme. Im Prinzip bestätigt er meinen Verdacht – er ist sich unsicher. Seine feuchte Haut durchnässt meine Kleidung, doch das ist mir egal. Seine Verzweiflung berührt mich tief. Er braucht mein Vertrauen so sehr, doch ich kann es ihm nicht beweisen. Es würde uns zerstören.

»Vergiss es einfach, okay? Ich bin dir nicht mehr böse«, flüstere ich. Ich will die Kluft überbrücken und sie wegküssen, bis all die Gedanken und Begierden der letzten Wochen einfach verschwinden und nur noch Sven und ich übrig bleiben. Fiebrig suche ich seinen Mund. Unsere Lippen verschmelzen zu einer Einheit, als sie sich treffen. Svens Zunge drängt sich gegen die meine, gierig und fordernd. Rücklings drängt er mich an die geflieste Wand. Feuchtigkeit sickert durch meine Kleidung an meine Haut. Ich keuche sehnsüchtig, als er sich so eng wie nur möglich an mich drängt, als wolle er in mich hineinkriechen, um ganz mit mir zu verschmelzen. Meine Augenlider flattern. Ich will ihn … alles an ihm. Jetzt. Aber das geht nicht.

»Nicht hier …«, flüstere ich und lege kraftlos meine Hände auf Svens nackte Brust, um ihn von mir zu schieben. Mein Blick flackert nervös zur Tür. »Es könnte jederzeit jemand reinkommen.«

»Scheiß drauf«, antwortet Sven rau, legt meine Hände über meinen Kopf und hält sie fest. Mit der freien Hand tastet er sich unter meinen Rock.

»Ja, scheiß drauf«, stöhne ich, als er mein Höschen herunterzieht und es lose um meine Knöchel liegt. Sven geht in die Knie und hilft mir herauszusteigen. In seinen Augen lodert ein Feuer. Auf dem Weg zurück zu mir nach oben verteilt er kleine Küsse über meine nackten Beine, bis hin zur Innenseite meiner Oberschenkel.

»Oh ja …« Ich greife in sein Haar und dirigiere ihn zur richtigen Stelle. Lust übermannt mich und verheißt mir für einen kurzen Moment, unseren Zwiespalt vergessen zu dürfen. Nur die Sehnsucht unserer Körper nacheinander ergibt eine perfekte Harmonie. Alles in mir sehnt sich nach diesem tröstlichen Gefühl.

Svens Zunge gleitet zwischen meine Schenkel und leckt neckend über meine Perle. Elektrische Impulse jagen durch mich hindurch und lassen jeden Nerv ehrfürchtig erschaudern. Ich stöhne genussvoll. Er weiß, was ich brauche, tut es, ehe ich danach verlangen kann. Das ist es … Wir sind eins. Gedanklich, seelisch, körperlich. Zumindest für die kurzen Momente, in denen wir uns einander schenken. Und ich will mehr davon. »Das ist gut …« Bereitwillig spreize ich meine Beine, um Sven mehr Platz zu verschaffen, und dränge mich seinen Berührungen entgegen. Flatternd neckt mich seine Zungenspitze, er zieht abwechselnd meine Klitoris zwischen seine Lippen und saugt daran. Blitze zucken vor meinen Augen, ich verbrenne. Ungeduldig zerre ich an Svens Schultern. Ich brauche ihn.

Sven packt mich unter den Beinen und hebt mich hoch. »Dein Herz gehört mir Annabell, verstanden?«, knurrt er und dringt quälend langsam in mich ein. Ich keuche, versuche mich ihm entgegenzuschieben, doch Sven klemmt mich zwischen seinem Körper und der Wand ein, sodass ich mich kaum bewegen kann.

»Ich will, dass du deinem Verlangen nachgibst, aber du tust es mit keinem, der mir nicht passt. Verstanden?«, wiederholt er mit belegter Stimme. Sein intensiver Blick versengt mich. »Ich lasse nicht zu, dass irgendein Kerl dich mir wegnimmt.« Ich nicke hastig. Begreife, dass er das hier braucht, um mich als die Seine zu kennzeichnen. Ich sehe ihm tief in die Augen.

»Ich gehöre nur dir, mein Herz gehört nur dir. Für immer.«

Mit einer einzigen kraftvollen Bewegung versenkt er sich in mir und lässt mir erst gar keine Zeit, mich an das abrupte Gefühl zu gewöhnen, sondern bewegt sich schnell und hart in mir. Seine Schultern beben, stöhnend vergräbt er das Gesicht an der Kuhle zwischen meinem Hals und meiner Schulter und drängt sich so tief wie nur möglich in mich, um mir so nahe zu sein, wie er nur kann. »Sag mir, dass du mich liebst, versprich mir, dass du mir vertraust«, keucht er gegen meinen Hals.

Ich erstarre. »Ich liebe dich mehr, als Worte sagen können. Ich vertraue dir«, flüstere ich leise. Sven erschaudert und treibt sich weiter in mich, als müsse er damit mein Versprechen, nur ihm zu gehören, wahr machen. Kann das jemals genug sein? Wir haben einen Weg eingeschlagen, den ich nicht zu Ende gehen kann. Was ich auch tu oder sage, ich fürchte mich davor, dass das zwischen uns stehen bleiben wird und bei Sven den bitteren Geschmack hinterlässt, dass ich nicht genug an unsere Liebe glaube. Mit bebenden Händen streichle ich über seine Schultern. Er ist hier, ich bin hier, wir lieben uns. Das muss doch reichen.

Als er sich wenige Stöße später ein letztes Mal tief in mich drängt und seine Finger sich in das Fleisch meiner Oberschenkel vergraben, bin ich noch nicht gekommen. Keuchend schaut Sven mir in die Augen. »Scheiße, ich war zu schnell.«

Beschwichtigend streiche ich über sein Haar und küsse jeden Zentimeter seines Gesichts. »Es ist alles in Ordnung«, beteure ich ihm wieder und wieder, auch wenn ich mir nicht sicher bin, ob das wirklich stimmt.

***

Unruhig tigere ich durchs Wohnzimmer, räume liegen gebliebene Bauklötze in den Spielzeugkorb und säubere den

Esstisch von Leonies Abendessenresten. Der Wohnraum glänzt vor Sauberkeit und Ordnung und auch die Küche ist bereits aufgeräumt. Und nun? Ich schaue mich nach weiteren Ablenkungsmanövern um, doch ich kann nichts finden. Sogar die Wäsche ist fertig und Sven hat die Hemden heute vor dem Spiel schon gebügelt …

Ich seufze leise und lasse mich aufs Sofa fallen, schalte den Fernseher an und zappe mich durch die Programme. Doch auch damit finde ich nicht zur Ruhe. Nicht mal Leonie braucht mich, sondern ist so erschöpft von dem aufregenden Tag, dass sie tief und fest schläft. Und ich? Ich fühle mich nach der Begegnung mit Sven im Duschraum von meinen Empfindungen so überreizt, dass ich nur noch das Verlangen spüre, den Druck in mir loszuwerden. Natürlich ist es in erster Linie nicht die unbefriedigte Spannung, die mich aufwühlt, sie ist aber das Greifbarste der vielschichtigen Emotionen. Und vermutlich wäre nur wenig Selbsthilfe notwendig, um sie loszuwerden. Aber was Sven im Streit zu mir gesagt hat, hält mich davon ab.

Du bist so geil darauf, dass ein anderer dich um den Verstand vögelt, dass du mich plötzlich ständig haben musst. Denkst du, ich bemerke nicht, dass du damit nur die Lust auf etwas Neues verdrängst?

Das stimmt nicht, jedenfalls nicht immer. Doch wenn ich mich jetzt selbst befriedige, hätte ich das Gefühl, seine Meinung zu bestätigen. Ich bin völlig durch den Wind. Selbst mit dem Wissen, dass ich uns damit kaputt machen könnte, kann ich das befremdliche Verlangen nach unbekannten Berührungen, fremden Gerüchen und danach, nicht nur von Sven begehrt zu werden, nicht verdrängen. Dabei brauche ich doch nur ihn. Bei dem Gespräch mit Chrissi habe ich mich ganz langsam für den Gedanken geöffnet, mich wirklich darauf einzulassen.

Doch Sven hat mit seiner Eifersucht wieder Zweifel gesät. Klar denkt er, es wäre mit Thilo etwas völlig anderes, aber er kann mir nicht versprechen, dass es im Club wirklich okay für ihn wäre. Er stellt sich nur vor, dass es so wäre.

Ich schüttle aufgebracht den Kopf. Warum zerbreche ich mir überhaupt noch den Kopf darüber? Ich werde es auch auf anderem Weg schaffen, Sven meine Liebe unter Beweis zu stellen. Muss ich. Gott, ist das alles irre!

Doch egal wie ich es nenne, ich kann einfach nicht mehr aufhören, mir vorzustellen, wie es mit Kai gewesen wäre. Und er hätte Sven gepasst. Mir wird schlecht.

Ding dong!

Erschrocken fahre ich hoch und eile zur Tür. Noch ein Klingeln und Leonie wacht garantiert auf. Sven hat doch seinen Schlüssel mitgenommen …

»Hi!«, begrüßt Chrissi mich knapp und drängt sich an mir vorbei in den Gang. Sie sieht mitgenommen aus.

»Hey, alles in Ordnung? Solltest du nicht noch beim Grillfest sein?«

Ihr Mund verzieht sich zu einem Grinsen. »Dasselbe wollte ich dich fragen. Du bist so schnell verschwunden, dass ich gar nicht mehr mitbekommen habe, ob zwischen dir und Sven alles in Ordnung ist. Und so wie er vorhin drauf war, schien dem nicht so zu sein.«

Beunruhigt gehe ich Chrissi ins Wohnzimmer voraus. »Was ist mit ihm?«

Wegen der nassen Spuren auf meinem Jeansrock habe ich nur noch schnell etwas gegessen. Die Wasserflecken auf meinem schwarzen T-Shirt sind zum Glück nicht aufgefallen, also habe ich mir einfach Leonie auf den Schoß gesetzt. Dennoch hatte ich das Gefühl, alle wüssten über unseren Streit Bescheid und darüber, wie wir versucht haben, ihn ungeschehen zu machen. Ich habe mich nicht mehr besonders wohlgefühlt, und Sven war einverstanden, dass ich mit der Kleinen schon früher nach Hause gehe. Und ich war erleichtert. Ich hätte es nicht ertragen, ihn um mich zu haben und die Entfernung zwischen uns zu spüren, die sich durch Rückschlüsse aus dem Streit noch vergrößert hat. Und nachdem, was Chrissi andeutet, scheint Sven das ebenfalls zu spüren.

»Nun?« Fragend ziehe ich eine Augenbraue in die Höhe und setze mich aufs Sofa. Chrissi folgt mir seufzend. »Er säuft wie ein Loch. Kaum dass du fort warst, hat er Alex gefragt, ob er ihn später nach Hause fahren würde, und hat das erste von fünf Bieren, die ich gezählt habe, ex getrunken. Danach hat er sich ziemlich aggromäßig über den Schiedsrichter ausgekotzt und gleich noch ein Bier aufgemacht.«

Ich sinke in mich zusammen. »Scheiße ...« Sven trinkt so gut wie nie. Dass er es heute geradezu auf ein Besäufnis anlegt, kann kein Zufall sein. »Du weißt ja, diese Sache mit dem Club macht uns zu schaffen. Dann hatten wir auch noch Streit, weil Thilo mir etwas zu nahe getreten ist ... Ich hoffe, du bist nicht wegen Sven schon früher gegangen.« Warum musste er auch ausgerechnet Alex fragen, wo Chrissi doch Zeit mit ihm verbringen wollte?

Diese winkt schnaubend ab. »Ich bin nicht seinetwegen gegangen. Alex hat mir ziemlich deutlich zu verstehen gegeben, dass ihm diese Art der Zuwendung nicht gefällt. Er meinte, er könne nicht richtig feiern, wenn ich da bin, langweilig rumhocke und ihn beobachte. Da wollte ich ihn nicht länger stören.« Ihr spitzer Tonfall kann nicht darüber hinwegtäuschen, dass er sie damit ziemlich verletzt hat.

»Scheiße ...«, wiederhole ich, greife tröstend nach Chrissis Hand und lasse mich kraftlos gegen das weiche Polster der

Rückenlehne sinken. Sie lacht freudlos und lehnt sich seitlich neben mich. Ihre Wange schmiegt sich an den weichen Stoff, aufrichtig schaut sie mir in die Augen. »Wir zwei sind schon so Vögel ... wissen genau, wie wir aus diesem Schlamassel herausfinden könnten, und doch zögern wir.« Sie kichert wieder und schüttelt leicht den Kopf. Ich finde unsere Situationen eigentlich nicht zum Lachen, dennoch reißt sie mich mit. Halb heulend, halb lachend wische ich mir die Tränen aus den Augen. Es fühlt sich unglaublich gut an, ihr in dieser unsicheren Zeit wieder so nahezustehen.

»Weißt du, was ich jetzt mache?«, fragt Chrissi, als wir uns wieder einigermaßen beruhigt haben, wartet meine Antwort aber erst gar nicht ab. »Ich marschiere morgen früh direkt in das Büro meines Chefs und knalle ihm die Kündigung vor die Nase.«

»Warum?« Ich fahre hoch und starre Chrissi ungläubig an. »Ich dachte, du hängst an deinem Job. Du hast doch sogar überlegt, ob die Trennung von Alex das Beste für dich wäre. Er verhält sich gerade wie ein narzisstischer Arsch ...«

Chrissi nickt, ein wehmütiges Lächeln umspielt ihre Lippen. »Aber er ist mein narzisstischer Arsch und ich hänge an ihm. Meinem Job hingegen fühle ich mich lediglich verpflichtet. Ich habe die Firma seit ihren ersten Stunden mit aufgebaut und bin für den Kunden in Chile verantwortlich. Wenn ich gehe, wird es noch schwieriger werden, die Insolvenz abzuwenden. Ich habe mich moralisch unter Druck gefühlt, aber ich lasse nicht zu, dass sich mein Leben dadurch verändert. Zumindest muss ich versuchen, das zu verhindern.«

Ich nicke nachdenklich. »Verstehe ...« Egal was aus ihrer Zukunft wird, Chrissi muss es einfach riskieren. Für sich und für Alex. Sie schlägt den direkten Weg ein. Den, der die Aussicht auf den größten Erfolg bietet, der aber auch verdammt unsicher ist. Ich könnte das auch tun, doch dazu fehlt mir der Mut. Andererseits hat sie auch kaum eine andere Wahl, als sich für die eine oder die andere Seite zu entscheiden. Meine Situation ist vielschichtiger.

»Drastische Zeiten erfordern drastische Maßnahmen, hm? Aber was ist, wenn es dir trotzdem nicht gelingt, deine Beziehung zu retten?«

Chrissi zuckt locker mit den Schultern. »Ich würde sagen, dann stehe ich ziemlich dumm da. Vielleicht finde ich zudem nicht mal einen annähernd so interessanten Job wie den jetzigen. Aber immerhin kann ich mich dafür weiterhin im Spiegel anschauen und muss mir nicht vorwerfen, dass ich nicht alles mir Mögliche versucht habe.«

»Ich wünsche mir für dich, dass Alex erkennt, was du da für ihn tust.« Ich lächle verkrampft, auch wenn mir jetzt eindeutig nach Heulen zumute ist. Kann ich überhaupt noch aufrecht in den Spiegel schauen?

***

Es ist bereits nach Mitternacht, als ich höre, wie Sven nach Hause kommt. Ich liege im Bett und wälze mich von einer Seite auf die andere. Das Gespräch mit Chrissi hat mich so aufgewühlt, dass ich nicht einschlafen kann. Doch selbst wenn ich es geschafft hätte, wäre ich jetzt aufgewacht. Mit einem Scheppern schlägt Sven die Haustür ins Schloss und kommt polternd die Treppe herauf. Ein Wunder, dass Leonie bei dem Lärm nicht aufwacht.

»Bis du noch wach?«

Schemenhaft erkenne ich, wie Sven ins Schlafzimmer gewankt kommt, und schalte die Nachttischlampe an.

»Bin ich – dein Glück. Andernfalls würde ich dir jetzt die Hölle heißmachen.« Ich hasse es, aus dem Tiefschlaf gerissen zu werden. Das ist auch einer der Gründe dafür, dass mich die schlechten Nächte mit Leonie so stressen.

»Schuldigung … Aber du bis ja noch wach.« Sven macht einen Ausfallschritt zur Seite und versucht, mich mit seinen benebelten Augen zu fixieren. »Ich ab nachgedacht.« Mit wackeligen Schritten kommt er aufs Bett zu und zeigt mit bemüht konzentriertem Gesichtsausdruck auf mich.

Ich presse meine Lippen aufeinander und unterdrücke ein hysterisches Kichern. Ich fühle mich innerlich wund gescheuert. Als ob er in seinem Zustand noch klar denken könnte. Das ist lustig und irgendwie ist er in diesem Zustand niedlich. Aber auch bemitleidenswert. Was weiß ich.

»Ach ja, worüber hast du denn nachgedacht?«, hake ich ernst nach.

Sven nickt mir wohlwollend zu und macht sich am Gürtel seiner Jeans zu schaffen. Wahrscheinlich will er sich erst zu mir legen, bevor er dieses Gespräch führt. Doch er schafft es nicht, die Schnalle zu öffnen. Mit einem leisen *Uff* lässt er sich aufs Bett fallen. Selbst im Sitzen pendelt er noch hin und her. Ich krabble zu ihm hinüber und lege meinen Arm um seine Schultern, um ihn zu stützen.

»Du bis die Beste«, murmelt er und lehnt sich an mich. »Ich hab dich gar nich verdient. Ich bin blöd, hab dich unter Druck gesetzt. Du solls tun, was du wills. Aber du wills ja gar nich. Ich mach alles kaputt. Ich hätte das nich mit dir machen dürfen.«

Ich runzle irritiert die Stirn und streiche Sven beruhigend über den Kopf, der schwer auf meiner Schulter liegt. »Psst, sag nicht solche Sachen. Du machst gar nichts kaputt.«

Was meint er damit? Dass er durch den Zwischenfall mit Thilo gemerkt hat, dass er sich doch nicht so sicher ist, wie er es mir die ganze Zeit über glaubhaft machen will? Oder dass er dabei nicht so hart mit mir hätte sein dürfen?

»Es ist nicht schön, dass du an mir zweifelst, weil ich mich nicht auf einen Partnertausch einlasse. Aber das ist in Ordnung, es ist ehrlich«, sage ich und hoffe, dass Svens Hirn die Worte überhaupt noch verarbeiten kann. Jetzt ist die beste Gelegenheit, mehr darüber in Erfahrung zu bringen. Doch wie es scheint, ist er einfach eingeschlafen. Seine Augen sind geschlossen, er atmet ruhig und tief.

»Sven?« Ich stupse ihn sanft an, ein Ruck geht durch ihn hindurch. »Wir schaffens auch so«, murmelt er und schlägt die Augen wieder auf. »Weiß du, mein Kopf weiß, du liebs mich, aber mein Herz kanns so nicht richtig fühlen. Warum kanns du mir nich vertraun? Ich verstehs nich, aber ich lieb dich so.«

Ein warmes Gefühl steigt in mir auf. Er macht sich solche Sorgen um uns, dass er keinen anderen Umgang damit gefunden hat, als sich restlos zu betrinken. Ja, er scheint sogar bereit zu sein, seine Bedürfnisse wieder mal hinter den meinen anzustellen. Das ist ja nicht untypisch für ihn, aber in einer derart wichtigen Angelegenheit ist das eine ziemlich große Sache. Er würde einfach alles tun, damit ich mich wohlfühle … Damit fühle ich mich nur noch schäbiger.

Er hat recht, wenn er denkt, ich vertraue ihm nicht genug, oder? Andernfalls würde ich doch nicht an ihm zweifeln, wenn er mir versichert, dass ein gemeinsamer Seitensprung unserer Beziehung nicht schaden wird. Andererseits ist das Thema viel zu gewagt, um die Mutmaßungen darum auf die Probe zu stellen. Ein kalter Schauder rinnt mir über den Rücken. Nein, wir können diese Grenze einfach nicht überschreiten. Der Einsatz ist zu hoch. Zärtlich streiche ich Sven eine Strähne aus der Stirn und lächle ihn möglichst zuversichtlich an. »Ich liebe dich auch, wir kriegen das schon hin. Aber jetzt solltest du besser schlafen. Wir reden morgen in Ruhe darüber, okay?«

Sven nickt erleichtert – ich vermute stark, weil er sich endlich hinlegen darf – und lässt sich von mir ganz aufs Bett helfen. Ich streife ihm die Schuhe von den Füßen, nicht mal die hat er ausgezogen, und helfe ihm aus der Jeans. Als ich sein Hemd aufknöpfe, legt er plötzlich die Hand an meine Wange. »Es geht nich darum, dass ich mit ner andren fickn will. Vielleicht denks du auch das.« Sein Arm fällt schwer auf die Matratze. Er schläft, aber das schien er noch loswerden zu müssen.

Ich lasse sein Hemd, wie es ist, decke ihn zu und lege mich neben ihn. Aber zur Ruhe komme ich jetzt natürlich erst recht nicht. Nachdenklich betrachte ich Svens im Schlaf entspanntes Gesicht. Warum habe ich noch nie intensiver darüber nachgedacht, dass ein Partnertausch nicht nur mich, sondern natürlich auch ihn betreffen würde? Ist es, weil er sein Begehren nicht so deutlich zeigt wie ich, oder weil sich sein ganzes Denken diesbezüglich allein auf mich ausrichtet?

Tatsächlich stört mich der Gedanke, ihn mit einer anderen Frau zu sehen, nicht im Geringsten. Ich weiß, dass er mich liebt, dass es nur Sex wäre – das Ausleben eines körperlichen Bedürfnisses, Begierde, die nichts mit Gefühlen wie Liebe oder Zuneigung zu tun hat. In diesem Punkt vertraue ich ihm zu hundert Prozent. Warum aber kann ich diese Sichtweise nicht einfach spiegelbildlich auf mich anwenden? Warum denke ich, dass er in Bezug auf mich anders empfinden muss?

Warum, warum, warum …

***

»Fuck, hat sich das Wohnzimmer schon immer gedreht oder ist das neu?« Schleppend kommt Sven nur in Boxershorts und dem halb aufgeknöpften Hemd von gestern an den Esstisch getappt und massiert sich die Schläfen. »Mein Kopf explodiert gleich.«

Ich lächle ihm angespannt zu. »So besoffen wie du gestern Nacht heimgekommen bist, müsste es eigentlich dein Magen sein, der sich dreht.« Shit, so wie er aussieht, hat er noch einige Promille intus oder zumindest einen heftigen Kater. So ist kein vernünftiges Gespräch mit ihm zu führen. Matt lässt er sich auf einen Stuhl sinken und stützt den Kopf in seine Hände. Sein Haar steht wirr vom Kopf ab, unter seinen verquollenen Augen liegen dunkle Ringe.

»Sprich bitte nicht von meinem Magen, sonst wird mir noch schlechter.« Er rülpst leise. Ich kann mir ein boshaftes Grinsen nicht verkneifen. Es ärgert mich, dass er mir die Grundlage für ein klärendes Gespräch nimmt. Und das, wo ich es so dringend brauche. »Selber schuld. Niemand hat dich dazu gezwungen, bis kurz vorm Umfallen zu trinken.«

Ich kratze den letzten Löffel Brei aus der Schale und schiebe ihn Leonie in den Mund. Sie ist beim Essen plötzlich wie ausgewechselt. Anstatt mit dem Brei herumzuspielen und ihn herauszuprusten, futtert sie alles weg, was ich ihr anbiete. Und jetzt murrt sie sogar, als es keinen Nachschub gibt.

»Willst du einen Kaffee oder was frühstücken?«, frage ich Sven und stehe auf, um einen Nachschlag für Leonie zuzubereiten. Er schüttelt gequält den Kopf. »Bloß nicht. Mein Magen ist endlich leer, und ich denke, es ist besser, wenn er es noch eine ganze Weile bleibt.«

Habe ich also doch richtig gehört und er ist vorhin ins Bad gerannt. Anscheinend, um sich zu übergeben. Ich schüttle tadelnd den Kopf und kippe eine Ladung Hirsebrei in Leonies Schüssel, gebe Fruchtmus dazu und rühre das Ganze mit Wasser an. Sieht nicht gerade appetitlich aus. Sven sollte sich das Zeug heute lieber nicht anschauen. Andererseits … »Kein Kaffee und kein Frühstück. Was gedenkst du dann zu tun, um fürs Arbeiten fit zu werden?« Ich setze mich wieder an den Tisch und schaue Sven streng an. Er könnte mir beinahe leidtun. Aber er darf auch ruhig spüren, dass mir sein Umgang mit unseren Problemen nicht gefällt.

»Arbeit?«, fragt er und schaut mich entgeistert an. »Ich habe es kaum die Treppe heruntergeschafft, wie soll ich da arbeiten gehen? Ich hätte da heute überhaupt keinen Wert.«

Ich nicke knapp. Ebenso wenig wie sein Besäufnis gefällt es mir, dass er sich krankmelden will. Aber er hat recht. »Leg dich hin und schlaf deinen Rausch aus, ich rufe nachher an und sage, dass du dich heute Morgen übergeben musstest und dich krank fühlst.« Das ist zumindest nicht gelogen.

Sven nickt geknickt und steht langsam auf. »Danke.« Er zögert. »Ähm, wenn ich gestern Nacht irgendwas Blödes gesagt habe, tut es mir leid.« Ich ziehe überrascht meine Augenbrauen in die Höhe und schiebe Leonie einen Löffel nach dem anderen in den Mund. »Wie kommst du darauf?«

Sven zuckt unbeholfen mit den Schultern, ein unglücklicher Ausdruck liegt auf seinem Gesicht. »Du bist irgendwie abweisend und ich habe keine Ahnung mehr, worüber wir geredet haben. Ich weiß nur noch, dass wir uns unterhalten haben.«

Sein erbärmlicher Anblick kocht mich weich und seine Worte erst recht. Die angespannte Situation nach dem Fußballspiel scheint ihn genauso zu quälen wie mich. Er hat Angst, die Kontrolle über unser kleines, versautes Spiel verloren zu haben. Letztendlich ist das ja auch so. Was als harmloses Abenteuer angefangen hat, hat sich zu einem Selbstläufer entwickelt. Dabei wollten wir nur das Beste für uns.

»Zerbrich dir jetzt nicht den Kopf darüber. Was du gesagt hast, war gar nicht so schlecht. Aber lass uns später darüber reden.« Gern würde ich ihn in den Arm nehmen und die Anspannung in seinem Gesicht wegstreicheln, doch ich schaffe es nicht, aufzustehen und auf ihn zuzugehen. Ich will ihm nichts vormachen. Es ist nicht alles gut zwischen uns. Sven presst seine Lippen aufeinander und nickt langsam. »Okay, dann gehe ich mir jetzt die Zähne putzen und leg mich noch mal hin. Weck mich aber bitte, sobald Leonie schläft.«

Ich verspreche es ihm. Auch er scheint Gesprächsbedarf zu haben, sonst würde er nicht die erste Gelegenheit dazu – die Ruhe von Leonies Vormittagsschlaf – nutzen wollen.

***

Knapp eineinhalb Stunden später stehe ich vor der Schlafzimmertür und überlege mir ernsthaft, ob ich Sven nicht einfach weiterschlafen lassen soll. Das anstehende Gespräch liegt mir schwer im Magen, warum es also nicht noch etwas aufschieben? Es gibt ja schließlich auch noch den Mittagsschlaf. Früher oder später werden wir uns jedoch einander stellen müssen. Also doch lieber früher. Vorsichtig taste ich mich bis zum Bett, um Sven nicht zu abrupt zu wecken – wie gesagt, ich mag das auch nicht. Die Rollläden hat er vollständig heruntergelassen, sodass Dunkelheit den Raum erfüllt.

»Ich bin wach«, begrüßt er mich leise, als ich mich auf die Bettkante setze. Ich stelle das Babyfon auf dem Nachttisch ab und knipse die Lampe an. »Hast du gar nicht geschlafen?«

Sven schüttelt langsam den Kopf. Er sieht einfach grauenvoll aus. Müder als heute Morgen, eingefallener. Er nimmt meine Hände in die seinen und atmet tief durch. »Ich konnte nicht einschlafen, mir geht zu viel im Kopf herum. Also habe ich nachgedacht. Ich kann dir sagen, das ist mit einem Kater gar nicht so einfach.« Er grinst, aber es wirkt aufgesetzt. Er ist genauso verunsichert wie ich. Mein Magen krampft sich zusammen. Ich ignoriere das bohrende Gefühl und konzentriere mich auf den Anblick unserer Hände. Es sieht schön aus, wie sie sich aneinanderschmiegen. Verbunden, als gehörten wir unzertrennlich zusammen. Ich atme tief durch. »Magst du mir erzählen, worüber du nachgedacht hast?«

Sven räuspert sich, wie vor dem Beginn einer Rede. »Ich wollte dir noch mal sagen, dass mir das mit gestern verdammt leidtut. Ich meine die Sache mit Thilo. Mir ist klar geworden, dass ich dich mit meinen Erwartungen völlig durcheinandergebracht haben muss. Du sollst loslassen, du sollst es nicht, … eben so, wie es mir gerade passt. Das kann ja nur zu Streit führen. Jedenfalls denke ich, dass wir zu weit gegangen sind, dass ich zu weit gegangen bin. Wir sind nicht in den Club gegangen, um Grenzen zu überschreiten und damit neue Probleme zu schaffen, sondern um Zeit für uns zu haben und für unser Liebesleben. Das habe ich irgendwie aus den Augen verloren. Letztendlich wird es das Beste für uns sein, wenn wir uns diesem emotionalen Stress nicht länger aussetzen.«

»Du willst nicht mehr hingehen?« Erstaunt sehe ich Sven in die Augen. Nach seinen Worten letzte Nacht war mir klar, dass er zurückrudern würde. Dass er aber genau wie früher weitermachen will, beunruhigt mich. Er nickt.

»Bist du dir ganz sicher? Ich meine, es hat dir von Anfang an gefallen …«

Sven zögert den Bruchteil einer Sekunde. »Ich will nicht mehr hingehen«, antwortet er dann aber mit fester Stimme.

Er lügt. Ich weiß, dass er lügt. Er sagt das nur meinetwegen, um mir ein besseres Gefühl zu geben und damit die Gelegenheit, unsere neu entstandenen Probleme zu verdrängen. Kann ich sie annehmen? Kann ich so tun, als gäbe es diesen wunden Punkt – Vertrauen – in unserer Beziehung nicht? Ja, ich kann. Aber ich will nicht.

»Du sagst das nur, um mich zu beruhigen, Sven. Du brauchst es nicht abzustreiten, ich weiß es. Du hast gestern Nacht gesagt, dass du nicht verstehst, warum ich dir nicht vertraue, dass du meine Liebe nicht fühlen kannst. Und das alles wegen diesem verdammten Partnertauschthema.«

Sven schließt die Augen und schüttelt langsam den Kopf. Eine verzweifelte Geste, mir wird kalt.

»Vergiss bitte, was ich gesagt habe. Ich war stockbesoffen.« Er öffnet die Augen wieder und schaut mich ernst an. »Ich weiß, dass du mich liebst, und ich habe mich in dieses Thema hineingesteigert und letztendlich völlig verrannt. Es macht dich unglücklich. Und das wiederum macht mich unglücklich. Das ist nicht gut. Wir machen unsere Beziehung nur noch mehr kaputt, wenn wir daran festhalten.«

Ich zögere. In seinen Worten steckt so viel Wahrheit. Andererseits macht es mir Sorgen, dass er seine eigenen Bedürfnisse völlig übergeht. »Und was ist damit, dass du mir nicht glauben kannst, dass ich dir vertraue?«

Sven winkt müde ab. »Das ist auch nur ein Ableger dieses Hirngespinstes. Vergiss das Gespräch von gestern Nacht einfach vollständig und lass uns ein wenig zur Ruhe kommen. Wir nutzen den Samstag wieder anderweitig für uns, und das wird uns wirklich guttun.« Seine Augen flehen mich an, ihm diese Chance zu geben und ihm zu verzeihen, was das Thema Swingen in ihm hervorgebracht hat. Das kann ich. Ich nicke langsam und lächle Sven zuversichtlich zu. Ein undefinierbares Gefühl regt sich in meiner Brust. Schaffe ich es auch zu verdrängen, was in mir zum Vorschein gekommen ist? Mein Lächeln wird breiter. Ja – und damit kann ich diesen unberechenbaren Teil von mir auch wieder dahin verbannen, wo er hergekommen ist.

KAPITEL 11

SCHEIN UND SEIN

»Puh, ist das heiß hier drin.« Ich inhaliere tief die dampfige Luft. Am liebsten würde ich sofort wieder gehen. Überall um mich herum befinden sich nackte Menschen und ich muss mich verdammt darauf konzentrieren, keinen von ihnen zu lange zu betrachten. Wie sind wir nur auf die saudumme Idee gekommen, in die Sauna zu gehen? Und das mit unserer Vorgeschichte.

Sven grinst mich verkrampft von der Seite an. »Kein Wunder, hier drin herrschen fünfundneunzig Grad.« Er lehnt sich mit den Ellbogen auf die Oberschenkel und starrt auf seine ineinander verschränkten Finger. Ihm scheint es genauso zu gehen wie mir.

Zur Ruhe kommen, wie Sven es so schön ausgedrückt hat, sieht für mich definitiv anders aus. Seit unserem Gespräch zu Beginn der Woche schleichen wir umeinander herum. Viel zu bedacht und zu vorsichtig, um natürlich miteinander umzugehen. Deshalb hielten wir es wohl für eine gute Idee, heute wieder einen Wellnesstag einzulegen. Die ungestörte Zweisamkeit hilft uns allerdings nicht dabei, uns wirklich zu entspannen und zu einem lockeren Umgang miteinander zurückzufinden. Wir brauchen den Alltag jetzt, um uns daran festzuhalten wie an einem roten Faden, der uns nicht zu nahe an die verdrängten

Themen Swingerclub und Partnertausch herankommen lässt. Das führt dazu, dass wir eine Stunde lang in den Thermalbecken herumgelegen sind und kaum in der Lage waren, eine Unterhaltung zu führen. Und das wiederum führte wohl zu der bescheuerten Idee, in die Sauna zu gehen. Wo überall um uns herum nackte Menschen sitzen, die wir nicht wie im Club zu interessiert anschauen dürfen. Scheiße … Ich habe das Gefühl, die Hitze presse mir die Luft aus den Lungenflügeln.

»Also, mir ist es hier drin echt zu heftig. Ich warte draußen auf dich.« Ich schnappe mir mein Handtuch und fliehe aus der Sauna. Ich hätte nicht gedacht, dass Verdrängen so schwierig sein kann. Im Freien angekommen atme ich tief durch. Hoffentlich wird es bald besser zwischen Sven und mir. Ansonsten werde ich noch an der verkrampften Stimmung ersticken.

»Alles in Ordnung?«, fragt Sven, als er kurz darauf ebenfalls nach draußen tritt.

Nein! Nichts ist in Ordnung! Wir sind weiter denn je voneinander entfernt. Das kann ich aber nicht sagen, ohne wieder eine Kehrtwende zurück zu diesem verdammten Thema zwischen uns zu machen. Ich schenke Sven ein bemühtes Lächeln. »Klar.«

Er nickt zufrieden. Mir entgeht aber nicht die Anspannung, die dabei in seiner Mimik liegt. »Sollen wir was essen gehen, bevor der große Ansturm kommt?«

Ich schaue auf die Uhr, die über dem Eingang ins Bad aufgehängt ist. Erst halb elf. »Ja, lass uns was essen gehen.« Relaxen in den Wasserbecken ist nicht das Richtige für uns, entspannt Saunieren ist in unserer Situation geradezu unmöglich – was für eine Wahl bleibt uns also noch, außer die Zeit mit einem ausgiebigen Mittagessen totzuschlagen? Mitten am Vormittag, um halb elf.

»Willst du dir zur Abwechslung nicht mal ein ordentliches Schnitzel bestellen?«, fragt Sven mich ein wenig gereizt, als ich die Salatkarte studiere. Ich hebe erstaunt den Blick. Warum stört ihn mein Essverhalten plötzlich?

»Nein, ich bleibe beim Salat, bis ich die verbliebenen zwei Schwangerschaftskilos los bin.«

Sven zuckt gleichgültig mit den Schultern. »Wie du meinst.«

Ich mustere ihn irritiert. Geht's noch? Ist es ihm jetzt auch noch völlig egal, wie ich aussehe? Ein fieser Stich durchzuckt mich. Klar, ihn stören die überschüssigen Pfunde nicht, und jetzt, wo wir uns sexuell nicht mehr zur Schau stellen, scheint es keine Rolle mehr zu spielen, ob ich mich damit wohlfühle. Ich presse die Lippen hart aufeinander, um nicht loszuheulen. Aufgebracht werfe ich die Karte auf den Tisch. »Dann bestelle ich eben ein Schnitzel mit Pommes. So richtig schön fett …«

Sven lässt seine Karte sinken und schaut mich wie vom Donner gerührt an. »Jetzt werd nicht gleich sauer. Ich meinte doch nur, dass du dir auch mal was gönnen kannst. Du ziehst das mit dem Training und der fettarmen Ernährung so geradlinig durch, dass ich dachte, es wäre etwas Besonderes an unserem besonderen Tag.«

Ich seufze. Seine Worte stimmen mich ein wenig versöhnlicher. »Entschuldige. Es macht mich einfach rasend, dass ich seit Tagen kein Gramm mehr abgenommen habe.« Immer schön drum herumreden. Bloß nicht das eigentliche Thema anschneiden, dass ich mich begehrenswert fühlen will, sexy … Ich sollte es sagen, um dieser beschissenen Maskerade endlich ein Ende zu bereiten, hinter der wir uns verstecken. Aber ich kann mich einfach nicht dazu überwinden. Wir stecken in einer Sackgasse fest. Es laut auszusprechen, ändert auch nichts daran.

»Wenn es dir hilft, dein Training zu erweitern, dann kannst du das von mir aus gern machen. Ich kann Leonie ja auch ins Bett bringen. Du kannst eigentlich laufen gehen, wann immer du magst, jetzt, wo es abends so lange hell ist.« Svens Miene ist weich. Es tut ihm gut, mich unterstützen zu können und damit eine Verbindung zu mir herzustellen. Ich fühle mich schlecht. Er will, dass es mir gutgeht und tut dafür, was er nur kann. Es ist nicht seine Schuld, dass unser letzter Versuch, unsere Differenzen zu überbrücken, eine noch viel tiefere Kluft zwischen uns geschlagen hat.

Ich lächle ihn wehmütig an und nicke. »Das ist lieb von dir.« Ein schmerzhaftes Ziehen meldet sich in meinem Brustkorb. Wir resignieren bereits, erschöpft von der Anstrengung der letzten Wochen und gelähmt von unserer Angst um uns. An-statt zu überlegen, wo wir mit dem Brückenbau neu beginnen könnten, gehen wir uns jetzt also schon aus dem Weg.

***

Viel früher als sonst und inzwischen völlig verspannt vom anstrengenden Schweigen stehen Sven und ich wenige Stunden später vor der Haustür meiner Mutter, um Leonie abzuholen. Natürlich hätten wir auch nach Hause fahren können und hätten noch nicht einmal etwas gemeinsam unternehmen müs-sen, aber wir brauchen Leonie, um so etwas wie Normalität zu imitieren. Die arme Kleine. Für heute geht das in Ordnung, aber es darf nicht zur Gewohnheit werden, dass wir sie für unsere Zwecke missbrauchen.

»Was macht ihr denn schon hier? War's beim Baden nicht schön?«, fragt meine Mutter natürlich prompt, als sie uns die Tür öffnet, und lässt ihren Blick zwischen Sven und mir hin und her schweifen.

»Nee, uns war es heute einfach zu voll«, murmelt Sven und

hält an meiner Mutter vorbei Ausschau nach unserer Tochter. Sie zieht ganz leicht die Augenbrauen zusammen. Sven bemerkt es nicht, aber ich registriere die irritierte Geste sehr wohl.

»Mamamam«, brabbelt Leonie und kommt durch die offene Tür des Wohnzimmers in den Gang gekrabbelt. Augenblicklich erhellt Svens Miene sich. Ein schweres Gefühl ballt sich in meinem Magen zusammen. Wir müssen das einfach hinbekommen. Gott, wie oft habe ich das in den letzten Wochen eigentlich schon gedacht?

***

Wir bekommen es hin, wir bekommen es hin, ja, wir werden es schaffen. Wenn ich es mir lange genug einrede, wird es wahr. Schnaufend renne ich den Waldweg entlang. Erst vor wenigen Stunden hat Sven mir angeboten, mein Lauftraining zu erweitern, und schon konnte ich nicht anders, als es anzunehmen. Die Stimmung zu Hause war einfach nicht länger auszuhalten.

Ein Besucher würde sagen, es ginge entspannt zu. Aber ich weiß, dass das alles nur oberflächlich ist. Svens Spiel mit Leonie dient nicht nur zu ihrer Erheiterung, sondern auch dazu, sich von mir abwenden zu können. Es ist nicht nur sprichwörtlich zum Davonlaufen. Er unterstützt mich wie inzwischen gewohnt und macht sogar mehr, als das, worum ich ihn bitte. Was sich in den letzten Wochen verbessert hat, treibt er jetzt auf die Spitze, aber ich kann die dadurch entstehenden Freiräume nicht genießen. Das Ganze fühlt sich sowas von falsch an.

Mein Puls rast bereits, jetzt wäre eigentlich Zeit für eine Gehpause. Dennoch renne ich weiter. Ich werde solange laufen, bis ich nicht mehr klar denken kann.

Was stimmt nicht mit uns? Warum können wir nicht einfach abschließen? Schweiß läuft mir über den Rücken, aber ich kann immer noch nicht abschalten. Was haben die Besuche im Swingerclub zwischen uns verändert, das wir nicht verdauen können?

Abrupt bleibe ich stehen. Ich bin sowas von dämlich … Anstatt das Gute zu sehen, das die Clubbesuche zwischen uns bewirkt haben, denke ich nur über die negativen Konsequenzen nach. Ich drehe auf der Stelle um und laufe wieder los. Nach Hause.

Es hat Sven und mich vorangebracht, unsere Sexualität auszuleben, uns auch körperlich zu spüren. Ich mag zwar nicht bereit sein, diese Swingergeschichte bis zum Ende durchzuziehen, aber ich will verdammt sein, wenn es uns nicht auch zu Hause gelingt, uns über unsere Lust einander anzunähern. Ich hätte gar nicht erst zulassen dürfen, dass Sven sich von mir zurückzieht, und sobald ich nach Hause komme, werde ich ihm das klarmachen. Nackt, mit gespreizten Beinen über ihm. Na gut, zuerst werde ich duschen und ihn dann ins Bett zerren.

Als ich jedoch das Wohnzimmer betrete, ist Sven nicht da. Weit kann er ja nicht sein, also suche ich im ganzen Haus. Im Schlafzimmer finde ich ihn schließlich.

»Sven?« – Keine Reaktion. Sven hat die Rollläden nicht ganz herabgelassen. Durch die Ritzen fällt weiches Licht. Leise tapse ich zum Bett. »Schläfst du schon?« Immer noch Stille. Er liegt mit geschlossenen Augen da, sein Gesicht wirkt angespannt. Vielleicht tut er ja auch nur so, als würde er schlafen. Wieder dieses fiese Stechen, das durch mich hindurchzuckt. Wie dem auch sei, er ist zumindest nicht bereit dazu, sich heute noch länger mit mir auseinanderzusetzen. Frustriert schnappe ich mir das Babyfon, das wachsam auf dem Nachtkästchen steht, gehe ins Bad und stelle mich unter die Dusche. Das warme Wasser lockert meine verkrampften Muskeln, an meiner inneren Anspannung ändert es jedoch nichts.

Um halb neun schlafen gehen – wenn das mal keine Ausweichtaktik ist, dann weiß ich auch nicht. Morgen, nehme ich mir vor. Morgen werde ich ihn mir vorknöpfen. Und wenn er mir wieder ausweicht, dann übermorgen. Irgendwann wird er sich mir stellen müssen, sich uns stellen müssen. Ich fröstle beim Gedanken daran, dass er das vielleicht auch einfach nicht mehr kann.

***

Schlafen ist eine Ausweichtaktik, davon bin ich Mitte der Woche restlos überzeugt. Sven beteuert mir zwar, dass er vom Baden völlig erschöpft gewesen sei, aber mich kann er damit nicht täuschen. Vielmehr scheint er die wache Zeit zu Hause auf ein Minimum reduzieren zu wollen – kommt noch später als bisher nach Hause, obwohl seine Kollegin Tina inzwischen wieder da ist und sich seine Arbeitszeiten dadurch wieder lockern müssten – und geht mit der Begründung, vom langen Arbeitstag fix und fertig zu sein, früh schlafen. Und ich habe nicht mal den Hauch einer Chance, sowas wie Normalität, und damit meine ich auch ein sexuelles Aufeinandertreffen, zu bekommen.

Als ich am Mittwochnachmittag wie fast jede Woche dann mit Leonie meine Mutter besuche und sie mich zuallererst fragt, ob bei uns alles okay ist, reicht es mir endgültig.

»Nein, ist es nicht«, antworte ich ihr frustriert. »Sven tut zwar so, als wäre alles in bester Ordnung, aber das stimmt nicht. Er weicht den Problemen einfach nur aus.«

Meine Mutter bückt sich zu Leonie hinunter, die auf dem Küchenboden sitzt, und reicht ihr einen Babykeks. »Dann hat mich mein Gefühl am Samstag also nicht getäuscht.« Ich greife angespannt nach meiner Kaffeetasse und nehme einen Schluck. Natürlich entgeht meiner Mutter nichts. Sie seufzt leise. »Ihr habt wieder so glücklich gewirkt, so verliebt. Wie kurz nachdem ihr zusammengekommen seid … Was hat sich plötzlich wieder verändert?«

Ich halte verdutzt inne und sehe meine Mutter staunend über den Rand der Tasse hinweg an. Warum habe ich mir diese einfache Frage noch nicht gestellt? Es liegt natürlich nahe zu sagen: Sven will einen Partnertausch und ich nicht. Aber die eigentliche Antwort auf die Frage ist viel banaler. »Früher war nur ich es, die ihre Sorgen in sich hineingefressen und den Ärger und den Frust hinuntergeschluckt hat. Jetzt macht es Sven genauso. Uns fehlt der Anstoß, den er immer gegeben hat, um voranzukommen.«

Meine Mutter grinst vielsagend. »Na wenn das so ist, dann musst du wohl jetzt diesen Part übernehmen.« Sie hat ja keine Ahnung. »So einfach ist es nicht«, antworte ich gedehnt, um mir Zeit zu verschaffen. Immerhin kann ich sie nicht in die Details einweihen. Abwartend zieht sie eine Augenbraue in die Höhe und nippt an ihrer Tasse. »Und was ist so schwierig daran?«

Ich seufze tief und nehme einen großen Schluck Kaffee. Dieses Gespräch dürfte ziemlich anstrengend werden. »Es geht um Vertrauen. Sven denkt, ich vertraue ihm nicht genug. Es ist kompliziert, aber wir sind in eine Situation geraten, die eben das auf den Prüfstand stellt. Und ich kann einfach nicht machen, was er von mir erwartet.«

»Okay, ich will dir folgen, das ist aber nicht ganz einfach. Ich versuche es einfach mal.« Meine Mutter schüttelt leise lachend den Kopf und stellt ihre Tasse auf den Küchentisch. »Also Sven prüft dein Vertrauen?« Ich nicke. »Und was auch immer er von dir erwartet, du kannst es nicht tun, weil …?«

»Weil er denkt, es würde unserer Beziehung nicht schaden.

Er sagt das so daher, aber er kann es nicht wissen. Wir sind noch nie in einer ähnlichen Situation gewesen. Und wenn er sich irrt, dann kann das ziemlich weitreichende Folgen haben.«

Meine Mutter lehnt sich auf ihrem Stuhl zurück und mustert mich eingehend. »Ich hoffe doch sehr, dass ihr da nichts Rechtswidriges plant.« Jetzt muss ich lachen. »So kann man es nicht nennen, es ist …« – ich spüre, wie meine Wangen zu glühen beginnen – »… intim.«

»Oh.« Meine Mutter zieht überrascht ihre Augenbrauen in die Höhe, ein kleines Lächeln umspielt ihre Lippen. »Na wenn das so ist … Wie sicher ist Sven sich denn, dass es euch nicht schadet, indem ihr was auch immer tut?« Ihre Augen funkeln neugierig, aber zum Glück bohrt sie nicht nach, sondern bleibt diskret. Ich lege nachdenklich den Kopf zur Seite. »Keine Ahnung. Er gibt sich ziemlich sicher. Er hat das jedenfalls immer wieder betont. Aber es gibt Hinweise, die dem widersprechen. Ich kann ihm also nicht einfach so glauben, womit wir wieder bei meinem mangelnden Vertrauen wären. Das ist irgendwie der Dreh- und Angelpunkt, der uns jetzt auch entfremdet.«

»Du hast im Prinzip keine Wahl«, stellt meine Mutter trocken fest. »So wie es jetzt läuft, ist es anscheinend auch nicht gut. Du solltest Sven also diesen Vertrauensvorschuss einräumen. Es klingt mir ganz so, als hätte er ihn verdient.«

Ich muss unwillkürlich schmunzeln. Würde meine Mutter auch nur ahnen, dass sie mir soeben zum Partnertausch geraten hat … Nur allzu schnell verflüchtigt sich jedoch das heitere Gefühl in meiner Brust, als ich über ihre Worte nachdenke. Ich werde ungeduldig. Versteht sie denn nicht, was ich da sage?

»Nein, das passt nicht, Mama. Ich sagte doch, dass er sich nicht sicher sein kann. Was, wenn ich richtigliege? Was, wenn er nur denkt, dass er sich sicher ist? Was –«. »Genug!« Ich halte überrascht inne, als meine Mutter gebieterisch die Hand hebt und mich mit versteinertem Gesichtsausdruck betrachtet. »Hör bitte auf, Annabell«, setzt sie leise hinterher und ihre Miene wird wieder weicher. »Du klingst wie dein Vater.«

Ich erstarre. »Ich bin nicht wie er.«

Meine Mutter greift über den Tisch hinweg nach meiner Hand und drückt sie sanft. »Du hast recht. Er hat mich die Spaghettinudeln abzählen lassen, nur damit ich auch ganz genau die Hälfte der Packung für eine Mahlzeit verwende … So bist du nicht. Aber dieses Abwägen, dieses Voraussehen wollen, was geschieht, und es kaum auszuhalten, es eben nicht zu wissen, das erinnert mich sehr an ihn. Er hat auch immer versucht, in jeder Situation die Kontrolle zu bewahren.«

Ein eisiges Gefühl breitet sich in meiner Brust aus. Kontrolle, loslassen, Vertrauen, mich fallen lassen – alles hat damit zu tun. Mein Schädel brummt dumpf. Ich räuspere mich, um den Kloß in meinem Hals loszuwerden. Ich will nicht wie mein Vater sein. Voller Zwänge, die ihn von einem richtigen Leben trennen, ihn von den Menschen fortgetrieben haben, die ihn gebraucht hätten, die ihn geliebt haben. Flehend sehe ich meiner Mutter in die Augen. *Hilf mir!* »Und was soll ich jetzt tun?«

Meine Mutter lächelt sanft. »Lass die Dinge auf dich zukommen. Was geschehen soll, wird geschehen. Und wenn das bedeutet, dass du und Sven euch nicht wieder findet, dann wirst du das akzeptieren müssen. Du solltest allerdings alles in deiner Macht Stehende unternehmen, um dagegen anzukämpfen. Ohne Furcht vor dem, was darauf folgt.«

Ich nicke betäubt. Wie Chrissi, die beschlossen hat, um Alex zu kämpfen. Mein Mund wird staubtrocken. Es ist, als gehe in mir eine Tür auf und ich stehe plötzlich vor einem

Berg an Wissen. Plötzlich weiß ich, was mit mir passiert ist, als Leonie geboren wurde. Dass ich noch nie eine Hedonistin war, die gedankenlos in den Tag hineinleben kann, war mir natürlich schon vorher klar. Aber ich bin nicht nur ein Mensch, der eben gern plant, es ist viel extremer. In meinem Kopf gibt es eine genaue Vorstellung darüber, wie die Dinge zu laufen haben, und weicht die Realität davon ab, verliere ich den Boden unter den Füßen. Das war früher kein Problem. Mein Job kam diesem Wesenszug sogar entgegen – fein säuberliche Dokumentation und standardisierte Arbeitsabläufe, von denen nicht abgewichen werden sollte. Mir wird ganz flau im Magen. Sven hat sich immer meinen Bedürfnissen angepasst, aber die Mutterrolle war seit dem Tag von Leonies Geburt eine Herausforderung für mich, weil sie meine uneingeschränkte Aufmerksamkeit und Flexibilität braucht. Und als wäre das nicht genug, bin ich auch noch abhängiger von Sven denn je. Ich brauche nicht nur seine Unterstützung, sondern bin auch finanziell auf ihn angewiesen.

»Würde es dir etwas ausmachen, wenn wir uns ein andermal weiter darüber unterhalten?«, frage ich meine Mutter und ziehe mein Handy aus der Tasche, um Sven eine Nachricht zu schreiben. So verdammt klar, wie in diesem Moment, habe ich vermutlich noch nie gesehen. Das ist beängstigend und befreiend zugleich, und ich will die Gedanken nicht wieder verlieren, die in meinem Kopf endlich ein Gesamtbild in ergeben. Ich muss dringend mit Sven darüber reden.

»Kein Problem, solange ich dir weiterhelfen konnte«, antwortet meine Mutter und greift mit einem zufriedenen Lächeln wieder nach ihrem Kaffee. Sie weiß ja nicht, wie ernst es wirklich um Sven und mich steht, dass der Wendepunkt in die eine oder andere Richtung gekommen zu sein scheint, und wir bereits dabei sind, in die falsche Richtung zu laufen. Ich muss dagegen ankämpfen. Jetzt oder nie. »Du hast mir sehr geholfen«, murmle ich und tippe die Nachricht ein. Hoffentlich schaut Sven diesmal auf sein verdammtes Handy.

**

»Also, ich habe so früh wie möglich meinen Arsch nach Hause geschafft und es nicht gewagt, ins Bett zu gehen, um dir nur wieder auszuweichen, damit wir Klartext reden können«, empfängt Sven mich auf dem Sofa sitzend, nachdem ich Leonie ins Bett gebracht habe. Dabei zitiert er beinahe wörtlich meine Nachricht. Abwartend schaut er mich an. »Mir scheint, du hast was ziemlich Wichtiges loszuwerden, also schieß los.«

Nervös trete ich von einem Fuß auf den anderen. Das ist verdammt schwer. »Puh, mir geht gerade so viel durch den Kopf, ich habe gar keine Ahnung, wo ich anfangen soll.«

Sven seufzt leise. »Wir sind sowas von durch den Wind.« Einladend klopft er neben sich aufs Polster. Ich setze mich und schlüpfe in seine Arme. So fühlt sich das deutlich besser an. »Ich bin unser Problem«, sage ich leise.

Sven schmiegt seine Wange an mein Haar und seufzt leise. »Bist du nicht. Ich habe dir das eingeredet, aber wir beide sind das Problem. Irgendwie schaffen wir es einfach nicht, Alltag und Beziehung unter einen Hut zu bekommen, oder besser gesagt: Wir schaffen es nicht, weil wir in diesen verfluchten Club gegangen sind. Ich habe mir vorgaukeln lassen, dass dadurch alles wieder in Ordnung kommen würde. Aber es hat alles nur schlimmer gemacht.«

Ich löse mich von ihm und schaue ihm ernst in die Augen. »Nein, der Club ist nicht das Problem. Durch ihn ist es besser geworden, wie du vorausgesagt hast. Ich habe mich dagegen gesperrt, aber ich konnte mich seiner Wirkung letztendlich nicht entziehen. Das Problem ist, dass ich dir nicht vertraue. Du hattest recht: Ich kann es einfach nicht.«

Sven zuckt leicht zusammen.

»Nein, das ist so nicht richtig«, korrigiere ich mich und massiere mir zerstreut die Schläfen. Ich hatte alles so gut durchdacht und jetzt purzeln die ordentlich zurechtgelegten Worte in meinem Kopf durcheinander. Ruhig, langsam. Ich atme tief durch.

»Ich meine, ich vertraue dir. Ich weiß, dass ich dir glauben kann und auch, dass du einen Partnertausch wirklich willst. Zumindest theoretisch. Die Angst, etwas damit irreparabel kaputt zu machen, bleibt trotzdem. Ich will Sex mit einem anderen, auch da hast du recht, aber ich würde damit völlig die Kontrolle abgeben. Das kann ich einfach nicht, und das ist mein grundlegendes Problem.«

Ich lege eine kurze Pause ein, damit Sven meine Worte verarbeiten kann. Auf seiner Nasenwurzel bildet sich eine steile Falte. »Vergiss das bitte ganz schnell wieder, Annabell. Such den Fehler jetzt nicht bei dir, nur um die Situation passend für mich zurechtzurücken. Lassen wir diese Clubsache einfach ruhen.« – »Nein.« Ich hebe abwehrend die Hand. Ich habe gerade erst angefangen. »Lass mich bitte erst ausreden.«

Sven nickt langsam, auch wenn er offensichtlich nichts hören will, das unsere Situation verschlimmern könnte. Irgendwie haben wir die Rollen getauscht. Damit haben wir uns wieder auf den Weg gemacht, ich habe mich auf den Weg gemacht. Das fühlt sich gut an. Ich fahre fort: »Ich und meine Unfähigkeit zur Flexibilität sind unser Problem. Das zieht sich durch alle Lebensbereiche. Es fängt damit an, dass mich jede Entwicklung von Leonie und die Veränderung, die damit einhergeht, übermäßig nervös macht. Ich konnte sie kaum abgeben und habe es fast nicht ausgehalten, ja halte es immer noch kaum aus, dass sie in ihrem eigenen Zimmer schläft. Chrissi hat mich schon Wochen vor unserem Streit vernachlässigt, aber ich habe um des lieben Friedens willen meine Klappe gehalten, bis ich irgendwann explodiert bin. Dann diese Situation mit meiner Arbeitsstelle. Es hat mich rasend gemacht, nicht zu wissen, was in zwei Jahren sein wird. Das alles sind Situationen, die ich nicht vollständig beeinflussen kann, die sich meiner Kontrolle entziehen. Der springende Punkt ist: Ich bin drüber hinweggekommen. Es war hart, aber ich kann dagegen ankämpfen, dass ich im Grunde genommen ein Kontrollfreak bin.« Gespannt schaue ich Sven in die Augen, um zu erforschen, wie er meine Worte aufnimmt. Und ich fühle mich plötzlich verdammt stark.

»Alles, was sich in den letzten Wochen entwickelt hat, war nichts anderes, als Stück für Stück die Kontrolle abzugeben und die Dinge ihren Lauf nehmen zu lassen. Der Streit mit Chrissi und nicht zu wissen, was er aus uns machen wird, und auch Leonie für unsere Paarsamstage zur Oma zu bringen. Der Drayer zu verstehen zu geben, dass ich mir ihren Erpressungsversuch nicht bieten lasse, war die größte Herausforderung. Sie hätte mich meinen Job kosten können. Dennoch habe ich mich darauf eingelassen, weil ich mich nicht mehr einengen lassen will.«

Svens Miene verzieht sich unter bittersüßer Qual. Langsam schiebt er eine lose Haarsträhne hinter mein Ohr und legt seine Hand an meine Wange. »Scheiße, Annabell, wer hat dir denn diesen Quatsch eingeredet? Ich gehe mal davon aus, dass du einen Partnertausch als nächstes Glied in der Kette ansiehst. Aber verdammt, das ist viel mehr, als ein Arbeitsangebot abzulehnen oder sich mal mit der Freundin zu krachen – was meiner Meinung nach ohnehin mal fällig war.«

Verflucht, nein! Ungehalten wische ich Svens Hand beiseite und springe vom Sofa auf. »Niemand hat mir das eingeredet, ich bin selbst draufgekommen. Schuld ist eigentlich mein Vater.« Ich werfe ungeduldig die Hände in die Luft. »Ich wollte eigentlich nicht so weit ausholen, aber bitte ... Er war nie da und das war okay für mich. Ich kenne ihn ja nicht. Aber zu meinem Geburtstag schreibt er mir immer eine Karte.« Unruhig beginne ich auf und ab zu tigern. Ich halte es jetzt einfach nicht aus stillzustehen. »Ich habe dir nie davon erzählt, weil es keine Rolle spielt. Aber als Kind habe ich das noch anders gesehen. Jedes Jahr habe ich gehofft, dass er mir nicht mehr schreiben würde, und jedes Jahr habe ich mich aufs Neue fragen müssen, warum er das macht. Ich bedeute ihm nichts, sonst wäre er bei mir. Meine Mutter sollte nicht merken, wie sehr mich das verletzt hat, darum habe ich mit dem Weinen gewartet, bis ich im Bett war.«

Ich zittere bei der Erinnerung an die tränenreichen Nächte nach meinen Geburtstagen. Ich nehme mich zusammen. Nicht abdriften, es geht nicht um ihn, es geht um mich und um das, was er aus mir gemacht hat. »Seit meinem vierzehnten Geburtstag zerreiße ich die Karte und werfe sie ungelesen in den Müll. Damit geht es mir besser. Ich meine, was soll das? Ich interessiere ihn nicht. Das stört mich nicht. Aber dass er mich daran erinnern muss, dass er mir nie die Gelegenheit gegeben hat, von ihm geliebt zu werden, tut weh. Er ist gegangen, weil Mama ihm als Ehefrau nicht perfekt genug war, aber das war doch nicht meine Schuld.«

Schwer atmend halte ich inne. Sven sieht nicht so aus, als könne er verstehen, was ich ihm damit sagen will. Ratlos schüttelt er den Kopf und will etwas erwidern, aber ich unterbreche ihn. Es ist wichtig, dass er begreift, was mich lenkt. »Ich habe

261

nie die Gelegenheit bekommen, ihn davon zu überzeugen, dass ich als Tochter perfekt wäre.« – »Also denkst du, du musst für mich perfekt sein, damit ich dich lieben kann und dich nicht verlasse?«, ergänzt Sven leise. Ich atme auf und nicke.

Svens Gesichtszüge glätten sich, werden so sanft, dass es beinahe wehtut, ihn so zu sehen. Er steht wie in Zeitlupe auf und kommt zu mir herüber. »Meine Forderung nach einem Partnertausch hat dich aber in die Klemme gebracht – du müsstest mir blind vertrauen und damit die Kontrolle abgeben oder es nicht tun und es aushalten, nicht zu wissen, was dann aus uns wird.« Forschend schaut er mir in die Augen. Seine Worte treffen mich hart, aber die Realität ist eben nicht aus flauschiger Zuckerwatte gemacht.

»Genauso ist es.« Ich presse die Lippen aufeinander und nicke langsam. »Es war keine bewusste Entscheidung, aber ich hatte das Gefühl, dass ich nur eine gute Ehefrau und Mutter bin, wenn ich die Dinge im Griff behalte. Ich hänge von dir ab, Sven, meine ganze Existenz hängt von dir ab. Ich konnte es einfach nicht riskieren, etwas zu tun, das schiefgehen könnte. Uns geht es aber viel besser, wenn ich nicht so verbissen an diesen Gedanken festhalte. Als ich mich verändert habe, haben wir uns verändert. Wir konnten uns nicht mal darüber unterhalten, wer den Müll rausbringt, ohne uns zu streiten, weil ich das Gefühl hatte, nicht allem gerecht werden zu können. Wir hatten kein Liebesleben mehr, weil ich keinen Raum dafür gelassen habe. Ich habe dich aus unserer Familie gedrängt, weil ich dachte, es wäre allein meine Aufgabe, für Leonie zu sorgen. Ich weiß, dass ich nur kleine Dinge verändert habe, aber dadurch hat sich viel bewegt.« Ich könnte ewig so weitermachen, doch meine Stimme bricht. »Es tut mir so leid, dass ich uns das angetan habe.«

Sven zieht mich in seine Arme und drückt mich so fest an sich, dass ich kaum noch Luft bekomme. »Vergiss es. Es ist gut. Mir tut es leid, dass ich dir so viel Druck gemacht habe. Mir war nicht klar, dass ich dich damit in eine so fürchterliche Lage bringe.« Er presst seinen Lippen auf meinen Scheitel. »Ich liebe dich, so wie du bist. Nicht nur dein perfektes Ich, sondern auch diese liebenswerte Chaotin, die in dir steckt. Und auch die Zicke, die mich manchmal wahnsinnig macht«, murmelt er.

Ich schmiege mich an ihn und sauge das Gefühl von Geborgenheit in mir auf. Endlich … endlich kann ich es wirklich fühlen. Fühlen, dass er mich nie im Stich lassen würde. Er liebt mich, steht zu mir, egal welche Fehler ich mache, welche Fehler wir machen. Verstört schaue ich zu ihm auf. Wie konnte ich die ganze Zeit über nur so blind sein?

»Verstehst du jetzt auch, dass wir einfach wieder in diesen Club gehen müssen? Ich will meine Gefühle nicht länger wegsperren. Und wenn du mir versicherst, dass zwischen uns alles in Ordnung ist, egal was dort passiert, dann werde ich für alles offen sein.«

Sven haucht mir einen sanften Kuss auf die Stirn. »Wir müssen das nicht tun. Ich habe immer gespürt, dass noch mehr hinter dieser Vertrauenssache stecken muss. Das hat mich so hilflos gemacht. Aber jetzt kapiere ich endlich, dass das nicht von uns kommt. Das ist mir genug.« Wieder küsst er mich, als müsse er mich damit von der Wahrheit seiner Worte überzeugen. Und es ist einfach überwältigend, ihn richtig fühlen zu können. Ohne Misstrauen, ohne Angst, es stünde ein bestimmter Beweggrund hinter der zärtlichen Geste. Svens einziger Beweggrund ist Zuneigung. Ich lehne mich an ihn und schließe die Augen. Ich fühle mich unendlich erschöpft, als hätten die tiefgreifenden Erkenntnisse die letzte Energie verbraucht, die mich noch aufrechterhalten hat. »Lass uns einfach wieder hingehen und sehen, was passiert«, murmle ich gähnend.

Sven hebt mich auf seine Arme und trägt mich ins Schlafzimmer. »Darüber denken wir noch ganz in Ruhe nach, okay?« Er legt mich auf dem Bett ab und zieht mich aus. Keine sexuelle Motivation steht dahinter, sondern reine Fürsorge. Die Geste rührt mich. Ich lasse mich von ihm zudecken und kuschle mich zufrieden in seine Arme, als er sich hinter mich legt. Ein warmes Gefühl breitet sich in mir aus, und plötzlich weiß ich, dass es nichts gibt, was uns etwas anhaben kann.

***

Ich bin einfach eingeschlafen. Sven und ich haben unsere Situation nicht vollständig bereinigt. Das sind die ersten Gedanken, die mir durch den Kopf schießen, als ich ins dämmrige Licht des Morgens blinzle.

»Morgen«, begrüßt Sven mich leise. Er liegt auf der Seite und betrachtet mich. So ausgeschlafen und fit wie er aussieht, tut er das schon eine ganze Weile. »Bist du schon lange wach?«, gähne ich und kuschle mich ebenfalls auf die Seite. Sven nickt leicht, ein sanftes Lächeln umspielt seine einladenden Lippen. Ein warmes Gefühl regt sich in meinem Unterkörper. Ich liebe diesen Mann so sehr und ich will es mit jeder Faser meines Körpers spüren.

»Ich konnte nicht länger schlafen. Es gibt zu viel, über das ich nachdenken musste«, sagt Sven und schließt genussvoll die Augen, als ich mich an ihn schmiege und an seinem Ohr knabbere.

»Worüber?« Langsam küsse ich mich über seine Kinnlinie bis zu seinem Mund vor. Natürlich ahne ich worüber, aber ich will alles wissen, was ihn bewegt, jede Regung laut ausgesprochen haben. Nichts soll mehr zwischen uns stehen.

»Willst du wirklich wieder in den Club gehen?«

Ich muss lächeln. Es ist gut, dass er mich das fragt. Das bedeutet, dass er mich gestern verstanden hat und wieder Zutrauen in uns fasst. »Ja«, flüstere ich und stupse mit der Zungenspitze auffordernd gegen seine Mundwinkel, damit er mir Zugang gewährt. »Ich will dahin, ich will diese kontrollierende Seite in mir bekämpfen. Das befreit mich und macht mich glücklich. Mit dem Club hat alles angefangen. Dort hinzugehen hat mich dazu gezwungen, mich mit mir selbst auseinanderzusetzen, mit Kräften in mir, die ich eben nicht vollständig kontrollieren kann. Und damit könnte es auch enden.«

Sven atmet schneller. Meine Worte erreichen ihn, meine Berührungen auch. Lockend lasse ich meine Zunge in seinen Mund gleiten, als er die Lippen für mich öffnet. Ich wusste, dass er mich belogen hat, als er sagte, er wolle nicht mehr in den Club. Seine Erregung ist der Beweis dafür. Allein der Gedanke, was wir in der *Erotik Oase* tun könnten, macht ihn an. Er sollte jedoch keine zu hohen Erwartungen an mich stellen. Ich will nicht, dass unsere neu gewonnene Zuversicht daran zerbricht. Ich nehme mich ein wenig zurück. Sven dreht sich auf den Rücken und schaut mich fragend an. Ich räuspere mich.

»Ich kann dir allerdings nicht versprechen, dass es mir gelingen wird, mich fallen zu lassen. Ich meine, es ist, wie du gesagt hast: Ein Partnertausch ist eine etwas größere Sache. Was aber nicht bedeutet, dass ich es nicht will –«. Verwirrt halte ich inne, als er den Zeigefinger auf meine Lippen legt. »Denk einfach nicht darüber nach, sondern lass es auf uns zukommen. Wir sehen ja, was dann passiert.«

Meine Aufrichtigkeit hat sein Herz ganz für mich geöffnet. Ihm gefällt offensichtlich der Gedanke, dass ich ihm mein Vertrauen beweisen will, doch er drängt mich nicht mehr dazu. Er schiebt mich auf den Rücken und beugt sich über mich.

»Du verkopfst dich immer viel zu sehr. Dabei könnte es ganz einfach sein, wenn du nur auf das Gefühl in dir hörst«, flüstert er. Sein Gesicht schwebt über meinem. Ich spüre seinen Atem auf meinen Lippen. Warm und verlockend.

»Du sagtest, es befreit dich, dich gegen das Kontrollbedürfnis zu wehren. Ich will, dass du frei bist, und ich will, dass du diese Angst um uns vergessen kannst.«

Er setzt sich auf die Fersen und beugt sich zu mir herunter, küsst mich sanft und langsam. Meine Gedanken verflüchtigen sich. Ich weiß genau, was er vorhat, dennoch kann ich ihm nicht widerstehen. Er will die Sehnsucht in mir aufpeitschen, bis ich nicht mehr klar denken kann, und mir damit beweisen, dass ich mich völlig hingeben kann.

»Du bist eine leidenschaftliche Frau. Deine Leidenschaft hat uns hierhergebracht, an einen Punkt, an dem wir wieder offen füreinander sind. Es wäre geradezu lächerlich, wenn du das verdrängen würdest«, murmelt er und benetzt meinen Hals mit kleinen Küssen. Beiläufig schiebt er die Hand unter mein Shirt. Er knetet meine Brüste und neckt meine Nippel, bis die Erregung heiß in meinen Schoß hinabfließt.

Oh ja, ich weiß genau, was er bezwecken will, dennoch reagiert mein Körper und wird unter seinen kundigen Händen weich. Seine Lippen drängen sich an mein Ohr, küssen sanft, knabbern und streicheln mit seinem Atem. Eine seiner Hände wandert in meinen Schritt. Ohne Vorwarnung greifen seine Finger zwischen meine Beine und massieren mich rhythmisch. Ich erschaudere, gleichzeitig glühe ich.

»Du musst nichts weiter tun, Annabell. Sei einfach da und verschließ dich dem Gedanken nicht ganz«, flüstert Sven. Mit einem Ruck zieht er meinen Slip nach unten und dringt mit einem Finger in mich ein. Ich keuche. Er zieht mir die Unterhose ganz aus und legt sich auf mich. Durch den Stoff seiner Boxershorts spüre ich seine Erektion, die sich zwischen meine Schenkel drängt. Ich zittere vor Verlangen. Ich will ihn, jetzt sofort. Seine Worte machen mich heiß und seine Taten noch viel mehr. Ungeduldig greife ich zwischen unsere Körper und hole seinen Penis heraus. Hart und gleichzeitig so unglaublich weich schmiegt sich die zarte Haut an meine Handfläche. Ich spreize meine Beine und führe ihn an meine Öffnung. Sven stemmt sich keuchend auf die Unterarme und funkelt mich triumphierend an.

»Lass es einfach geschehen, lass dich mitreißen, so wie jetzt.« Der Blick in seine strahlenden Augen versengt mich, als er in mich eindringt. Fuck, was macht er nur mit mir? Eben wollte ich ihm noch klarmachen, dass er trotz aller tiefgreifenden Erkenntnisse nicht zu viel von mir erwarten darf, jetzt kann ich nur noch daran denken, dass ich Erlösung brauche.

Als lese er meine Gedanken, beginnt er sich langsam zu bewegen. Die kraftvolle Ruhe, mit der er mich liebt, macht mich schier wahnsinnig. Ich presse meine Hände an seinen Hintern, um ihn noch tiefer in mich zu ziehen, doch Sven lässt sich davon nicht beeinflussen, bewegt sich ruhig weiter, dringt tief in mich ein und lässt seinen Penis wieder fast ganz aus mir herausgleiten. Immer und immer wieder treibt er damit meine Erregung voran. Zärtlich lehnt er seine Stirn gegen die meine, ein flüchtiger Kuss streift meine Lippen. Ich dränge mich den seinen keuchend entgegen. »Mehr …«

»Wovon willst du mehr?«

Svens Duft und seine raue Stimme umhüllen mich. Ich winde mich. »Mach schneller, küss mich richtig«, keuche ich. »Du lässt dich verführen …«, flüstert er an mein Ohr. Ich begreife. Nur ein kleiner, unachtsamer Moment. Das ist alles, was ich brauche, um meinen Verstand auszuschalten. Doch ich komme nicht dazu, intensiver darüber nachzudenken, denn im nächsten Moment küsst Sven mich, als gäbe es kein Morgen mehr. Fordernd dringt seine Zunge in meinen Mund, leckt, umkreist die meine und saugt an ihr. Seine Pobacken spannen sich an, als er tief in mich stößt. Ich stöhne überrumpelt, ohne Vorwarnung überrollt mich mein Höhepunkt. Verlangend dränge ich mich gegen Sven, um ihn in mir zu halten, und klammere mich an seinen Schultern fest, um die köstlichen Beben auszukosten. Er gibt mir Zeit, presst sich solange in mich, bis meine Muskeln sich entspannen und ich zittrig atmend zurück ins Kissen sinke.

»Siehst du? So einfach ist das. Wenn du gar nicht lange darüber nachdenkst, was du tust, sondern es einfach nur fühlst, kannst du dich fallen lassen.« Ohne selbst gekommen zu sein, zieht er sich aus mir zurück und lässt sich neben mich ins Kissen sinken. Ich will mich auf ihn setzen und ihn bis zur Befriedigung reiten, doch er hält mich mit einem warmen Lächeln davon ab. »Das war nur für dich.«

Ich muss überwältigt lächeln. Es berührt mich, wie er sich um mich kümmert und mir damit zeigen will, dass uns weit mehr als die gegenseitige Erfüllung von Bedürfnissen verbindet. Aber ich habe es begriffen, meinetwegen muss er nicht leiden. »Bist du dir sicher? Ich meine, ich bringe es sehr gern zu Ende.« Verführerisch lasse ich meine Hand über seinen flachen Bauch kreisen, tiefer und tiefer. Sven fängt sie ein und lacht. »Nimm es einfach an, dass wir das nur für dich getan haben.«

Ich kuschle mich in seine für mich ausgebreiteten Arme. »Mir ist schon klar, warum du das gemacht hast, und ich habe es kapiert: nicht nachdenken, einfach mitreißen lassen. Ich weiß nur nicht, ob das im Club so funktionieren kann.«

Sven haucht mir einen flüchtigen Kuss auf den Scheitel und legt seine Arme noch enger um mich. »Wenn es passt, passt es, und wenn nicht, dann eben nicht.«

Mit Miri und Kai hätte es gepasst … Ich nicke nachdenklich und grinse Sven von unten an. »Ich werde mein Bestes geben, das verspreche ich dir.« Er grinst ausgelassen zurück. »Weißt du, was das Beste bei der ganzen Sache ist? – Dass wir wieder zu fast jeder Tageszeit Sex haben und du nicht sofort nach dem Aufwachen aus dem Bett springst, um irgendetwas zu erledigen.«

Ich schüttle lachend den Kopf. Wie konnte ich nur so verbohrt sein? Gespielt empört schlage ich nach Svens Oberarm. »Wie könnte ich? Das hier ist so viel besser als bügeln und Wäsche waschen. Bis Leonie aufwacht, wird mich jedenfalls nichts und niemand aus diesem Bett holen.«

Es fühlt sich unglaublich gut an, wie Sven mich fest an sich presst und wir einfach so, frühmorgens, nackt im Bett kuscheln, bis er sich widerwillig für die Arbeit fertig machen muss, wenn er nicht viel zu spät kommen will.

KAPITEL 12
TRAUT SICH DAS BÄUMCHEN,
SICH ZU WECHSELN?

Trotz der neu gewonnenen Sicherheit bin ich angespannt, als Sven und ich am folgenden Samstag in bereits gewohnter Weise die *Erotik Oase* betreten. Mich fallen lassen? – Unmöglich, so nervös wie ich bin. Zwar ist längst nicht gesagt, dass wir in so eine herausfordernde Situation wie beim letzten Mal geraten, dennoch will ich auf keinen Fall eine weitere Gelegenheit verpassen. Prüfend mustere ich jedes Paar, das mir auf dem Weg zur Umkleide entgegenkommt, doch an jedem hätte ich etwas auszusetzen.

Der große Mann, der uns auf der Treppe begegnet, wäre mir zu haarig. Ich erschaudere, als ich mir vorstelle, wie es wäre, ihn auf mir zu haben und über den Pelz – ja wirklich, Pelz! – auf seinem Rücken zu streichen. Der Kerl, der eben mit der kurzhaarigen, blonden Frau den Paarbereich betritt, gefällt mir da schon besser. Doch sie wirkt arrogant auf mich. Ihr will ich meinen Mann bestimmt nicht anvertrauen. Nicht mal in der Umkleide, in der die Stimmung meist heiter und noch nicht sehr erotisch aufgeladen ist, kann ich abschalten. Verkrampft sitze ich auf der Bank und nehme jeden unter die Lupe. Erst als Sven mich am Arm berührt, zucke ich zusammen und richte meine Konzentration wieder auf ihn.

271

»Mach dir keinen Kopf. Wir gehen da rein und haben unseren Spaß. Wie immer.« Er sieht mir tief in die Augen, als wolle er mir etwas damit versprechen. *Was auch immer heute geschieht,* wir sind okay. Ich atme tief durch und nicke. »Wie immer klingt gut.«

***

»Womit fangen wir an – trinken, essen oder Sex?«

Ich muss lachen. Wie das klingt … Unschlüssig, wie stets zu Beginn, stehen wir vor der Umkleide und orientieren uns.

»Hm, essen ist mir für den Anfang zu unerotisch, ich will in Stimmung kommen. Lass uns erst mal nach hinten gehen und uns umsehen, dann können wir immer noch was trinken.«

Sven nickt zustimmend und schließt die Tür zum Paarbereich auf. Ich fühle mich beinahe wie ein alter Hase, als wir Hand in Hand durch den Eingangsbereich schlendern. Beim ersten Mal war es noch aufregend, dass alle in heißer Wäsche herumlaufen, jetzt ist daran nichts Besonderes mehr. Doch kaum, dass wir in den halbdunklen Gang treten und die lustvollen Geräusche lauter werden, habe ich das Gefühl, ich tauche in eine andere Welt ein. Ein erwartungsvolles Kribbeln breitet sich über meinen Nacken aus. Ich nicke Sven zu, um ihm zu bedeuten, dass er warten soll, und trete an das Sichtgitter der ersten Nische heran. Gleich drei Paare befinden sich darin. Ich hake meine Finger in das hölzerne Gitter und fühle mich verrucht. Ich bin Beobachterin einer verdorbenen Szenerie. Ein kleines Lächeln schleicht sich auf meine Lippen. Letztes Mal war ich ganz plötzlich nicht mehr nur das … Doch heute drängt sich niemand Fremdes gegen meinen Rücken. Es fühlt sich kühl und leer an. Ich sehne mich danach. Allein schon die Tatsache, dass ich mir dieses Gefühl zugestehen darf und kann, erregt mich. Ein sanftes Ziehen meldet sich zwischen meinen Beinen.

Abwarten, mahne ich mich und konzentriere mich auf das Geschehen auf der Spielwiese. Ein Mann schaut nur zu, während ein anderer gleichzeitig geritten wird und eine Frau mit dem Mund verwöhnt, die mit gespreizten Beinen über ihm kniet. Die beiden sind einander zugewandt, berühren sich vorsichtig an den Brüsten. Nicht zu wissen, welche der beiden seine Partnerin ist, macht mich an. Genauso wie den Beobachter. Seine fiebrigen Augen richten sich unverwandt auf die drei, fahrig fährt er mit der Hand seinen Schwanz auf und ab. Die Frau auf dem Gesicht des anderen Mannes stöhnt hemmungslos, als er ihr unvermittelt einen Finger in die Muschi schiebt. Sie lässt von der anderen Frau ab, beugt sich hinüber und spitzt die Lippen, leckt über die pralle Eichel des Beobachters. Neben den vieren liegt das dritte Paar etwas abgeschieden für sich und dennoch mitten im Geschehen. Er befindet sich über ihr. Sie öffnet sich weit für ihn, scheint aber ganz woanders zu sein. Bei den anderen, die sie unverwandt beobachtet. Wie ich auch ...

Svens Atem geht abgehackt. Er steht neben mir und starrt gebannt wie ich durch das Gitter. Seine Finger krallen sich in meine Hüfte, ich schaue wieder hin. Die Szenerie verändert sich. Der Beobachter zieht die Frau vom Gesicht des anderen Mannes, drapiert sie auf allen vieren vor sich und dringt von hinten in sie ein. Ein erleichterter Ausdruck legt sich auf sein Gesicht. Langsam bewegt er sich in ihr. Die Muskeln seiner Pobacken spannen sich bei jedem kraftvollen Stoß an. Und auch das andere Paar verändert die Position. Sie kniet sich neben ihre Gespielin, er nimmt sie sofort von hinten.

Meine Wangen glühen erhitzt, das Ziehen in meiner unteren Körperhälfte wird stärker, drängender.

273

»Sollen wir auch …?«, fragt Sven mich leise und schmiegt sich an mich. Hart drängt sich seine Erektion gegen meine Hüfte. Ich will ihn sofort haben.

»Nein, erst gehen wir an die Bar«, flüstere ich zurück. Immer noch habe ich das Gefühl, in der knisternden Atmosphäre nicht laut sprechen zu dürfen. Als würde eine normale Tonlage eine Realität in diese Welt hineintragen, die hier nichts zu suchen hat.

Ich ergreife Svens Hand und führe ihn zurück in den Eingangsbereich. Der weiche Stoff meines Slips reibt bei jedem Schritt über meinen Kitzler und verstärkt das begehrliche Pochen. Und ich will es auskosten, mich davon quälen lassen, damit die Erlösung später umso süßer wird.

Wir bestellen Sekt. Die berauschende Wirkung des Alkohols löst etwas in mir, macht mich lockerer. Entspannt schlage ich auf meinem Barhocker die Beine übereinander und sehe mich aufmerksam um. Der Gedanke, jemand Passendes zu finden, lässt mich noch immer nicht los.

»Du fühlst dich heute richtig wohl, oder?« Sven mustert mich aufmerksam.

Ich muss lächeln. »Ist dir nicht entgangen, hm?« Der Druck ist weg. Der von innen, aus mir selbst heraus, und der von außen, von Sven. »Ich weiß, es klingt seltsam, aber es ist, als hätte unser Gespräch etwas in mir repariert. Ich kann diese widersprüchlichen Gefühle in mir endlich zusammenbringen – mein Begehren und die Abneigung dagegen. Seit ich weiß, woher sie kommen, fühle ich mich besser.«

»Es klingt überhaupt nicht seltsam, eher ziemlich logisch. Beide Gefühle gehören zu dir, und du wusstest nicht, auf welches du hören sollst. Das hat dich in die Klemme gebracht.«

Kann er mir aus der Seele lesen? Ich nicke gebannt. Unglaublich, wie dieser Mann mich plötzlich wieder versteht. »Ganz genau so ist es. Ich weiß nicht, wie ich es richtig ausdrücken soll, aber jetzt ist mir bewusst, dass ich mich nicht für das eine oder das andere entscheiden muss. Seit ich begriffen habe, woher diese Angst vor Unberechenbarem stammt, harmoniert sie irgendwie mit der Lust auf Experimente. Die Herausforderung macht das Ganze sogar noch aufregender …« Ich unterbreche mich und nehme einen Schluck Sekt. »Ist ja auch egal, jedenfalls fühle ich mich richtig wohl. Damit hier zu sein und mit mir selbst. Danke …« Ich sehe Sven direkt an, damit er versteht, was ich ihm sagen will. *Danke, dass du mich nie aufgegeben hast.*

Er nickt, seine Augen funkeln bewegt. »Wie ich schon sagte: in guten wie in schlechten Zeiten.« Er lehnt sich entspannt mit dem Rücken gegen die Bar und wendet sich dem offenen Raum zu. »Und jetzt könnte eine richtig gute Zeit kommen …«, murmelt er und schüttelt ungläubig mit dem Kopf. Ich folge seinem Blick.

Habe ich schon mal erwähnt, dass ich mir manchmal wie die Hauptfigur einer vorhersehbaren Fernsehserie vorkomme?

»Könnte ein Wink des Schicksals sein«, murmelt Sven und nippt an seinem Glas. Ich boxe gegen seinen Oberarm, um mich von meiner plötzlich zurückkehrenden Anspannung abzulenken. »Du hast gesagt, wir lassen alles einfach auf uns zukommen, also halt jetzt bitte den Mund.« Es wühlt mich auch so schon genug auf, dass Miri und Kai gerade den Paarbereich betreten haben. Unsere beste Option überhaupt. Eigentlich sollte es mich nicht wundern, dass wir ihnen wieder über den Weg laufen. Sie sagten ja, dass sie regelmäßig herkommen.

Ich folge ihnen gebannt mit meinem Blick. Ich weiß nicht so recht, wie ich mich fühlen soll. Hoffnungsvoll auf jeden

Fall. Doch worauf hoffe ich? Dass sie uns übersehen oder dass sie uns bemerken und zu uns herüberkommen? Ich schwöre, mein Herz setzt einen Schlag aus, als Kais Blick über Sven und mich hinweggleitet, irritiert stoppt, zu uns zurückkehrt und er mir spitzbübisch zuzwinkert. Er stößt Miri von der Seite an, sie winkt erfreut. Rasend nimmt mein Herz seine Tätigkeit wieder auf und pocht hart gegen meine Rippen. Gleich … Sie werden zu uns kommen.

Kai und Miri schlagen tatsächlich unsere Richtung ein, meine Handflächen werden feucht. Mmh, Kai sieht zum Anbeißen aus. Miri auch, aber das interessiert mich nicht so sehr. Sven natürlich schon. Aus den Augenwinkeln sehe ich, wie er sie begehrlich mustert. Doch anstatt sich zu uns an die Bar zu setzen, drehen sie plötzlich ab und gesellen sich zu einem anderen Paar.

Wie peinlich … Ich fühle mich wie bestellt und nicht abgeholt. Enttäuschung macht sich in mir breit. »Was war das denn gerade? Haben wir sie gekränkt?«, frage ich Sven irritiert. Nur ein paar Meter weiter stehen sie an der Bar und unterhalten sich mit den anderen. Ich kann mir schon denken, worüber. Verdammt, nein! So sollte das nicht laufen.

»Ich denke nicht, aber wir haben sie abblitzen lassen. Es wäre Zeitverschwendung für sie, jetzt zu uns zu kommen. Sie sind sicher nicht auf der Suche nach netter Unterhaltung.«

Danach sieht es wirklich nicht aus. Während sich die vier abschätzend mustern, reden sie miteinander, tauschen wahrscheinlich Fakten aus. Über Vorlieben, was erlaubt ist und was nicht. In meinem Magen ballt sich ein schwerer Klumpen zusammen. Plötzlich steht das andere Paar auf und verlässt den Barbereich. Miri und Kai bleiben, wo sie sind, und unterhalten sich weiter, doch nur kurz. Er nimmt sie an der Hand und sie verschwinden ebenfalls im dämmrigen Gang.

»Denkst du, sie gehen ihnen hinterher?«, frage ich Sven. Ich habe das drängende Gefühl, ihnen folgen zu müssen. Doch es ist vermutlich sowieso schon zu spät. Ich habe die Gelegenheit verpasst.

»Sollen wir nachsehen?« In Svens Stimme schwingt ein Funken Belustigung mit, sonst klingt er ernst. Er weiß genau, wie ich mich in diesem Moment fühle. Da bin ich mir ganz sicher.

»Ja!« Entschlossen stehe ich auf und nehme ihn an der Hand. Dass wir nachsehen, bedeutet noch nicht, dass ich mich entschieden habe. Ich will einfach wissen, ob sich tatsächlich das zwischen den zwei Paaren abspielt, was ich mir bildreich vorstelle. Wahrscheinlich hätte ich es sowieso nicht durchgezogen, versuche ich mich zu trösten. Trotzdem ist mir ganz mulmig zumute, als wir durch das Gitter der ersten Nische spähen. Das andere Paar befindet sich dort drin, aber von Miri und Kai ist weit und breit nichts zu sehen. Mein Puls beschleunigt sich. Wenn sie sich nicht im zweiten Separee aufhalten, bekomme ich wahrscheinlich einen Herzinfarkt, noch ehe Sven und ich den großen Raum erreicht haben.

»Da sind sie«, flüstert Sven, der zuerst an das Gitter herangetreten ist. Ich spähe hinein, und wirklich … Miri und Kai sind allein. Sie küssen sich. Er sitzt, sie kniet über ihm. Mein ganzer Körper vibriert vor Anspannung. Und jetzt? Ich werde nicht einfach mitgerissen oder verführt. Hilflos sehe ich Sven an. Er zieht mich in seine Arme und haucht mir einen federleichten Kuss hinters Ohr. »Du entscheidest …«

Mir stockt der Atem, irgendwie ist mir übel. Ratlos wende ich mich wieder dem Gitter zu und sehe, wie Miri Kai langsam das Shirt über den Kopf zieht und ihre Hände über seine wohlgeformte Brust gleiten lässt. Meine Handflächen kribbeln.

Ich will das spüren, was sie spürt, wissen, wie sich seine warme Haut unter meinen Händen anfühlt … Jetzt oder nie.

Ich berühre Sven am Arm und nicke ihm leicht zu. Er zögert nicht, es ist wirklich in Ordnung. Mit zittrigen Beinen folge ich ihm die Stufen hinauf. Kais bernsteinfarbene Augen funkeln mich an, als wir uns neben ihm und Miri niederlassen. Miri, die uns erst jetzt bemerkt, zieht sich ein wenig von Kai zurück und schaut mich abwartend an. Allen ist bewusst, dass ich es bin, die den ersten Impuls geben muss.

Ich zögere. Was weiß ich von diesem Kerl? Nichts, außer, dass er mich anmacht. Wir haben nicht über Vorlieben gesprochen, ich habe ihn noch nicht mal beim Sex gesehen. Ich habe keine Ahnung, was kommt, wenn ich ihn jetzt berühre. Darf ich ihn überhaupt einfach so anfassen?

Ich halte inne. Ich tu es schon wieder, denke viel zu viel nach.

Ruhig schaut Kai mich an, ihm ist klar, wie nervös ich bin. Er ist erfahren und hat eine ähnliche Situation vielleicht schon öfter erlebt. Und ich will einfach nur noch bei mir ankommen. Nicht mehr alles zerdenken, planen und versuchen vorauszusehen, welche Konsequenzen mein Handeln hat. Ich will einfach nur noch sein. Langsam hebe ich meine Hand, um ihn anzufassen. Kais Mundwinkel zucken nach oben. Der Gedanke gefällt ihm zumindest schon mal. Ermutigt davon lege ich meine Hand auf seine Brust und streiche über die glatte Haut, die sich über feste Muskeln spannt, besiegle unsere Vereinbarung damit.

Kai nimmt mich an der Hand und zieht mich ganz zu sich hinüber, Miri steht auf und macht mir Platz. Ich knie mich seitlich neben ihn. Mich einfach rittlings auf seinen Schoß zu setzen, dazu bin ich nicht mutig genug. Lächerlich eigentlich, wenn man bedenkt, dass das Ziel ist, miteinander zu schlafen.

Doch Kai drängt mich zum Glück nicht. Ganz zart legt er die Hand an meine Wange und sieht mir in die Augen, beobachtet jede meiner Regungen. Als wolle er mir die Gelegenheit geben, doch noch auszusteigen. Ich nicke leicht. Langsam beugt er den Kopf nach vorn. Seine Lippen kommen mir immer näher. Ich atme zittrig aus, als sie sich über meine legen und verharren.

Wieso macht er nicht weiter? Sanft streichen seine Finger über meine Wange. Ich begreife, dass er wissen will, ob Küssen erlaubt ist. Ich komme ihm ein wenig entgegen und übe Druck auf seinen Mund aus. Sofort zieht er meine Unterlippe zwischen die seinen und fordert mich damit auf, mich für ihn zu öffnen. Ich gebe ihm ganz automatisch nach. Seine Zunge dringt in mich ein, tanzt neckend um meine Zunge herum. Beiläufig legt er eine Hand an meine Seite und streichelt mich. Es macht mich wahnsinnig, dass er die Rundung meiner Brust dabei streift, aber keine Anstalten unternimmt, sie zu liebkosen. Ungeduldig dränge ich mich seiner Berührung entgegen und spüre, wie er an meinen Lippen lächelt.

Sein Kuss wird forscher. Er schmeckt maskulin. Nach Whiskey, Bier, oder was ähnlich Herbem. Meine Nippel ziehen sich sehnsüchtig zusammen. Endlich legt er seine Hand um meine Brust und streicht mit dem Daumen aufreizend langsam über die empfindsame Mitte. Meine Handflächen kribbeln. Ich halte es nicht länger aus, ich muss ihn spüren. Ehrfürchtig lasse ich meine Hände ihrerseits auf Wanderschaft gehen, fahre die Linie seiner Brustmuskulatur nach und gleite tiefer über seinen flachen Bauch. Kai zuckt zusammen und zieht den Bauch ein. Ich erstarre. Warum weicht er mir aus, war ich zu schnell? Zu unbeholfen?

»Ich bin kitzelig …«, erklärt er mir mit einem jungenhaften Grinsen.

Wie niedlich ist das denn? Ich bin hingerissen und entspanne mich wieder. Mit dieser verspielten Erklärung erscheint die Situation mir weniger gefährlich, Kai mir weniger gefährlich. Ich liebe diese Leichtigkeit in mir. Neckend fahre ich mit den Fingerspitzen über Kais Seiten, um noch mehr davon zu bekommen.

Etwas verändert sich an ihm. Er fängt geschickt meine Hände ein und mustert mich nachdenklich. Die Luft zwischen uns knistert, meine Nerven vibrieren. »Du bist ein Biest. Das gefällt mir«, knurrt er leise und steht mit einer fließenden Bewegung auf. Ehe ich mich's versehe, liege ich plötzlich auf der Unterlage, er beugt sich mit verhangenen Augen über mich. »Willst du wissen, was ich mit frechen Biestern mache?« Er drängt meine Schenkel mit seinen Beinen auseinander und legt sich dazwischen. Ihn schwer auf mir zu spüren, fühlt sich unglaublich an. Abrupt, irgendwie vielversprechend. Mir stockt der Atem, als sich seine Erektion gegen meinen Schambereich drängt. Kai stützt sich auf seine Unterarme ab und nimmt damit ein wenig Gewicht von mir. Er scheint meine Reaktion völlig falsch zu interpretieren. Das gefällt mir nicht.

»Was machst du mit frechen Biestern?«, frage ich zittrig, um ihn zu mir zurückzuholen. Seine Augen funkeln. Es scheint ihm zu gefallen, dass ich mich auf ihn einlasse. Ganz nahe rückt er an mein Ohr heran. Die Härchen in meinem Nacken stellen sich auf, als sein Atem mich streift. Wie bei unserer ersten Begegnung …

»Ich lecke sie, bis sie vor Lust schreien.« Abwartend schaut er mir in die Augen, mein Blick schweift automatisch zu seinem Mund. Er ist der Hammer. Verführerisch geschwungen. Breite, weiche Lippen. Andererseits war Dirty Talk noch nie meine Stärke. Sogar mit Sven habe ich mich damit überfordert gefühlt.

»Klingt gut«, erwidere ich vage. Kai lächelt charmant. Anstatt mich weiter mit Worten zu reizen, gleiten seine Finger als Vorboten seines Mundes in mein Höschen. Es gefällt mir, dass er auf mich reagiert und nicht einfach sein Ding durchzieht. Er will mir Lust schenken und nicht nur über mich drüberrutschen. Ein überraschter Laut kommt mir über die Lippen, als er ganz direkt meinen Kitzler zwischen die Finger nimmt und sanft zudrückt. Die Feuchtigkeit meiner Erregung sammelt sich zwischen meinen Schamlippen und benetzt bestimmt auch seine Hand. Wie peinlich, dass ich schon so bereit für ihn bin, obwohl er mich noch kaum angefasst hat.

Er grinst wissend, unvermittelt stößt er einen Finger in mich hinein. Ich keuche auf und klammere mich an seinen Schultern fest. Fuck ja, das ist gut … Kai küsst mich und fährt damit fort, seine Finger zu krümmen und sie ganz langsam bei mir hinein- und hinausgleiten zu lassen. Gierig dränge ich ihm mein Becken entgegen. Bei jeder seiner Bewegungen reibt er über einen Punkt tief in mir hinweg, der meinen Unterleib in glühende Lava verwandelt. Das ist gut, es lässt mich vergessen, dass ich über alles, was er mit mir macht, nachdenke.

»Du magst das, hm«, stellt Kai mit einem zufriedenen Lächeln fest, das ich an meinen Lippen spüren kann, und stößt fester zu.

Ich winde mich. »Gott, ja …«

Wieder küsst er mich, sanft und zurückhaltend. Beruhigt damit die aufgepeitschte Sehnsucht in mir, die dadurch nur noch unerträglicher wird.

»Was ist mit dem Mund und der Zunge? Gefällt dir das auch?«, fragt er, als er kurz von mir ablässt. Mir wird heiß. Wenn sich seine Hand schon so verdammt gut anfühlt … Kai fingert mich weiter und bringt damit meine Vernunft Stück für Stück an den Rand ihres Seins. Ein seltsam entrückter Zustand breitet sich über mir aus. Nur noch ich, mein glühender Körper und sein verlockendes Angebot existieren. Ich will ihn an meinen intimsten Stellen spüren. Der Puls rauscht in meinen Ohren, meine ganzen Empfindungen konzentrieren sich auf das Pochen zwischen meinen Schenkeln. Kais Finger füllen mich aus und reizen mich soweit, bis sich meine Muschi um sie herum zusammenzieht. Erleichtert will ich mich dem erlösenden Beben hingeben. Doch Kai zieht sich einfach zurück und funkelt mich herausfordernd an. Ich schulde ihm noch eine Antwort. Ich zittere, meine Hüften zucken, doch da ist nichts mehr, das ihnen entgegenkommt.

»Leck mich endlich«, stöhne ich frustriert. Im nächsten Moment kniet er zwischen meinen gespreizten Schenkeln und zerrt mein Höschen herunter. Sein heißer Mund senkt sich auf mich. Nicht vorsichtig, nicht zurückhaltend. Fordernd. Seine Zunge drängt in mich hinein, schmatzend saugt er an meiner Perle. »Kai …!« Ich biege mich ihm gierig entgegen. Seine glühenden Augen fixieren mich, versinken in mir. Bernsteinfarbene Augen, nicht blaue … Das sich wieder an die Oberfläche kämpfende Bewusstsein darüber, was ich da gerade tue, stößt mich über die Klippe. Ich komme, lang und heftig. Doch Kai lässt nicht von mir ab, lässt mich nicht zur Ruhe kommen, sondern leckt mich über die Befriedigung hinaus, sodass die Lust in mir nicht versickern kann. Ich schließe die Augen und werfe unruhig den Kopf in den Nacken.

»So gefällst du mir. Nachgiebig und willig«, flüstert er an meinem Ohr. Ich bin erschöpft und gleichzeitig aufgeputscht vor Begierde. Zufrieden lächle ich, lasse ganz los. Mein müder Körper zerfließt auf der Unterlage, mein Kopf dreht sich zur Seite. Langsam blinzelnd registriere ich, dass wir nicht allein sind. Natürlich nicht. Ich hatte Sven und Miri nur völlig vergessen.

Er kniet zwischen ihren Beinen, so wie Kai gerade eben noch zwischen meinen, und streichelt sie vorsichtig. Ich hatte bereits einen Orgasmus, er hat sich noch nicht in ihr Höschen getraut. Als lese Miri meine Gedanken, entzieht sie sich ihm und drängt ihn rücklings auf die Unterlage. Sven ist zurückhaltend wie ich, sie ist die Tauscherfahrene … Ohne viel Vorspiel zieht sie ihm direkt die Shorts über die Hüften und widmet sich seinem harten Schwanz. Leckt aufreizend über seine pralle Eichel, wichst ihn und nimmt ihn tief in ihren Mund auf. Svens Brust hebt und senkt sich hektisch. Ein gelöster und gleichzeitig angespannter Ausdruck liegt auf seinem Gesicht. Beinahe ungläubig beobachtet er sie. Sein Schwanz schimmert feucht von ihrem Speichel. Immer wieder senkt sie ihren Kopf und lässt ihn zwischen ihren saugenden Lippen verschwinden. Meine Muschi pocht verlangend. Sven sieht verdammt heiß aus, wie er erregt vor ihr liegt und sich verwöhnen lässt. Am liebsten würde ich mich selbst seinem prallen Schaft widmen.

»Willst du aufhören?«

Natürlich bemerkt Kai meine kurze Abwesenheit. Langsam streichelt er über meine Taille und schaut mich abwartend an. Er ist unglaublich. Der Stoff seiner Shorts spannt sich über seine Erektion und er bietet mir wieder an auszusteigen, falls ich mich nicht wohlfühle. Ganz automatisch lecke ich mir über meine geschwollenen Lippen. »Und wer würde sich dann um dich kümmern?« Es geht mir natürlich nicht nur um ihn, sondern viel mehr um mich. Es hat sich verdammt gut angefühlt, für einen kurzen Moment nur noch zu existieren und zu genießen. Und das weit außerhalb meiner Grenzen.

Ich will mehr davon. Doch Kai kann meine Beweggründe ja noch nicht mal erahnen.

Er grinst aufgesetzt. »Ich habe sehr geschickte Hände, wie du bemerkt hast ...« Der verspielte Ausdruck auf seinem Gesicht weicht purer Überraschung, als ich ihn von mir schiebe und mich mit gespreizten Beinen über ihm positioniere. »Vergiss es«, murmle ich und lasse meine Zunge über seinen Hals tanzen. Er schmeckt salzig und herb. Zügig züngle ich über die Berge und Täler seiner angespannten Muskeln und über das einladende V seiner Lenden, das im Bund seiner Shorts mündet. Kais Atmung beschleunigt sich, als ich einen Finger darunter einhake und sie nach unten ziehe.

Verdammt ... Wie hypnotisiert starre ich seinen prallen Penis an, greife automatisch danach. Dick und lang schmiegt er sich in meine Handfläche und sieht einfach nur riesig darin aus. Ein wenig verunsichert senke ich meinen Mund auf ihn. Weich schmiegt sich die zarte Haut über seiner Eichel an meine Lippen.

Kais Hände krallen sich in mein Haar, üben sanften Druck aus. Langsam öffne ich die Lippen und flattere mit der Zungenspitze über die kleine Öffnung. Salzige Tropfen quellen hervor, ich lecke sie auf. Kai keucht zittrig, ich schaue vorsichtig zu ihm auf. Die Sehnen an seinem Hals treten angespannt hervor. Die Augen hat er geschlossen, seine Lippen pressen sich hart aufeinander. Er muss sich ganz schön zusammenreißen, nicht einfach in meinen Mund zu stoßen. Kein Wunder, so beherzt wie er es von Miri gewohnt ist, geblasen zu werden.

Automatisch sehe ich zu ihr hinüber. Immer noch beschäftigt sie sich mit Svens Penis und sieht dabei aus wie ein kleiner Pornostar. Ihre langen Haare wippen im Takt ihrer schnellen Bewegungen. Bis zum Anschlag schiebt sie sich Svens beachtliche Erektion in den Rachen.

Skeptisch versuche ich es ihr gleichzutun. Öffne meine Lippen weiter, lege sie fest um Kais dicken Schaft und neige den Kopf nach vorn. Ich muss würgen, dabei habe ich ihn gerade mal zur Hälfte aufgenommen. Fuck ... Zweifelnd sehe ich Kai ins Gesicht. Seine Mundwinkel zucken. Arroganter Mistkerl!

Ich kneife kämpferisch meine Lider zusammen. Dem wird sein Grinsen noch vergehen. Flatternd umzüngle ich seine Eichel, ziehe die Backen ein und sauge. Dabei lege ich meine Finger ringförmig um die Wurzel seines besten Stücks, drehe sie, lecke und bewege meinen Kopf vor und zurück.

Ein überraschter Laut löst sich aus Kais Brust. »Wow, mach mal langsam«, fordert er mich auf und schiebt mich von sich. Anerkennung liegt in seiner Stimme. »Oder willst du etwa, dass das hier schon vorbei ist?« Er lacht leise und drängt mich zurück auf die Unterlage.

Meine Aufregung kehrt schlagartig zurück. Schnelles, effektives Vorspiel, und dann ... Ganz beiläufig schiebt Kai mein Netzkleidchen über meine Schenkel nach oben. Noch bin ich fast vollständig angezogen, doch er will mich anscheinend völlig nackt haben. Ich hingegen habe gern ein wenig Stoff um meine Körpermitte, vor allem um den Bauch herum. Befangen schaue ich zu ihm auf.

Er ignoriert mein Zögern und zieht mir das Teil bis über die Brüste. Mein BH verschwindet in rasender Geschwindigkeit. Ich halte gespannt den Atem an, als ich mit nacktem Oberkörper vor ihm liege und er mich mit seinen Blicken streichelt. »Verdammt, du bist unglaublich scharf!« Seine Stimme klingt heiser, ich atme erleichtert auf. Seine Worte schmeicheln mir. Meine Schwangerschaftsstreifen und die überdehnte Haut stören ihn anscheinend nicht. »Danke, das kann ich nur zurückgeben.« Sein Körper ist wirklich der Wahnsinn. Seine

Attraktivität schüchtert mich schon etwas ein, und dass er von Miri einen gertenschlanken Körper gewohnt ist. Aber verdammt, ich bin schon so weit gekommen, davon werde ich mich jetzt nicht aufhalten lassen. Entschlossen setze ich mich auf und ziehe mir das letzte Stück Stoff über den Kopf, das ich noch am Leib trage.

Es ist, als zerbreche ich damit Kais letzte Zurückhaltung. Ungestüm drängt er sich mit halb heruntergelassenen Shorts zwischen meine Schenkel und küsst mich wild. Ich fühle mich verrucht und verdammt sexy. Zumindest für einen Moment. Sein harter Schwanz berührt mich an der Innenseite meines Oberschenkels. Abwartend, doch zum Zustoßen bereit. Sein Zögern macht mich nervös. Es beschleunigt die rastlosen Gedanken wieder, die die ganze Zeit in meinem Kopf auf der Lauer liegen und nur darauf warten, mich aus dem Takt zu werfen. Noch ist es nicht zu spät. Noch kann ich einen Rückzieher machen. Wir hatten noch keinen richtigen Sex.

Paradoxerweise pocht meine Muschi verlangend nach ihm. Verdammt, auf was wartet er denn noch? Ich schlinge meine Beine um seine Hüften, um ihn an mich zu ziehen, und hebe mein Becken, um es ihm leichter zu machen, in mich einzudringen. Eindeutiger geht es wohl kaum.

»Warte«, flüstert Kai und greift an meinem Kopf vorbei nach hinten.

Scheiße, ich hätte dank des Verhütungsstäbchens in meinem Arm völlig vergessen, ein Kondom zu benutzen. Wie dumm … Egal, er denkt daran, also hör du damit auf. Ich richte meine ganze Aufmerksamkeit auf Kai aus, um meine Gedanken zu verdrängen. Schnell reißt er die Verpackung mit den Zähnen auf und zieht sich den Gummi über. Sein abgehackter Atem streift meine Wange. Plötzlich doch viel zu schnell liegt er auf mir und drängt sich fordernd an meinen Eingang. Nervös kralle ich meine Finger in die Unterlage. Verflucht, mein Verstand ist viel zu präsent, um mich das hier einfach tun zu lassen. Ich fühle mich viel zu offen, zu verletzlich. Das ist nicht richtig. Nicht bei ihm.

Kai schiebt rau keuchend meine Beine weiter auseinander. An seinem Schwanz herumfummelnd, versucht er, in mich einzudringen und scheint noch nicht einmal zu bemerken, dass ich ihm nicht mehr folgen kann. Völlig erstarrt liege ich da. *Jetzt mach schon, dann kann ich vielleicht wieder damit aufhören, darüber nachzudenken.* Doch Kai schafft es nicht, er ist einfach zu groß und ich bin zu verkrampft. Scheiße …

»Hey, alles gut?«

Plötzlich ist Sven neben mir. Küsst mich, streichelt meine Brüste. *Willst du nicht oder kannst du nicht?*, fragt mich sein Blick. Halt suchend schmiege ich meine Wange an seinen Oberschenkel und greife nach seinen Fingern. Sein Daumen streichelt beruhigend über meinen Handrücken. Von unten sehe ich, dass sein Blick fest zwischen meine Beine gerichtet ist. Sein Atem geht schwer. Es gefällt ihm, wie Kai mich begehrt.

Der gibt auf. Beunruhigt stemme ich mich hoch. Ich will das doch – irgendwie … oder doch nicht? Doch, ich will. Für Sven, und natürlich für mich. Mein verräterischer Körper hat sich nur von meinen dummen Gedanken ablenken lassen.

Sacht streicht Kai über die Innenseite meines Oberschenkels und zwinkert mir beruhigend zu, und Sven zieht mich von hinten zurück in die ganz liegende Position. Ein entspanntes Rieseln klimpert durch mich hindurch, als er sich über mich beugt und zwischen meine Schenkel greift. Es fühlt sich gut an. Gewohnt und geborgen. Ich seufze wohlig. Sein Massieren wird drängender. Ein Finger schiebt sich in meine Muschi. Ich schaue auf und sehe, dass er von Kai stammt. Sven zieht seine Hand zurück und küsst meinen Hals, knetet zart meine Brüste. Jede Berührung soll mich entspannen, tut es. Gleichzeitig zwingt Kais gekrümmter Finger mich zurück in den Zustand berauschter Erregung, den ich so sehr brauche, um loszulassen. Solange, bis ich ihm mit den Hüften entgegenkomme und seinen Bewegungen folge, um den lustvollen Druck zu erhöhen.

»Hey …« Ich will protestieren, als er sich zurückzieht. Doch kurz darauf ist er über mir. Wachsam schaut er mir in die Augen. Sven nimmt sich zurück, sitzt aber immer noch hinter mir. Das gibt mir Sicherheit. Ich bin bereit, doch Kai zögert. Er muss denken, dass ich mich dazu zwingen muss.

Verdammt, nein, ich will es wirklich. Nur mein Verstand … Ehe ich länger drüber nachdenken kann, lege ich meine Finger um seinen dicken Schaft und führe ihn zwischen meine Schamlippen. Augenblicklich verstärkt sich die angespannte Erwartung in mir, wird beinahe unerträglich.

Kais Lider flattern. Ich hebe mich ihm entgegen und keuche überrascht, als seine pralle Eichel die Pforte meines Eingangs durchbricht und mich ungewohnt weit dehnt. Es fühlt sich nicht direkt unangenehm an, aber auch nicht besonders antörnend. Ich kralle meine Hände wieder in die Unterlage und schiebe ihm mein Becken entgegen. Tiefer. Ich will ihn an diesem Punkt haben.

Kai stößt keuchend den Atem aus und drängt sich weiter in mich. Fuck, ja, genau dort. Ich stöhne überrumpelt, meine Muschi krampft sich eng um ihn, bis er ganz in mir ist. An einem Punkt, den Sven nie berührt hat. Aufdringlich hart steckt er in mir, verharrt. Am Rande meines Bewusstseins nehme ich wahr, dass Sven aufsteht. Halt, ich brauche ihn doch … Miri aber auch. Auch sie hat ein Recht auf Lust. Von draußen höre ich leise Stimmen, aber ich habe zu viel mit uns zu tun, um nachzusehen, wie viele Menschen uns zuschauen. Jetzt gehört meine Aufmerksamkeit Sven und Miri.

Er legt sich unter sie und ich sehe, dass er bereits ein Kondom trägt. Sein Blick verhakt sich mit meinem, als sie sich auf ihn senkt und sich seinen Schwanz genüsslich langsam einführt. Svens Blick flackert, er will sich hingeben – was ich selbst noch nicht schaffe – doch er schaut nicht weg. Er tut das für mich, weil er damit bei mir ist.

Kai legt sich mit seinem ganzen Gewicht auf mich, seine Lippen streifen meine Wange. »Alles okay?«

Ich bin immer noch angespannt. Keine Ahnung, ob ich okay bin. Jedenfalls bin ich ziemlich verwirrt. Er scheint das zu spüren und will sich aus mir zurückziehen. Ich keuche überrascht. »Oh mein Gott.« Verdammt, fühlt sich das gut an. Ich kralle meine Hände in seine Pobacken, um ihn an diesem Punkt zu halten. »Mach weiter.«

Er tut es. Langsam und bedacht. Schiebt seinen Schwanz bis zum Anschlag in mich hinein und lässt ihn wieder hinausgleiten. Wieder und wieder, und mit jedem Mal wird mein Körper nachgiebiger und öffnet sich weiter für ihn. Es fühlt sich völlig anders an als mit Sven. Sein Penis fühlt sich anders an, seine Bewegungen. Herausfordernd, aber verdammt gut. Wellenartig peitscht er mit jedem Stoß die Lust in mir einem erneuten Höhepunkt entgegen. Seine Stöße sind runder und zurückhaltender, als ich es gewohnt bin. Der Gipfel liegt vor mir, aber ich schaffe es nicht, ihn ganz zu erklimmen. Ich brauche es härter... Ich presse mich Kais Hüften rhythmisch entgegen, um ihn zu ermutigen. Er schiebt einen Arm unter mich und dreht sich schnell herum, nimmt mich mit der fließenden Bewegung einfach mit.

Überrumpelt sitze ich auf ihm. Kai drängt sich mit verhangenen Augen von unten gegen mich und fordert mich damit auf, mich zu bewegen. Ich begreife. Er hat mir das Zepter in die Hand gegeben und will damit wissen, wie ich es mag. Dennoch beginne ich nur zögerlich damit, meine Hüften zu wiegen. Es ist befremdlich, ihm diese intime Seite von mir zu zeigen, anstatt mich lediglich unter ihn zu legen und ihn die lustvolle Arbeit verrichten zu lassen.

Unnachgiebig hart hält sich sein Schwanz in mir, als ich mich vor und zurück bewege. Berührt diese unerforschte Stelle in mir. Ich keuche überrascht, als sich der Druck in pulsierende Begierde verwandelt. Es fühlt sich unglaublich an, ihn dort zu spüren. Mehr, ich brauche mehr. Mehr Druck, mehr Reibung, was weiß ich … Schnell atmend stütze ich mich auf seiner Brust ab, hebe und senke mich, lasse mein Becken kreisen und biege stöhnend den Rücken durch, als ich endlich den richtigen Takt gefunden habe, den ich für diesen Mann brauche. Verdammt, ja … Schnell reitend jage ich dem Ziel entgegen.

Kais Hände packen mich an den Hüften. Von unten stößt er meinen Bewegungen entgegen und steigert damit meine Empfindungen in unerträgliche Intensivität. Ich stöhne erregt, lange halte ich dieses Tempo nicht mehr durch. Gleich … Gott, ich verbrenne, wenn ich dieses Brennen in mir nicht löschen kann. Ohne darüber nachzudenken, lege ich meine Finger auf meine Perle und massiere sie. Kleine Lichtblitze explodieren vor meinen Augen, alles in mir krampft sich zusammen – um Kais Penis, um die Empfindung, die er in mir auslöst, und die erlösende Explosion meiner Lust. Bebend lasse ich mich auf ihn fallen, als die Wellen langsam nachlassen.

Kais Arme umfangen mich. Beruhigend und gleichzeitig fordernd streichelt er über meinen Rücken und meinen Po.

Er ist noch nicht soweit, doch ich kann nicht mehr. Er schiebt mich von sich herunter und legt sich seitlich hinter mich, dringt sofort wieder in mich ein und beginnt sich in seinem eigenen Tempo zu bewegen. Immer schneller und abgehackter werden seine Stöße. Sein Atem dringt rau an mein Ohr. Instinktiv recke ich ihm mein Hinterteil entgegen, damit er seine Lust an mir stillen kann. Mein Blick schweift wieder zu Sven und Miri.

Sie kniet vor ihm. Den Oberkörper auf der Unterlage abgelegt schmiegt sie ihre Wange an das Handtuch und schaut mich unverwandt an. Ihre Augen sind fiebrig, ihre Lippen leicht geöffnet. Es bereitet ihr Lust, ihren Mann mit mir zu sehen und dabei von meinem gevögelt zu werden.

Sven hält sie an den Hüften fest und nimmt sie von hinten. Schnell und hart. Jeder seiner Stöße macht etwas mit ihr, lässt das Feuer in ihren Augen noch stärker auflodern. Sie sehen unglaublich zusammen aus. Plötzlich greift er zwischen ihre Beine. Ein sanftes Prickeln rinnt mir zwischen die Schenkel, als ich sehe, wie er mit kreisenden Bewegungen ihre Perle reizt. Kai bewegt sich noch immer in mir. Ein Ruck geht durch Miris schlanken Körper. Sven treibt mit angespannten Pobacken seinen Schwanz so tief in sie, wie es nur möglich zu sein scheint. Sie windet sich laut stöhnend, ihre Hüften zucken, als wolle sie ihm entkommen, doch er hält sie fest. Solange, bis sie mit einem erleichterten Aufkeuchen unter ihm zusammensinkt. Flach auf der Unterlage liegend reckt sie ihm ihren Po entgegen und nach ein paar weiteren Stößen ist Sven auch soweit. Ein entspannter Ausdruck legt sich auf sein Gesicht, als er kommt.

Kai scheint damit seine Mühen zu haben. Ich drehe meinen Kopf nach hinten und berühre ihn fragend am Oberschenkel.

Sein hübsches Gesicht ist vor Anstrengung verzerrt, während er sich ruckartig in mich treibt. Konzentriert fixiert er meine wippenden Brüste. Offensichtlich gefällt es ihm von hinten. Aber er braucht mehr Stimulation, scheint sich in dieser Stellung nicht frei genug bewegen zu können. Doch anscheinend will er mir auch nicht die primitivste, animalischste Stellung zumuten, in der ich mich unterwürfig auf allen vieren vor ihn knien müsste.

Ich zögere. Mit Sven habe ich es in dieser Position erst nach Monaten getan. Aber verflucht, es geht hier nicht um Gefühle. Es ist auch völlig egal, ob er meinen Hintern dabei ungeniert betrachten und vielleicht meinen Anus sehen kann. Es geht um rohe Begierde.

Entschlossen löse ich mich von Kai und lächle ihm auffordernd zu. Rohes Verlangen flackert in seinen Augen auf, als ich mich hochstemme und einladend mit dem Po wackle. Sofort ist er hinter mir und stößt in mich hinein. Seine Hände krallen sich an meinen Hüften fest, während er sich immer schneller bewegt.

Sven liegt neben Miri und beobachtet uns. Sein Penis richtet sich halb auf. Er ist zu befriedigt, um vollständig erregt zu werden, aber auch zu angetörnt von uns, um sich davon nicht mitnehmen zu lassen. Erleichtert, dass mein Verhalten ihn nicht abzustoßen scheint, greife ich unter mir hindurch.

Kais Bewegungen werden müder. Er hat sich zu lange zurückgehalten, um seinen eigenen Höhepunkt mühelos erreichen zu können. Sanft zupfe ich an seinen Hoden, um herauszufinden, ob er das mag. Er mag anscheinend. »Ja, das ist geil«, stöhnt er leise, sein Schwanz zuckt tief in mir. Ich greife fester zu und massiere ihn mit meiner ganzen Handfläche. Kai spreizt meine Schenkel weit mit seinen Beinen und legt seine Hand über meine Finger. Drängt sie dazu, ihn härter anzufassen. Mit den Fingerspitzen reibe ich über seinen Damm. Ein überraschter Laut löst sich aus Kais Mund, mit kurzen abgehackten Bewegungen stößt er in mich. Ich reibe fester, sein Körper hinter mir erstarrt, nur seine Hüften schmiegen sich eng an meinen Po, um seinen Schwanz so tief wie möglich in mich zu pressen. Er beugt sich über mich und ringt nach Atem. Pulsierend ergießt er sich in mir. Erschöpft lasse ich mich auf die Unterlage sinken und spüre, wie sein schweißfeuchter Körper sich an meinen Rücken schmiegt.

Und was jetzt? Jede vorherige Berührung diente dazu, dem Ziel näher zu kommen. Wir haben es erreicht, es ist vorbei. Aber was kommt nach dem Sex?

Träge blinzle ich zu Sven und Miri hinüber. Ohne sich zu berühren, liegen sie nebeneinander. »Das war der Hammer, Baby. Danke«, flüstert Kai und haucht mir einen flüchtigen Kuss zwischen die Schulterblätter. Dann rollt er sich von mir herunter und zieht mich in seine Arme. Miri berührt Sven auffordernd an der Schulter und sie gesellen sich zu uns. Während Sven sich mir zugewandt hinlegt, schmiegt sie sich an seinen Rücken. Kai greift über uns hinweg und streicht liebevoll über ihre Taille. So kuscheln wir einen Moment lang zu viert und lassen die aufgeladene Stimmung zwischen uns ausklingen.

Als Kai und Miri schließlich aufstehen und leise gehen, bleiben Sven und ich noch liegen. Ich will mich noch nicht der Realität stellen, in der sich mein Verstand mit dem auseinandersetzen muss, was ich gerade getan habe, was wir getan haben. Lieber will ich noch in dieser Zwischenwelt verharren und das köstliche Gefühl in meiner Brust genießen. Noch nie habe ich mich derart befriedigt gefühlt. Und das liegt nicht nur an dem aufregenden Sex. Natürlich hat Kai mit seinen Liebhaberqualitäten und seiner Rücksicht maßgeblich dazu beigetragen, aber vor allem befriedigt mich mein Mut. Die Fähigkeit, mich über meine Grenzen hinwegzusetzen, mich damit meinen Schwächen zu stellen und loszulassen. Es stimmt also: Der Partnertausch war ein weiteres Glied in der Kette kontrollierenden Verhaltens, und so wie es sich jetzt für mich anfühlt, das letzte.

»Wie geht es dir?«, fragt Sven irgendwann angespannt in die Stille zwischen uns hinein und schaut mir forschend in die Augen. Es scheint ihn zu beunruhigen, dass ich einfach nur daliege und nichts sage. Oh mein liebevoller, fürsorglicher Ehemann, der alles für mich tut und mich sogar mit einem anderen schlafen lässt, damit ich meinen Frieden finde. Wie mir schien, ist er dabei auch nicht gerade zu kurz gekommen. Ich lächle träge. »Verdammt gut. Und wie geht es dir?«

Sven atmet erleichtert auf und rollt sich auf den Bauch. Sacht streicht er mir eine Strähne aus der verschwitzten Stirn. »Mir geht es prima. Es war gut mit Miri. Und es war verdammt heiß, zu sehen, wie Kai dich nimmt. Aber noch heißer war es, wie du dich ihm hingegeben hast.«

Ich nicke verstehend. Er hat erreicht, was er wollte. Ich habe ihm bewiesen, dass ich ihm so innig vertraue, dass ich mich in den Armen eines anderen völlig vergessen kann. Vergessen kann, mir Sorgen um unsere Beziehung zu machen und dass der Akt uns auseinanderbringen könnte. Etwas in mir bewegt sich, ein warmes Gefühl, das mich bis in die Zehenspitzen hinab erfüllt – Liebe. Noch nie habe ich mich Svens Geist so nah und verbunden gefühlt wie in diesem Moment. Zufrieden kuschle ich mich an ihn. Für Sekunden, Minuten, vielleicht sogar Stunden. Ich weiß es nicht. Zeit existiert nicht mehr, nur noch Sven und ich sind da. Erst als ein anderes Paar die Nische betritt und sein Liebesspiel aufnimmt, gehen wir.

Als wir in den Barbereich treten, winkt Miri uns zu. Vor ihr auf der Theke stehen vier Gläser Sekt.

»Gibt es jetzt sowas wie eine Nachbesprechung?«, frage ich Sven irritiert und folge ihm. Bei dem Gedanken, das Geschehene bis ins Detail zu zerlegen, fühle ich mich nicht besonders wohl. Ich muss meine Gefühle und Eindrücke erst für mich selbst gründlich sortieren und verarbeiten.

Sven zuckt locker mit den Schultern. »Keine Ahnung, ich hab das auch noch nie gemacht. Vielleicht wollen sie sich jetzt einfach nur nett unterhalten.«

Ich muss grinsen. Sie haben bekommen, was sie wollten. Letzte Woche hielt ich das noch für undenkbar. Beschwingt trete ich zu ihnen und nehme eines der Gläser entgegen, die Miri Sven und mir entgegenstreckt.

»Lasst uns auf die Entstehung eines neuen Swingerpärchens anstoßen«, sagt Kai feierlich und prostet uns zu. Miri liegt in seinem Arm und nickt begeistert. Sie sind wirklich ein schönes Paar. Wie Sven und ich eben auch. Ich schmiege mich an ihn und sehe aus den Augenwinkeln, dass er mich abwartend von der Seite anschaut. »Ich weiß nicht, ob wir darauf trinken dürfen. Was meinst du, Annabell, werden wir es wieder tun?«

Nachdenklich starre ich auf die erhobenen Gläser. Prickelnde Blasen steigen in der goldgelben Flüssigkeit auf. Genauso fühle ich mich innerlich. Unglaublich frisch und belebt. Ich muss lächeln. »Ja, ich denke, wir werden es wieder tun. Wenn sich die richtige Gelegenheit dazu ergibt ...« Klirrend stoßen unsere Gläser aneinander. Als ich von der prickelnden Flüssigkeit nippe, kommt es mir vor, als besiegle ich damit Svens und mein Schicksal. Wir haben gerade erst damit begonnen, herauszufinden, was uns anmacht, wo unsere Grenzen liegen und welche wir hinter uns lassen können. Es gibt noch so viel zu entdecken.

Kapitel 13
Der Epilog gehört auch zur Geschichte

Zwei Monate später hat sich das euphorische Gefühl in mir etwas gelegt, das ich kurz nach unserem gemeinsamen Seitensprung empfunden habe. Er hat sich als die richtige Entscheidung erwiesen, keine Frage, dennoch sind wir etwas ruhiger geworden. Nur alle paar Wochen gehen wir in den Club. Bisher haben wir es nicht gewagt, uns auf einen weiteren Tausch einzulassen. Das bedeutet jedoch nicht, dass wir in alte Muster zurückverfallen wären.

»Wow, geil. Das muss sich verdammt gut für dich angefühlt haben, so wie du abgegangen bist.« Schwer atmend rollt Sven sich von mir herunter. Mir stockt der Atem, als er seinen noch halb erigierten Penis aus mir zurückzieht. Ich ringe nach Atem. Dank des Analplugs fühlt sich selbst die kleinste Reibung so intensiv an, dass sie mich schier wahnsinnig macht. Und das, obwohl ich gerade erst gekommen bin. Sven scheint das nicht zu entgehen, er grinst anzüglich. »Warte zehn Minuten, dann bin ich bereit für eine zweite Runde.«

»Zehn Minuten?«, frage ich sarkastisch. Spätestens seit wir angefangen haben, in unserem bis dato beinahe keuschen Ehebett mit Sexspielzeug zu experimentieren, ist Sven zum lüsternen Jüngling mutiert, der scheinbar immer kann. Er lacht und reicht mir ein Taschentuch vom Nachtkästchen. Vorsichtig entferne ich den Analplug und schlage ihn in das Tempo ein. Reinigen werde ich ihn später, jetzt ist Sven dran. Ich kuschle mich in seine Arme und seufze zufrieden. »Das war sogar noch besser, als ich erwartet hatte.«

Den Plug haben wir heute zum ersten Mal getestet. Schon seit Wochen liegt er in unserem »Schatzkistchen«, aber bisher habe ich mich nicht getraut, mich an diese Fantasie heranzutasten, die mich seit unserem zweiten Clubbesuch nicht loslassen will. Deshalb haben wir uns erst an Fesselspielchen mit verbundenen Augen und kostümierten Rollenspielen versucht.

»Heißt das, der Plug wird nicht entsorgt wie das Krankenschwesternkostüm?«, hakt Sven nach und zieht eine bedauernde Schnute. Seine Augen funkeln jedoch belustigt.

»Er darf bleiben und wird bestimmt wieder zum Einsatz kommen«, antworte ich ihm gnädig und ignoriere seine Anspielung auf das Kostüm, das ich nach einmaligem Tragen in den Müll geworfen habe. Ich habe mich einfach lächerlich dabei gefühlt, so zu tun, als würde ich meinen Patienten untersuchen und verführen. Natürlich greift Sven meine Vorlage sofort auf. »Vielleicht bleibt es ja nicht bei dem Plug …« Er kann es einfach nicht lassen. Ich unterdrücke den ersten Impuls, ihn abzuwehren, und wackle stattdessen vielsagend mit den Augenbrauen. »Wer weiß, wenn wir im Club mal auf einen netten Soloherrn treffen …«

Allein bei der Vorstellung, was dann geschehen könnte, bekomme ich eine Gänsehaut am ganzen Körper. Der Gedanke reizt mich so sehr, wie er mich abschreckt. Die Unsicherheit hat sich aber seit dem Partnertausch mit Miri und Kai verändert, ist nicht mehr lähmend, sondern aufregend und belebend. Denn eins habe ich inzwischen über mich gelernt: Ich bin eine sehr komplizierte Frau, voller Bedürfnis nach Sicherheit und Konstanz im Leben. Am liebsten wäre es mir, wenn ich an einem Punkt stehen bleiben könnte und mich nicht ständig neuen Lebenssituationen anpassen müsste. Manchmal habe ich das Gefühl, dass ich da einfach nicht hinterherkomme. Paradoxerweise brauche ich aber gerade diese Herausforderungen, um mich entfalten zu können, um mich zu entwickeln und daran zu wachsen. Und das nicht nur auf sexueller Basis.

»Bedeutet das, du könntest es dir grundsätzlich vorstellen, mit mir und einem weiteren Mann zu schlafen?« Die Vorstellung scheint Sven zu gefallen, denn er dreht sich auf die Seite und schaut mich verlangend an. Ich kenne diesen Gesichtsausdruck inzwischen nur zu gut. Er wittert eine günstige Gelegenheit, Neues auszuprobieren, und ist notfalls auch bereit, mich mit Argumenten, Gefühl und Verführungskünsten davon zu überzeugen, dass wir das brauchen. Doch das ist diesmal nicht nötig. Wie gesagt, der Gedanke reizt mich unglaublich.

»Ja, wieso sollten wir das nicht machen?«, frage ich Sven und zucke locker mit den Schultern. Der ungläubige Ausdruck auf seinem Gesicht gefällt mir zu gut, um ihn mit unsicheren Überlegungen zu vertreiben. »Ich meine, es ist nur Sex. Und wenn du derjenige an meinem Po wärst, könnte ich mir das durchaus vorstellen.«

Lachend lässt Sven sich zurück ins Kissen fallen. »Das mit dem Po sollten wir dann aber vorher wohl ausprobieren.« Er ist bereit für Runde Nummer zwei. Verführerisch krabbelt seine Hand unter der Bettdecke zu mir herüber. Ich fange sie ein und werfe Sven einen tadelnden Blick zu. »Es ist spät, wir sollten schlafen.«

Brav zieht er seine Hand wieder zurück und zieht mich enger an sich. So dicht an ihn gedrängt fühle ich mich satt und befriedigt – emotional und körperlich. Unwillkürlich muss ich lächeln, wie immer, wenn ich daran zurückdenke, wie sich alles entwickelt hat.

»Woran denkst du?«, fragt Sven sofort nach und schiebt mich ein wenig von sich, um mir in die Augen sehen zu können. Auch das hat sich verändert: Er ist an jeder meiner Gefühlsregungen interessiert. – Nein, das stimmt nicht. Das war er auch schon früher … Er saugt jede meiner Gefühlsregungen in sich auf, als wäre sie sein Lebenselixier.

»Ach, ich dachte nur an den Abend, als wir diese Reportage gesehen haben …«

Sven nickt nachdenklich. Auch ihm ist bewusst, dass wir Glück hatten, über diesen Bericht zu stolpern. Bestimmt hätten wir es auch anders geschafft, unsere Probleme in den Griff zu bekommen. Dass wir uns dann aber derart verändert hätten, daran hege ich meine Zweifel. Sven berührt mich sanft an der Wange. »Was würdest du einem Reporter sagen, wenn er dich danach fragen würde, was das Swingen dir bedeutet?«

Ich muss wieder lächeln, als ich daran zurückdenke, wie ich mich beim heimlichen Anschauen der Reportage gefühlt habe: gebannt und bestürzt darüber, dass ich erregt war. Nachdenklich zeichne ich mit den Fingerspitzen kleine Kreise um Svens rechte Brustwarze.

»Ich würde ihm sagen, dass nichts dabei ist, auch mal mit andern Partnern zu schlafen, und dass man sich nicht körperlich treu sein muss, um eine liebevolle und emotional durch und durch monogame Beziehung zu führen.«

Sven zieht anerkennend seine Augenbrauen nach oben. »Gute Antwort«, lobt er mich. »Sehr tiefgründige und bedeutsame Worte.«

Mein Lächeln verbreitert sich – kaum zu fassen, dass sie

von mir kommen, und was sich innerhalb weniger Wochen verändern kann. »Naja, durch unsere Clubbesuche und letztendlich den Partnertausch haben sich ja auch bedeutsame Veränderungen in Gang gesetzt. Ich denke sogar ernsthaft darüber nach, ob ich die Drayer mal anrufen und fragen soll, ob ihr Angebot noch steht. Ich meine, es spricht eigentlich wirklich nichts dagegen, dass ich ein oder zwei Nächte in der Woche mache, oder? – Vorausgesetzt natürlich, Mama könnte Leonie hüten.« Sven nickt und bestätigt mir damit, dass ich keine schlechte Mutter und miese Ehefrau bin, wenn ich ab und zu meinen Focus ganz auf mich ausrichte. Dank meiner Familie und dank der Befreiung meiner Lust bis ich ganz bei mir selbst angekommen und bin mehr ich, als ich es jemals zuvor war. Ein melancholisches Gefühl breitet sich in meiner Brust aus.

»Ich liebe dich, ich liebe unsere Familie und ich liebe mein Leben«, flüstere ich und kuschle mich tiefer in Svens Arme. Er drückt mir einen festen Kuss auf den Scheitel. »Und ich liebe all das mehr, als Worte ausdrücken können. Und jetzt schlafen wir wirklich, morgen sollten wir schließlich fit für Leonies großen Tag sein.«

Kaum zu glauben, dass meine Kleine schon ein Jahr alt wird. Natürlich haben sich die Omas angekündigt und auch der einzige präsente Opa, Svens Vater. Und kürzlich haben wir auf dem Spielplatz Spielkameradinnen für Leonie kennengelernt, die ich samt ihrer Mütter auch gleich eingeladen habe. Außerdem wollen Chrissi und Alex vorbeischauen. Sie sind noch lange nicht über dem Berg, aber sie kämpfen. Das Statement, das Chrissi mit ihrer Kündigung gesetzt hat, hat Alex mächtig beeindruckt. Seit vier Wochen gehen sie nun zweimal die Woche zu einem Ehetherapeuten. Doch für Leonies

Feier haben sie extra einen Termin verschoben. Ich freue mich darauf, sie alle um mich zu haben, und zu sehen, wie stolz sie auf meine bezaubernde Familie sind. Ich werde lächeln, den mit weißem und pinkfarbenem Fondant überzogenen Kuchen in Form eines »Hello Kitty«-Katzenkopfes servieren und mich an dem prickelnden Gedanken erfreuen, dass außer Chrissi keiner von ihnen ahnt, welche unmoralischen Fantasien in dieser wunderbar entspannten Mama lauern.

LESEPROBE: AMY WALKER SCHARFER DREIER

»Mmh, hör bitte nicht auf. Dann verzeihe ich dir auch, dass du mich aufweckst.« Schnurrend strecke ich mich und neige meinen Kopf ein wenig nach vorn, um meinem Mann Platz zu machen. Bereitwillig massiert er mir weiter den Nacken, warm und kuschelig schmiegt sich meine Bettdecke an meine nackte Haut. Ein wohliges Gefühl breitet sich in mir aus, bis hinunter zu meinen Zehenspitzen. Ich hätte wirklich nichts dagegen, jeden Tag auf diese Weise geweckt zu werden.

»Ach ja, du verzeihst mir?«, neckt Sven mich und schiebt seine Hände unter die Decke. Ich halte den Atem an. Doch anstatt mir sanft über die Taille zu streicheln oder sich mir auf eindeutigere Weise zu nähern, beginnt er mich zu kitzeln.

»Hey, ich sagte: nicht aufhören«, pruste ich und versuche mich ihm zu entziehen, aber Sven ist schneller und vor allem stärker als ich. Er packt mich von hinten an den Hüften und zieht mich an sich. Sein heißer Atem streift über meinen Nacken und lässt mir ein wohliges Prickeln die Wirbelsäule hinabrieseln. »Glaub mir, in drei, vielleicht vier Stunden wirst du mir auch ohne Massage verzeihen, dass ich dich aufgeweckt habe.« Er neigt seinen Kopf und verteilt federleichte Küsse auf die empfindliche Haut meines Halses. Sein verheißungsvoller Tonfall und die flüchtige Berührung seiner Lippen wecken ein sehnsüchtiges Pochen in mir.

Seit ich vor ein paar Wochen wieder zu arbeiten begonnen habe, haben wir wie befürchtet etwas weniger Zeit für uns. Dennoch bereue ich die Entscheidung nicht, denn die gemeinsame Zeit ist umso kostbarer geworden. Und heute ist der erste Samstag seit drei Wochen, an dem ich keinen Wochenenddienst im Krankenhaus schieben muss. Ein klarer Fall für einen unserer Paarsamstage, und ich habe schon eine ziemlich genaue Vorstellung davon, wie ich ihn beginnen will …

»In drei oder vier Stunden sagst du? Das dauert mir zu lange. Ich wüsste da was Besseres.« Auffordernd schiebe ich meine Hüften nach hinten und reibe mich aufreizend langsam an Svens Unterkörper. Es dauert keine zehn Sekunden und ich spüre, wie Sven unter meinen Bewegungen hart wird und seine Atemzüge sich beschleunigen.

»Du unverschämtes Biest«, raunt er dunkel an meinem Ohr und drängt seinen harten Schwanz an meinen Po. Ich stöhne wohlig. Es ist gerade mal ein paar Tage her, dass wir Sex hatten, aber die entspannte Stimmung wirkt unglaublich erotisierend auf mich. »Dann lass mich dir verzeihen«, murmle ich und erschaudere, als Sven seine Hand flach auf meinen

Bauch legt und ganz langsam in Richtung meines Höschens schiebt, dem einzigen Fetzen Stoff, den ich am Leib trage. Alles in mir vibriert vor Ungeduld und ich kann es kaum erwarten, dass er endlich an meiner Mitte ankommt und dafür sorgt, dass die Hitze in meinem Unterleib sich in erlösende Beben verwandelt ...

GRATIS

Um diese heiße Story (16 Seiten)
von Amy Walker weiter zu lesen,
füllen Sie einfach die beiliegende
Postkarte aus oder
geben Sie folgenden Code
»AW1TBTYAH« im Internet auf
www.blue-panther-books.de ein.

INHALT

Mit dem Gutschein-Code

AW1TBTYAH

Erhalten Sie auf WWW.BLUE-PANTHER-BOOKS.DE
diese exklusive Zusatzgeschichte als E-Book
in den Formaten PDF, E-PUB und Kindle.
Registrieren Sie sich einfach online oder
schicken Sie uns die beiliegende Postkarte
ausgefüllt zurück!